A TRAVÉS DE MI
VENTANA

Primera edición: mayo de 2019
Vigésima reimpresión: enero de 2022

© 2019, Ariana Godoy
© 2019, Penguin Random House Grupo Editorial, S. A. U.
Travessera de Gràcia, 47-49. 08021 Barcelona

Maquetación: Javier Barbado

Impreso en México - *Printed in Mexico*

ISBN: 978-84-204-5191-6

ARIANA GODOY

A TRAVÉS DE MI
VENTANA

ALFAGUARA

1

LA CLAVE DEL WIFI

Todo comenzó con la clave del wifi.

Sí, parece algo simple y poco importante, pero no lo es. Hoy en día, la clave de tu wifi es más valiosa que muchas otras cosas que tienes. Internet por sí solo ya es lo suficiente adictivo. Agrégale conexión inalámbrica y tienes una fuente de adicción permanente bajo el techo de tu casa. Conozco a personas que prefieren no salir a perder su valiosa conexión wifi.

Para respaldar la importancia del wifi, quiero contarles la historia con mis vecinos de atrás: los Hidalgo. A pesar de que mi madre emigró a Estados Unidos desde México cuando estaba embarazada de mí, luchando desde que llegó a este pequeño pueblo en Carolina del Norte, ella no ha tenido problemas socializando con todos nuestros vecinos, siendo los Hidalgo la excepción. ¿Por qué? Bueno, son personas adineradas, cerradas y bastante odiosas. Si hemos cruzado tres saludos, ha sido mucho.

Su núcleo familiar consta de doña Sofía Hidalgo, su esposo Juan y sus tres hijos: Artemis, Ares y Apolo. Sus padres tenían una obsesión con la mitología griega. No me imagino cómo los pobres chicos la pasan en la escuela, no debo ser la única que ha notado sus peculiares nombres. ¿Cómo sé tanto de ellos si ni siquiera nos hablamos? Pues la razón tiene nombre y apellido: Ares Hidalgo.

Suspiro y corazones imaginarios flotan alrededor.

A pesar de que Ares no asiste a mi escuela, sino a una prestigiosa escuela privada, he diseñado un horario para verlo; digamos que tengo una obsesión poco sana con él.

Ares es mi amor platónico desde la primera vez que lo vi jugando con un balón de fútbol en su patio trasero cuando yo tenía apenas ocho años. Sin embargo, mi obsesión ha disminuido con los años porque nunca he cruzado palabra con él, ni siquiera una simple mirada. Creo que nunca ha notado mi presencia, aunque lo «acoso» ligeramente; con énfasis en ligeramente, no hay razón para alarmarse.

En fin, el poco contacto con mis vecinos está a punto de cambiar, ya que resulta que el wifi no solo es imperativo, sino que tiene la capacidad de unir mundos diferentes.

Imagine Dragons suena por todo mi pequeño cuarto mientras canto y termino de quitarme los zapatos. Acabo de llegar de mi trabajo de verano y estoy exhausta; se supone que teniendo dieciocho años debería estar llena de energía, pero no es así. Según mi madre, ella tiene mucha más energía que yo, y tiene razón. Estiro mis brazos, bostezando. Rocky, mi perro, un lobo siberiano, me imita a mi lado. Dicen que los perros se parecen a sus dueños; bueno, Rocky es mi reencarnación perruna, juro que a veces hace mis gestos. Merodeando mi habitación, mis ojos caen sobre los pósteres con mensajes positivos en mis paredes, mi sueño es ser psicóloga y poder ayudar a la gente, espero conseguir una beca.

Camino hacia mi ventana con la intención de contemplar el atardecer. Es mi momento favorito del día, me encanta observar en silencio cómo el sol desaparece a través del horizonte y abre paso a la llegada de la hermosa luna. Es como si tuvieran un ritual secreto entre los dos, un pacto donde prometieron nunca encontrarse, pero sí compartir el majestuoso cielo. Mi cuarto está en el segundo piso, así que tengo una vista maravillosa.

Sin embargo, cuando abro mis cortinas, no es exactamente el atardecer lo que me sorprende, sino la persona sentada en el patio trasero de mis vecinos: Apolo Hidalgo. Ha pasado mucho tiempo desde la última vez que vi a un miembro de esa familia en el patio y no puedo culparlos, su casa queda a unos cuantos metros de la cerca que divide nuestros patios.

Apolo es el menor de los tres hermanos, tiene quince años y por lo que he oído es un chico agradable, aunque no puedo decir lo mismo de sus hermanos mayores. Sin duda, el gen de la belleza corre en esa familia, los tres hermanos son muy atractivos, incluso su padre es bien parecido. Apolo tiene el cabello castaño claro y una cara perfilada que derrocha inocencia, sus ojos son color miel, al igual que los de su padre.

Apoyando mis codos en la ventana, lo miro directamente. Noto que tiene una laptop en su regazo y parece estar escribiendo algo con apuro.

¿Dónde están tus modales, Raquel?

La voz de mi madre aparece en mi mente regañándome. ¿Debería saludarlo?

Por supuesto, es tu futuro cuñado.

Aclaro mi garganta y preparo mi mejor sonrisa.

—¡Buenas tardes, vecino! —grito sacudiendo mi mano en modo de saludo. Apolo levanta la mirada y su pequeña cara se estira de sorpresa.

—¡Oh! —Se levanta de golpe, su laptop cayendo al suelo abruptamente—. ¡Mierda! —maldice recogiéndola e inmediatamente revisándola.

—¿Está bien? —pregunto por su laptop, que parece costosa.

Apolo suelta un suspiro de alivio.

—Sí, está bien.

—Soy Raquel, soy tu ve...

Me sonríe amablemente.

—Sé quién eres, somos vecinos de toda la vida.

Por supuesto que sabe quién soy. ¡Tonta, Raquel!

—Claro —murmuro avergonzada.

—Me tengo que ir. —Recoge la silla—. Oye, gracias por darnos la clave de tu wifi, vamos a estar sin internet durante unos días por la instalación de un nuevo servicio. Es muy amable de tu parte compartir tu internet.

Me quedo fría.

—¿Compartir mi internet? ¿De qué estás hablando?

—Estás compartiendo tu wifi con nosotros, por eso estoy aquí en el patio, la señal no llega a la casa.

—¿Qué? Pero si yo no les he dado la clave... —La confusión apenas me deja hablar. Apolo arruga sus cejas.

—Ares me dijo que tú le habías dado la clave.

Mi corazón revolotea en mi pecho al escuchar ese nombre.

—En mi vida he cruzado palabra con tu hermano.

Créeme que lo recordaría con lujo de detalles si lo hubiera hecho.

Apolo parece caer en la cuenta de que no estoy enterada del asunto y sus mejillas se ponen rojas.

—Lo siento, Ares me dijo que tú le habías dado la clave, por eso estoy aquí; discúlpame, de verdad.

Meneo la cabeza.

—Tranquilo, no es tu culpa.

—Pero si tú no le diste la clave, entonces, ¿cómo la tiene? Acabo de navegar conectado a tu señal.

Me rasco la cabeza.

—No lo sé.

—Bueno, no volverá a pasar, te pido disculpas otra vez. —Con la cabeza baja desaparece a través de los árboles de su patio.

Me quedo pensativa mirando el lugar donde Apolo estuvo sentado. ¿Qué ha sido todo eso? ¿Cómo tiene Ares mi clave del wifi? Esto se está convirtiendo en un misterio policial, es que puedo imaginarme el título: *El misterio de la clave del wifi*. Sacudo mi cabeza ante mis ideas locas.

Cierro la ventana y me recuesto contra ella. Mi clave es vergonzosa y Apolo la sabe. ¡Qué pena! ¿Cómo ha llegado a manos de Ares? No tengo ni idea. Ares no solo es el más guapo de los tres hermanos, también es el más introvertido y cerrado.

—¡Raquel! ¡La cena está lista!

—¡Ya voy, mamá!

Esto no ha terminado, investigaré cómo Ares obtuvo mi clave, será mi propia investigación CSI; quién sabe, tal vez me compre unos lentes oscuros para parecer una detective profesional.

—¡Raquel!

—¡Voy!

Proyecto Clave wifi activado.

2

EL ODIOSO VECINO

Odio que me molesten cuando duermo, es una de las pocas cosas que no soporto. Normalmente, soy una persona tranquila y pacífica, pero, si me despiertas, verás mi lado más oscuro. Así que, cuando me despierta una melodía desconocida, no puedo evitar gruñir molesta. Doy vueltas en mi cama, cubriéndome la cabeza con mi almohada, pero el daño ya está hecho y no consigo conciliar el sueño otra vez. Irritada, lanzo la almohada a un lado y me siento, murmurando profanidades. ¿De dónde diablos viene ese sonido?

Gimo enfadada, es medianoche. ¿Quién puede estar haciendo ruido a esta hora? Ni siquiera es fin de semana. Después de caminar como un zombi hacia mi ventana, la brisa fresca colándose entre las cortinas me da escalofríos. Estoy acostumbrada a dormir con la ventana abierta porque nunca había tenido problemas con ruidos nocturnos. Al parecer eso cambió. Reconozco la canción que suena: *Rayando el sol,* de Maná. Rascándome la cabeza, abro las cortinas para buscar de dónde viene. Me quedo paralizada al notar a alguien sentado en la pequeña silla del patio de los Hidalgo, pero no es Apolo esta vez. Mi corazón se desboca en mi pecho cuando me doy cuenta de que es nada más y nada menos que Ares.

Para describir a Ares me faltarían palabras y aliento. Es el chico más apuesto que he visto en mi vida y créeme que he visto bastantes. Es alto, atlético, con unas piernas perfectamente definidas y un culo para morirse. Su rostro tiene un ademán griego, con pómulos aristocráticos y una nariz perfilada preciosa. Sus labios son carnosos y se ven mojados todo el tiempo. Su labio superior forma un arco como el de la parte de arriba de un corazón dibujado y el de abajo está acompañado de un piercing casi imperceptible. Sus ojos me quitan el aliento cada vez que los veo, son de color azul profundo con un destello de verde impresionante. Su cabello es negro azabache, el cual hace contraste con su piel blanca y cremosa y cae despreocupadamente sobre su frente y orejas. Tiene un tatuaje en su brazo izquierdo de un dragón lleno de curvas que se ve profesional y bien hecho. Todo sobre Ares grita misterio y peligro, lo que debería alejarme de él, pero, en vez de eso, me atrae con una fuerza que me corta la respiración. Lleva unos shorts, unas Converse y una camiseta negra que pega con su cabello. Lo observo abobada mientras teclea algo en su laptop, mordiéndose el labio inferior. ¡Qué sexy!

Pero entonces sucede. Ares levanta la vista y me ve. Esos hermosos ojos azules se encuentran con los míos y mi mundo se detiene. Él y yo nunca hemos compartido una mirada tan directa. Sin querer, me sonrojo de inmediato, pero no puedo apartar la mirada.

Ares arquea una ceja, con sus ojos fríos como el hielo.

—¿Necesitas algo? —Su voz carece de alguna emoción. Trago saliva, luchando por encontrar mi voz. Su mirada me paraliza. ¿Cómo puede alguien tan joven intimidar tanto?

—Yo... Hola —casi tartamudeo. Él no dice nada, solo se me queda mirando, poniéndome más nerviosa—. Yo..., eh, tu música me despertó.

Estoy hablando con Ares. Dios, no te desmayes, Raquel. Respira.

—Tienes buen oído, tu habitación está bastante retirada.

¿Eso es todo? ¿Nada de disculpas por despertarme? Sus ojos vuelven a la laptop y sigue escribiendo en ella. Yo tuerzo los labios en irritación. Al pasar unos minutos, él nota que yo no me muevo y vuelve a mirarme, arqueando una ceja.

—¿Necesitas algo? —repite con un aire de molestia. Eso me da valor para hablar.

—Sí, de hecho, quería hablar contigo. —Él me hace un gesto para que continúe—. ¿Estás utilizando mi wifi?

—Sí. —Ni siquiera duda a la hora de responder.

—¿Sin mi permiso?

—Sí. —Dios, su descaro es exasperante.

—No deberías hacer eso.

—Lo sé. —Él se encoge de hombros mostrándome lo poco que le importa.

—¿Cómo tienes mi clave?

—Tengo buenos conocimientos informáticos.

—Quieres decir que la obtuviste de alguna manera fraudulenta.

—Sí, tuve que hackear tu computadora.

—Y lo dices así tan tranquilo.

—La honestidad es una de mis cualidades.

Aprieto mi mandíbula.

—Eres un... —Él espera por mi insulto, pero esos ojos afectan mi mente y no puedo pensar en nada creativo, así que voy por lo tradicional—. Eres un idiota.

Sus labios se curvan hacia arriba en una pequeña sonrisa.

—¡Qué insulto! Pensé que serías más creativa luego de descubrir tu clave. —Mis mejillas se calientan y solo puedo imaginarme lo roja que debo estar. Él sabe mi clave, mi amor frustrado desde niña sabe mi ridícula clave de wifi.

—Se supone que nadie debía saberla. —Bajo mi cabeza.

Ares cierra su laptop y se enfoca en mí, divertido.

—Sé muchas cosas sobre ti que no debería saber, Raquel. —Oírlo decir mi nombre envía mariposas hacia mi estómago.

Trato de mostrarme desafiante.

—¿Ah, sí? ¿Como cuáles?

—Como esas páginas que visitas cuando todo el mundo está durmiendo. —Mi boca se abre en sorpresa, pero la cierro rápidamente. ¡Oh, Dios mío! Ha visto mi historial de navegación, la vergüenza no me cabe en el cuerpo. He visitado varias páginas porno por curiosidad, solo curiosidad.

—No sé de qué hablas.

Ares sonríe.

—Sí que lo sabes.

No me gusta a dónde se dirige esta conversación.

—En fin, ese no es el punto, deja de usar mi wifi y hacer ruido.

Ares se levanta de la pequeña silla.

—¿O qué?

—O... te acusaré.

Ares se echa a reír, su risa es ronca y sexy.

—¿Me acusarás con tu mami? —dice en tono burlón.

—Sí, o con la tuya. —Me siento segura en el balcón, pero creo que no sería tan valiente si estuviéramos frente a frente. Él mete las manos en los bolsillos de sus shorts.

—Seguiré utilizando tu wifi y no podrás evitarlo.

—Claro que sí.

El desafío en nuestros ojos es abrumador.

—No hay nada que puedas hacer. Si le dices a mi madre, lo negaré y ella me creerá a mí. Si se lo dices a la tuya, le mostraré las páginas que visitas cuando nadie te ve.

—¿Me estás chantajeando?

Él se acaricia la mandíbula como si pensara.

—Yo no lo llamaría chantaje, más bien llegar a un acuerdo. Yo obtengo lo que quiero y tú a cambio mi silencio.

—Tu silencio en información que obtuviste de mala manera, eso no es justo.

Ares se encoge de hombros.

—¿No has oído que la vida no es justa? —Aprieto mis dientes en molestia. Él es insoportable, pero se ve bien hermoso bajo la luz de la luna—. Si ya no tienes nada que decir, volveré a mi laptop, estaba haciendo algo importante. —Se da la vuelta, toma su laptop y se sienta en la silla.

Me quedo mirándolo como tonta, sin saber si es por lo idiota que es o porque los sentimientos que tenía por él cuando era niña no se han ido del todo. De cualquier forma, tengo que volver adentro, el frío nocturno no es nada agradable. Cierro la ventana y, derrotada, me meto en mis sábanas calentitas. Mi iPhone vibra en la mesita de noche, lo agarro extrañada. ¿Quién podría enviarme un mensaje a estas horas?

Abro el mensaje y jadeo en sorpresa.

De: Número desconocido

Buenas noches, bruja.

Atentamente,

Ares.

Gruño en frustración. ¿A quién le dice bruja? ¿Y cómo diablos tiene mi número? Al parecer, las cosas con Ares no están ni cerca de haber terminado, pero él está muy equivocado si cree que me quedaré de brazos cruzados.

¡Te metiste con la vecina equivocada!

3

LA PRÁCTICA DE FÚTBOL

—¿Que tú qué? —Daniela, mi mejor amiga de la infancia, casi escupe su refresco en mi cara. Estamos en el café más popular del pueblo.

—Sí, exactamente lo que oíste —suspiro, jugando con el sorbete de mi jugo de naranja. Daniela sonríe ampliamente como si hubiera ganado la lotería. Su pelo negro cae a los lados de su cara, tiene ese tipo de pelo que si no lo peinas igual se ve bien. ¡Qué envidia! De la buena, por supuesto.

Daniela ha estado a mi lado desde que recuerdo, nuestra amistad empezó en el jardín de infancia cuando ella metió un lápiz en mi oído. Sí, fue un inicio poco convencional para una amistad de toda la vida, pero así somos nosotras, poco convencionales y alocadas. De alguna forma, nos amoldamos la una a la otra de una manera perfecta y sincronizada. Si eso no es una amistad eterna, entonces no sé lo que es.

Dani mantiene esa tonta sonrisa en su cara.

—¿Por qué pareces tan desanimada al respecto? Estamos hablando de Ares, tu amor frustrado desde que tenías siete o algo así.

—Ya te dije cómo me trató.

—Pero te trató, Raquel, habló contigo, notó tu presencia en este mundo. Eso es un comienzo, mucho mejor que solo verlo desde lejos como una acosadora.

—¡Yo no lo acoso!

Dani pone los ojos en blanco.

—¿En serio? ¿Tratarás de negármelo a mí que te he visto acosar-lo desde las sombras?

—Claro que no, es pura casualidad que lo vea a lo lejos cuando ando caminando por el pueblo.

—¿Caminando por el pueblo o escondiéndote detrás de un arbusto?

—En fin. —Corto el tema porque no me conviene—. Se supone que tienes que ayudarme, necesito encontrar una forma de evitar que use mi wifi, no quiero que se salga con la suya.

—¿Por qué no cambias la clave?

—¿Para que vuelva a hackear mi compu? No, gracias.

Dani saca su compacto de maquillaje y se ve en el espejo, acomo-dando su cabello.

—La verdad es que no sé qué decir, nena. ¿Y si le pedimos ayuda a Andrés?

—¿Estás de broma? Y, por última vez, Dani, es André, sin s.

—Da igual. —Saca su labial y empieza a pintarse los labios de un rojo bastante llamativo—. Él es bueno en cosas de computación, ¿no? Por algo es el nerd de la clase.

—¿De verdad tienes que hacer eso aquí? No estamos en tu casa —comento, aunque sé que pierdo mi tiempo—. Y sí, supongo que él sabe de eso, él ayudó a Francis en su proyecto de computación.

—Ahí lo tienes. —Dani guarda su maquillaje y se levanta—. ¿Ves como siempre te consigo soluciones? —Abro mi boca para hablar, pero ella continúa—. Es más, ¿sabes cuál es mi consejo para esto?

—¿Que lo supere?

—Sí, pierdes tu tiempo, de verdad.

—Es que él es tan... —suspiro— perfecto.

Dani ignora mi declaración.

—Tengo que ir al baño, ya vuelvo.

Se da la vuelta y se aleja, ganándose unas cuantas miradas de unos chicos cuando pasa al lado de sus mesas. Dani tiene un gran talento para arreglarse, también ayuda que tiene un cuerpo esbelto y que es alta. Puedo decir que mi mejor amiga es una de las chicas buenas de mi colegio.

Juego con mi sorbete, al terminar mi jugo de naranja. Hace un calor infernal, pero me regocijo en él. No quiero que el verano termine porque eso significa clases y, para ser honesta, mi último año de preparatoria me asusta un poco.

Ares invade de nuevo mi mente, y me permito recordar su voz junto con esa sonrisa arrogante de la noche anterior. Yo sabía que él no tenía la mejor personalidad del mundo, cuando lo he observado me he dado cuenta de lo frío y meticuloso que es haciendo las cosas. Es como si fuera un robot, incapaz de sentir. Una parte de mí tiene la esperanza de que yo esté equivocada y que en realidad él sea dulce por dentro o algo así.

La alarma de mi teléfono suena y la reviso: práctica de fútbol. Una sonrisa se forma en mis labios. Es de conocimiento público que todos los martes y jueves, a las cinco de la tarde, el equipo de la preparatoria de Ares tiene práctica de fútbol en una cancha pública cerca de mi vecindario.

Guardo mi celular en el bolso y pago la cuenta. Me recuesto en la pared frente al baño para esperar a Dani, muevo mis pies impaciente hasta que mi mejor amiga se digna a salir.

Dani alza una ceja.

—Pensé que cenaríamos aquí.

—Práctica de fútbol.

—¿Estás diciéndome que me abandonarás aquí por irte a ver a un montón de chicos hermosos y atractivos posiblemente sin camisa? —me pregunta, pero sé que bromea.

—¿Quieres ir?

—No, acosar chicos desde la distancia no es lo mío, soy más de acción con dichos chicos y lo sabes. —Me guiña un ojo.

—Deja de restregarme tu experiencia —finjo sonar dolida.

—Deja de ser virgen. —Me saca la lengua.

—Quizás ya no lo sea. —También le saco la lengua.

—Sí, claro, deja de guardarle tu virginidad a ese amor platónico tuyo.

—¡Dani! Yo no estoy guardándole nada.

Ella desvía su mirada.

—Claro, claro, vete. Dios no permita que pierdas la oportunidad de verlo sin camisa por mi culpa.

—Él nunca se quita la camisa —murmuro.

Dani se ríe.

—Es que te tiene muy mal, chica mala.

—¡Dani!

—Ya me callo. Vete, cenamos otro día, no te preocupes.

Con mis mejillas en llamas, salgo del café y camino en dirección de la cancha. Dani está loca, siempre habla de esa manera para incomodarme. Aunque no tenga experiencia con los chicos, sé lo que hay que saber sobre sexo. Aun así, no puedo hablar al respecto sin sonrojarme un poco.

Después de llegar a la cancha, compro mi malteada de piña —mi favorita—, tomo mis lentes oscuros, agarro la capucha de mi chaqueta para cubrir mi cabello y me siento en las tribunas frente al campo de fútbol a disfrutar la vista. Otras cuatro chicas y yo somos las únicas en el lugar.

Los chicos llenan el campo haciendo los estiramientos de rutina. Aunque este es el equipo de fútbol de la prestigiosa escuela de Ares, se ven obligados a practicar aquí durante el verano. Ares trota alrededor de la cancha, lleva puestos unos shorts negros y una camiseta verde con el número 05 en su espalda. Su pelo negro se mueve con el viento mientras trota. Lo observo como tonta y se me olvida nuestra interacción de anoche.

¡Es tan lindo!

Cuando la práctica termina, el cielo retumba con un fuerte trueno y, sin aviso previo, empieza a llover. Frías gotas de lluvia caen sobre mí; maldigo para mis adentros y aprieto la capucha de mi chaqueta sobre mi cabeza. Corro tribunas abajo y paso el estacionamiento rápidamente, los chicos están por salir, así que corro el riesgo de que Ares me vea. En mi apuro por salir de ahí me estrello contra alguien de manera estrepitosa.

—¡Au! —Me toco mi nariz, alzando la vista. Es uno de los chicos del equipo, un moreno alto de ojos claros que parece salido de una serie de televisión.

—¿Estás bien?

Asiento con la cabeza y le paso por un lado para seguir caminando. Y entonces ocurre, escucho la voz de mi amor frustrado de toda la vida.

—¿Qué estás haciendo aquí parado bajo la lluvia? —Oigo a Ares preguntarle al moreno detrás de mí.

—Me tropecé con una chica muy extraña, llevaba lentes de sol con esta lluvia.

«Extraña, tu abuela», pienso, y trato de oír la respuesta de Ares a través de la lluvia, pero ya me he alejado. Eso estuvo cerca.

Camino lo más rápido que puedo, y suspiro en alivio cuando veo la salida de la cancha. Cruzo a la derecha para seguir mi camino hasta mi casa. La lluvia es fuerte, pero no veo nada donde pueda cubrirme, ni siquiera una parada de autobús. Escucho voces y por instinto me meto en un callejón. Con la espalda contra la pared, me atrevo a echar un vistazo a la calle.

Ares está charlando con unos chicos del equipo, todos tienen paraguas, por supuesto. *¡Debí revisar el pronóstico del clima!*

—¿Seguro que no quieres ir con nosotros? —El moreno con el que me estrellé antes pregunta insistente.

Ares menea su cabeza.

—No, tengo cosas que hacer en casa.

Sus amigos se alejan y Ares solo se queda ahí parado bajo la lluvia como esperando algo. Entrecierro mis ojos, ¿a qué está esperando?

Ares decide moverse y para mi sorpresa no toma la dirección a su casa, sino el sentido contrario. ¿Les mintió a sus amigos? La curiosidad me hace tomar una mala decisión: seguirlo.

Cada vez está más oscuro, y nos alejamos del centro del pueblo, adentrándonos en calles más solitarias. Esta es una mala idea. ¿Qué se supone que estoy haciendo? Nunca lo he seguido antes, pero me interesa saber por qué les mintió a sus amigos, aunque, honestamente, eso no es mi problema.

Ares no duda en sus pasos como si supiera exactamente adónde va. Pasamos un pequeño puente de madera y la brisa fresca de la noche se hace presente mientras las nubes oscuras se tragan lo que queda de luz de sol. Me abrazo y humedezco mis labios. ¿Adónde planea ir en esta oscuridad?

Ya no puedo ver la carretera, solo un camino de tierra que nos lleva dentro del bosque. Mi confusión crece aún más porque sé que en este lugar no hay nada más que árboles y oscuridad. Ares se salta una cerca pequeña del lugar que menos espero ver: el cementerio del pueblo.

¿Qué demonios? Ni siquiera sabía que por aquí se podía llegar al cementerio del pueblo. ¿Y qué hace él aquí? Oh, no. Mi imaginación vuela como loca de nuevo: él es un vampiro y viene aquí a reflexionar sobre si matar o no a su próxima víctima. O peor aún, sabe que lo estoy siguiendo y me trajo hasta aquí para chupar mi sangre hasta dejarme seca.

No, no, no, yo no puedo morir virgen.

Dudosa, me salto la pequeña cerca. No puedo creer que lo esté siguiendo dentro del cementerio. ¡Bendita curiosidad!

Decir que el cementerio se ve horriblemente tenebroso es poco, las nubes negras que aún ocultan un semioscuro cielo junto con los pequeños relámpagos que alumbran las tumbas hacen que me sienta en una película de terror.

Siendo la estúpida que soy, sigo a mi amor platónico a través de tumbas y árboles secos que se mueven con el viento. Quizás él viene a visitar a alguien, pero en la familia de Ares no hay muertes que yo recuerde. Créeme, en un pueblo pequeño te enteras de todo, y todo el mundo sabe todo.

Ares comienza a caminar más rápido y lucho por alcanzarlo manteniendo una distancia prudente. Entramos a un área de mausoleos, que parecen pequeñas casas para aquellas personas que ya no están con nosotros. Ares dobla en una esquina y me apuro en seguirlo, pero, cuando cruzo la esquina, ya no está.

Mierda.

Manteniendo la calma, atravieso ese pequeño camino entre mausoleos, pero no lo veo por ninguna parte. Trago grueso, mi corazón late como loco en mi pecho. Unos relámpagos seguidos de un trueno me hacen saltar del susto. Yo sabía que esta era una muy mala idea. ¿Cómo se me ocurre seguirlo al cementerio mientras anochece? Me doy la vuelta, tratando de seguir los pequeños caminos entre tumbas por donde entré. Necesito salir de aquí antes de que una de estas almas decida venir por mí.

Esto me pasa por curiosa, me lo merezco. Otro relámpago, otro trueno, ya mi pobre corazón está al borde del colapso. Voy pasando por el frente de una cripta y escucho ruidos extraños.

Mierda, mierda, mierda.

No me voy a quedar a averiguar quién es o qué es. Me apresuro casi corriendo, pero, por supuesto, como soy torpe cuando estoy asustada, me tropiezo con una raíz de un árbol y caigo sobre mis manos y rodillas. Me siento sobre la parte de atrás de mis muslos sacudiendo mis manos cuando lo siento: algo o alguien detrás de mí, una sombra se refleja en el camino delante de mí, una sombra sin forma.

Y grito, tan fuerte que mi garganta arde después de ello. Me levanto deprisa en pánico y me giro para empezar a rezar en defensa y entonces lo veo a él.

Ares.

4

EL CEMENTERIO

Ares está ahí frente a mí, con su jersey azul oscuro del equipo de fútbol que esconde la camiseta verde con la que lo vi en la práctica, un paraguas sobre su cabeza y la mano libre en el bolsillo de sus shorts negros. Se ve como lo que es: un niño rico, deportista y con clase.

Él se ve tranquilo, como si no acabara de asustarme tanto que estuve a punto de desmayarme. Es la primera vez que lo tengo frente a mí de esta manera, su altura me intimida y su mirada me atraviesa, es intensa y congelante.

—Me asustaste —acuso, sosteniendo mi pecho. Él no dice nada, se queda ahí observándome en silencio.

Pasan segundos que se sienten como años hasta que una sonrisa burlona se despliega en sus carnosos labios.

—Te lo mereces.

—¿Por qué?

—Tú sabes por qué. —Me da la espalda y empieza a caminar de regreso a los mausoleos. Oh, no, de ninguna forma me voy a quedar aquí sola.

—¡Espera! —Lo sigo apurada, y él me ignora, pero tampoco parece molestarle el hecho de que lo siga como un perrito perdido.

Ares llega a un claro y se sienta sobre una tumba, poniendo su paraguas a un lado. Yo me quedo ahí parada viéndolo como una idiota. Él saca una caja de cigarrillos de su bolsillo y su encendedor. No me sorprende, sé que él tiene ese hábito. ¿Qué clase de acosadora sería si no supiera eso?

Enciende un cigarrillo y aspira para luego dejar el humo blanco salir de su boca lentamente. Sus ojos están sobre la vista, parece absorto en sus pensamientos. Así que vino aquí a fumar, es una larga caminata solo para eso. Aunque tiene sentido, sus padres no aprobarían que su hijo estrella y deportista fumara, sé que él lo hace con mucha cautela y a escondidas.

—¿Te vas a quedar ahí parada toda la noche?

¿Cómo es su voz tan fría cuando es tan joven?

Tomo asiento en una tumba frente a él, manteniendo mi distancia. Sus ojos se posan sobre mí mientras exhala el humo de su cigarro. Trago, no sé qué estoy haciendo, pero no hay forma de que me vaya sola por ese camino oscuro.

—Solo estoy esperándote para no volverme sola. —Siento la necesidad de aclararle por qué aún estoy aquí.

La luz de las pequeñas lámparas naranjas del cementerio se refleja sobre él, quien me da una sonrisa torcida.

—¿Qué estás haciendo aquí, Raquel? —Escucharlo decir mi nombre causa una extraña sensación oscilante en mi estómago.

—Vine a visitar a un familiar. —Mentirosa, mentirosa.

Ares enarca una ceja.

—¿Ah, sí? ¿A quién?

—Mi... Es un familiar lejano.

Ares asiente, lanzando su cigarro al suelo para luego pisarlo y apagarlo.

—Claro, ¿y decidiste venir a visitar a ese familiar sola, bajo la lluvia y de noche?

—Sí, no me di cuenta de que ya era tan tarde.

Ares se inclina hacia adelante poniendo los codos sobre sus rodillas, mirándome fijamente.

—Mentirosa.

—¿Disculpa?

—Ambos sabemos que estás mintiendo.

Juego con mis manos en mi regazo.

—Claro que no.

23

Se levanta y me siento indefensa sentada frente a él, así que yo también me levanto. Quedamos frente a frente y mi respiración se vuelve acelerada e inconstante.

—¿Por qué me estás siguiendo?

Me mojo los labios.

—No sé de qué hablas.

Ares se acerca a mí y yo retrocedo cobardemente hasta que mi espalda choca con un mausoleo detrás de mí. Él estampa su mano contra la pared al lado de mi cabeza, haciéndome brincar un poco.

—No tengo tiempo para tus estúpidos juegos, respóndeme.

Mi respiración es un desastre.

—De verdad, no sé de qué hablas, solo vine a visitar a mi... A alguien que...

—Mentirosa.

Él está muy cerca para la salud de mi pobre corazón.

—Es una ciudad libre, yo puedo caminar por donde quiera.

Ares toma mi mentón, y me obliga a levantar la cabeza y mirarlo. Su mano se siente cálida sobre mi fría piel. Dejo de respirar, su cabello medio mojado se pega a su hermosa cara pálida y perfecta, sus labios se ven naturalmente rojos y húmedos. Esto es mucho para mi pequeño ser. A duras penas he manejado verlo de lejos, tenerlo así de cerca es demasiado para mí.

Una sonrisa de suficiencia llena sus labios.

—¿Crees que no sé de tu pequeña obsesión infantil conmigo?

La vergüenza incendia mis mejillas y trato de bajar la mirada, pero él sostiene mi mentón con gentileza.

—Suéltame —exijo, tomando su muñeca para quitar su mano y lo logro. Sin embargo, él se mantiene frente a mí, sin retroceder, su mirada descontrolando mi corazón.

—No vas a ninguna parte hasta que me respondas. —Suena decidido.

—No sé de qué hablas —repito, tratando de ignorar el calor que emana de su cuerpo y calienta el mío.

—Vamos a refrescar tu memoria, ¿sí? —No me gusta nada a dónde va con esto—. Me acosas desde hace mucho tiempo, Raquel. —Escucharlo decir mi nombre me da escalofríos—. Tu fondo de escritorio en la PC son fotos mías que te has robado de mi Facebook y la clave de tu wifi incluye mi nombre.

Me quedo sin palabras, él lo sabe todo. Estar avergonzada me queda corto, ya esto es otro nivel de vergüenza.

—Yo... —No sé qué decir, sabía que existía la posibilidad de que Ares supiera sobre mi obsesión, él hackeó mi computadora después de todo.

Sentimientos encontrados me invaden. Se le ve tan victorioso, tan en completo control de la situación. Puedo ver la burla y la superioridad plasmada en su expresión. Él está disfrutando al acorralarme y avergonzarme de esta manera. Él está esperando que lo niegue, que baje la cabeza y lo deje reírse de mi vergüenza.

Y entonces algo en mí cambia y el desafío emerge, no quiero darle la satisfacción, estoy cansada de ser la chica tímida que se esconde detrás de chistes y frases sarcásticas. Siento la necesidad de probarle al hermoso chico enfrente que está equivocado sobre mí, que todo lo que cree que sabe es pura mentira, que soy una chica fuerte, independiente y extrovertida. Este lado desafiante suele salir a la superficie cuando me siento acorralada, es como un mecanismo de defensa. Ya basta con esconderme en las sombras, ya basta con no decirle a nadie lo que pienso y siento por miedo a ser rechazada y echada a un lado.

Así que levanto mi mirada y lo miro directamente a esos ojos azules infinitos.

—Sí, te acoso.

Decir que Ares está perplejo es poco. Su expresión de burla y victoria desaparece para ser reemplazada por confusión pura. Da un paso atrás, luciendo anonadado.

Yo le doy una sonrisa de medio lado, cruzando los brazos sobre mi pecho.

—¿Por qué tan sorprendido, niño bonito? —Él no dice nada.

Señoras y señores, yo, Raquel Mendoza, he dejado a mi crush de toda la vida sin palabras.

Ares se recupera, pasando su mano por su mandíbula como si estuviera asimilando todo.

—No me esperaba eso, debo admitirlo.

Me encojo de hombros.

—Lo sé. —No puedo quitarme la sonrisa estúpida causada por esa sensación de estar en control de la situación.

Ares se lame los labios.

—¿Y se puede saber por qué me acosas?

—¿No está claro eso? —le digo divertida—. Porque me gustas.

Los ojos de Ares amenazan con salirse de su cara.

—¿Desde cuando eres tan... directa?

Desde que me acorralaste y tenías toda la intención de avergonzarme.

Paso la mano por mi cabello húmedo y le guiño un ojo.

—Desde siempre.

Ares se ríe por lo bajo.

—Pensé que solo eras otra niña callada e introvertida que juega a ser la inocente, pero, al parecer, eres un poco interesante.

—¿Un poco? —bufo—. Soy la chica más interesante que has conocido en tu vida.

—Y, por lo que veo, también tienes una autoestima decente.

—Así es.

Ares se acerca a mí nuevamente, pero esta vez no retrocedo.

—Y ¿qué será lo que esta chica tan interesante quiere de mí?

—¿No puedes deducirlo? Pensé que tenías el coeficiente intelectual más alto del condado.

Ares se ríe abiertamente, su risa hace eco contra algunos mausoleos.

—Es increíble todo lo que sabes de mí, y sí, claro que puedo deducirlo, solo quiero que tú lo digas.

—Creo que ya he hablado lo suficiente, te toca a ti adivinar lo que quiero.

Ares se inclina hasta que nuestras caras están a simples centímetros de distancia, tenerlo tan cerca aún me afecta y trago grueso.

—¿Quieres conocer mi habitación? —La sugerencia en su voz no pasa desapercibida, así que lo empujo y meneo la cabeza.

—No, gracias.

Ares frunce el ceño.

—¿Y entonces qué quieres?

—Algo muy simple —le digo casualmente—, que te enamores de mí.

Por segunda vez en la noche, Ares se ríe abiertamente. No sé lo que le parece tan divertido porque no estoy bromeando, pero no me quejo, el sonido de su risa es maravilloso. Cuando para de reír, me da una mirada extrañada.

—Estás loca. ¿Por qué me enamoraría de ti? Ni siquiera eres mi tipo.

—Eso ya lo veremos. —Le guiño un ojo—. Y tal vez esté loca, pero mi determinación es impresionante.

—Eso puedo verlo. —Se da la vuelta y regresa a la tumba donde estaba sentado antes.

Tratando de calmar la tensión entre nosotros, hablo.

—¿Por qué viniste aquí a estas horas?

—Es tranquilo y solitario.

—¿Te gusta estar solo?

Ares me lanza una mirada, poniendo otro cigarrillo entre esos labios rojos que me gustaría probar.

—Digamos que sí.

Me doy cuenta de lo poco que sé de Ares, a pesar de haberlo acosado por tanto tiempo.

—¿Por qué sigues aquí? —Su pregunta me ofende. ¿Acaso quiere que me vaya?

—Me da miedo volver sola.

Ares exhala el humo del cigarro y toca un espacio a su lado antes de hablar.

—Ven, siéntate a mi lado. No me tengas miedo, porque según esta situación tan bizarra yo debería ser el que estuviera asustado, pequeña acosadora.

Trago grueso, sonrojándome, pero obedezco como una marioneta. Me siento a su lado, y él sigue fumando. Permanecemos en silencio un rato, no puedo creer que le haya dicho todas esas cosas a Ares. Un escalofrío me atraviesa y tiemblo un poco, ya es de noche, y a pesar de estar oscuro puedo ver claramente. La luna ya se abrió paso entre las nubes negras, iluminando el cementerio. No es la vista más romántica del mundo, pero estar al lado de Ares lo hace tolerable.

Echo un vistazo a su perfil y sus ojos están en el horizonte. Dios, es tan atractivo. Como si sintiera mi mirada, Ares se gira hacia mí.

—¿Qué?

—Nada. —Aparto la mirada.

—Te gusta leer, ¿no? —Su pregunta me toma desprevenida.

—Sí. ¿Cómo lo sabes?

—Tu computadora tenía mucha información, es como un diario electrónico.

—Aún no te has disculpado por hackear mi compu.

—Ni lo haré.

—Violaste leyes federales al hacer eso, lo sabes, ¿no?

—Y tú violaste como tres al acosarme, sabes eso también, ¿no?

—Buen punto.

Mi teléfono suena y contesto rápidamente, es Dani.

—Tu madre está preguntándome a qué hora llegas a casa.

—Dile que ya voy en camino.

—¿Dónde diablos estás? Sé que la práctica de fútbol terminó hace mucho rato.

—Estoy... —Le lanzo una mirada a Ares y él me da una sonrisa pícara— en la panadería, me antojé de un dónut.

Un dónut muy atractivo.

—¿Un dónut? Pero si odias los dónuts...

Muerdo mis labios.

—Solo dile a mamá que voy en camino. —Cuelgo antes de que me pueda hacer otra pregunta.

Ares mantiene esa sonrisa en sus ricos labios, y no puedo evitar querer preguntarme cómo se sentiría besarlo.

—Acabas de mentir, ¿acaso soy tu oscuro secreto?

—No, es solo... que explicarle por teléfono habría sido complicado. —Antes de que pregunte más sobre lo que podría decirle a Dani, hablo—: ¿Podrías... acompañarme? Por lo menos hasta la calle, de ahí en adelante puedo ir sola.

—Sí, claro, pero eso tiene un precio. —Se levanta.

—¿Un precio?

—Sí. —Toma su paraguas y lo apunta hacia mí, obligándome a retroceder para evitar que la punta del mismo toque mi pecho—. Que me dejes darte un beso donde yo quiera.

Mis mejillas queman.

—Es..., eso es un precio alto, ¿no crees?

—¿Tienes miedo? —dice en tono de burla—. ¿O es que lo de ser extrovertida y valiente era solo actuación?

Entrecierro mis ojos.

—No, solo me parece un precio excesivamente alto.

Él se encoge de hombros.

—Entonces, disfruta tu caminata en la oscuridad. —Se gira para irse a sentar de nuevo; sin embargo, me mira con el rabillo del ojo, asegurándose de que no me vaya sola. Aunque no le dé el beso, sé que no me dejará irme sola, y ¿a quién engaño? Yo también quiero ese beso, cada parte de mí se incendia con solo imaginarlo.

—Espera —digo, manteniendo mi actitud extrovertida—. Está bien.

Ares gira hacia mí de nuevo.

—¿De verdad?

—¡Sí!

Mi corazón va a colapsar en cualquier momento.

—¿Po-podemos irnos ya?

Ares se lame los labios lentamente.

—Necesito mi incentivo para empezar a caminar.

—Ya dije que pagaría el precio.

Su cara queda a solo centímetros de la mía.

—¿Me das tu palabra?

—Sí.

—Veamos si eso es cierto.

—¿Qué...? —Un jadeo escapa de mis labios cuando se inclina y mete su cara en mi cuello, su cabello roza mi mejilla—. Ares, ¿qué estás...? —Me falla la voz, me falla todo con su cercanía.

Su respiración caliente acaricia mi cuello, despertando mis hormonas e, instintivamente, me acerco a él.

—¿Ansiosa, Raquel? —dice mi nombre en mi oído, regando deliciosos escalofríos por todo mi cuerpo.

No puedo creer que esto esté pasando, tengo a Ares pegado a mí, su cálido aliento en mi cuello, su mano en mi cintura. *¿Acaso estoy soñando?*

—No estás soñando.

¡Mierda! Lo dije en voz alta.

La vergüenza no me cabe en el cuerpo; sin embargo, en el momento en que los labios de Ares hacen contacto con la piel de mi cuello, me olvido de todo. Ares deja besos mojados a lo largo de mi piel, hasta que llega al lóbulo de mi oreja y lo chupa ligeramente. Mis piernas se debilitan y, si no es por Ares, que me sostiene firmemente, ya estaría en el suelo. ¿Qué me está haciendo?

Estoy temblando, pequeños hilos de placer cruzan mi cuerpo dejándome sin aliento. Una presión nace en lo bajo de mi vientre y no puedo creer todo lo que me está causando eso con solo besar mi cuello. Su respiración se acelera, al parecer no soy la única afectada por esto. Cuando termina su ataque en mi cuello, prosigue a besar un lado de mi cara y sigue moviéndose a través de mi mejilla, hasta que presiona sus labios en la esquina de los míos. Abro mi boca en anticipación, esperando el contacto, espero su beso, pero nunca llega.

Ares se separa y me brinda una sonrisa de suficiencia.

—Vámonos.

Quedo jadeante y bastante emocionada. *¿Me vas a dejar así?* Quiero preguntarle, pero me detengo antes de que la súplica salga de mis labios. Ares recoge su paraguas y comienza a caminar sin lucir afectado por lo que acaba de pasar. Recobrando el control de cuerpo y a regañadientes, lo sigo.

Sé que esta noche solo ha sido el comienzo de algo que no sé si podré manejar, pero, por lo menos, lo voy a intentar.

5

EL MEJOR AMIGO

La caminata de regreso no es tan incómoda como esperaba, aun así estoy nerviosa y me tiemblan las manos. Una de parte de mí aún no puede creer que esté caminando junto a Ares. Me mantengo un paso detrás de él para no tener que enfrentarme a esa linda cara que tiene y que me desarma. Sin embargo, mis ojos curiosos viajan por sus definidos brazos y formadas piernas. Jugar al fútbol le sienta muy bien, tiene un cuerpo atlético que lo hace lucir fuerte, lo observo embobada y, cuando él me pilla, bajo la mirada avergonzada.

Ares me ojea por encima de su hombro con una sonrisa pícara que me deja sin aire.

¿Por qué tiene que ser tan jodidamente atractivo? ¿Por qué?

Refunfuñando, me enfoco en la calle a un lado de nosotros. Ares pasa el resto del camino usando su teléfono. Al llegar a la puerta de mi casa, el ambiente se pone un poco incómodo. Él se detiene a mi lado, y pasa la mano por su pelo.

—Llegaste a tu cueva, bruja.

—Deja de llamarme así.

—Péinate más seguido y lo haré.

Golpe bajo.

De inmediato, paso los dedos por mi enredado cabello, tratando de peinarlo.

—Es culpa del clima.

Ares solo sonríe.

—Como digas —hace una pausa—, bruja.

—Muy gracioso.

Ares revisa su teléfono como si revisara la hora.

—Entra antes de que tu mamá salga y te arrastre dentro.

—Mi mamá no haría eso, ella sabe lo que tiene —digo con arrogancia—. Ella confía en mí.

Y como si me escuchara, la voz de mi madre se oye desde dentro de la casa.

—¿Raquel? ¿Eres tú?

—¡Mierda! —Entro en pánico—. Eh..., fue divertido, buenas noches, adiós. —Le doy la espalda para caminar a la puerta.

—¿No acabas de decir que tu madre sabe lo que tiene?

—¿Raquel?

Me giro hacia él nuevamente.

—¡Shhhh! —Le hago un gesto con las dos manos para que se vaya—. ¡Vete! ¡Chu!

Ares se ríe mostrando esos dientes perfectos. Tiene una sonrisa hermosa, podría quedarme a mirarlo toda la noche, pero mi madre está a punto de salir y armar un alboroto. Ares me hace el símbolo de «Okay» con sus dedos.

—Muy bien, me voy, bruja acosadora.

—¿Un apodo compuesto ahora?

Me da una sonrisa arrogante.

—Soy muy creativo, lo sé.

—Yo también lo soy, dios griego. —Tan pronto mi supuesto apodo deja mis labios me arrepiento. *¿Dios griego? ¿Es en serio, Raquel?*

—Me gusta ese apodo.

¡Por supuesto que te gusta, arrogante!

—¡Raquel!

Le vuelvo a dar la espalda y esta vez él no dice nada, sus pasos se alejan en la distancia mientras abro la puerta. Entro y pongo mi espalda contra la puerta, una sonrisa estúpida invade mi cara. Pasé un buen rato con Ares, el chico de mis sueños, aún no puedo creerlo.

—¡Raquel Margarita Mendoza Álvarez!

Sabes que estás en problemas cuando tu mamá usa tu nombre completo.

—Hola, mami linda —digo con la sonrisa más tierna que puedo conjurar.

Rosa María Álvarez es una mujer trabajadora, estudiada y dedicada, es la mejor persona que conozco, pero como madre puede ser muy estricta. A pesar de no pasar mucho tiempo en casa por su trabajo —es enfermera—, cuando está en casa, le gusta controlar y mantener el orden.

—Mami linda, nada. —Me acusa con su dedo—. Son las diez de la noche. ¿Se puede saber dónde estabas?

—Creí que acordamos que podía llegar máximo a las once durante el verano.

—Solo los fines de semana —me recuerda—. Siempre y cuando me informes de dónde estás y con quién.

—Pasé por la panadería y me estaba comiendo un dónut y...

—La panadería cierra a las nueve.

Me aclaro la garganta.

—No me dejaste terminar, me quedé afuera de la panadería comiéndome el dónut.

—¿Esperas que me crea eso?

Pongo mis manos en la cintura.

—Eso fue lo que pasó, mamá. Tú me conoces, ¿qué más podría estar haciendo?

Dejando que un chico me bese el cuello en el cementerio.

Los ojos de mamá se ponen chiquitos.

—Será mejor que no me estés mintiendo, Raquel.

—Jamás me atrevería, mami. —Le doy un abrazo y beso el lado de su cara.

—Tu cena está en el microondas.

—Eres la mejor.

—Y sube a darle amor a ese perro tuyo, no ha hecho más que arrastrarse por toda la casa deprimido.

—¡Aww! Me extraña.

—O tiene hambre.

Ambas son muy posibles.

Después de calentar y devorar mi comida, subo a mi cuarto y Rocky sale corriendo a recibirme, casi me tumba, está más grande cada día.

—Hola, perrito hermoso, divino y peludito. —Le sobo la cabeza suavemente—. ¿Quién es el perrito más lindo de este mundo? —Rocky lame mi mano—. Así es, tú lo eres.

Mi teléfono suena en el bolsillo de mi chaqueta y, cerrando la puerta de mi cuarto con el pie, reviso el mensaje. Es de Joshua, mi mejor amigo. Llevo días sin verlo porque he pasado mucho tiempo con Dani, y esos dos no se soportan.

De: Joshua BFF

¿Estás despierta?

Yo: Sí, ¿qué pasa?

Mi timbre de llamada suena y contesto rápidamente.

—Hola, Rochi —me habla con un tono emocionado. Joshua siempre me ha llamado Rochi de cariño.

—Hola, Yoshi. —Y yo, por supuesto, lo llamo como el dinosaurio de Mario Kart. Se parece a Joshua y es tierno. No son los sobrenombres más maduros del mundo, pero en mi defensa debo decir que los escogimos de niños.

—Antes que nada, la loca no está contigo, ¿no?

—No, Dani debe estar en su casa.

—Por fin, me tienes abandonado, ya se me está olvidando tu cara.

—Han pasado cuatro días, Yoshi.

—Eso es mucho tiempo. En fin, ¿qué te parece si mañana vemos un maratón de *The Walking Dead*?

—Solo si me juras que no has visto los nuevos capítulos sin mí.

—Tienes mi palabra.

Camino alrededor de mi cuarto.

—Es un trato entonces.

—¿Tu casa o la mía?

Miro el calendario en la pared.

—La mía, mamá tiene guardia doble mañana y mi televisor es más grande.

—Está bien, nos vemos mañana, Rochi.

—Hasta mañana.

Sonrío al teléfono y recuerdo aquellos momentos en los que pensé que tenía un crush con Joshua. Él siempre ha sido el único chico con el que he interactuado y compartido tanto. Pero jamás me atrevería a poner nuestra amistad en riesgo cuando ni siquiera sabía lo que sentía. Joshua es un chico tierno, tímido y físicamente lindo, nada alucinante como Ares, pero lindo en su propia forma. Usa lentes y una gorra hacia atrás que nunca se quiere quitar. Su pelo castaño rebelde se oculta dentro de ella.

Inconscientemente, me acerco a la ventana. ¿Estará Ares ahí en el patio robándose mi wifi? Mi corazón da un brinco de solo imaginármelo ahí sentado en la silla con su laptop en su regazo y esa estúpida sonrisa arrogante que le queda tan bien. Pero cuando abro mis cortinas, solo veo la silla vacía, unas cuantas gotas de agua sobre ella por la pasada lluvia de esta tarde.

Miro a la casa de Ares. Desde mi ventana se ve muy bien, ya que él siempre deja las cortinas abiertas, a veces pienso que lo hace a propósito. Echo un vistazo a su ventana. La luz está encendida, pero no lo veo. Suspiro en decepción. Estoy a punto de rendirme cuando él aparece, y agarra la orilla de su camiseta y se la quita por encima de la cabeza. Me sonrojo instantáneamente al ver su definido torso desnudo.

Ese abdomen plano y definido...

Esos brazos fuertes...

Esos tatuajes...

Esa V en su bajo abdomen...

Hace calor aquí de pronto.

Bajo la mirada, avergonzada, pero no puedo evitar echarle un último vistazo. Para mi sorpresa, Ares está parado frente a la ventana mirándome directamente.

¡Mierda!

Me tiro al suelo y me arrastro con vergüenza lejos de la ventana. Rocky mueve su cabeza a un lado, confundido.

—No me juzgues —le digo seriamente.

Mi teléfono suena asustándome. Le pido a Dios que no sea Ares burlándose de lo que acaba de pasar.

Abro el mensaje, nerviosa.

De: Ares <3

¿Te gusta lo que ves?

Sonrío y le respondo:

Yo: Nah, solo miraba la luna.

Ares: No hay luna, está nublado.

¡Soy tan tonta!

Yo: Solo quería asegurarme de no tener vecinos robándose mi wifi.

Ares: Tu señal no llega hasta aquí.

¿Es que acaso se las sabía todas?

Yo: Solo me aseguraba.

Paso un largo rato y pienso que ya no me responderá más, así que me ducho y me pongo mi pijama. Salgo del baño, secándome el cabello con mi toalla y veo un mensaje nuevo en mi teléfono.

De: Ares <3

¿Por qué no vienes hasta aquí y te aseguras mejor?

El mensaje es de hace cinco minutos y me toma por sorpresa. ¿Quiere que vaya a su casa? ¿A estas horas? Acaso él... me está invitando a...

La toalla se cae de mis manos.

No.

Soy virgen, pero no soy estúpida, sé leer entre líneas.

Me llega otro mensaje, haciéndome saltar.

De: Ares <3

Es divertido asustarte.

Buenas noches, brujita acosadora.

¿Fue una broma?

No lo creo, Ares Hidalgo acaba de invitarme a su cuarto a hacer quién sabe qué de una manera sutil, pero lo ha hecho. Y lo que más me confunde es el hecho de que yo dudé en vez de salir corriendo a su habitación. Al parecer, solo soy *pura habladera y nada de acción,* como diría Dani. Solo hablo, pero, llegado el momento, no soy capaz de avanzar.

Tonta, tonta, Raquel.

6

EL CONSEJO

—¡No puede morir! —grito a la pantalla del televisor. Esto es lo que odio de *The Walking Dead,* ese miedo de que alguno de mis personajes favoritos pueda morir en cualquier momento.

Yoshi come Doritos a mi lado.

—Se va a acabar el capítulo y no vamos a saber quién muere.

Le arranco la bolsa de Doritos de las manos.

—Cállate. Si eso pasa, juro que no vuelvo a ver esta serie.

Yoshi pone los ojos en blanco y acomoda sus gafas.

—Eso llevas diciendo desde la primera temporada.

—Soy débil, ¿ok?

Los dos estamos sentados en el suelo, nuestras espaldas recostadas a la cama detrás de nosotros. Hace calor, así que yo llevo puestos unos shorts y una camiseta blanca sin sostén. Estoy más que acostumbrada a andar cómoda alrededor de Yoshi y sé que él también lo está. Rocky duerme pacíficamente al lado de la ventana.

Mi cuarto tiene un tamaño decente, con una cama *queen size* y pósteres de mis fandoms favoritos por todas las paredes de color morado. Tengo unas pequeñas luces de navidad pegadas a lo alto de las paredes que se ven hermosas durante la noche. Frente a la cama está el televisor, a un lado del mismo está la ventana, y al otro, la puerta de mi baño.

Estamos completamente enfocados en el televisor cuando el capítulo termina y salen los créditos.

—¡Noooooooo! ¡Los odio, productores y guionistas de *The Walking Dead*! ¡Los odiooo!

—Te lo dije —gruñe Yoshi todo sabiondo. Le golpeo la parte de atrás de la cabeza—. ¡Au! No la pagues conmigo.

—¿Cómo pueden hacernos esto? ¿Cómo puede terminar así? ¿Quién va a morir?

Yoshi me soba la espalda.

—Ya, ya pasó. —Me pasa el vaso con Pepsi fría—. Toma, bebe.

—Voy a morir.

—Relájate, es solo una serie.

Apago el televisor en depresión total y me siento frente a Yoshi. Parece inquieto y sé que no es por la serie. Sus pequeños ojos miel tienen un brillo que no he visto antes. Me da una sonrisa nerviosa.

—¿Pasa algo?

—Sí.

El ambiente se siente pesado por alguna extraña razón, no sé qué tiene que decirme, pero me inquieta verlo dudar tanto. ¿Qué pasa? Quiero preguntarle, aunque sé que tengo que darle su tiempo.

Yoshi lame su labio inferior y luego habla.

—Necesito tu consejo en algo.

—Te escucho.

Se quita la gorra liberando su desordenado cabello.

—¿Qué harías tú si te gustara una amiga?

Mi corazón da un salto, pero trato de actuar normal.

—Pues descubriría mi lado lésbico. —Sonrío, pero Yoshi no lo hace.

Su semblante se pone aún más serio.

—Estoy hablando en serio, Raquel.

—Ok, ok, disculpe, señor seriedad. —Tomo mi barbilla como si pensara profundamente—. ¿Se lo diría?

—¿No te daría miedo perder su amistad?

Y entonces mi pequeño cerebro hace clic y me doy cuenta de lo que Yoshi me está diciendo. Acaso... ¿esa *amiga* que le gusta soy yo? Yoshi no tiene amigas mujeres, solo a mí y a unas cuantas conocidas. Oh... Mi corazón sube a mi garganta mientras mi tierno mejor amigo de toda la vida me observa con atención, esperando mi consejo.

—¿Estás seguro de lo que sientes? —pregunto, jugando con mis dedos en mi regazo.

Esos ojos tan lindos están plasmados en mí.

—Sí, muy seguro, ella me gusta mucho.

Mi garganta se seca.

—¿Cuándo te diste cuenta de que te gustaba?

—Creo que siempre lo supe, he sido un cobarde, pero ya no puedo esconderlo más. —Baja la mirada y suspira, y cuando me mira de nuevo sus ojos tienen un brillo lleno de emociones—. Me muero por besarla.

Instintivamente, muerdo mi labio inferior.

—¿Ah, sí?

Yoshi se acerca un poco más.

—Sí, sus labios son una tentación, me está volviendo loco.

—Debe tener unos labios muy lindos, entonces.

—Los más hermosos que he visto en mi vida, me tiene hechizado.

Hechizado...

Hechizo.

Bruja...

Ares...

¡No! ¡No! ¡No pienses en Ares!

¡No ahora!

Inevitablemente, esos ojos azules como el mar vienen a mi mente, esa sonrisa torcida y arrogante, esos labios tan suaves lamiendo mi cuello.

¡Ah, no! ¡Te odio, cerebro!

Mi mejor amigo desde la infancia por fin está a punto de confesarme su amor y yo pensando en el idiota arrogante, dios griego, de mi vecino.

—¿Raquel?

La voz de Yoshi me trae a la realidad; parece desconcertado y no es para menos, pues escogí el peor momento para desconectarme mentalmente. Pero también me sirvió para aclarar un poco mi mente. Al ver a Yoshi tan vulnerable frente a mí me di cuenta de que yo no podría manejar una confesión, no ahora.

—Necesito usar el baño. —Me levanto antes de que Yoshi pueda decir algo.

Entro al baño y pongo mi espalda contra la puerta. Sacudo mi cabello en frustración, soy una cobarde de mierda y también estúpida. Ni siquiera traje mi teléfono al baño para pedir apoyo a Dani. ¿Quién entra al baño sin su teléfono hoy en día?

Nadie, solo yo, gruño y me masajeo la cara, pensando.

—¿Raquel? —Escucho el llamado de Yoshi al otro lado de la puerta—. Debo irme, hablamos otro día.

¡No! Abro la puerta tan rápido como puedo, pero solo alcanzo a ver su espalda desaparecer en la puerta de mi cuarto.

—¡Ash! —Me lanzo en mi cama y dejo que la pereza me consuma. Ya no quiero pensar más en lo que Yoshi iba a decirme, solo quiero descansar mi mente. Cierro los ojos y rápidamente caigo en el país de los sueños.

***

Los ladridos de Rocky me despiertan de manera abrupta, son seguidos y fuertes, lo que yo llamo «ladridos serios». Esos que él emite cuando hay alguien que no conoce en la casa. Me levanto tan rápido de la cama que me mareo y me estrello contra la pared a un lado.

—¡Au!

Parpadeo y veo a mi perro ladrándole a la ventana. Ya es de noche, la brisa nocturna mueve mis cortinas suavemente. No hay nada en la ventana, así que me calmo.

—Rocky, no hay nadie allí.

Pero mi perro no me escucha y sigue ladrando, tal vez anda un gato caminando afuera y ¿su sentido perruno se lo dice? Rocky no se detiene, así que camino hasta la ventana para calmarlo. Cuando me asomo, grito tan alto que Rocky brinca a mi lado.

Ares.

En una escalera.

Escalando a mi ventana.

—¿Qué demonios estás haciendo? —Es lo único que sale de mis labios al verlo ahí en la mitad del camino de una escalera de madera. Está tan lindo como siempre en sus jeans y camiseta morada, pero la locura de esta situación no me permite babearme.

—Se llama escalar, deberías intentarlo.

—No estoy de humor para tu sarcasmo —le digo, seria.

—Necesito restituir tu router, la señal está caída y es la única forma de recuperarla.

—¿Y decidiste meterte en mi habitación sin permiso, escalando mi ventana de esta forma? ¿Sabes cómo se llaman las personas que hacen eso? Ladrones.

—Traté de comunicarme contigo, pero no contestabas el teléfono.

—Eso no te da derecho a entrar así a mi cuarto.

Ares pone los ojos en blanco.

—¿Podrías dejar el drama? Solo necesito entrar un segundo.

—¿Drama? ¿Drama? Yo te enseñaré drama. —Agarro las dos puntas de la escalera pegadas a mi ventana y las sacudo, Ares se agarra fuerte y me lanza una mirada mortal.

—Vuelve hacer eso, Raquel, y verás lo que pasa.

—No te tengo miedo.

—Entonces, hazlo.

Sus ojos penetran los míos con esa intensidad arrolladora.

—No me retes.

—¿En serio? ¿Vas a dejarme caer?

—No vale la pena. —Observo cómo Ares sube cada escalón hasta que está frente a mí, su cara frente a la mía. Rocky se vuelve loco ladrando al visualizar al intruso, pero estoy embobada para hacer algo.

—¿Podrías controlar a ese saco de pulgas?

—Rocky no ha tenido pulgas este mes, así que más respeto.

—Claro, no tengo toda la noche.

Suspiro en frustración.

—Rocky, silencio, sentado. —Mi perro me obedece—. Quieto.

Retrocedo para dejar que Ares entre a mi habitación. Ya dentro su altura hace que mi habitación se sienta pequeña. Él me mira de pies a cabeza, sus ojos se quedan en mis pechos y ahí es donde recuerdo que no tengo *brasier*.

—Necesito ir al baño.

Por segunda vez en la noche, uso mi huida al baño como estrategia de escape, pero olvido un pequeño detalle: Ares no es Yoshi. Ares no me dejará escapar tan fácilmente. Su mano toma mi brazo, frustrando mi escape.

—De ninguna forma me dejarás solo con ese perro.

—Rocky no te hará nada.

—No me voy a arriesgar. —Me agarra, obligándome a caminar hasta mi computadora. Me empuja hasta que me siento en la silla y él se arrodilla para poner en marcha mi router.

—¿Por qué te crees el dueño de mi conexión a internet? —Se encoge de hombros—. Podría denunciarte por entrar a mi casa de esta forma, lo sabes, ¿no?

—Lo sé. —Lo miro extrañada—. Pero también sé que no lo harás.

—¿Cómo puedes estar tan seguro?

—Las acosadoras no suelen denunciar a sus acosados, suele ser al contrario.

—Esto —señalo a la ventana y después a él— también se consideraría acoso.

—No es lo mismo.

—¿Por qué no?

—Porque yo te gusto —hace una pausa—, pero tú no a mí.

¡Auch! ¡Justo en el corazón!

Quiero refutarle y decirle de todo, pero sus palabras fueron como alcohol en una herida recién hecha. Él sigue trabajando en el router y yo me quedo callada.

Porque yo te gusto, pero tú no a mí.

Lo dijo de una manera tan casual, tan honesta. Si no siente nada, entonces, ¿por qué besó mi cuello ese día en el cementerio?

Ignora sus palabras, Raquel, no dejes que él te afecte.

Ares levanta la mirada hacia mí.

— ¿Qué? ¿Herí tus sentimientos?

—¡Pssst! ¡Por favor! Claro que no. —Me trago mi corazón roto—. Solo apúrate con eso para que pueda seguir durmiendo.

Él no dice nada, y yo solo lo observo trabajar. Tenerlo así de cerca aún se siente tan irreal, puedo ver cada detalle de su cara, su piel suave y sin rastros de ningún tipo de acné. La vida es tan injusta a veces, Ares lo tiene todo: salud, dinero, habilidades, inteligencia y belleza.

—Listo. —Se sacude el polvo de sus manos con cara de asco—. Deberías limpiar tu habitación de vez en cuando.

Suelto una risa sarcástica.

—Oh, disculpe, su realeza, por pisar mi indigna habitación.

—La limpieza no tiene nada que ver con el dinero, floja.

—¡No juegues esa carta! No tengo tiempo para limpiar. Entre mi trabajo de verano, dormir, comer, acosarte... —Tapo mi boca en sorpresa. ¿Por qué dije eso? ¿Por qué?

Ares sonríe de oreja a oreja, el brillo de burla en sus ojos.

—Acosarme consume tu tiempo, ¿eh?

Parpadeo rápidamente.

—Nope, no, eso no fue lo que quise decir.

Aún de rodillas, Ares se arrastra hacia mí y yo me estremezco en mi pequeña silla. Esos ojos profundos no se separan de los míos, se acerca tanto que tengo que abrir mis piernas para dejarlo pasar. Su cara está a tan solo unos centímetros de la mía.

—¿Qué estás haciendo?

Él no responde, simplemente pone sus manos en los brazos de la silla, a los lados de mi cintura. Puedo sentir el calor que viene de ese cuerpo tan definido que tiene. Estamos demasiado cerca. La intensidad de su mirada no me deja respirar apropiadamente. Mis ojos curiosos bajan a sus labios y a ese piercing que ahora puedo ver tan bien.

Sus ojos bajan de mi cara a mis pechos y mis piernas expuestas, para luego volver a mi cara, con una sonrisa pícara invadiendo esos labios mojados que muero por probar. El aire se vuelve pesado y caliente alrededor de nosotros.

Ares toma mis manos con las suyas y las pone encima de los brazos de la silla, quitándolas de su camino. Sus ojos nunca dejan los míos cuando baja su cara hasta que queda en medio de mis rodillas.

—Ares, ¿qué estás...? —Sus labios tocan mi rodilla con un beso simple, dejándome sin aire.

—¿Quieres que pare? —Sus ojos buscan los míos y meneo la cabeza.

—No.

La manera en la que los músculos de sus brazos y hombros se contraen mientras él deja besos húmedos en el comienzo de mis muslos me parece tan jodidamente sexy. Su tatuaje tan solo agrega fuego a este volcán que él está despertando dentro de mí. Sus suaves labios besan, lamen y chupan la sensible piel de la parte interior dé mis muslos. Mi cuerpo se estremece, pequeños escalofríos de placer corren a través de mis nervios, incendiando mis sentidos, nublando mi mente y mi moral. Su cabello negro me hace cosquillas al rozar con mis expuestos muslos.

Ares levanta su mirada mientras muerde mi piel, haciendo que un pequeño gemido escape de mis labios. Mi respiración es errática e inconsistente, mi pobre corazón late como loco. Él continúa su asalto, subiendo y bajando mis muslos, sus labios atacando, devorando. Mis caderas se mueven solas, pidiendo más, queriendo sus labios en un lugar un poco más arriba.

Mis ojos se cierran solos.

—Ares —gimo su nombre y puedo sentir sus labios estirarse en una sonrisa contra mi piel, pero no me importa.

—¿Me deseas? —Sus labios rozan mi entrepierna por encima de mis shorts y siento que moriré de un infarto, solo puedo asentir con la cabeza—. Quiero que lo digas.

—Te deseo.

Él se detiene.

Y yo abro mis ojos para encontrar su cara tan cerca de la mía que puedo sentir su respiración acelerada sobre mis labios, sus ojos clavados en los míos.

—Tú vas a ser mía, Raquel.

Y tan repentinamente como llegó a mi habitación, así se fue.

7

EL CLUB

—Bienvenido a McDonald's. ¿Qué desea? —hablo con el dispositivo Bluetooth pegado a mi oído.

—Quiero dos Happy Meals y un capuchino —murmura la voz de una mujer como respuesta.

Seleccionando la orden en la computadora inteligente frente a mí, contesto.

—¿Algo más?

—No, nada más.

—Bien, su pedido serán 7 dólares con 25. Puede pasar a pagar a la ventana.

—Gracias.

El automóvil aparece a un lado de mi ventana, y la mujer me pasa su tarjeta para realizar el cobro. Me despido amablemente y ruego que no aparezca ningún coche en el Drive-Thru, estoy agotada. Aunque prefiero atender a la gente que solo viene a buscar comida en sus autos a trabajar dentro del restaurante. Me acomodo mi gorra que tiene la M de McDonald's y suspiro. Aún falta una hora para que se acabe mi turno, pero ya estoy que me lanzo por la ventana. El sensor me avisa que hay un nuevo automóvil en el Drive-Thru y maldigo para mis adentros.

¡Dejen de venir a buscar comida, perezosos!

—Bienvenido a McDonald's. ¿Qué desean?

Escucho una risita femenina y luego alguien aclararse la garganta.

—Me gustaría pedir una Raquel para llevar.

Sonrío como tonta.

—Pase a la siguiente ventana, señora.

En cuestión de segundos, Dani está al lado de mi ventana, su pelo perfecto como siempre, con sus lindos lentes de sol y muy bien maquillada.

—No puedo creer que estés pasando lo que queda del verano aquí.

—Necesito el trabajo y lo sabes. ¿Qué haces aquí?

—Vengo a secuestrarte.

—Aún falta una hora para que pueda irme.

Dani sonríe como el gato de *Alicia en el país de las maravillas*.

—¿Qué parte de secuestro no entiendes? ¿La parte de que es involuntario sin derecho a decir no?

—No puedo irme.

—Que sí, necia.

Voy a abrir mi boca para protestar cuando siento a alguien detrás de mí, me giro para ver a Gabriel, un compañero de trabajo.

Su cabello rojizo escapa de su gorra, observa a Dani embobado.

Mi atención vuelve a mi mejor amiga.

—¿Qué está pasando?

—Gabriel se encargará de la hora que queda.

Mis ojos van de Gabriel a ella.

—¿Por qué haría eso?

Dani se encoge de hombros.

—Hacemos cosas por nuestros amigos, ¿cierto, Gabo?

Él la mira atontado.

—Sí.

La mirada de Dani vuelve a caer sobre mí.

—Listo, busca tus cosas y te espero en el estacionamiento. Tenemos que irnos ya.

Unos minutos después, con mi pequeña mochila, me lanzo dentro del coche de Dani.

—No puedo creerlo.

—Soy supercool, lo sé.

—¿Gabriel? ¿En serio? Pensé que no te gustaban los pelirrojos.

—Ed Sheeran me hizo cambiar de opinión.

—¿Qué hiciste?

—Le prometí aceptarle una invitación a salir.

—No puedes ir por la vida usando tu físico para salirte con la tuya.

—Claro que puedo.

Resoplo.

—¿Adónde vamos?

—A Insomnia, por supuesto. —Mis ojos se abren en sorpresa. Insomnia es el club popular del pueblo, y el lugar predilecto de Dani los viernes por la noche. Nunca he ido, ser menor de edad me lo impide, lo cual Dani parece haber olvidado por completo.

—Uno, soy menor de edad; dos, de verdad no esperas que vaya oliendo a papitas fritas y con esta facha.

—Uno, ya eso está arreglado; dos, pasaremos a que te cambies a mi casa.

—¿Para que me prestes uno de esos vestidos donde se me ve hasta el alma? Paso.

Dani suelta una carcajada.

—Eres tan exagerada, que se te vean las rodillas no es un delito, Raquel.

—Pues para tu información, en el Medio Oriente sí lo es.

—No estamos en el Medio Oriente.

—Verde —le digo cuando veo el semáforo cambiar a verde. Dani se distrae fácilmente mientras conduce.

—Relájate, solo nos quedan dos semanas de verano y no has hecho más que trabajar.

—Bien, pero no voy a gastar ni un centavo.

—Eso es lo de menos.

—Claro, olvido tu habilidad para obtener lo que quieres.

Dani se pone los lentes de sol sobre el pelo y me guiña un ojo.

—Oh, sí, ahora. —Se estaciona en el garaje de su casa—. Tiempo de ponernos hermosas.

Pero la observo pasarse la puerta principal de su casa e ir a la ventana de su habitación.

—¿Dani?

—Ah, olvidaba decirte que mis padres no saben de mis salidas nocturnas, así que tenemos que escabullirnos.

Esta chica es increíble.

Lo que se sintió como una eternidad, pero en realidad fue una hora después: ya estamos en Insomnia, pudimos entrar. Lo sé, yo tampoco me lo creo.

Dani me prestó un vestido negro que se ajusta a mi cuerpo perfectamente. A pesar de que ella es más voluptuosa que yo, el vestido se talló a mi silueta como si hubiera sido mío todo este tiempo. No llega hasta mis rodillas, está como cuatro dedos por encima de las mismas, así que me siento cómoda.

Lo primero que noto es que no cualquiera entra aquí, la fila de admisión es muy larga y es mucha la gente que devuelven los porteros. Ahora que estoy dentro entiendo por qué. Este no es un lugar cualquiera, es fino y modernamente decorado. Hay luces de colores y efectos de movimiento a nuestro alrededor, la pista de baile es amplia y está llena de parejas que bailan al ritmo de la música.

La música...

Siento que vibro con ella, es imposible escuchar algo más que no sea la música. ¿Cómo se supone que se comunica la gente en lugares como este? Como si Dani me escuchara, se acerca a mí.

—¡Voy a conseguir algo que tomar! —grita en mi oído, y desaparece.

Sacudiendo mi oído, me tomo mi tiempo para mirar mis alrededores, veo muchas chicas lindas y muy bien vestidas. Me esperaba algo así porque sé que Dani no va a cualquier lugar. Su familia tiene dinero, claro, no de manera exagerada como la familia de Ares, pero viven bien. Así que es de esperarse que los sitios que Dani frecuente sean finos y bonitos. Pero obviamente no hay solo chicas lindas, también hay chicos muy guapos.

Sin embargo, nada como mi Ares...

¿Mi Ares?

Ya me he apropiado de él sin su consentimiento.

Escudriñando el lugar, me doy cuenta de que hay un segundo piso que tiene mesas con vistas a la pista de baile, y es en ese momento que mis ojos encuentran ese par de ojos azul profundo que atormentan mis días y mis noches.

Ares.

Mi amor platónico está ahí sentado, luciendo tan hermoso como de costumbre. Lleva puesto unos pantalones negros, zapatos y una camisa gris con las mangas enrolladas hasta los codos. Él está jugando con el piercing en su boca, haciendo que sus labios se vean mojados y rojos, su pelo negro está en ese desorden perfecto que solo le queda bien a él. Inconscientemente, me estoy moviendo hacia él, como un metal hacia un imán. Sus ojos me tienen atrapada, estoy bajo su hechizo. No es hasta que me encuentro con el guardia de seguridad frente a la escalera que me llevaría a mi príncipe azul que despierto de mi ensueño.

—Esta es una zona VIP, señorita. —El guardia me habla firme pero seguro. Aparto mi mirada de Ares, y sacudo mi cabeza para despertarme.

—Oh, yo..., eh... —Le echo un vistazo a Ares, quien me mira desde allá arriba todo poderoso y arrogante—. Pensé que todos podíamos subir allá.

—No, acceso reservado. —Me hace un gesto para que me vaya y lo deje seguir su trabajo de momia tiesa frente a una escalera.

Por supuesto que el engreído de Ares está en la zona VIP; él es demasiado para mezclarse con el sudor y feromonas de la gente común bailando aquí abajo. Noten mi sarcasmo, por favor.

A regañadientes, me devuelvo por donde vine y me encuentro a Dani en el camino.

—¡Pensé que no te encontraría! —grita en mi oído y me da una bebida rosa fluorescente.

—¿Qué es esto?

—¡Se llama Orgasmo! ¡Tienes que probarlo!

Una bebida que se llama Orgasmo...

Hasta una bebida ha tenido más sexo que yo.

Lentamente, observo el pequeño vaso por todos lados. Lo olfateo y el olor es tan fuerte... Mi nariz se emborracha y estornuda. Dani se toma el suyo en un solo trago dejándome atónita. Ella me anima a que me tome el mío y, por alguna razón, mis ojos viajan a esa pequeña zona VIP. Ares levanta su vaso de lo que parece whisky como si brindara conmigo y luego se da un trago.

¿Me estás retando, dios griego?

De un solo sorbo, me tomo el vaso y el líquido agridulce viaja por mi garganta incendiando todo a su paso.

¡Esto definitivamente no se siente como un orgasmo!

Toso, y Dani me da una palmada en la espalda. Nos dirigimos a la barra y ahí Dani me pasa dos bebidas más y yo de ilusa creo que es uno para mí y otro para ella, pero no, los dos son para mí. Cinco copas después, Dani me lleva a la pista de baile y tengo demasiado alcohol en mi sistema para que me importe.

—¡A bailar! —anima mientras nadamos entre la masa de gente.

Yo la sigo y se siente bien ser tan espontánea y no tener pena.

Oh, las ventajas del alcohol...

Bailo y bailo, alrededor todo es de colores y la música vibra por todo mi cuerpo. Por curiosidad, levanto la mirada hacia la estúpida realeza sentada en la zona VIP y lo veo. Y él me sigue mirando, como un halcón vigilando desde las alturas a su presa.

¿Acaso no puede dejar de mirarme? No seas ilusa, él claramente te ha dicho que no le gustas. Entonces, ¿por qué me mira?

Te daré algo que mirar, dios griego. Pienso y comienzo a bailar lentamente, moviendo mis caderas al ritmo de la música. Paso mis manos por mi pelo largo y luego por los lados de mis pechos, mi cintura, mis caderas, hasta llegar al final de mi vestido para jugar con él y subirlo un poco. Los ojos de Ares se oscurecen aún más, lleva el vaso a sus labios y se los moja para lamerlos. Esos labios que lamieron mi cuello y mis muslos, dejándome con ganas de más. Ares se ha burlado de mí dos veces, ya es hora de que tenga su merecido.

Le voy a demostrar que a mí no se me olvida nada y que hasta un dios griego puede tener una cucharada de su propia medicina.

Modo Raquel seductora, activado.

8

EL SALÓN DE LAS VELAS

Con tanto alcohol en mis venas, es muy difícil enfocarme en ser sensual.

Tengo que intentarlo de todas formas, necesito vengarme de Ares. Él ha jugado conmigo dos veces ya, él no puede ir por la vida incitando a las almas inocentes como yo y dejarlas con las ganas.

Almas inocentes...

De verdad estoy borracha, mi alma acosadora no es inocente, no con las cosas que hago en la oscuridad de mi cuarto cuando nadie me ve. Me sonrojo al recordar las veces que me he tocado pensando en Ares. En mi defensa, Ares es la primera figura masculina a la que tenía acceso al llegar a mi pubertad. Es su culpa por estar en mi campo de visión cuando mis hormonas estaban por los aires.

Le doy la espalda para darle una buena vista de mi cuerpo; no tengo un cuerpo espectacular, pero tengo buena figura y un trasero decente. El sudor comienza a rodar por el escote de mi vestido, por mi frente y por los lados de mi cara. La sed aparece casi inmediatamente, haciéndome lamer mis labios secos más seguido.

No sé cuánto tiempo ha pasado, pero cuando me giro nuevamente para mirar a Ares, él ya no está. Mi corazón se acelera aún más mientras lo busco por todas partes. ¿A dónde se fue?

¿Acaso bajó las escaleras y viene por mí? ¿Qué se supone que haría en ese caso?

No he elaborado mi plan de seducción a tanto alcance. *Estúpida, Raquel, siempre metiéndote en juegos que no sabes jugar.* Esto no se va a quedar así. Decidida, vuelvo a caminar hacia la escalera donde está el guardia momia. Él me da una mirada de cansancio.

—Zona VIP.

—Ya lo sé —le respondo de mala gana—, pero un amigo está allá arriba y me dijo que subiera.

—¿Esperas que me crea eso?

—Es la verdad, se va a enojar si sabe que me tienes aquí esperando. —Pongo mis brazos sobre mi pecho.

—Si tu amigo te quiere allá arriba, él debería venir a buscarte, ¿no crees? Así son las reglas.

—Solo será un segundo —le ruego, pero no me hace caso. Así que intento pasarle por un lado, y él me detiene.

—Suéltame. —Peleo para zafarme, y él solo aprieta su agarre en mi muñeca.

—Creo que ha dicho que la sueltes. —Una dulce voz llena mis oídos desde atrás, y me giro para mirar sobre mi hombro y ver a Apolo Hidalgo serio y bien vestido.

—Esto no es asunto tuyo. —El guardia habla groseramente.

La expresión de Apolo es amable pero segura.

—Una demanda por agresión es bastante pesada, dudo que puedas salir ileso.

El guardia resopla en burla.

—Si intentas asustarme, solo estás haciendo el ridículo, mocoso.

Le doy una mirada al guardia. ¿Acaso no sabes quién es él? Tendrá cara de niño, pero es el hijo de una de las familias más poderosas del estado.

Apolo suelta una risa.

—¿Mocoso?

El guardia mantiene su postura, y yo trato de zafarme, pero me aprieta más.

—Sí, ¿por qué no te vas y dejas de meterte en donde no te llaman?

—Apolo, está bien; intenté subir a pesar de que él me dijo que no. —Miro al guardia—. ¿Podría soltarme?

El guardia parece culpable por unos segundos y me suelta.

—Lo siento.

Nos alejamos del guardia y Apolo levanta mi brazo y lo inspecciona; está rojo, pero no morado.

—¿Estás bien?

—Sí, gracias.

—Si no se hubiera disculpado, lo habría despedido.

—¿Despedirlo? ¿Este bar es tuyo?

—No. —Apolo menea su cabeza—. Es de mi hermano.

Es mi turno para que mis ojos se abran exageradamente.

—¿De Ares?

Apolo sacude la cabeza.

—¿Ares con un bar? No, mamá se moriría. Es de Artemis.

Oh, el hermano mayor.

—No te preocupes, ya le envié un texto a Artemis, me dijo que ya venía.

Una parte de mí siente tristeza por el guardia, pero luego recuerdo lo grosero que fue y se me pasa.

Espera un momento...

Artemis ya viene...

Y yo tengo más alcohol en mis venas que sangre en estos momentos.

La pequeña discusión con el guardia hizo que se me pasara un poco la cosa, pero aún tengo mucho camino por recorrer para llegar a la sobriedad. Me doy cuenta de mi ebriedad por lo difícil que se me hace subir unas simples escaleras. Un nudo sube a mi garganta ante la posibilidad de encontrarme a Ares aquí arriba. La zona VIP es hermosa, con mesas de vidrio y butacas cómodas, camareros atendiendo a los grupos de adinerados. Al final, veo unas cortinas carmesí y solo oscuridad más allá de eso.

Apolo me guía a sentarme en una de las butacas frente a una mesa vacía.

—Siéntate, ¿qué quieres tomar?

Rasco mi cerebro tratando de recordar lo que estaba bebiendo con Dani, pero ella ya me ha dado tantas bebidas diferentes que ni sé. Solo recuerdo una por su peculiar nombre: Orgasmo. Pero no hay forma en esta vida ni en la siguiente de que yo le diga a Apolo esa palabra.

—¿Qué me recomiendas?

Apolo me da una sonrisa inocente.

—Pues yo no bebo, pero a mis hermanos les encanta el whisky.

—Pues entonces un trago de whisky.

Apolo lo ordena a un camarero y luego se sienta a mi lado, yo junto mis manos en el regazo, nerviosa.

—Lamento mucho lo del guardia. —Apolo se disculpa mirándome con esos ojos tan tiernos que tiene—. A veces contratan a cualquiera.

—Está bien, tampoco debí intentar subir.

—Tranquila, le diré a Artemis que te dé un pase para que cuando vengas puedas subir cuando quieras.

—Gracias, pero no tienes que hacer eso.

—Oye, somos vecinos y básicamente crecimos jugando a través de la cerca que divide nuestras casas. —Eso es cierto, no somos amigos, pero recuerdo tantas veces que jugamos y hablamos a través de la cerca todos juntos. Eso fue hace tanto tiempo...

—No pensé que recordarías eso, eras tan pequeño.

—Claro que lo recuerdo, recuerdo todo de ti.

La forma en la que lo dice hace que algo en mi estómago se mueva con nervios. Apolo nota la expresión en mi cara y habla:

—Sin intención de sonar raro o nada por el estilo, solo tengo buena memoria.

Le sonrío para calmarlo.

—No te preocupes.

Soy la menos indicada para juzgarte en cuestiones de acoso. El camarero trae el whisky y tomo un sorbo, lucho para tragármelo. Esto sabe horrible.

Mis ojos curiosos viajan a las cortinas carmesí.

—¿Qué hay ahí?

Apolo se rasca la cabeza y, antes de que pueda responderme, su teléfono suena y él se levanta a contestar la llamada, alejándose. Mis ojos siguen en esas cortinas, mi curiosidad como siempre ganándome. ¿Qué habrá allí? Apolo sigue en su llamada, así que me pongo de pie para dirigirme al misterioso lugar.

Lo primero que me envuelve cuando cruzo esas cortinas es la oscuridad, les cuesta a mis ojos acostumbrarse a la pequeña iluminación proveniente de velas y nada más. Veo parejas besándose y manoseándose en los sofás distribuidos por todo el lugar. Algunos parece que estuvieran teniendo sexo con ropa, guao, esto es demasiado para mi pequeña alma. Al pasar tantas cortinas del mismo color, ya no sé cuál es la salida y me aterra abrir la cortina que no es e interrumpir a parejas que estén haciendo quién sabe qué. Sigo una pequeña luz que parece una puerta de vidrio transparente con la esperanza de que sea una salida. Sin embargo, mis ojos se encuentran con una vista inesperada.

Ares.

Está sentado en una silla con la cabeza recostada hacia atrás y los ojos cerrados. Con cuidado y en absoluto silencio, salgo al balcón.

Ares se ve tan hermoso con sus ojos cerrados, se ve casi inocente. Sus largas piernas están estiradas frente a él, en una mano sostiene su trago de whisky y utiliza la otra para darle una rápida acomodada a su eminente erección, aunque retira su mano pareciendo frustrado. Obviamente está tratando de calmar a su pequeño amigo tomando aire fresco, pero no parece estar funcionando. Una sonrisa de victoria invade mis labios.

Así que no eres inmune a mis intentos de seducción. Te tengo, dios griego.

Me aclaro la garganta y Ares abre sus ojos y endereza su cabeza para mirarme; no puedo quitarme esta estúpida sonrisa victoriosa de la cara y él parece notarlo.

—¿Por qué no me sorprende verte aquí? —Suena divertido mientras se endereza en su silla.

—¿Tomando aire fresco? —le pregunto, y me río un poco.

Ares se pasa la mano por la barbilla.

—¿Crees que estoy así por ti?

Cruzo mis brazos sobre mi pecho.

—Sé que sí.

—¿Por qué estás tan segura? Tal vez he estado besándome con una hermosa chica y ella me dejó así.

Su respuesta no afecta a mi sonrisa.

—Estoy segura por la forma en la que me estás mirando.

Ares se levanta y mi valentía se tambalea un poco, al tener ese gigante frente a mí.

—Y ¿cómo te estoy mirando?

—Como si estuvieras a un segundo de perder el control y besarme.

Ares se ríe con esa risa ronca que me parece tan sensual.

—Estás delirando, tal vez sea el alcohol.

—¿Tú crees? —Lo empujo y él se deja caer en la silla. Esos ojos profundos no se despegan de los míos mientras me acerco y con ambas piernas a los lados de las suyas me siento sobre él.

De inmediato, siento lo duro que está contra mi entrepierna y muerdo mi labio inferior. La cara de Ares está a centímetros de la mía, y tenerlo tan cerca hace que mi pobre corazón lata como desquiciado. Él sonríe, mostrando esa dentadura perfecta que tiene.

—¿Qué estás haciendo, bruja?

No le respondo, y entierro mi cara en su cuello. Él huele delicioso, una combinación de perfume caro con su olor. Mis labios hacen contacto con la delicada piel de su cuello y él se estremece. Mi respiración se acelera mientras dejo besos húmedos por todo su cuello, luego hago que ponga la copa en el suelo y guío sus manos para ponerlas en mi trasero y las dejo ahí. Ares suspira, yo sigo mi ataque en su cuello. Sus manos aprietan mi cuerpo con deseo, lo siento ponerse aún más duro contra mi entrepierna. Así que comienzo a moverme contra él suavemente, tentándolo, torturándolo.

Un leve gemido escapa de sus labios, sonrío contra su piel y muevo mi boca hasta alcanzar su oreja.

—Ares —gimo su nombre en su oído y él me aprieta más fuerte contra él.

Saco mi cara de su cuello y lo miro a los ojos: el deseo que encuentro en ellos me desarma. Su nariz toca la mía, nuestras aceleradas respiraciones se mezclan.

—¿Me deseas? —le pregunto, mojando mis labios.

—Sí, te deseo, bruja.

Me inclino para besarlo y, cuando nuestros labios están a punto de encontrarse, echo la cabeza hacia atrás y me levanto de un golpe. Ares me mira desconcertado, y yo le doy una sonrisa de suficiencia.

—El karma es una mierda, dios griego.

Y sintiéndome como la reina del universo, me alejo de él y camino dentro del club.

9

EL PLAN

—¿Estás bien? —Apolo pregunta tan pronto aparezco de nuevo a su lado—. Estás toda roja.

Me esfuerzo por fingir una ligera sonrisa.

—Estoy bien, solo tengo un poco de calor.

Las cejas de Apolo se estrechan casi tocándose.

—Viste algo desagradable, ¿no es así?

No, en realidad, acabo de dejar a tu hermano con una erección del tamaño de la torre Eiffel.

Apolo toma mi silencio como un sí y menea su cabeza.

—Le he dicho a Artemis que ese salón de las velas no es una buena idea, pero no me hace caso. ¿Por qué lo haría? Solo soy el niño de la familia.

Noto cierta amargura en su dulce voz cuando lo dice.

—No eres un niño.

—Para ellos lo soy.

—¿Ellos?

—Ares y Artemis. —Suspira y toma un sorbo de su gaseosa—. Incluso para mis padres, no me toman en cuenta para la toma de decisiones.

—Eso puede ser algo bueno, Apolo. No tienes responsabilidades, esta es una etapa de la vida que según mis tías hay que disfrutar, ya habrá tiempo para preocuparte por cosas cuando seas adulto.

—¿Disfrutar? —Suelta una risa triste—. Mi vida es aburrida, no tengo amigos, por lo menos no verdaderos, y en mi familia soy un cero a la izquierda.

—Guao, suenas muy triste para ser tan joven.

Él juega con el borde metálico de su gaseosa.

—Mi abuelo dice soy un viejo en cuerpo de niño.

Uh, el abuelo Hidalgo. Lo último que supe de él es que lo habían internado en un geriátrico. Habían tomado la decisión entre sus cuatro hijos, entre ellos el papá de Apolo. Por la tristeza en los ojos de este, puedo decir que esa fue una de las tantas decisiones en las que no lo tomaron en cuenta.

Esa cara tan inocente y tan bonita no debería tener tanta tristeza, así que me levanto y le ofrezco mi mano.

—¿Quieres divertirte?

Apolo me ofrece una mirada escéptica.

—Raquel, no creo que...

El alcohol aún circulando en mis venas me motiva todavía más.

—Levántate, Lolo, es hora de divertirnos.

Apolo se ríe y su risa me recuerda tanto a la de su hermano, con la diferencia de que la risa de Ares no suena inocente sino sexy.

—¿Lolo?

—Sí, ese eres tú ahora, olvídate de Apolo, el niño bueno y aburrido; ahora eres Lolo, un chico que vino a divertirse esta noche.

Apolo se levanta y me sigue nervioso.

—¿A dónde vamos?

Lo ignoro, y lo guío escaleras abajo. Me sorprende no caerme con estos tacones bajando esos escalones. Me dirijo al bar y ordeno cuatro copas de vodka y una limonada, y el *bartender* los sirve frente a nosotros.

—¿Estás listo?

Apolo sonríe de oreja a oreja.

—Estoy listo.

Antes de que pueda decir algo, Apolo se toma un trago tras otro con apenas segundos de diferencia. Dejando los cuatro vasos pequeños ahí vacíos, me mira y observo horrorizada cómo trata de sostenerse de la barra mientras su cuerpo asimila tanto alcohol a la vez.

—Oh, mierda, me siento muy extraño.

—¡Estás loco! ¡Esos eran para mí! ¡La limonada era para ti!

Apolo pone su mano en los labios.

—¡Ups! —Toma mi mano y me lleva a la pista de baile.

—¡Apolo, espera!

Ok, aquí es donde las cosas se empiezan a poner feas. Mi plan original era brindar con Apolo —él tomando limonada—, llevarlo a bailar, presentarle una chica para que hablara y luego dejarlo ir con una sonrisa en su cara tierna.

Es poco decir que mi plan se ha ido un poquito a la mierda.

Todo lo que comienza con alcohol en exceso termina mal.

Así fue como Dani, Apolo y yo terminamos en un taxi camino a mi casa, porque Apolo está tan borracho que no podemos abandonarlo en el club o llevarlo a su casa, donde su familia probablemente le diera el regaño del siglo.

Déjenme decirles algo: lidiar con un borracho es difícil, pero transportarlo es otro nivel de dificultad. Creo que nos salieron dos hernias a Dani y a mí, subiendo a Apolo por las escaleras de mi casa. ¿Por qué no lo dejamos en el piso de abajo? Porque ahí solamente está el cuarto de mi madre, y no hay manera en este mundo de que deje que Apolo pase su borrachera ahí. Si llega y vomita en el cuarto de mi madre, mis días en este mundo llegan a su fin.

Lo lanzamos en mi cama y él cae como un muñeco de trapo.

—¿Segura de que estarás bien?

—Sí, mi mamá está de guardia en el hospital y no llegará hasta mañana —le respondo—. Ya me has ayudado bastante, no quiero causarte problemas con tus padres, vete.

—Cualquier cosa me llamas, ¿sí?

—Tranquila, vete, que el taxi está esperando.

Dani me da un abrazo.

—Apenas se le pase la borrachera, envíalo a su casa.

—Lo haré.

Dani se va y yo suelto un largo suspiro, Rocky se para a mi lado moviendo la cola. Apolo Hidalgo está acostado boca arriba en mi cama murmurando cosas que no entiendo, su camisa abierta y su pelo hecho un desastre. Se ve lindo e inocente a pesar de tener una alta cantidad de alcohol en sus venas y algo de vómito en sus pantalones.

—Oh, Rocky. ¿Qué he hecho?

Rocky solo lame mi pierna como respuesta. Le quito los zapatos a Apolo y dudo al observar sus pantalones. ¿Debería quitárselos? Tienen vómito. ¿Me vería como una pervertida si se los quito? Es un niño, por Dios, no lo veo con ningún tipo de malicia. Decidida, le quito los pantalones y la camisa, que de alguna manera también se llenó de vómito, lo dejo en sus bóxers y lo arropo con mi sábana.

El sonido de un teléfono me hace saltar de un brinco, ese no es mi tono. Sigo el sonido y agarro los pantalones de Apolo, saco su teléfono y mis ojos se abren como platos al ver la pantalla.

Llamada entrante

Ares *bro*.

Lo silencio y dejo que repique hasta que se cae la llamada, y veo la cantidad de mensajes y llamadas perdidas que tiene de Ares y de Artemis. Oh, mierda, no he pensado en que sus hermanos y sus padres obviamente se preocuparían si él no llega a dormir.

Ares vuelve a llamar y le corto la llamada. No puedo contestarle, él reconocería mi voz. Puedo enviarle un mensaje de texto, pero ¿qué le digo?

***Hey, bro*, dormiré en la casa de un amigo.**

Le doy a enviar, ya está, eso debe tranquilizarlo.

La respuesta de Ares llega rápido.

Contesta el maldito teléfono, ahora.

Ok, Ares no está para nada tranquilizado. Y vuelve a llamar, miro en pánico cómo su nombre me atormenta desde la pantalla del celular de Apolo.

Siento que pasan años y Ares deja de llamar, un suspiro de alivio deja mis labios y me siento en la orilla de mi cama a los pies de Apolo, quien duerme profundamente. Por lo menos no ha vomitado. La pantalla del celular se enciende y llama mi atención, la reviso para ver si Ares está llamando otra vez, pero es solo una notificación de una aplicación del celular que se llama **Find my iPhone.**

¡Encuentra mi iPhone!

Esa aplicación sirve para localizar los equipos Apple que tengas registrados en una cuenta. Si Ares la usa desde su Mac, puede obtener la información exacta de dónde está el teléfono que tengo en mis manos. En pánico, lanzo el teléfono a la cama.

¡Me encontró! Sé que me encontró. ¿Por qué Ares sabe tanto de tecnología? ¿Por qué? Va a matarme. Ares viene por mí y ni un milagro podrá salvarme.

10

LA DISCUSIÓN

¡No entres en pánico, Raquel!
   ¡No entres en pánico!
   —¡Ah! —gruño en pánico, caminando de un lado a otro en mi habitación.

Rocky me sigue fielmente, notando mi pánico. Le echo un vistazo a Apolo, que está más allá de la tierra de los sueños. Me muerdo las uñas de los nervios. Ares está muy enojado y viene por mí. *¡Cómo te odio, tecnología!* Me has causado muchos problemas últimamente.

   —Ok, cálmate, Raquel. Respira, una cosa a la vez —me digo, alborotando mi cabello—. Si viene, no le abres la puerta y punto, ya no pasa nada.

Me siento a la orilla de la cama, tomando una respiración profunda. La mano de Apolo ha quedado colgando fuera de la cama. Rocky la olfatea y gruñe, mostrando sus dientes. Es un desconocido para él.

   —Rocky, no, vamos. —Lo guío fuera de la habitación y cierro la puerta; lo menos que quiero es que Rocky muerda a Apolo mientras duerme, eso complicaría aún más las cosas.

No sé cuánto tiempo pasa, pero bostezo. Reviso mi teléfono y el de Apolo, pero no hay ninguna notificación, ni siquiera una llamada. ¿Será que Ares ya se quedó tranquilo? El reloj sobre mi mesa de noche me muestra la hora: 2:43 de la madrugada. Sí que es tarde, la noche se pasó volando.

Entro a mi baño y mi reflejo en el espejo me da tres cachetadas. Guao, me veo horrible. Mis ojos están rojos, mi cabello castaño desordenado, sus mechones apuntando en direcciones diferentes. El delineador de ojos se ha corrido debajo de los mismos, me parezco al Joker de la película de Batman. Podría fácilmente salir a la calle a asustar a la gente. ¿En qué momento pasé de lucir superbién a fatal?

Se llama alcohol, querida.

Me amarro mi cabello en un moño desordenado y me lavo la cara para remover el maquillaje. Descalza, salgo del baño y me dirijo a mi cama. Me siento al lado opuesto de Apolo, el sueño va ganando la batalla. Estoy exhausta, mi primera noche de fiesta ha sido demasiado caótica para mi pobre ser. Es un milagro que ya no esté en el quinto sueño. Suspiro y me sobo la cara, mis ojos van cerrándose lentamente, la brisa entrando por la ventana me da escalofríos. Mis ojos se abren como platos cuando recuerdo la vez que Ares escaló para entrar a mi cuarto por la ventana.

—¡Mierda!

Corro hacia la ventana, pero a mitad de camino me detengo abruptamente. La silueta de alguien se ve claramente a través de las cortinas. Ares salta dentro de mi cuarto, quitando las cortinas de su camino.

Oh, fuck!

Como diría Dani en sus intentos de inglés.

Ares Hidalgo está en mi habitación. Su altura, como siempre, hace que mi cuarto se sienta pequeño. Aún lleva puesta esa camisa gris con las mangas enrolladas que le queda tan bien. Sus ojos me miran con tanta frialdad que juro que me da escalofríos. Está molesto, muy muy molesto. Sus facciones parecen tensas, sus labios apretados y sus manos en puños. Todo su lenguaje corporal indica que necesito manejar esto con cuidado si no quiero terminar como comida para dios griego.

—¡¿Dónde está?! —me grita, sorprendiéndome.

Yo trago y me acerco a él lentamente.

—Ares, déjame explicarte lo que pasó.

Ares me empuja a un lado y camina hacia mi cama.

—No tienes que explicarme nada. —Sus ojos viajan a la ropa vomitada de su hermano en el suelo y el estado en el que está—. ¿Lo has emborrachado?

—Fue un accidente.

—¿Me dejaste a medias y te fuiste a emborrachar a mi hermano menor?

—Fue...

—¿Un accidente? ¿Cómo puedes ser tan irresponsable? —Él sacude a su hermano, pero Apolo solo murmura algo de que quiere a su mamá y esconde su cabeza bajo la almohada—. ¡Es que míralo! —Él se endereza y me mira con rabia—. ¿Lo has hecho a propósito? ¿Tanto querías arruinarme la noche?

Él se acerca a mí y yo me mantengo en mi lugar, no voy a dejar que me intimide.

—Escúchame bien, Ares, fue un accidente, serví bebidas para mí y tu hermano pensó que eran para él. Como no está acostumbrado, pues se emborrachó con nada.

—¿Esperas que me crea eso?

Suelto una risa sarcástica.

—Si me crees o no, no me importa, solo digo la verdad.

Ares parece sorprendido, pero luego sonríe.

—La niña tierna tiene carácter.

—No soy una niña, y a menos que vayas a disculparte por gritarme y entrar así a mi habitación, no quiero hablar contigo. Vete.

—¿Disculparme?

—Sí.

Ares suspira pero no dice nada, así que hablo.

—Tu hermano no va a resucitar en las próximas horas, por lo que te sugiero que lo dejes dormir y luego vengas por él.

—¿Que lo deje dormir contigo? Sobre mi cadáver.

—Suenas como un novio celoso.

Ares sonríe, es que es un inestable.

—Ya quisieras.

Él se acerca a mí y yo lo vigilo con cautela.

—¿Qué estás haciendo?

Ares toma mi mano y la lleva a su cara, presiona sus suaves labios contra mi piel.

—Disculpándome. —Él besa la parte de adentro de mi mano, sus ojos fijos en los míos—. Lo siento, Raquel.

Quiero gritarle y decirle que una disculpa no es suficiente, pero ese tierno gesto y la honestidad en sus ojos cuando lo dijo me desarman. Mi rabia se esfuma y vuelve ese cosquilleo en mi estómago que siempre me llena cuando estoy cerca de Ares.

Libero mi mano de la suya.

—Estás loco, ¿lo sabes?

Ares se encoge de hombros.

—No, solo sé admitir mis errores.

Me alejo de él porque a mi estúpida mente le da por recordar cuando lo dejé caliente en el bar.

¡No pienses en eso ahora! Finjo revisar a Apolo y acomodar la sábana que lo cubre. Ares aparece al otro lado de la cama y lo observo quitándose los zapatos.

—¿Qué diablos estás haciendo? —No dice nada, termina con sus zapatos y comienza a desabotonar su camisa—. ¡Ares!

—¿No esperas que pueda irme en este estado? —Pone unos ojitos de corderito que me cortan la respiración—. Además, no sería bien visto que durmieras con un hombre sola.

—¿Y sí es bien visto que duerma con dos?

Ares ignora mi pregunta y se quita la camisa.

¡Madre mía, Virgen de los Abdominales!

Puedo sentir la sangre corriendo a mis mejillas, poniéndome roja como un tomate. Ares tiene otro tatuaje en su abdomen bajo y en el lado izquierdo de su pecho. Sus dedos tocan el botón de su pantalón.

—¡No! Si te quitas el pantalón, duermes en el suelo.

Ares me da una sonrisa torcida.

— ¿Te da miedo no poder controlarte?

—Claro que no.

—¿Entonces?

—Solo déjatelo puesto.

Él levanta las manos en señal de obediencia.

—Como digas. Ven, hora de ir a la cama, bruja.

Lucho para no dejar que mis ojos se posen sobre su cuerpo. Ares está sin camisa en mi cuarto. Esto es demasiado para mí.

Él se acuesta en medio y deja suficiente espacio para mí en la orilla. Agradezco tener una cama grande y que Apolo esté enrollado en una esquina; si no, no habría forma de que pudiéramos caber todos. Nerviosa, me acuesto con cuidado sobre mi espalda a un lado de Ares, quien está mirándome con diversión. Miro al techo sin mover un músculo, puedo sentir el calor corporal de Ares rozando mi brazo.

Voy a morir de tensión sexual. Tomo mi almohada y la pongo entre los dos para tener una sensación de protección.

Ares se ríe.

—¿Una almohada? ¿En serio?

Cierro los ojos.

—Buenas noches, Ares.

Pasan unos segundos cuando la almohada es arrancada de mi lado, lo siguiente que siento es el brazo de Ares empujándome hacia él hasta que mi espalda está contra su pecho. Puedo sentirlo completamente pegado a mi espalda, todo de él. Ares me presiona aún más contra él, su respiración rozando mi oído.

—¿Buenas noches? No lo creo, la noche apenas empieza, bruja. Y tú me debes una.

¡Virgen de los Abdominales, protégeme!

11

EL SEXY DIOS GRIEGO

Me va a dar un infarto.

Puedo sentir mi pobre corazón latir desesperado en mi pecho, estoy segura de que Ares también lo siente; él sigue pegado a mí, el calor emanando de su cuerpo calienta mi espalda. Su mano está sobre mi cadera, y los nervios hacen que mis músculos se tensen y mi respiración se acelere.

Tú me debes una...

Las palabras de Ares resuenan en mi cabeza. Solo a mí se me ocurre meterme en una cama con él después de haberlo dejado mal en el club.

El aliento caliente de Ares roza un lado de mi cuello, haciendo que se me ponga la piel de gallina. Lentamente, la mano de Ares se mueve hacia arriba por encima de mi vestido hasta que llega a mis costillas. Dejo de respirar, su mano se detiene justo debajo de mi pecho izquierdo y se queda ahí.

—Se te va a salir el corazón. —Su voz es un susurro en mi oído, mojo mis labios.

—Debe ser el alcohol.

Los labios de Ares rozan mi oreja.

—No, no lo es.

Él comienza a dejar besos húmedos en mi cuello, subiendo para lamer el lóbulo de mi oreja. Siento mis piernas debilitarse ante la sensación de sus labios en esa parte tan sensible de mi cuerpo.

—¿Lo disfrutaste?

Su pregunta me confunde.

—¿Qué?

—¿Dejarme duro?

Sus crudas palabras me quitan el aliento, y como para enfatizar su punto, su mano baja de mi pecho a mi cadera de nuevo y me aprieta hacia él, y es ahí cuando siento su obvia erección a través de sus pantalones contra la parte baja de mi espalda. Sé que debería alejarme, pero su lengua lame, sus labios chupan, sus dientes muerden la piel de mi cuello volviéndome loca.

No caigas en su juego, Raquel.

—Sé que solo quieres vengarte —murmuro, pensando que tal vez eso haga que se dé por vencido.

—¿Vengarme? —Sonríe en mi piel, su mano subiendo a mis pechos una vez más, pero esta vez sí los masajea descaradamente. Tiemblo en sus brazos, es la primera vez que un chico me toca de esa forma.

—Sí sé que eso es lo que quieres —digo, mordiendo mi labio para aguantar un gemido.

—Eso no es lo que quiero.

—Entonces, ¿qué quieres?

Su mano deja mis pechos, y baja, sus dedos trazando mi estómago por encima de mi vestido, brinco cuando su mano toca mi entrepierna.

—Esto es lo que quiero.

Ok, eso me queda muy claro.

Ares toma el borde de mi vestido y lo desliza hacia arriba en una velocidad dolorosamente lenta. Mi corazón ya ha sufrido dos infartos y sobrevivido. No tengo ni idea de por qué estoy dejando que me toque de esa forma. O bueno, tal vez si lo sé, siempre me he sentido atraída a él de una forma inexplicable.

Un ligero murmullo de negación deja mis labios cuando Ares mete su mano por debajo del vestido, sus dedos se mueven arriba y abajo por encima de mi ropa interior. Su lenta tortura continúa mientras inconscientemente comienzo a mover mis caderas hacia atrás, hacia él, queriendo sentir todo de él presionado sobre mí.

Ares gruñe suavemente y es el sonido más sexy que he oído en mi vida.

—Raquel, puedo sentir lo mojada que estás a través de tus panties.
—La forma en la que dice mi nombre hace que la presión en mi vientre crezca.

Estoy mordiendo mi labio inferior tan fuerte para no gemir que temo que sangre. Su tortura sigue, lenta, arriba y abajo, círculos, necesito más, quiero más.

—Ares...

—¿Sí? —Su voz ya no es esa voz automática y fría a la que estoy acostumbrada, es gutural y su respiración inconstante—. ¿Quieres que te toque ahí?

—Sí —murmuro tímidamente.

Obedientemente, Ares mueve mis panties a un lado y, en el momento en que sus dedos hacen contacto con mi piel, me estremezco, arqueando mi espalda.

—Oh, Dios, Raquel. —Él gime en mi oído—. Estás tan mojada, tan lista para mí.

Sus dedos hacen magia, haciendo que ponga los ojos en blanco. ¿Dónde carajos aprendió a hacer eso? Mi respiración es caótica, mi corazón ya ni siquiera tiene un ritmo normal, mi cuerpo está recargado de sensaciones deliciosas y adictivas. No puedo ni quiero detenerlo.

Mis caderas se mueven aún más contra él, poniéndolo más duro.

—Sigue moviéndote así, sigue provocándome y abriré esas lindas piernas y te penetraré tan duro que tendré que cubrir tu boca para callar tus gemidos.

Oh, mierda. Sus palabras son como fuego para mi cuerpo en llamas. Sus dedos siguen moviéndose en mí, su boca aún en mi cuello, su cuerpo presionado contra el mío.

Ya no puedo más.

Mi autocontrol se fue, se desvaneció en el momento en el que él metió sus manos dentro de mi ropa interior.

Estoy tan cerca del orgasmo y él parece saberlo porque acelera el movimiento de sus dedos. Arriba, abajo, lo puedo sentir venir, mi cuerpo tiembla en anticipación.

—¡Ares! ¡Oh, Dios! —Solo soy sensaciones, deliciosas sensaciones.

—¿Te gusta?

—¡Sí! —gimo sin control, acercándome al orgasmo—. Oh, Dios. ¡Soy tuya!

—¿Toda mía?

—¡Sí! ¡Toda tuya!

Y exploto.

Todo mi cuerpo explota en miles de facetas de sensaciones que recorren cada parte de mí, electrificándome, haciéndome gemir tan fuerte que Ares usa su mano libre para cubrir mi boca. El orgasmo me desarma y me estremece, no es nada comparado con los que he logrado tocándome yo misma. Ares libera mi boca y saca su mano de mis panties.

Y entonces pasa...

Él se despega un poco de mí y lo próximo que escucho es el sonido de cómo desgarra algo plástico: ¿un condón? Y luego el ruido del cierre de su pantalón. Y entro en pánico, y me giro sobre mi cuerpo para enfrentarlo.

Pero ni cien años de vida me habrían preparado para verlo así: semidesnudo en mi cama, sonrojado con sus hermosos ojos azules llenos de deseo, mirándome con lujuria. Mis ojos inquietos bajan por sus abdominales a esa zona prohibida que ya he sentido tanto pero que no he visto y, guao, confirmo que Ares es completamente perfecto al observarlo ponerse el condón. Trago grueso.

—¿Qué pasa? —pregunta, agarrándome hacia él.

Pues que soy virgen y entré en pánico porque sentí tu gran amigo contra mí. Obvio, no le respondí eso y tampoco lo dije en voz alta, qué alivio, lo sé.

—Emm, yo... no quiero... —Trago y siento mi garganta seca.

¿A dónde diablos se fue toda mi saliva?

La perdiste gimiendo como loca en los brazos de Ares, me responde mi mente.

Ares enarca una ceja.

—¿No quieres que te folle?

Qué directo.

—Yo...

—No puedes decirme que no quieres cuando ambos sabemos lo lista que estás para mí.

—Lo siento.

Ares envuelve su mano alrededor de su intimidad y lo acaricia.

—Dejarme así va más allá de la crueldad, Raquel.

¿Debería devolverle el favor? ¿Es eso lo que insinúa?

Pero yo nunca he tocado a un chico en mi vida.

Actúo por instinto, y nerviosamente llevo mi mano hacia él. Ares me observa como un depredador, juega con el piercing en sus labios húmedos y provocativos. Tenerlo tan cerca y desnudo después de haberlo dejado darme el mejor orgasmo de mi vida me da cierta confianza, la barrera de intimidad ya ha sido cruzada entre nosotros.

En el momento en que mi mano hace contacto con su dureza, Ares cierra los ojos y se muerde el labio inferior, eso arranca cualquier duda de mi cabeza. Verlo así estremeciéndose, contrayendo los músculos de su estómago mientras muevo mi mano, es lo más sexy que he visto en mi vida.

—Mierda... —masculla, poniendo su mano sobre la mía y acelerando el movimiento—. ¿Sabes qué me estoy imaginando, Raquel?

Muevo mis piernas, el roce entre ellas me hace volver a querer sentir sus dedos ahí.

—No, ¿qué?

Abre sus ojos, llenos de crudo deseo.

—Lo rico que debe sentirse estar dentro de ti, te imagino debajo de mí con tus piernas alrededor de mis caderas, haciéndote mía mientras gritas mi nombre.

Oh, por Dios, jamás pensé que las palabras podrían excitarme tanto.

Él quita su mano y yo continúo el ritmo rápido que él me acaba de mostrar, él masajea mis senos salvajemente y después de unos segundos, cierra sus ojos murmurando profanidades. Su abdomen se contrae al igual que los músculos de sus brazos, Ares deja salir un gruñido mezclado con un gemido y se viene en mi mano.

Los dos estamos respirando aceleradamente, nuestros pechos subiendo y bajando.

—Necesito ir al baño —digo escondiendo mi mano.

Huyo por mi vida y me encierro en el baño. Me lavo las manos y miro mi reflejo en el espejo.

—¿Qué mierdas acaba de pasar? —me pregunto en un susurro.

Una parte de mí no se lo cree, Ares y yo acabamos de darnos unos muy buenos orgasmos casi al lado de su durmiente hermano. Agradezco tener una cama lo suficientemente grande para que hubiera una distancia considerable entre nosotros y Apolo mientras todo pasaba, porque ¡pobre Apolo!

Señalo al reflejo en mi espejo.

—¿Quién eres y qué hiciste con mi yo inocente?

Tal vez nunca hubo un yo inocente. Recuperando mi compostura y mi ausente moral, decido salir y enfrentar al dios griego.

12

LA CONVERSACIÓN

Me doy cuenta de que lo de dios griego le queda perfecto a Ares, sobre todo después de haberlo visto desnudo. *Vi a Ares desnudo, lo toqué, lo vi venirse, ¿estoy soñando?* Tal vez me emborraché y es uno de esos locos sueños vívidos de borracho.

Saliendo, agradezco mentalmente a Ares por haberse vestido, pero me extraña que se haya puesto todo, su camisa y sus zapatos. ¿Se va? Sin embargo, mi corazón se tuerce un poco cuando él ni siquiera se gira a mirarme, está muy ocupado escribiendo en su teléfono, sentado en la silla de mi escritorio.

¿A quién le envía mensajes a estas horas?

Eso no es tu problema, Raquel.

Y ahí me paro, sintiéndome superincómoda. ¿Qué debo hacer? ¿O decir? Después de unos segundos, Ares levanta sus ojos de su teléfono y me mira, yo trago, jugando con mis manos frente a mí.

¿En serio, Raquel? Después de haber hecho todo eso con él, ¿te pones así de nerviosa?

Mi consciencia es una idiota.

Ares se levanta, metiendo su teléfono en el bolsillo trasero de sus pantalones.

—Me voy. —Mi corazón se hunde en mi pecho—. Cuando Apolo despierte, dile que se salte la cerca y entre por la puerta trasera, la dejaré abierta para él.

—Pensé que no era bien visto dormir con un hombre sola —bromeo, pero Ares no sonríe.

—No lo es, pero es tu cuarto, tu vida, no tiene nada que ver conmigo.

Ok, este chico es definitivamente inestable.

Llegó molesto, luego fue tierno, luego sexual y ahora ¿frío?

Es superinestable.

Acabo de inventarlo, pero esa palabra lo describe perfectamente.

—¿Te pasa algo?

Ares camina hacia la ventana.

—No.

Oh, no, tú no te vas. Tú no sales de aquí con esa actitud sin explicar qué te pasa. No me dejarás con esta sensación de haber sido usada que me carcome el corazón.

Lo alcanzo y me paro frente a él, bloqueando la ventana.

—¿Y ahora qué te pasa, Ares?

—No me pasa nada.

—Sí te pasa algo, tus cambios bruscos de humor me están dando dolor de cabeza.

—Y a mí tu drama me está molestando, por eso me voy.

—¿Drama?

Él señala entre los dos.

—Este drama.

—Yo ni siquiera te había dicho nada hasta que vi que te ibas.

—¿Por qué no puedo irme?

—Dijiste que dormirías aquí.

Ares suspira.

—Cambié de opinión, eso pasa. ¿No lo sabías?

—Estás siendo un idiota. ¿No lo sabías?

—Por esta misma razón es por la que me voy. —Lo miro extrañada—. No entiendo por qué las mujeres asumen que les debemos algo solo porque nos hemos divertido un poco sexualmente. Yo no te debo nada, no tengo que quedarme, no tengo que hacer nada por ti.

¡Auch!

Ares continúa.

—Mira, Raquel, me gusta ser honesto con las chicas con las que me involucro. —Lo que sea que va a decir sé que no me va a gustar—. Tú y yo nos estamos divirtiendo, pero yo no busco una relación, yo no busco el dormir abrazados después de juguetear un poco, ese no soy yo. Necesito que tengas eso claro, no quiero hacerte daño. Si quieres divertirte conmigo sin compromisos, bien, y si no es lo que quieres, si lo que quieres es un novio, el romance, el príncipe azul, entonces pídeme que me aleje y lo haré.

Gruesas lágrimas bajan por mis mejillas, mojo mis labios para hablar.

—Entiendo.

La expresión de Ares se contrae en tristeza y, antes de que diga algo, limpio mis lágrimas y abro mi boca nuevamente.

—Entonces, aléjate de mí.

La sorpresa en el rostro de Ares es contundente y demasiado obvia, sé que eso no era lo que él esperaba. Y le digo que se aleje porque sé que ninguna cantidad de sexo por bueno que sea es suficiente para cambiar a alguien si esa persona no está dispuesta.

Mi madre me enseñó que nunca intentara cambiar a alguien, que es una batalla que no podré ganar si esa persona no quiere cambiar y Ares obviamente no quiere.

¿Me gusta? Él me encanta, puedo atreverme a decir que me estoy enamorando de él, pero desde el momento que vi a mi madre aguantar y perdonar las infidelidades de mi padre una y otra vez, desde que vi cómo ella olvidó lo mucho que valía, y es que por mucho que aguantó, lloró y sufrió, mi padre nunca cambió y se fue con una chica mucho más joven que ella. Después de vivir todo eso, prometí no ser igual, no dejarme pisotear y maltratar por amor, no dejarme llevar completamente por las emociones.

Porque el dolor de un corazón roto pasa, pero el saber que dejaste que alguien te hiciera olvidar lo que vales y te pisotee se queda contigo por siempre.

Así que miro a Ares directamente a los ojos, no me importa que aún tenga mis lágrimas secas en mis mejillas.

—Aléjate de mí, y no te preocupes, no me interesa seguir acosándote, así que puedes estar tranquilo.

Él no sale de su sorpresa.

—Tú no dejas de sorprenderme, eres tan... impredecible.

—Y tú eres tan idiota. ¿Crees que andar por ahí tirándote a chicas y luego abandonándolas te dará felicidad? ¿Crees que esa tontería de «yo solo quiero divertirme y nada serio» te va a llevar a algún lado? Sabes, Ares, pensé que eras una persona diferente. Ya entiendo por qué dicen «nunca juzgues un libro por su portada», tú tienes una hermosa portada, pero tu contenido es vacío, no eres un libro que me interesa leer, así que sal de mi habitación y no vuelvas.

—Guao, de verdad quieres todo el cuento del príncipe y el romance, ¿no?

—Sí, y eso no tiene nada de malo, por lo menos yo sí tengo claro lo que quiero.

Ares tensa su mandíbula.

—Bien, como quieras. —Me echo a un lado y él comienza a subirse en la ventana.

—Y..., ¿Ares?

Él me mira, con sus manos en las escaleras, su cuerpo ya afuera.

—Espero ya hayas recuperado el internet en tu casa porque voy a cambiar la clave del wifi. Ya no le veo sentido a que sea AresYYoForever.

Una pizca de dolor cruza las facciones de Ares, pero lo atribuyo a mi imaginación, y él solo asiente y desaparece en las escaleras.

Dejo escapar un largo suspiro mientras veo alejarse al chico de mis sueños a través de mi ventana.

**

Me siento horrible.

Tanto físicamente como emocionalmente, lo cual es una combinación muy mala para un solo ser humano. Me duele la cabeza; el cuerpo y mi estómago no terminan de estabilizarse después de la bebida. No he dormido nada y ya es de día.

¿Y Apolo?

Bien, gracias, durmiendo como un vampiro en un día soleado.

Mi taza de café calienta mis manos, estoy sentada en el suelo frente a la cama con una sábana alrededor. Espero que el café haga algo por mi alma, me siento como un zombi y estoy muy segura de que también me veo como uno.

Aunque el malestar físico no es nada comparado con esta sensación de decepción que me traspasa el alma. Me siento usada, rechazada y poco valorada. Es increíble lo que Ares puede hacerme con tan solo unas palabras. A pesar de que sé que hice lo correcto al echarlo de mi vida, eso no reduce la desilusión y la tristeza en mi corazón porque se ha ido.

Tan inesperadamente como apareció en mi vida, así se fue.

El sol se asoma por mi pequeña ventana y recuerdo como si fuera ayer —en realidad fue ayer— cuando Ares desapareció a través de ella. No puedo evitar analizar cada momento una y otra vez; mi pobre cerebro guiado por mi corazón trata de buscar gestos, expresiones, palabras escondidas que me den la esperanza de que no solo estaba jugando conmigo, que no solo me usó, que no es un idiota.

Yo siempre he sabido que su personalidad no es la mejor, en el tiempo que lo he observado me he dado cuenta de eso. Pero tampoco esperé que tuviera esa percepción del romance, de que no quisiera una relación o que pensara que las mujeres somos algo para usar y desechar.

Eso me dolió, y mucho.

Y sé que, si no tuviera las convicciones que tengo respecto a valorarme como mujer, habría caído en su red. Me habría entregado por completo porque él simplemente me encanta, todo de él me gusta. Nunca en la vida me había sentido tan atraída hacia alguien. Las cosas que Ares me hace sentir con solo mirarme me dejan sin respiración.

Así que no culpo a esas chicas que han pasado por él, que han intentado cambiarlo, yo también lo intentaría si no hubiera vivido en carne propia por lo que pasó mi madre. Eso siempre ha sido mi fortaleza.

Suspiro, tomando un sorbo de mi café.

Estoy tan cansada de estar sola.

Quiero vivir el amor, quiero experimentar, quiero divertirme, quiero tantas cosas, pero también quiero a alguien que me respete, que se gane estar conmigo, que quiera estar conmigo. No quiero ser el juguete de nadie por mucho que me guste.

Pongo mi cabeza sobre la orilla de la cama y mi taza de café a un lado para observar el ventilador de techo girar, se mueve tan lentamente, soplando aire fresco sobre mi cara.

Sin darme cuenta, me quedo dormida.

Después de unas horas, Apolo finalmente despierta y se marcha con la cabeza baja y murmurando mil disculpas. Me doy cuenta del miedo y respeto que Apolo le tiene a Ares. Pero sobre todo de lo tierno y amable que es, me cae muy bien y espero que esta situación, aunque bizarra, sea el comienzo de nuestra amistad.

Cuando vi a Apolo marcharse por las escaleras afuera de mi ventana, no pude evitar recordar a Ares y ese momento en el que bajó las escaleras, sus ojos fijos en mí, como esperando que yo cambiara de opinión y le dijera que volviera.

¡Ah! Sal de mi cabeza, dios griego. Necesito dormir, me cubro con la sábana y lo intento.

13

EL INCIDENTE

Me considero una persona trabajadora.

He tenido que serlo para ayudar a mi madre y también para comprarme cosas que ella no puede darme, no porque no quiera, sino porque simplemente su sueldo de enfermera apenas le alcanza para pagar la renta, los servicios, su coche, etc. Somos un equipo.

Sin embargo, hoy no quería venir a trabajar, pensé en cien excusas para no venir, pero la verdad es que necesito el dinero y las clases empiezan el lunes, así que son mis últimos días para trabajar doble turno. Ya cuando comience la escuela solo podré trabajar algunas noches y fines de semana, sin exceder las horas permitidas para una menor de edad como yo en tiempo de escuela.

Ha pasado casi una semana desde la última vez que vi a Ares. Para ser honesta, no esperé extrañarlo, solo compartí con él unas cuantas veces. ¿Cómo puede hacerme falta? Creo que también extraño acosarlo, era ese hobby extraño mío que me daba emoción y adrenalina y ahora ambos se han ido. Suspiro, recogiendo mis cosas y metiéndolas en mi mochila. Decir que he tenido un mal día es poco.

He estado distraída y bostezando a cada rato, mi jefe me llamó la atención tres veces y tuvimos que darle papas gratis a un cliente porque confundí su pedido. Me quito mi gorra de McDonald's y la meto en mi taquilla. Considero cambiarme mi camisa, pero ni siquiera lo intento; me da pereza ir al baño, ya lo haré cuando llegue a casa.

—Mal día, ¿huh? —La voz de Gabriel me hace brincar y me pego en el hombro con la puerta de mi taquilla.

—¡Jesús! Me asustaste.

Gabriel sonríe avergonzado.

—Lo siento.

Le devuelvo la sonrisa.

—Está bien.

Gabriel se quita su gorra, dejando escapar su pelo rojizo, y puedo ver su cara mejor: tiene ese tipo de cara tierna que si te hace ojitos puedes caer a sus pies.

—Entonces, tengo curiosidad. ¿Existe alguna razón para darle nuggets a alguien que pidió un McFlurry?

—Oh, ¿viste eso?

—Todo el mundo lo vio, estabas como en otro planeta. —Él abre su taquilla y saca sus cosas.

—Qué pena.

—Tranquila, también me ha pasado.

Lo miro con tristeza.

—¿Dani?

—Sí. —Se queda mirando dentro de su taquilla, profundo en sus pensamientos—. Ella y yo somos de mundos diferentes, solo soy el chico lindo que trabaja en McDonald's para ella, nada más.

—Lo siento.

—Tranquila, yo sabía que no funcionaría, pero no esperaba que ella llegara a importarme tanto y tan rápido.

Oh, créeme, sé de eso.

—No sé qué decirte, Gabo.

—Dime tu historia.

—¿Mi historia?

—¿Por qué estás tan distraída hoy?

Cierro mi taquilla y me pongo la mochila.

—Yo... saqué una persona de mi vida hace poco, él... —Recuerdo las palabras frías de Ares—. Él no era lo que yo esperaba.

—Decepción, ¿eh? Eso duele.

—Y mucho. —Camino hacia él—. Debo irme. —Paso a su lado para seguir hacia la puerta—. Buenas noches, Gabo.

—Buenas noches, Raquel McNuggets.

—¿En serio?

—Pasarán días antes de que lo deje ir.

Le saco el dedo, y él actúa sorprendido.

—Chao, pescado.

Caminar a casa nunca ha sido tan deprimente como hoy. El sonido de los coches pasando en la avenida, las luces anaranjadas de las farolas iluminan las calles precariamente. Parece como si mis alrededores se hubieran amoldado a mi humor. Ya casi es medianoche, pero no me preocupa, el nivel de crimen es bajo en esta zona y mi casa no está tan lejos.

Mi madre siempre me ha dicho que la pereza no trae nada bueno, y nunca imaginé que llegaría una situación en mi vida donde su consejo cobraría sentido y de la peor forma. Porque, gracias a la pereza, tomo una muy mala decisión: desviarme.

Para llegar más rápido a mi vecindario, decido cruzar por debajo de un puente para ahorrarme camino. Debajo del puente está oscuro y solitario, pero mi conocimiento sobre el crimen en esta zona no contó con aquellos tipos que recurren a esa área oscura para drogarse o vender sustancias ilegales. Mis pies se congelan cuando veo a tres hombres altos debajo del puente. La distancia entre nosotros es muy poca, la oscuridad les sirvió de camuflaje, no los vi hasta estar casi frente a ellos.

—¿Quieres algo, niña bonita? —Uno de ellos habla, su voz es gruesa y tose un poco.

Mi corazón late desesperado en mi pecho, mis manos sudan.

—No, yo no... No.

—¿Te perdiste?

—Me equivo-voqué de camino —tartamudeo y uno de ellos se ríe.

—Si quieres pasar por aquí, tienes que darnos algo.

Meneo la cabeza.

—No, yo voy por el otro lado. —Doy un paso hacia atrás y ninguno de ellos se mueve. ¿Me dejarán ir?—. Por favor, déjenme ir.

Estoy a punto de girarme e irme cuando mi teléfono suena rompiendo el silencio. ¡Mierda!

Apurada y temblando, lo saco de mi bolsillo y lo pongo en silencio para guardarlo de nuevo, pero ya es tarde.

—Oh, ese teléfono parece muy lindo. ¿No crees, Juan?

—Sí, creo que sería un buen regalo de cumpleaños para mi hija.

Intento correr, pero uno de ellos me toma del brazo arrastrándome a la oscuridad debajo del puente. Grito tan fuerte como puedo, pero él cubre mi boca, y me sujeta del pelo manteniéndome quieta.

—¡Shh! Tranquila, bonita. No vamos a hacerte nada, solo danos el teléfono.

Lágrimas brotan de mis ojos, el hombre huele a alcohol y a miles de cosas ilegales.

—El teléfono, ahora —exige otro de ellos frente a mí, pero no puedo moverme; el miedo me tiene paralizada, quiero mover mi mano y sacar mi teléfono, pero no puedo.

El tercero emerge de las sombras, tiene un cigarro en medio de sus dientes y una cicatriz en su cara.

—Lo tiene en el bolsillo, sostenla.

¡No, no me toques!

Grito, pero solo se escuchan murmullos atrapados en las manos del hombre que me sostiene. El de la cicatriz se acerca a mí y mete su mano en el bolsillo de mis pantalones lamiéndose los labios.

Quiero vomitar. Por favor, ayúdenme.

Él saca mi teléfono y lo observa.

—Bonito, y se ve como nuevo, será un buen regalo para tu hija. —Se lo pasa al otro hombre, sus ojos enfermos sin despegarse de mi cara—. Eres muy bonita. —Su dedo limpia mis lágrimas—. No llores.

—¿La dejamos ir? Ya tenemos el teléfono —pregunta el que me sostiene.

El que ahora está jugando con mi teléfono agrega.

—Sí, Juan, ya está bien.

Juan me mira y sus ojos bajan a mi cuerpo. No, por favor, no.

El que me sostiene me suelta, pero Juan me agarra y me agarra hacia él de espaldas, tapando mi boca nuevamente. Puedo sentir mi corazón en mi garganta, galopando como loco. No puedo respirar bien, no puedo moverme.

¡Ayuda!

—Juan, ya es suficiente, es solo una niña.

—Sí, Juan, debe tener la edad de mi hija.

—¡Cállense, pendejos! —Su grito retumba en mi oído—. Fuera de aquí.

—Pero...

—¡Que se larguen!

Los dos hombres intercambian miradas y yo les suplico con mis ojos, pero deciden irse.

No. Dios, por favor, no.

Juan me arrastra dentro del túnel y comienzo a patalear y a gritar desesperadamente. Él me agarra del pelo y me da la vuelta hacia él.

—Coopera, no quiero hacerte más daño del necesario, voy a liberar tu boca, pero si gritas, te va a ir muy mal, bonita.

Apenas suelta mi boca, grito.

—¡Ayúdenme! ¡Por favo...! —Él me golpea. Ni siquiera lo vi levantar su mano, solo siento el fuerte impacto en mi mejilla derecha. Nunca me han golpeado, nunca he sentido un dolor tan fuerte y repentino. Me desestabiliza y me manda al suelo, todo me da vueltas y mi oído derecho palpita. Puedo saborear la sangre dentro de mi boca.

—¿Hay alguien ahí? —Escucho una voz que viene desde arriba del puente y suena como Dios—. ¿Qué está pasando?

Juan se asusta y sale corriendo, yo me arrastro hasta sentarme. Todo el lado derecho de mi cara palpita.

—¡Ayuda! ¡Aquí abajo! —Mi voz suena débil.

—¡Oh, Dios! —Es la voz de un hombre. En unos segundos que se sienten como una eternidad aparece un chico en mi campo de visión—. ¡Oh, por Dios! ¿Estás bien?

No puedo hablar, tengo un nudo en la garganta. Solo quiero ir a casa, solo quiero estar a salvo.

Él se arrodilla frente a mí.

—Dios, ¿estás bien? —Solamente me las ingenio para asentir con la cabeza—. ¿Debería llamar a la policía? ¿Puedes caminar?

Con su ayuda, me levanto y salimos de esa oscuridad infernal.

Mamá...

Casa.

A salvo.

Eso es todo lo que mi cerebro puede pensar, el chico me presta su teléfono y con dedos temblorosos marco el único número que me sé: el de mi madre. Pero ella no contesta y mi corazón se hunde en mi pecho. Las lágrimas nublan mi visión.

—¿Quieres que llame a la policía?

No, no quiero policías, no quiero preguntas, solo quiero ir a mi casa, donde estoy a salvo, donde nadie puede hacerme daño. Pero no tengo el valor de caminar sola por esas avenidas, no otra vez.

Y entonces recuerdo que el número del teléfono de mi madre era el único que me sabía hasta hace poco. Hasta que Ares empezó a escribirme textos, me aprendí su número como la acosadora que era.

En este momento no me importa lo que él y yo hayamos acordado, solo necesito a alguien que me lleve a casa, y el chico que me salvó me dijo que estaba apurado porque perdería el último tren. Esta llamada es mi única salvación, si Ares no me contesta, tendré que llamar a la policía y esperar por ellos sola.

Al tercer tono, escucho su voz.

—¿Aló?

El nudo en mi garganta me hace casi imposible decir algo.

—Hola, Ares.

—¿Quién es?

—Es... Raquel. —Mi voz se rompe, tengo lágrimas cayendo de mis ojos—. Yo...

—¿Raquel? ¿Estás bien? ¿Estás llorando?

—No, bueno, sí... Yo...

—Por Dios santo, Raquel, dime qué pasa.

No puedo hablar, solo llorar. Por alguna extraña razón escuchar su voz me ha hecho romper en llanto. El chico me quita el teléfono.

—Hola, soy el dueño del teléfono, la chica fue atacada bajo un puente. —Hay una pausa—. Estamos en el parque de la avenida cuatro, frente al edificio de construcción. Okay, está bien—. Él cuelga.

Yo solo soy un mar de lágrimas. El chico me toca el hombro.

—Ya viene, estará aquí en pocos minutos. Calma, respira.

Los minutos pasan volando y no me espero ver a Ares corriendo como loco hacia nosotros. Como dije, mi vecindario no está lejos, pero aun así debió correr bastante para llegar aquí tan rápido. Trae puestos unos pantalones grises de pijama y una camiseta del mismo color, está descalzo y su cabello desordenado.

Sus hermosos ojos encuentran los míos y la preocupación en su rostro me desarma. Me levanto para caminar hacia él. Ares ni siquiera dice nada y me abraza rápidamente, huele a jabón y en este momento a seguridad, huele a tranquilidad. Estoy a salvo, él se separa y sostiene mi cara.

—¿Estás bien? —Asiento débilmente, su dedo revisa mi labio roto—. ¿Qué diablos pasó?

—No quiero hablar, solo quiero irme a casa.

Ares no me presiona y mira al chico a un lado de nosotros.

—Yo me encargo, puedes irte. Muchas gracias.

—No hay de qué, cuídense.

Nos quedamos solos y Ares me suelta, se gira y se inclina hacia adelante ofreciéndome su espalda mientras yo lo miro extrañada.

—¿Qué estás haciendo?

Él me da una sonrisa por encima de su hombro.

—Llevándote a casa.

Con cuidado, me subo en su espalda y él me carga sin problema como si yo no pesara nada. Descanso mi cabeza sobre uno de sus hombros. Mi cara aún palpita de dolor y las lágrimas inundan mis ojos cuando pienso en lo que acaba de pasar, pero me siento a salvo.

En los brazos del idiota que me rompió el corazón, me siento a salvo.

El silencio entre nosotros no es incómodo, es solo silencio. El cielo está despejado, las calles aún transitadas con unos cuantos autos, las luces anaranjadas de las calles siguen ahí iluminando como si nada hubiera pasado.

Llegamos a mi casa y Ares me baja, yo abro la puerta. Mi madre no está, como de costumbre, así que él entra conmigo. Subo a mi habitación mientras Ares busca hielo en la cocina, Rocky me recibe entusiasmado y solo alcanzo a sobarle la cabeza un poco antes de mandarlo a sentarse quieto en la esquina de la habitación. Me quito mi mochila y me siento en mi cama.

Ares aparece con una bolsa plástica llena de hielo y se sienta a mi lado.

—Esto ayudará. —Presiona la bolsa contra mi cara y suelto un quejido de dolor.

—Lo siento.

Ares frunce el ceño.

—¿Por qué?

—Por llamarte, sé que...

—No —me interrumpe—. Ni siquiera lo pienses, nunca dudes en llamarme si estás en problemas, nunca. ¿De acuerdo?

—De acuerdo.

—Ahora acuéstate, necesitas descansar, mañana será otro día. —Lo obedezco y me acuesto, sosteniendo la bolsa de hielo contra mi mejilla. Él me cubre con las sábanas y yo solo lo observo. He olvidado lo lindo que es.

Te extrañé...

Lo pienso, pero no lo digo. Ares parece prepararse para irse y el pánico de estar sola me invade, me siento.

—Ares...

Esos ojos azules me miran esperando y no sé cómo pedirle que se quede. ¿Cómo puedo pedirle que se quede cuando hace una semana le pedí que se fuera y no volviera?

No quiero estar sola, no puedo estar sola esta noche.

Él parece leer mi mente.

—¿Quieres que me quede?

—Sí, no tienes que hacerlo si no quieres, estaré bien, yo... —No me deja terminar y se lanza a un lado de la cama.

Antes de que pueda hablar, pone un brazo alrededor de mi cintura y me acerca hacia él, abrazándome desde atrás tiernamente.

—Estás a salvo, Raquel —murmura—. Duerme, no te dejaré sola.

Pongo la bolsa de hielo en la mesita de noche y cierro mis ojos.

—¿Lo prometes?

—Sí, no me iré. No esta vez.

El sueño llega a mí y estoy entre ese punto de la consciencia y la inconsciencia.

—Te extrañé, dios griego.

Siento un beso en la parte de atrás de mi cabeza y luego el pequeño susurro de su voz.

—Yo también, bruja, yo también.

14

EL CABALLERO

Rocky y su hábito de lamerme la mano cuando quiere comida me despierta. La luz del sol es fuerte y se cuela por mi ventana, calentando la habitación. Mis ojos arden y mi cara duele, me toma unos segundos recordar todo lo que pasó anoche.

Ares...

De un brinco me siento y miro a un lado de mi cama.

Está vacía.

Mi corazón se aprieta en mi pecho. ¿Se fue? ¿Qué esperabas, que amaneciera acurrucado contigo? Soy una ilusa.

Lentamente, voy al baño a cepillarme, pero cuando me veo en el espejo dejo salir un chillido.

—¡Santa Madre de los Morados!

Mi cara se ve horrible, todo el lado derecho está hinchado y hay un morado que sube desde la mitad de mi mejilla hasta mi ojo derecho. La esquina de mi boca tiene un pequeño corte. No tenía ni idea de que ese hombre me había golpeado tan fuerte. Mientras inspecciono mi cara, noto morados en mis muñecas y brazos, supongo que por lo mucho que me agarraron de un lado a otro esos hombres.

Un escalofrío me invade al recordar lo que pasó. Después de tomar una ducha y cepillarme, salgo del baño en ropa interior, sacudiéndome el pelo con la toalla.

—¿Panties de Pokémon?

Grito al ver a Ares sentando en mi cama, una bolsa de comida y dos cafés en la mesita de noche.

Me cubro con la toalla.

—Pensé que te habías ido.

Él sonríe, esa sonrisa que derrite mi corazón en segundos.

—Solo fui por el desayuno. ¿Cómo te sientes?

—Estoy bien, y gracias, eso es muy amable de tu parte.

Y la amabilidad no es lo tuyo. Lo pienso, pero no lo digo.

—Vístete y ven a comer, a menos que quieras hacerlo así, sin ropa, no me quejaría.

Le lanzo una mirada asesina.

—Muy gracioso, ya vuelvo.

Vestida y devorándome el desayuno, trato de ignorar a la hermosa criatura frente a mis ojos, porque, si no, no hay manera de que pueda comer en paz.

Ares toma un sorbo de su café.

—Tengo que decirlo, no podré vivir en paz si no lo digo.

—¿Qué?

—¿Pokémon? ¿En serio? Ni siquiera sabía que existía ropa interior de Pokémon.

Giro los ojos.

—Es mi ropa interior, se supone que nadie la vería.

—Yo la he visto. —Sus ojos atrapan los míos—. También la he tocado.

Casi me atoro con mi desayuno.

—Ares...

—¿Qué? —Me mira juguetón—. Oh, lo recuerdas muy bien, ¿no?

—Claro que no.

—Entonces, ¿por qué te sonrojas?

—Hace calor.

Él sonríe con picardía, pero no dice nada. Termino de comer y tomo un sorbo de café, manteniendo mis ojos en cualquier lado menos en él, pero puedo sentir su mirada sobre mí. Y eso me sigue poniendo nerviosa, me hago consciente de cómo estoy vestida y de cada detalle de mí que él pueda ver y desaprobar, como mi cabello mojado y alborotado.

Ares suspira.

—¿Qué pasó anoche?

Levanto la mirada y encuentro el azul oscuro de sus ojos que me desarma, y siento que puedo decirle todo. ¿Por qué confío en él si me rompió el corazón? Jamás lo entendería.

Me paso una mano por el pelo.

—Salí del trabajo y decidí tomar el camino más corto. —Ares me echa una mirada de desaprobación—. ¿Qué? Estaba cansada y pensé que no pasaría nada.

—Los caminos más cortos y oscuros no son algo que deberías considerar a esas horas de la noche.

—Ahora lo sé. —Tomo una pausa—. Bueno, me fui por debajo del puente y me encontré tres hombres.

¿Quieres algo, niña bonita?

Aprieto mis manos sobre el regazo.

—Me quitaron mi teléfono y uno de ellos...

Eres muy bonita, no llores.

Las palabras de ese hombre me persiguen.

Ares pone su mano sobre la mía.

—Estás a salvo ahora.

—Dos se fueron y me dejaron con uno. Él me arrastró a la oscuridad y me dijo que no gritara, pero yo lo hice y por eso me golpeó. El chico que te llamó me escuchó y el hombre salió corriendo.

—¿Te hizo algo? —Los ojos de Ares tienen un destello de rabia que me sorprende—. ¿Te tocó?

Sacudo la cabeza.

—No, gracias a Dios fui escuchada a tiempo.

Él aprieta mi mano y sus palmas son suaves.

—Ya pasó, estarás bien.

Y me sonríe, y por primera vez no es una sonrisa de suficiencia o picardía, es una sonrisa genuina, una de verdad, una que él no me ha mostrado antes y hace estragos en mi corazón. Ares Hidalgo luce tan honestamente agradecido de que yo esté bien que siento el estúpido impulso de besarlo.

Y es en este momento que me doy cuenta de que él y yo nunca nos hemos besado a pesar de haber hecho cosas tan íntimas juntos. *¿Por qué nunca me has besado?* Quiero preguntarle, pero el valor no llega a mí para hacerlo, no ahora. Además, ¿qué ganaría con preguntarle eso? Si estar con él está fuera de la ecuación.

Él ha sido tierno y amable, se ha portado como un hermoso caballero, pero eso no significa que su forma de ver las cosas haya cambiado, ni tampoco la mía. Ares acaricia con su dedo gordo la parte posterior de mi mano, trazando círculos, y siento la necesidad de agradecerle.

—Gracias, de verdad, no tenías que hacer todo esto. Muchas gracias, Ares.

—Estamos a la orden, siempre, bruja.

Siempre...

Eso hace que mi estómago revolotee y mi corazón palpite más rápido.

Él se acerca y toma mi mentón.

—¿Qué estás haciendo?

Él evalúa el lado golpeado de mi cara.

—No creo que necesites tomar nada, pero si te duele mucho, podrías tomar un analgésico para el dolor. Estarás bien.

—¿Ahora eres médico?

Ares se ríe un poco.

—Aún no.

—¿Aún no?

—Quiero estudiar Medicina cuando termine la preparatoria.

Eso me sorprende.

—¿De verdad?

—¿Por qué tan sorprendida?

—Pensé que estudiarías Gerencia o Leyes como tu padre y tu hermano.

—¿Para trabajar en la compañía de mi padre?

—Nunca te he imaginado como médico.

Aunque serías un médico muy hermoso.

—Eso es lo que todo el mundo piensa. —Tuerce sus labios—. Estoy seguro de que mis padres y Artemis piensan lo mismo.

—¿Ellos no saben que quieres estudiar Medicina?

—No, eres la primera persona a la que se lo digo.

—¿Por qué? ¿Por qué yo?

La pregunta deja mis labios antes de que pueda detenerla, Ares mira hacia otro lado.

—No lo sé.

Me muerdo la lengua para no preguntarle más nada.

Él se levanta.

—Debería irme, le prometí a Apolo que lo llevaría a la perrera.

—¿A la perrera?

—Haces muchas preguntas, Raquel. —No lo dice de mala manera—. Apolo adopta perritos cuando mamá está de buen humor y lo deja, si fuera por él, estaríamos invadidos de docenas de perros.

—Apolo es un chico muy dulce.

Ares se pone serio.

—Sí, lo es.

—¿Podrías darle saludos de mi parte?

—¿Acaso extrañas dormir con él?

Y aquí vamos con el inestable.

—Ares, voy a olvidar que dijiste eso porque te has portado muy bien hasta ahora.

Vete, antes de que dañes el momento, dios griego.

Ares abre su boca para decir algo, pero la cierra para decir finalmente:

—Bien, espero que te mejores pronto. Si necesitas algo, me avisas.

—Estaré bien.

No tengo teléfono para avisarte.

Quiero decirlo, pero no quiero sonar necesitada, y tal vez él solo dice eso por ser amable y en realidad no espera que yo le avise algo. Ares sale por mi ventana y yo me dejo caer hacia atrás en mi cama. Observo el techo y suspiro.

***

Dani está perpleja.

No pestañea, no se mueve, no habla.

Ni siquiera estoy segura de si está respirando.

Hasta que se desata a preguntarme si estoy bien, que qué pasó, que necesitamos formular una denuncia, y cuando le digo que no, me reprocha que acusando a esos hombres podríamos evitar que ataquen a otras chicas. La verdad es que no quiero que nadie más pase por lo que yo pasé, así que en compañía de mamá y ella vamos a la estación de policía a denunciar a esos hombres. Me aseguro de mencionar ese puente que parecen frecuentar, con la esperanza de la que la policía los encuentre ahí de nuevo, buscando otras víctimas. Mamá nos deja en casa de Dani después de todo el asunto porque tiene guardia y no quiere dejarme sola en casa esta noche.

En la comodidad del cuarto de Dani, le cuento todo lo que pasó con Ares. Le toma unos cuantos minutos asimilar todo. Para ella, salté de acosar a Ares desde las sombras a pelear con él por el wifi y de pronto a hacer cosas con él. Me sonrojo al recordar lo que hemos hecho. Estamos sentadas en su cama con las piernas cruzadas con nuestros pijamas, tenemos una taza de palomitas en medio de nosotras. Decidimos hacer una última fiesta de pijamas antes de que empezaran las clases.

—Respira, Dani.

Ella respira, dejando salir una gran bocanada de aire, y acomoda su pelo negro detrás de sus orejas.

—Debo admitir que estoy impresionada.

—¿Impresionada?

—Sí, lo pusiste en su lugar cuando fue necesario, eres valiente; estoy muy orgullosa de ti.

—No es para tanto.

—Claro que sí lo es. Jamás pensé que llegarías a tener algo con él y mucho menos que lo pondrías en su lugar. ¡Bravo! —Levanta su mano y me da cinco.

Le doy cinco insegura.

—No fue fácil, Dani. Sabes bien lo mucho que él me gusta.

—Yo sé que no fue fácil, por eso mismo te estoy felicitando, tonta.

Agarro un puño de palomitas.

—A veces no puedo creer que haya tenido algo con él, siempre ha estado tan fuera de mi alcance. —Me meto todas las palomitas que puedo en la boca.

—Yo tampoco puedo creerlo. ¿Quién lo diría? La vida es impredecible. —Dani come palomitas lentamente.

—Aunque creo que sigue estando fuera de mi alcance. —Suspiro—. Él no está interesado en mí para algo serio, solo quiere divertirse. Ni siquiera sé si le gusto.

Dani chasquea la lengua.

—Debes gustarle para haberse involucrado contigo, por lo menos físicamente está atraído. Los chicos no se meten con chicas que no les gustan, eso no tendría sentido.

—Pero él me lo dijo, con su estúpida y hermosa cara: «Porque yo te gusto, pero tú no a mí» —repito amargamente, tratando de imitar su voz.

—Si no le gustaras, no habría intentado nada contigo. Nada.

—Basta, Dani.

—¿Basta qué?

—No digas esas cosas, provocas que me haga ilusiones con él de nuevo.

Dani junta sus dedos y tapa su boca como un cierre.

—Bien, me callo, entonces.

Le lanzo una palomita.

—No te molestes. —No me habla y hace señas como si fuera muda—. ¿Es en serio, Dani?

Le lanzo otra palomita y ella la agarra y se la come, pero no me habla.

—Dani, Dani, háblame.

Ella pone sus brazos sobre su pecho.

—Solo digo la verdad y eso te molesta. Ares está buenísimo, tiene dinero, es inteligente, puede tener a cualquier chica a sus pies. Y, aun así, ¿tú vienes a decirme que él estaría con alguien aunque no le guste? Sí, tal vez no quiera nada serio, pero sí le gustas, Raquel.

—¡Bien! Tienes razón.

Dani coloca su cabello por encima del hombro arrogante.

—Siempre, ahora vamos a dormir. Lo menos que queremos es llegar desveladas al primer día de escuela. Es nuestro último año, tenemos que impactar.

—Siempre somos los mismos. Vivimos en un pueblo, Dani.

—Te encanta quitarle la diversión a la vida. —Dani se levanta y pone la taza de palomitas en el suelo.

Nos acomodamos y nos metemos dentro de las sábanas. Apagando la lámpara de la mesita de noche, las dos suspiramos. Pasa un rato de silencio, y la hermosa sonrisa genuina de Ares invade mi mente.

—Deja de pensar en él, Raquel.

—Nunca nadie me ha hecho sentir de esta forma.

—Lo sé.

—Y duele, duele que no quiera tomarme en serio. Me hace sentir como si yo no fuera lo suficientemente buena.

—Pero lo eres, no dejes que él te haga dudar de eso. Hiciste bien al apartarlo, Raquel, más adelante hubiera sido mucho más doloroso.

Tomo un mechón de mi cabello y empiezo a jugar con él. Dani se gira hacia mí y las dos quedamos frente a frente, acostadas.

—Dani, él me gusta mucho.

Ella me sonríe.

—No tienes que decirlo, te conozco.

—Lo que siento por él me hace querer aferrarme a cualquier destello de esperanza que aparece.

—No te compliques la vida pensando tanto, eres joven. Si él no sabe valorarte, ya vendrá alguien que lo hará.

—¿De verdad lo crees? Suena tan imposible encontrar a alguien como Ares.

—Tal vez no alguien como él, pero sí alguien que te haga sentir como él lo hace.

Lo dudo tanto.

—Bueno, es hora de dormir.

—Buenas noches, enana.

Ella siempre me ha llamado así porque es más alta que yo.

—Buenas noches, loca.

15

EL REGALO

Mi primer día en la preparatoria comienza con la sorpresa de encontrarme a Apolo en el pasillo principal y me cuenta que se ha cambiado del colegio y ahora estudiará aquí. Cuando pregunto por Ares me dice que no dejaría la privada porque él ama el equipo de fútbol de la escuela. Apolo y yo estamos en medio de nuestra conversación cuando escuchamos un grito en el pasillo:

—¡Raquel! ¡Amor mío, corazón de otro!

Ese es Carlos, mi admirador de toda la vida. Todo comenzó el día que lo defendí de unos chicos que lo estaban molestando en cuarto grado; desde entonces, él me ha jurado amor eterno casi todos los días. Solo lo veo como un amigo y, a pesar de habérselo dejado claro, él no lo entiende.

—Hola, Carlos —lo saludo cordialmente porque él me cae bien. Aunque esté un poco loco, es divertido.

—Mi princesa hermosa. —Toma mi mano y la besa dramáticamente—, este ha sido el verano más largo y agonizante para mí.

Apolo nos mira en silencio con una cara de «¿qué mierda está pasando?», pero no dice nada.

Los ojos de Carlos abandonan mi cara para ver a Apolo.

—¿Y quién eres tú?

—Él es Apolo, es nuevo —le respondo soltando mi mano de la suya—. Apolo, él es Carlos, es...

—Su futuro esposo y padre de sus cuatro hijos. —Carlos dice rápidamente.

Yo le golpeo la parte de atrás de la cabeza.

—Te dije que no dijeras esas cosas, la gente a veces se lo cree.

—¿No has oído que si dices muchas veces una mentira se vuelve verdad?

Apolo se ríe un poco.

—Vaya, tienes un admirador muy dedicado.

Todos nos reímos un buen rato antes de irnos a nuestras clases.

***

El primer día de escuela termina tan rápido como empieza, no puedo creer que ya esté en mi último año; ir a la universidad es algo que me aterra pero que a la vez me emociona mucho. Después de intentar alimentar a Rocky, que no quiso comer, me quito el uniforme y lo lanzo en la ropa sucia. La costumbre hace que quiera ir a darle un vistazo a mi ventana, a esta hora Ares llega de la preparatoria. Siempre suelo mirarlo caminar por su cuarto, usando su celular.

Ya no más.

Miro mi cama y noto una pequeña caja blanca sobre ella. Me acerco y tomo la caja. Una nota cae de ella. Mis ojos se abren como platos al ver que es la caja de un iPhone del modelo más reciente, rápidamente reviso la nota.

Para que no andes por ahí sin teléfono, tómalo como consolación por todo lo que tuviste que pasar esa noche.

Ni siquiera pienses en devolvérmelo.

Ares.

Me río tan fuertemente que Rocky me mira extrañado.

—¿Estás loco, dios griego? —pregunto al aire—. ¡Estás completamente loco!

De ninguna manera puedo aceptar este celular, es muy costoso. Definitivamente para ese chico el dinero no es un problema, pero ¿cómo diablos entró a mi habitación con Rocky aquí? Miro al perro y recuerdo que no quiso comer cuando llegué, su barriga está gorda y llena.

—Oh, no... Rocky. ¡Traidor!

Rocky agacha la cabeza.

Tengo que devolverle el teléfono a ese inestable, así que me pongo unos jeans y una camiseta y salgo como loca a la calle. Tengo que dar la vuelta para poder llegar al frente de la casa de Ares, porque de ninguna forma me iré por el fondo, no quiero que me confundan con un ladrón y me disparen o qué sé yo. Frente a su casa, mi valentía vacila. La casa de Ares es una linda casa de tres pisos con ventanas victorianas y un jardín con fuente en la entrada. Recuperando mi coraje, toco el timbre.

Una chica muy bonita de cabello rojo abre la puerta. Si no es por su uniforme de servicio, habría pensado que es parte de la familia.

—Buenas noches, ¿puedo ayudarte?

—Eh... ¿Está Ares?

—Sí, ¿de parte de...?

—Raquel.

—Muy bien, Raquel, por motivos de seguridad no puedo dejarte pasar hasta que él me lo diga. ¿Me esperas un segundo mientras lo busco?

—Claro.

Ella cierra la puerta y yo juego con la caja del teléfono en mis manos. Creo que no fue una buena idea venir hasta aquí. Si Ares le dice que no quiere verme, ella me cerrará la puerta en la cara.

Unos minutos después, la pelirroja abre la puerta de nuevo.

—Bueno, ya puedes pasar. Él te espera en la sala de juegos.

¿Sala de juegos?

¿A lo Christian Grey?

Deja de leer tanto, Raquel.

La casa de Ares es estúpidamente lujosa por dentro, y no me sorprende en absoluto. La pelirroja me guía a través de la sala a un pasillo largo y se detiene.

—Es la tercera puerta a la derecha.

—Gracias.

No sé por qué de pronto me he puesto tan nerviosa. Voy a ver a Ares. Siento que ha pasado tanto tiempo, cuando tan solo han sido unos días.

Solo devuélvele el teléfono y ya, Raquel. Entras, le das el teléfono y te vas. Simple, fácil de hacer.

Toco la puerta y escucho esa voz que me gusta tanto gritar «Pasa». Abro la puerta lentamente y echo un vistazo dentro, no hay látigos ni nada por el estilo, así que estoy a salvo. Es un cuarto de juegos común y corriente: una mesa de billar, un televisor inmenso con diferentes consolas debajo de él.

Ares está sentando en el sofá frente al televisor con el control de lo que parece un PlayStation 4 en sus manos, jugando a algo de muchos disparos. Está sin camisa, con tan solo los pantalones de su escuela puestos, su cabello desordenado por los auriculares que rodean su cabeza y se está mordiendo el labio mientras juega.

¿Por qué diablos tienes que estar tan bueno, Ares? ¿Por qué? Ya hasta olvidé por qué estoy aquí. Me aclaro la garganta, incómoda.

—Chicos, ya vuelvo —dice Ares al micrófono conectado a sus cascos—. Lo sé, lo sé, tengo visita.

Él sale del juego y se quita los auriculares. Sus ojos encuentran los míos, y dejo de respirar.

—Déjame adivinar... ¿Viniste a devolverme el teléfono?

Se levanta y me hace sentir pequeña, como de costumbre. ¿Por qué tiene que estar sin camisa? Así no es cómo recibes a una visita.

Encuentro mi voz.

—Sí, aprecio el gesto, pero es demasiado.

—Es un regalo, y es de mala educación rechazar un regalo.

—No es mi cumpleaños, ni Navidad, así que no hay razón para un regalo. —Estiro mi mano con la caja hacia él.

—¿Solo recibes regalos en tu cumpleaños y en Navidad?

Sí, y a veces ni siquiera en esas fechas.

—Solo tómalo.

Ares únicamente me mira y hace que quiera huir de ahí.

—Raquel, tuviste una experiencia horrible esa noche y perdiste algo que trabajaste mucho para conseguir.

—¿Cómo sabes eso?

—No soy idiota, con el salario de tu madre y las cuentas que paga jamás podrías haberte comprado el teléfono que tenías. Sé que te lo compraste tú, con tu dinero, con tu trabajo duro. Lamento no haber podido evitar que te lo quitaran, pero puedo darte otro. Déjame dártelo, no seas orgullosa.

—Eres tan... difícil de entender.

—Ya me lo han dicho.

—No, en serio. Me dices que no quieres nada conmigo y vas y haces cosas lindas como esta. ¿A qué estás jugando, Ares?

—No estoy jugando a nada, solo estoy siendo amable.

—¿Por qué? ¿Por qué estás siendo amable conmigo?

—No lo sé.

Bufo.

—Tú nunca sabes nada.

—Y tú siempre quieres saberlo todo.

Esos ojos azules me contemplan con intensidad mientras él se acerca a mí.

—Estoy empezando a pensar que te gusta confundirme.

Ares me da esa sonrisa de suficiencia que le queda tan bien.

—Tú te confundes sola, yo ya he sido claro contigo.

—Sí, muy claro, señor amabilidad.

—¿Qué tiene de malo que sea amable?

—Que no me ayuda a olvidarme de ti.

Ares se encoge de hombros.

—Eso no es mi problema.

Una ola de rabia me atraviesa.

—Y aquí viene el inestable.

Ares arruga sus cejas.

—¿Cómo me llamaste?

—Inestable, tus cambios de humor son demasiado constantes.

—Tan creativa como siempre. —El sarcasmo fluye de su tono antes de continuar hablando—. No es mi culpa que te guste darle significado a todo.

—Todo siempre es mi culpa, ¿no?

—Dios, ¿por qué eres tan dramática?

La rabia sigue creciendo dentro de mí.

—Si soy tanta molestia para ti, entonces ¿por qué no me dejas en paz?

Ares levanta su voz.

—¡Tú me llamaste! ¡Tú me buscaste!

—¡Porque no me sabía otro número! —Me parece ver desilusión en su rostro, pero estoy demasiado molesta para que me importe—. ¿Crees que te hubiera llamado a ti si hubiera tenido otra opción?

Él aprieta sus puños a los costados y, antes de que pueda decir algo, le lanzo la caja del teléfono. Él la atrapa en el aire.

—Solo toma tu estúpido teléfono y déjame en paz.

Ares lanza la caja al mueble y da pasos largos hacia mí.

— ¡Eres una desagradecida! Tu madre no te enseñó modales para nada.

Yo empujo su pecho desnudo.

—¡Y tú eres un idiota!

Ares toma mi brazo.

—¡Loca!

Abofeteo su brazo para soltarme.

—¡Inestable!

Le doy la espalda y tomo el pomo de la puerta para abrirla. Ares me coge del brazo haciéndome girar hacia él de nuevo.

—¡Suéltame! ¡Suelta! —Sus suaves labios se estampan contra los míos.

Y ahí, en su cuarto de juegos, Ares Hidalgo me besó.

16

EL BESO

Quisiera decir que no le respondí el beso, que lo empujé y hui de él. Pero, en el momento en que sus suaves labios hicieron contacto con los míos, perdí toda noción de tiempo, lugar y espacio.

Le respondo el beso instantáneamente. Su beso no es suave ni romántico, es demandante, apasionado y posesivo. Me besa como si quisiera devorarme y se siente absolutamente delicioso. Él toma mi cara entre sus manos, profundizando el beso, nuestros labios moviéndose en sincronía, su lengua tentando y rozando. Nuestras respiraciones se aceleran, siento que puedo desmayarme en cualquier momento por la intensidad de este beso.

Me derrito en sus brazos.

Jamás pensé que alguien me podría hacer sentir de esta forma. Todo mi cuerpo está electrificado, la sangre corriendo rápidamente por mis venas, pasando por mi desenfrenado corazón. Ares presiona mi cuerpo contra el suyo, robándome un pequeño gemido que queda atrapado en su boca. Sus labios se mueven agresivamente contra los míos, su lengua invade mi boca de manera sutil enviando escalofríos de placer por todo mi cuerpo.

Ares me levanta, y de inmediato enrollo mis piernas alrededor de su cintura. Jadeo cuando siento lo duro que está contra mí. Él no para de besarme ni un solo segundo mientras me carga y me lleva al sofá.

Me acuesta lentamente en el sofá y se sube encima de mí, paso mis manos por su pecho definido y por su abdomen sintiendo cada músculo, es tan jodidamente sexy. Él mete mi mano por debajo de mi camisa para tocar mis pechos, un gemido de apreciación sale de mi boca. Estoy demasiado excitada para pensar en nada, solo quiero sentirlo a él, todo de él contra mí.

Ares se separa, quedando arrodillado entre mis piernas en el sofá y desabrocha mis pantalones con una agilidad impresionante. Verlo así frente a mí, con sus ojos azules brillando con deseo, desnudándome, me quita el aliento. Me siento sorprendentemente cómoda con él mientras me quita los pantalones lanzándolos a un lado y su boca vuelve a la mía.

Pasa sus manos por mis piernas desnudas y gime.

—Me estás volviendo loco.

Muerdo su labio inferior como respuesta. Lo deseo como jamás había deseado a nadie en la vida. Mi lado racional se va de vacaciones y las hormonas toman el control. Desesperada, agarro el botón de sus pantalones para quitárselos. Él se levanta y deja que sus pantalones caigan al suelo junto con su ropa interior.

Dios, está desnudo y su cuerpo es perfecto. Cada músculo, cada tatuaje, todo en él es perfecto. Sus labios están rojos por tantos besos y me imagino que los míos deben estar igual. Él vuelve a cernirse sobre mí, besándome lentamente, besos húmedos llenos de pasión y deseo que me llevan al borde. Su mano viaja dentro de mis panties y él gime de nuevo en mi boca y me parece el sonido más excitante del mundo.

—Me encanta lo mucho que te mojas para mí.

Puedo sentir lo duro que está contra mi muslo y muero por sentirlo en otro lado. Sus dedos toman ese punto lleno de nervios y lo acarician en círculos, yo arqueo mi espalda jadeando.

—¡Oh, Dios, Ares! Por favor.

Lo deseo, es todo lo que mi mente puede pensar. Necesito más.

Como si leyera mi mente, Ares sube mi camisa hasta donde puede, liberando mis pechos, atacándolos con su lengua, masajeándolos con su mano libre. Esto es demasiado.

Queriendo más, lo tomo en mi mano y, por un segundo, me asusta por lo grande que es, pero las ganas son tantas que el miedo pasa por alto.

—Ares, por favor. —Ni siquiera sé lo que le estoy pidiendo.

Ares se separa tan solo un centímetro de mí, sus ojos penetrando los míos, sus dedos aún moviéndose dentro de mis panties.

—¿Quieres que te folle? —Solo puedo asentir con la cabeza, y él lame mi labio inferior—. ¿Quieres sentirme dentro de ti? Dilo.

Me muerdo el labio inferior mientras sus dedos me llevan a la locura.

—¡Ah! Sí, por favor, quiero sentirte dentro de mí.

Él se echa hacia atrás y busca algo en sus pantalones, lo observo inquieta sacar un condón y ponérselo.

Oh, Dios, de verdad voy a hacer esto. Voy a perder mi virginidad con Ares Hidalgo.

En segundos, está encima de mí en medio de mis piernas, y una ola de miedo me atraviesa, pero él me besa con pasión alejándola y haciéndome olvidar mi nombre. Él se posiciona y se separa de mí, mirándome a los ojos.

—¿Estás segura?

Me lamo los labios nerviosa.

—Sí.

Ares me besa y cierro mis ojos, perdiéndome en sus suaves y ricos labios. Pero entonces lo siento penetrarme lentamente, gimo de dolor y lágrimas brotan en mis ojos.

—Ares, duele.

Él deja besos cortos por toda mi cara.

—Shh, está bien, ya va a pasar. —Entra un poco más en mí y arqueo mi espalda, siento como si algo dentro de mí se rompiera hasta que me penetra por completo y las lágrimas ruedan por los lados de mi cara—. Bésame. —Está dentro de mí, pero no se mueve. Sus besos son mojados, apasionados, mientras sus manos tocan mis pechos con delicadeza, distrayéndome, devolviendo la excitación a mi cuerpo dolorido.

Él no se apura en moverse, solo se enfoca en excitarme aún más, tentando, besando, mordiendo mis labios, mi cuello, mis pechos. El dolor sigue ahí, pero es cada vez menor y solo queda la molestia del ardor de que algo se ha roto. Necesito más, necesito algo y necesito que él se mueva, ya estoy tan lista para que se mueva.

—Ares —jadeo en sus labios.

Como si supiera lo que quiero, él comienza a moverse lentamente, el roce arde un poco, pero estoy tan mojada que empieza a sentirse delicioso. Oh, Dios, la sensación me sobrepasa, no me he sentido tan bien en mi vida entera. Dentro, fuera, dentro, fuera.

De pronto quiero que vaya más rápido, más profundo. Pongo mis manos alrededor de su cuello y lo beso con todo lo que tengo, gimiendo y sintiéndolo perfectamente duro dentro de mí.

—¡Ares! Oh, Dios, Ares, más rápido.

Ares sonríe en mis labios.

—¿Lo quieres más rápido, ah? ¿Te gusta? —Me penetra profundamente antes de empezar a moverse más rápido.

—¡Oh, por Dios!

—Raquel —murmura en mi oído mientras me aferro a su espalda—, ¿te gusta sentirme así, todo dentro de ti?

—¡Sí! —Puedo sentir el orgasmo venir y gimo tan alto que Ares me besa para silenciar mis gemidos, mi cuerpo estalla, ola tras ola de placer invadiendo cada parte de mí. Ares gime conmigo y sus movimientos se vuelven torpes y aún más rápidos. Él se viene y cae sobre mí. Nuestras respiraciones aceleradas hacen eco por toda la habitación. Los latidos de nuestros corazones se sienten claramente a través de nuestros pechos pegados. Mientras los últimos rastros del orgasmo me dejan, vuelve la claridad a mi mente.

¡Oh, por Dios! Acabo de tener sexo con Ares, acabo de perder mi virginidad.

Ares usa sus manos para levantarse y me da un beso corto, saliendo de mí. Arde un poco, pero no es nada que no pueda soportar. Veo rastros de sangre en el condón y aparto la mirada, sentándome. Él toma el condón y lo lanza a la basura para luego ponerse sus pantalones y pasarme mi ropa. Él se sienta en el brazo del sofá y solo me mira sin decir nada. No me habla, no me dice cosas bonitas, ni siquiera me abraza o algo así. Es como si estuviese impaciente porque me fuera.

El silencio es demasiado incómodo, así que me visto tan rápido como puedo. Ya vestida, me levanto y hago una mueca de dolor.

—¿Estás bien?

Solo asiento con la cabeza, los ojos de Ares se posan en el sofá detrás de mí y sigo su mirada, hay una pequeña mancha de sangre en el sofá y se nota bastante. Ares parece notar mi vergüenza.

—No te preocupes, haré que lo laven.

Con las manos frente a mí, hablo.

—Yo... debería irme.

Él no dice nada y eso me duele. No hay un «No, no te vayas» o un «¿Por qué te vas?».

Comienzo a caminar hacia la puerta, con el corazón en la garganta. Tengo ganas de llorar, pero no dejo que las lágrimas se formen en mis ojos. Tomo el pomo de la puerta y él habla.

—¡Espera!

La esperanza se enciende en mí, pero se convierte en decepción cuando lo veo caminar hacia mí con la caja del teléfono en su mano.

—Por favor, acéptalo. No seas orgullosa.

Y ese leve gesto hace que me sienta todavía peor, como si estuviese pagándome por lo que acaba de pasar. Lágrimas rebeldes llenan mis ojos y ni siquiera le respondo. Abro la puerta y salgo de ahí rápidamente.

—¡Raquel! ¡No te vayas así! ¡Raquel! —Lo oigo gritar detrás de mí. Sin darme cuenta ya estoy corriendo a la salida, me tropiezo con la chica de servicio, pero la ignoro y sigo mi camino.

Ya en la calle, las lágrimas corren libremente por mis mejillas. Sé que soy responsable por lo que acaba de pasar. Él no me obligó, pero eso no hace que me sienta menos mal. Acabo de perder algo muy importante para mí y él no le dio importancia, ni la más mínima.

Siempre pensé que mi primera vez sería un momento mágico y especial, que el chico con el que estuviera lo valoraría y apreciaría, que por lo menos tendría sentimientos por mí. El sexo fue maravilloso e hizo que lo que siento por él crezca en niveles incontrolables, pero esto no significó nada para él, solo fue sexo.

Y él me lo advirtió, él me dijo claramente lo que quería y aun así fui una estúpida y le entregué lo más preciado para mí. Sigo corriendo y mis pulmones arden por el ejercicio y porque estoy llorando mientras corro. Al llegar a mi casa, me lanzo en la cama a llorar desconsoladamente.

17

EL MENSAJE

—¿Nutella?

—No.

—¿Fresas con crema?

Meneo la cabeza.

—No.

—¿Helado?

—No.

—Ya sé, ¿todo junto? ¿Helado, fresas y Nutella?

Solo meneo la cabeza de nuevo y Yoshi se acomoda sus lentes.

—Me doy por vencido.

Estamos solos en el salón, la última clase acaba de terminar y Yoshi está tratando de animarme. Lleva puesta su gorra hacia atrás y sus lentes, como de costumbre. Ya es viernes, y he pasado la semana arrastrándome por toda la preparatoria. No he tenido el valor de contarle a nadie lo que pasó, ni siquiera a Dani. Estoy muy decepcionada conmigo misma, no me creo capaz de hablar al respecto aún.

—Vamos, Rochi. Lo que sea que haya pasado, no dejes que te derrumbe, lucha —me aconseja, acariciando mi mejilla.

—No quiero.

—Vamos por helado, inténtalo, ¿sí? —Sus lindos ojos me suplican y no puedo decirle que no.

Él tiene razón, ya lo que pasó... pasó. No puedo hacer nada para devolver el tiempo. Yoshi extiende su mano hacia mí.

—¿Nos vamos?

Le sonrío y tomo su mano.

—Vamos.

Vamos por helado y nos sentamos en la plaza del pueblo, está haciendo un día precioso. A pesar de que son más de las cuatro, el sol sigue brillando como si fuera mediodía.

—¿Recuerdas cuando solíamos venir aquí todas las tardes después de la escuela en la primaria?

Sonrío ante el recuerdo.

—Sí, nos hicimos amigos de la señora que vendía dulces.

—Y nos daba dulce gratis.

Río, recordando nuestras mejillas llenas de dulce. Yoshi ríe conmigo.

—Así me gusta, sonriendo te ves más bonita.

Levanto una ceja.

—¿Estás admitiendo que soy bonita?

—Más o menos, puede que con unos tragos encima tratara de conquistarte.

—¿Solo con unos tragos encima? ¡Bah!

—¿Y Dani? No la he visto en la escuela. —Toma una cucharada de su helado.

—Eso es porque ya ha faltado dos días. Está ayudando a su madre con un proyecto en la agencia. —La mamá de Dani tiene una agencia de modelaje muy prestigiosa.

—Es la primera semana de la escuela y ella ya se está perdiendo clases, típico de Dani.

—Es bueno que sea inteligente y sepa ponerse al día superrápido.

—Sí.

Lamiendo mi helado, noto cómo Yoshi se queda mirándome como si esperara algo.

—Rochi, ¿sabes que puedes confiar en mí? —me pregunta y sé a dónde va esto—. No tienes que lidiar con las cosas sola.

Exhalo con tristeza.

—Lo sé, es solo que... estoy tan decepcionada conmigo misma que no quiero decepcionar a nadie más.

—Tú nunca me decepcionarías.

—No estés tan seguro.

Sus ojos me miran con expectativa.

—Confía en mí, tal vez hablar al respecto te ayudara a sentirte un poco mejor.

No hay manera fácil de decirlo, así que solo lo digo, sin rodeos.

—Perdí mi virginidad.

Yoshi casi escupe el helado en mi cara, el shock en su expresión es completamente visible.

—¿Qué? ¿Estás bromeando, cierto?

Tuerzo mis labios.

—No.

Una expresión indescifrable cruza su rostro.

—¿Cómo? ¿Cuándo? ¿Con quién? ¡Mierda, Raquel! —Se levanta y lanza el helado a un lado—. ¡Mierda!

Me levanto y trato de calmarlo, la gente está comenzando a mirarnos.

—Yoshi, cálmate.

—¿Con quién? —Su rostro está rojo y parece muy molesto, me toma del brazo—. Ni siquiera tienes novio. ¡Dime con quién fue!

Me suelto de su agarre.

—¡Cálmate!

Yoshi se agarra la cabeza y me da la espalda para patear un cubo de basura. Ok, esa no era la reacción que esperaba.

—Yoshi, estás exagerando. Cálmate.

Él se pasa una mano por la cara, y se gira hacia mí.

—Dime quién fue para molerlo a golpes.

—No es el momento de actuar como el hermano mayor celoso y sobreprotector.

Él se ríe con sarcasmo.

—¿Hermano mayor? ¿Crees que esta es la reacción de un hermano mayor? Estás tan jodidamente ciega.

—¿Qué diablos te pasa?

Me mira y parece que miles de cosas pasan por su mente.

—Estás ciega —dice en un susurro—. Necesito tomar aire, nos vemos.

Y se va, así como así. Me deja sin palabras en la plaza, el helado derretido rodando por el cono de barquillo, goteando al suelo. ¿Qué carajos acaba de pasar?

Suspirando, me voy a casa.

***

Es sábado y me toca hacer limpieza.

Gruñendo, sigo la lista de tareas que me puso mi madre. Ya casi he hecho todo, solo me falta mi cuarto, así que enciendo mi computadora y pongo música para ordenar, eso me motiva. Abro mi Facebook y lo dejo abierto porque, ahora que estoy sin teléfono, el Facebook se ha vuelto mi único medio de comunicación.

Estoy escuchando *The heart wants what it wants*, de Selena Gómez, mientras recojo mi desorden, tomo el control de mi aire acondicionado y lo uso como micrófono para cantar.

—*The heart wants what it wants*, ah, ah, ah.

Rocky gira su cabeza a un lado y yo me arrodillo frente a él, cantándole. Un zapato se estrella con la parte de atrás de mi cabeza.

—¡Loca! —Mi madre grita desde la puerta.

—¡Au! ¡Mamá!

—Por eso tardas tanto en limpiar, tienes al pobre perro traumatizado.

—Siempre me cortas la inspiración —gruño, levantándome—. Rocky está deleitado con mi voz.

Mamá desvía la mirada.

—Apúrate, saca tu ropa sucia y me la traes, voy a lavar hoy —ordena y se va.

Haciendo un mohín, miro a Rocky.

—Ella todavía no reconoce mi talento.

—¡Raquel, aún me queda un zapato! —Mamá me grita desde la escalera.

—¡Voy!

Después de llevarle la ropa y terminar con mi cuarto, me siento frente a la computadora. Entro a mis mensajes de Facebook y me sorprende encontrar dos de dos personas diferentes. Uno es de Dani y el otro es de Ares Hidalgo.

Parpadeo, revisando el nombre una y otra vez. Él y yo no somos amigos en Facebook, pero sé que aun así él me puede enviar mensajes. Mi estúpido corazón se acelera y mi estómago se llena de mariposas. No puedo creer que él todavía tenga ese efecto en mí a pesar de lo que pasó.

Abro su mensaje, nerviosa:

Bruja.

¿En serio? ¿Quién saluda de esa forma? Solo él. Curiosa por saber qué tiene que decir, respondo cortante:

¿Qué?

Él se tarda un poco y yo me pongo cada vez más ansiosa.

Cuando puedas pasa por mi casa.

¿Para que puedas usarme de nuevo? No, gracias. Quiero escribirle eso, pero no quiero darle el gusto de saber lo mal que me hizo sentir.

Yo: Estás loco. ¿Por qué haría eso?

Él: Te dejaste algo aquí.

Yo: Ya te dije que no quiero el teléfono.

Ares ha enviado una imagen.

Cuando la abro, es una foto de su mano y en ella tiene la cadena de plata que me regaló mi mamá cuando tenía nueve años, tiene el colgante con mi nombre. Instintivamente, mi mano sube a mi cuello para confirmar que no la tengo, nunca me la he quitado. ¿Cómo no me di cuenta de que no la tenía? Tal vez estaba muy ocupada con mi despecho posdesfloramiento.

La idea de ver a Ares me llena de rabia y a la vez de emoción. Ese idiota me ha pegado su inestabilidad. Recuperando un poco de mi dignidad (solo una pizca), tecleo una respuesta.

Yo: Puedes enviármela con Apolo a la escuela el lunes.

Él: ¿Te da miedo verme?

Yo: No quiero verte.

Él: Mentirosa.

Yo: Piensa lo que quieras.

Él: ¿Por qué estás enojada?

Yo: ¿Y te atreves a preguntarlo?, solo envíamela con Apolo y déjame tranquila.

Él: No entiendo tu enojo, ambos sabemos lo mucho que te gustó. Puedo recordar tus gemidos claramente.

Me sonrojo y miro hacia otro lado. Me siento estúpida porque él no puede verme.

Yo: Ares, ya, no quiero hablar contigo.

Él: Tú vas a volver a ser mía, bruja.

Un escalofrío pecaminoso me recorre. No, no, Raquel, no caigas. No le respondo y lo dejo en visto. Él vuelve a escribir.

Él: Si quieres tu cadena, ven por ella, no la voy a enviar con nadie. Aquí te espero, adiós.

¡Ese idiota!

Gruño en frustración. Si mamá se da cuenta de que perdí esa cadena, me mata. Lo de tirarme un zapato quedaría pequeño en comparación con lo que me haría. Después de bañarme y ponerme un vestido casual de verano con estampado de flores, voy al rescate de mi cadena. Tengo mis estrategias claras para no caer en sus juegos, ni siquiera voy a entrar a su casa, esperaré que me traiga la cadena afuera.

¡Proyecto Rescate de cadena sin perder mi dignidad en el camino, activado!

18

LA FIESTA

No puedo creer que esté de nuevo frente a la puerta de la casa de Ares y en menos de una semana. Oh, dignidad mía, ¿dónde te has metido que no te encuentro? En mi defensa, si mamá se da cuenta de que no tengo esa cadena me cuelga, no sin antes obligarme a ver todas las telenovelas de la noche con ella. Pura tortura, lo sé.

Tomando una respiración profunda, toco el timbre.

La chica de cabello rojo abre la puerta, luciendo un poco agitada.

—Buenas noches —saluda cordialmente, acomodando la falda de su uniforme.

Yo solo le sonrío.

—¿Está Ares?

—Sí, claro. La fiesta es atrás en la piscina, pasa. —Se echa a un lado y camina dentro de la casa.

¿Fiesta?

Ella me guía a través de la casa hasta que llegamos a la piscina, que es cerrada y tiene techo, me imagino porque es climatizada.

Tan pronto pongo un pie ahí, todas las miradas caen sobre mí y me siento superincómoda. Mis ojos inquietos buscan a Ares, y lo encuentro en la piscina. Tiene a una chica subida en sus hombros mientras otro chico tiene a otra frente a él, están haciendo una batalla de agua.

No puedo evitar sentir celos de la chica encima de él. Es muy bonita y tiene una sonrisa deslumbrante. Ares se gira para ver qué es lo que todos miran y nuestros ojos se cruzan; no parece sorprendido, se le ve satisfecho. Se ve tan bien todo mojado. No, enfócate, Raquel. Él sigue en su juego como si no pasara nada.

Apolo me saluda.

—Bienvenida —me dice con una sonrisa—. Todos son compañeros de Ares, pero yo también los conozco.

Llegamos al grupo de tres chicos.

—Chicos, ella es Raquel. —Reconozco a uno de ellos como el moreno con el que me tropecé el día que espiaba a Ares en la práctica de fútbol—. Raquel, ellos son Marco, Gregory y Luis.

—¡Ah! ¡Págame! —dice Luis, el rubio—. Te dije que sí vendría alguien de la nueva escuela de Apolo.

Gregory gruñe.

—Ah, no puedo creerlo. —Se saca el dinero del bolsillo y se lo pasa a Luis.

Marco, el chico moreno de la práctica, no dice nada, solo me echa un vistazo a modo de saludo. Apolo hace una mueca de descontento.

—Sus apuestas apestan. Ya vuelvo, Raquel, siéntete cómoda.

Gregory me señala con el dedo.

—Te daría la bienvenida, pero me acabas de hacer perder dinero.

—No seas mal perdedor —añade Luis, dándome una sonrisa—. Bienvenida, Raquel, toma asiento.

No puedo negar que son chicos muy atractivos y que en mi vida me habría imaginado sentarme con chicos como ellos. No parecen ser odiosos, pero sí se nota que les gusta burlarse de las personas y de las situaciones. Mis ojos viajan a la piscina y la chica en los hombros de Ares cae al agua, hundiendo a Ares con ella. Emergen del agua, sonriéndose el uno al otro y la chica le da un beso corto en la mejilla.

¡Auch!

Casi puedo escuchar a mi corazón romperse.

Y, por una vez, me encuentro en una encrucijada.

Siempre he dicho que la vida se trata de decisiones, y, aunque he tomado algunas muy malas, también he sabido tomar algunas buenas. Frente a mí, tengo dos opciones:

1. Darme media vuelta e irme con la cabeza baja.

2. Quedarme, recuperar mi colgante y tal vez pasarla bien con los amigos de Ares, mostrarle que estoy bien y que él no me importa.

Si él puede actuar como si nada ha pasado, pues yo también. Necesito recuperar mi dignidad, necesito hacer algo para dejar de sentirme como la estúpida chica que fue usada por el chico. Así que me trago mi corazón y, con una gran sonrisa, me siento al lado de Marco, el que no ha hablado hasta ahora.

—¿Quieres una cerveza? —Luis me ofrece y yo asiento con la cabeza y le doy las gracias cuando me la pasa.

Gregory levanta la suya.

—Brindemos, porque la única amiga que ha hecho Apolo en la escuela es linda.

Luis levanta la suya.

—Sí, debo decir que estoy impresionado.

Sonrojada, choco mi cerveza con la de ellos, los dos chicos miran a Marco y este ni siquiera se inmuta. Luis gira su mirada.

—Brindemos sin él, es igual que el malhumorado de Ares.

—Con razón es su mejor amigo —acota Gregory.

Brindamos y seguimos bebiendo. Marco se levanta, es casi tan alto como Ares y está sin camisa. Mis ojos no tienen vergüenza y bajan por su pecho a su abdomen. La Virgen de los Abdominales ha sido muy generosa con estos chicos. Marco se va y se lanza a la piscina, mis ojos siguen sus movimientos.

—Está bueno, ¿no? —Luis pregunta, juguetón.

La Raquel divertida y atrevida sale a la superficie.

—Sí, es lindo.

—Oh, me cae bien. —Gregory me da cinco—. Es honesta.

Levanto mi cerveza hacia ellos, con una sonrisa de suficiencia. Hablamos bastante y me doy cuenta de que no son chicos pretenciosos o que se creen más que nadie. Son muy sencillos y educados. Luis es el chico bromista que de todo saca algo alocado y te hace reír, mientras Gregory es más de contar historias interesantes.

Por un momento, conversando con ellos, divirtiéndome con estos chicos, olvido por completo a Ares. Ellos me hacen darme cuenta de que hay más hombres en el mundo y que sí es posible superar a Ares.

Sí puede haber un chico más lindo que él y con mejor corazón. No tengo por qué estancarme con ese estúpido y sexy dios griego.

La música suena por todo el lugar, ni siquiera me he molestado en mirar dónde está Ares o qué está haciendo. Ponen una canción electrónica que me gusta mucho y me levanto de la silla, bailando. Luis y Gregory me siguen bailando desde donde están, poniendo sus manos en el aire. Gregory se resbala y casi se cae y yo me río a carcajadas. Nos reímos tan fuerte que todo el mundo nos mira, siento los ojos en mí, pero no les presto atención. Nos sentamos de nuevo, y debo admitir que el alcohol está haciendo efecto. Me siento con más confianza y libertad.

Marco vuelve a la mesa, empapado, agarra una cerveza y se toma un trago largo.

—Momento de confesiones, Raquel —comienza Luis, divertido. Marco solo se sienta al otro lado de la mesa, su pelo mojado goteando sobre su cara, Luis lo ignora y continúa—. ¿Tienes novio?

Una risita deja mis labios.

—Nope.

Gregory mueve sus cejas.

—¿Te gustaría tener uno?

—Uhhhh. —Luis bufa—. Al parecer tienes un admirador.

—¿Coqueteando tan pronto, Gregory?

Marco se aclara la garganta haciendo que todos lo miremos; cuando habla, su expresión es seria.

—No pierdan su tiempo, ella es de Ares.

Mi mandíbula cae al suelo. ¿Qué? Gregory hace un mohín.

—¡Ash! Qué injusticia.

Ofendida, miro a Marco directamente a los ojos.

—Primero que nada, no soy un objeto y, segundo, no tengo nada que ver con él.

—Claro. —Él responde, el sarcasmo evidente en su tono.

—¿Cuál es tu problema? —le pregunto, molesta. ¿Por qué me odia si ni siquiera me conoce?

—No tengo ningún problema contigo, solo estoy advirtiendo a los chicos.

—No tienes nada que advertirles, Ares y yo no tenemos nada.

Luis interviene.

—La chica ya lo dijo, Marco, y la creo.

Gregory levanta su cerveza hacia mí.

—¿Por qué no mejor se lo pruebas?

Frunciendo el ceño, pregunto:

—¿Cómo?

Gregory sostiene su mentón, pensando.

—Baila para mí.

Marco se ríe victorioso.

—Jamás lo hará.

Abro mi boca para protestar y mis ojos van a la piscina, Ares está aún dentro con la chica colgada a su espalda, paseándola por el agua, riendo. Llevo más de una hora aquí y él ni siquiera ha salido a saludarme. Y está con esa chica pegada a él.

Los chicos siguen mi mirada y Luis gime derrotado.

—No puede ser, ella se giró para verlo, Marco tiene razón.

Me levanto, decidida a probarles su error.

—No, no la tiene.

Doy unos pasos y Gregory me ve con ilusión.

—¿Bailarás para mí?

Pero su expresión cae cuando paso por su lado. Frente a Marco, mi confianza vacila, pero su mirada está llena de seguridad. Es como si me dijera con su expresión lo seguro que está de que no soy capaz de hacerlo. Ignorando las protestas de mi consciencia avergonzada, comienzo a mover mis caderas frente a él. Él se pone cómodo aceptando el reto.

Imagina que estás bailando frente al espejo, Raquel.

Dejo que la música fluya por mi cuerpo y paso mis manos por mi cuerpo hasta llegar al final de mi vestido, lo subo mostrando un poco de mis muslos. Los ojos de Marco siguen el movimiento de mis manos. Recuerdo cuando bailé para Ares y el poder que puedo tener sobre un hombre con mis movimientos y eso me da más fortaleza.

Paso las manos por mis pechos mientras me meneo al ritmo de la música. Marco toma un trago de su cerveza, sin despegar sus ojos de mí. Le doy la espalda y me siento sobre Marco, moviéndome contra él, sintiendo cómo su cuerpo mojado empapa la parte de atrás de mi vestido. La fricción se siente muy bien. Presionándome contra él, puedo sentir lo duro que está. Eso fue rápido. Me inclino hacia atrás, casi acostándome sobre él para murmurar en su oído.

—Si tuviera algo con él, no le acabaría de causar una erección a su mejor amigo, ¿no crees?

Me enderezo y puedo sentir mi corazón latiendo desesperadamente dentro de mi pecho. Decir que los tres chicos están sin palabras es poco, sus caras no tienen precio. Me levanto y estoy a punto de girarme para ponerme frente a Marco cuando Ares aparece en mi campo de visión, caminando hacia mí, luciendo extremadamente enojado como aquella noche que entró a mi habitación buscando a Apolo, pero esta vez por razones muy diferentes.

Él se para justo frente a mí.

—¿Puedo hablarte un segundo? —habla entre dientes.

Me debato en decirle que no, pero no quiero hacer una escena delante de toda esta gente, así que de mala gana lo sigo dentro de la casa hasta su cuarto de juegos. Cierro la puerta detrás de mí y él se abalanza sobre mí y toma mi cara entre sus manos, estampando sus labios contra los míos.

Mi corazón se derrite ante la deliciosa sensación de sus labios, pero no cometeré el mismo error dos veces. Lo empujo con toda la fuerza que tengo, logrando despegarlo de mí.

—¡Ni siquiera lo pienses!

Ares parece muy molesto, su cara roja me recuerda a la reacción que tuvo Yoshi cuando le conté que había perdido mi virginidad. ¿Celos?

—¿Qué diablos crees que estás haciendo, Raquel?

—Lo que sea que esté haciendo no es tu maldito problema.

—¿Estás tratando de ponerme celoso? ¿A eso es a lo que estás jugando? —Se acerca de nuevo a mí y yo retrocedo.

—El mundo no gira a tu alrededor. —Me encojo de hombros—. Solo me estaba divirtiendo.

—¿Con mi mejor amigo? —Toma mi mentón entre sus dedos, sus ojos penetrando los míos—. ¿Cinco días después de lo que pasó en esta habitación?

Inevitablemente, me sonrojo.

—¿Y? Tú te estabas divirtiendo con esa chica en la piscina.

Él estampa su mano en la pared a un lado de mi cabeza.

—¿De eso se trata? ¿Yo lo hago y tú lo haces?

—No, y ni siquiera sé porque estamos teniendo esta conversación. Yo no te debo explicaciones, no te debo nada.

Ares pasa su pulgar por mi labio inferior.

—¿Eso es lo que tú crees? No te ha quedado claro, ¿huh? —Estampa su otra mano contra la pared, encerrándome entre sus brazos—. Tú eres mía, solo mía.

Sus palabras hacen que mi estúpido corazón lata al borde del infarto.

—No soy tuya.

Él me presiona contra la pared con su cuerpo, sus ojos sobre los míos.

—Sí lo eres, al único al que le puedes bailar de esa forma es a mí, solo a mí. ¿Entendido? —Meneo la cabeza desafiante—. ¿Por qué eres tan terca? Sabes bien que al único que quieres dentro de ti es a mí, a nadie más.

Luchando contra mis hormonas, lo empujo de nuevo. No le demostraré cuánto me afecta, él ya me ha hecho suficiente daño.

—Yo no soy tuya —digo con determinación—. Ni lo seré, no me gustan los idiotas como tú.

Mentiras, mentiras.

Ares me da esa sonrisa de suficiencia que me molesta tanto.

—¿Ah, sí? Eso no fue lo que dijiste ese día en este mismo lugar. ¿Lo recuerdas?

No puedo creer que él esté sacando eso a relucir de esta forma, siento la necesidad de herirlo.

—La verdad, no lo recuerdo muy bien, no fue tan bueno.

Ares toma un paso atrás, la arrogancia deja su rostro y se convierte en una expresión dolida.

—Mentirosa.

—Piensa lo que quieras —hablo con todo el desprecio que puedo fingir—. Solo vine a buscar mi cadena, de otra forma créeme que no estaría aquí. Así que dame mi cadena para que pueda irme.

Ares aprieta sus puños a los costados, sus ojos mirándome con una intensidad que me desarma, no sé cómo reúno la fuerza para no lanzarme a sus brazos. Se ve tan atractivo, su torso desnudo, todo mojado, con su cabello negro pegado a los lados de su cara.

Se ve como un ángel caído, hermoso pero capaz de hacer tanto daño.

Ares se da la vuelta y yo lucho para no mirarle el trasero, busca algo en una de las mesas detrás del sofá y vuelve a caminar hacia mí con la cadena en las manos.

—Solo respóndeme una cosa, y te la daré.

—Lo que sea, solo terminemos con esto.

Se pasa la mano por su pelo mojado.

—¿Por qué estás tan enojada conmigo? Tú sabías lo que yo quería, nunca te mentí, nunca te engañé para conseguirlo. Entonces, ¿por qué el enojo?

Bajo la mirada con el corazón en la boca.

—Porque... yo... —me río de los nervios— esperaba más, pensé que...

—¿Que, si teníamos sexo, me gustarías y te tomaría en serio?

Sus crudas palabras duelen, pero son ciertas, así que solo le doy una sonrisa de tristeza.

—Sí, soy una idiota, lo sé.

Ares no parece sorprendido por mi confesión.

—Raquel, yo...

—¿Qué está pasando? —Claudia, la chica de servicio, entra, sorprendiéndonos a los dos.

Esta noche va a ser muy larga.

19

LA CHICA

Mi dignidad agradece el hecho de que Claudia haya aparecido para ahorrarme esta dolorosa conversación, pero mi corazón muere por saber qué era lo que Ares iba a decir antes de que Claudia lo interrumpiera.

¿Iba a romperme el corazón de nuevo? ¿O iba a decir otra cosa? Jamás lo sabría.

—No está pasando nada. —Ares le responde de manera cortante y me pasa mi colgante y sale del lugar. Yo le sonrío a Claudia antes de salir de la sala de juegos.

Tiemblo un poco y culpo a mi vestido, que está un poco mojado. Llego a la sala, y veo a Ares apoyado contra la pared, sus brazos cruzados sobre su pecho. Sus ojos encuentran los míos y lucho para descifrar su fría expresión sin ningún éxito. Mi mirada cae sobre Apolo, que está sentado en el sofá, usando su teléfono.

Pero entonces la linda chica que estaba con Ares en la piscina sale de la cocina con un plato con lo que parece un sándwich. Su cabello se ve oscuro, pero está mojado, sus ojos son negros como la noche y tiene una cara muy delicada y bonita. Su cuerpo está muy bien proporcionado, lleva puesto un vestido transparente playero con su traje de baño debajo, y camina con confianza. Ella está buena y lo sabe. Sus ojos se posan sobre Ares cuando habla.

—Te hice uno de filete de pollo y uno de jamón.

Ares le sonríe, y justo cuando pienso que mi corazón no se puede romper más, lo hace. Se ven tan cómodos el uno con el otro. Ares toma el plato.

—Gracias, muero de hambre y aún le falta a la parrilla.

La chica vuelve su cara hacia nosotros y nos ve, sus pequeñas cejas se unen al verme a mí.

—Oh, hola, no sabía que estaban aquí.

Apolo nos presenta.

—Samy, esta es Raquel, nuestra vecina.

Samy me ofrece su mano cordialmente, y la tomo.

—Mucho gusto, Raquel.

—Igualmente —digo, soltando su mano.

—¿Lista para la piscina?

—No, en realidad, ya me iba.

—¡No, quédate! Muero por saber más de la chica que ha sido vecina de estos tontos toda la vida. —Ella me agarra y pasa su brazo por encima de mi hombro dándome un medio abrazo—. No puedo creer que no te haya conocido hasta ahora.

Todos esperan mi respuesta. Yo no me puedo quedar aquí, no otra vez. Apolo espera ansioso mi respuesta, se le ve vulnerable y, por segunda vez esa noche, decido quedarme por él.

—Está bien, solo un rato más.

Volvemos a la piscina y mis ojos van a ese grupo donde están los amigos de Ares.

Ares se para a mi lado para susurrarme algo.

—Mantente alejada de él.

Sé que se refiere a Marco.

—No tengo por qué hacer lo que tú dices.

Samy se quita su vestido transparente, sonriendo.

—¡Hora de la piscina! —Ella se lanza en el agua salpicándonos a todos, y yo doy un paso atrás. Apolo sigue sus pasos, se quita la camisa y se lanza detrás de ella. Samy emerge del agua.

—¡Vamos, Ares! ¿Qué esperas?

Me quedo mirándolo como una tonta, esos labios que me han besado tan deliciosamente, ese abdomen que he tocado mientras tomaba mi inocencia, esa espalda de la que me he agarrado sintiéndolo dentro de mí.

¡Por Dios, Raquel! La sangre fluye a mi cara, siento mis mejillas arder y aparto la mirada. Ares se ríe.

—Estás roja. ¿En qué estabas pensando?

—En nada —digo rápidamente.

Puedo sentir la arrogancia en su tono de voz.

—¿O es que estabas recordando algo?

—¡Raquel! —Gregory me llama desde la mesa, haciéndome señas para que vaya.

—¡Voy! —Solo alcanzo a dar un paso, Ares me agarra del brazo.

—Te dije que te mantuvieras alejada de él.

—Y yo te dije que no tengo por qué hacer lo que tú dices.

—Te lo advertí. —Antes de que pueda procesar lo que acaba de decir, Ares me empuja con él hacia la piscina.

—No, no, ¡Ares! ¡No! —Lucho por soltarme de su agarre como loca, pero él es mucho más fuerte que yo—. ¡Por favor! ¡No, Ares, no!

Pero es demasiado tarde, un grito desgarrador deja mi boca cuando Ares se lanza, tirándome con él. El agua me recibe cubriéndome por completo, mi vestido pegándose a mi cuerpo de inmediato. Burbujas salen de mi boca mientras lucho para salir a la superficie. Jadeo por aire al emerger del agua e instintivamente envuelvo mis brazos alrededor del cuello de Ares, agarrándome de él con fuerza. Él me sostiene de la cintura, nuestros cuerpos pegados, nuestras caras a tan solo centímetros, esos ojos azules profundos derriten mi alma.

—¿Atacándome tan rápido?

A pesar de su arrogante pregunta, no lo suelto. Mi pelo se pega a ambos lados de mi cara.

—Nadar no es lo mío.

Él levanta una ceja, sorprendido.

—¿No sabes nadar?

—Sí, pero no muy bien —admito avergonzada.

Ok, estamos muy cerca y sus labios se ven tan provocativos.

—Solo llévame a la parte baja de la piscina.

—¿Y desperdiciar la oportunidad de tenerte así, pegada a mí? —Él sonríe, mostrando esos dientes perfectos y derechos que tiene—. No, creo que lo disfrutaré un poco más.

—Eres un pervertido.

—¿Yo soy el pervertido?

—Sí. —Su cuerpo emana calor y su piel es tan suave.

—¿Quién es la que tiene la trilogía de *Cincuenta sombras de Grey* en su computadora?

Mis ojos se abren en shock y la vergüenza no me cabe en el cuerpo. Oh, por Dios. ¿Qué he hecho para pasar tanta pena? Las manos de Ares se mantienen firmes en mi cintura.

—No te estoy juzgando, solo digo que no eres tan inocente como pareces ser, bruja.

—Leer no me hace una pervertida.

—¿Estás diciendo que leyendo esas escenas de sexo no te excitaste? Aparto la mirada.

—Yo...

Sus manos bajan a la parte de afuera de mis muslos y levanta mis piernas haciendo que las envuelva alrededor de su cintura.

—Estoy seguro de que más de una vez deseaste que alguien te tomara de esa forma, duro y sin contemplaciones.

Por Dios, necesito alejarme de Ares urgentemente.

Mi respiración se torna acelerada e inconstante, el agua se mueve en pequeñas olas a nuestro alrededor.

—Estás loco.

Él usa sus manos ahora libres para quitar el cabello mojado de mi cara.

—Y tú eres hermosa.

Mi mundo se detiene, no respiro, no me muevo. Solo me pierdo en el infinito de sus ojos.

—¡Ares! ¡Raquel! —Samy nos llama desde la parte no profunda de la piscina—. Es hora de jugar.

Ares se aclara la garganta y empieza a moverse hacia allá. Cuando llegamos a la parte no profunda me despego de él, aún sonrojada. Antes de que pueda acercarme a Samy y a Apolo, Ares se inclina para decirme algo al oído.

—Puedo ser tu Christian Grey cuando quieras, brujita pervertida.

Me congelo y él se mueve hacia el grupo como si nada.

¡Ese loco dios griego!

20

EL JUEGO

—¡Raquel! ¡Raquel! ¡Raquel!

Nunca pensé que la primera apuesta que me harían en la vida sería para que ingiriera alcohol. Apolo, Samy y Gregory están a alrededor de mí en la orilla de la piscina, ofreciéndome un trago de tequila. Y yo vacilo, la verdad es que me siento un poco mareada, he perdido la cuenta de cuánto alcohol he consumido hasta ahora y eso no es bueno. Especialmente porque estoy dentro de la piscina.

Derrotada, tomo el pequeño vaso y me lo bebo. El tequila baja por mi garganta incendiando todo en su camino hasta llegar a mi estómago. Hago una mueca, pero Apolo me choca cinco.

—¡Sí! Así se hace.

—Estoy sorprendida —admite Samy sonriendo.

Quisiera decir que es una zorra que se le insinúa a Ares cada momento que puede, que me lanza indirectas o dice cosas para hacerme sentir como la que no pertenece aquí, pero no puedo. Samy solo ha sido amable y muy atenta conmigo, parece una buena chica.

Aunque sé que a ella le gusta Ares, se la ve a leguas, no siento rabia hacia ella. Samy no me ha hecho nada. Gregory toma su trago y bufa, respirando profundo.

—Cada vez lo siento más suave, ya ni me quema la garganta.

—Eso es que ya estás borracho —acoto, dándole una palmada en la espalda.

Miro hacia la parte profunda de la piscina y veo al estúpido dios griego, hablando con Marco, ambos se ven muy serios. La vergüenza me invade cuando recuerdo cómo le bailé a Marco. ¿Estarán hablando de mí? ¡Oh, Dios!

El agua está caliente y se siente divina contra mi fría piel, pequeñas olas se forman cuando nos movemos y chocan con la parte posterior de mis brazos.

—Deberíamos jugar a algo. —Gregory ofrece, sacudiendo su pelo, salpicándonos a todos.

Apolo sostiene su mentón pensando.

—¿Algo como el escondite?

Samy se ríe.

—¡No, algo más divertido! Como verdad o reto o yo nunca he...

Junto mis cejas en confusión.

—¿Yo nunca he...?

Samy asiente.

—Sí, explico las reglas. —Hace una pausa poniéndose en modo explicación total—. Por ejemplo, digamos que empiezo yo: «Yo nunca me he emborrachado», y aquellas personas que lo hayan hecho beben un trago.

—¿Y si tú también lo has hecho?

—También bebo. Es divertido porque sabrás las cosas que han hecho o no los demás cuando los veas beber o no. El suspenso es estupendo.

—Ok, ok —dice Gregory—. Pero ¿necesitamos más gente o no?

Solo quedábamos en la piscina nosotros y el grupo de Ares por allá. Los demás se fueron hace poco, no tengo ni idea de qué hora es. Gregory grita llamando al grupo y los tres chicos nadan hacia nosotros.

Salimos de la piscina, y el viento fresco de la noche me da escalofríos, mi vestido se pega al cuerpo, pero he bebido tanto que ya no me importa. Nos sentamos en el suelo mojado en un círculo. Apolo y Gregory quedan a mis lados, a su lado Samy, luego Marco, Ares y Luis. La botella de tequila queda en medio. Ares está frente a mí. Samy explica las reglas de nuevo a los recién llegados. Todos la escuchamos con atención, en especial, Marco.

—Ya saben, si lo han hecho tienen que tomarse un trago de su vaso.

—Samy toma vasos y los llena completos de tequila. Cada uno tiene su vaso lleno de alcohol en el frente—. Se toman un trago si son culpables y, si no, no beben.

Ares suelta una risa burlona.

—¿Qué clase de juego es este?

Samy lo mira mal.

—Ya expliqué las reglas, así que solo juega.

—¿Algún valiente?

Nadie. Samy suspira.

—Cobardes, comienzo yo. —Toma su vaso—. Yo nunca me he escapado de mi casa. —Ella bebe y todos los demás beben también, pero yo no. Me miran sorprendidos.

—¿Qué? Me porto bien.

Apolo me da un vistazo.

—Hasta yo, que soy menor que tú, me he escapado.

Gregory me soba la cabeza.

—¡Aw! Eres un angelito que se porta bien.

Ares no me presta atención, está muy ocupado encendiendo un cigarrillo. El humo va saliendo de su boca mientras espera el turno de Marco, quien mantiene esa cara seria y sin expresión que lo caracteriza y roza su labio inferior con el dedo pulgar pensando.

—Yo nunca le he roto el corazón a una chica o a un chico en el caso de las mujeres.

—¡Ohhh! —Luis exclama, divertido—. Creo que beberemos todos.

Mis ojos caen sobre Ares y veo con tristeza cómo se lleva su vaso a sus labios y bebe. Sé que él ha roto muchos corazones, pero, de alguna forma, siento que está bebiendo mientras piensa en el mío, en cómo rompió mi estúpido corazón ilusionado. De nuevo todos beben, menos yo.

Luis gruñe.

—¿En serio, Raquel? ¿Nunca has roto un corazón?

Samy gime en molestia.

—A este paso terminaremos borrachos y Raquel sobria.

—Estoy siendo honesta, lo juro.

Ares clava sus ojos en mí y una sonrisa arrogante llena sus labios perfectos.

—No se preocupen, es mi turno, haré que beba.

Gregory le choca los cinco.

—Vamos, a ver, sorpréndenos.

Ares toma su vaso y lo levanta hacia mí.

—Yo nunca he acosado a alguien.

Golpe bajo.

Todos me miran, esperando mi reacción, aprieto mis manos a mis costados y muerdo mi labio inferior. Sintiéndome como la rara del grupo, levanto mi vaso y tomo un trago. Todo el mundo me observa en silencio. Con rabia, mis ojos se encuentran con los de Ares y lo veo sonreír. Pero entonces él hace algo que me deja sin aire.

Él bebe. Decir que nos sorprende es poco. Pone su vaso de nuevo en el suelo. Apolo sacude su cabeza.

—Tenemos dos acosadores aquí, no puedo creerlo.

Luis le da una palmada a Ares en la espalda.

—Jamás pensé que serías capaz de acosar a alguien, siempre pensé que serías el acosado.

Ares no despega sus ojos de los míos.

—Lo era, pero la vida da muchas vueltas.

Samy se aclara la garganta.

—Bueno, bueno, siguiente.

Luis levanta el vaso.

—Vamos a poner esto interesante, yo nunca le he causado un orgasmo a una chica o chico con sexo oral. —El calor invade mis mejillas, y sé que todos van a beber, excepto yo y Apolo, tal vez. Luis, Gregory, Marco y una muy avergonzada Samy beben. Con agonía, observo a Ares esperando que se eche un buen trago.

Pero no lo hace. ¿Acaso...? Gregory parece decir en voz alta lo que todos pensamos.

—¡No puedo creerlo! ¡Ares Hidalgo! ¿Nunca has hecho venir a una chica con sexo oral?

Luis menea su cabeza.

—Estás mintiendo.

Ares termina su cigarro, apagándolo en el suelo a su lado.

—Nunca le he hecho sexo oral a una chica.

Lo dice tan natural, tan calmado. Todos nos miramos, Apolo no puede controlar su curiosidad.

—¿Por qué no?

Ares se encoge de hombros.

—Me parece algo íntimo y muy personal.

Gregory interviene.

—Y todos sabemos que Ares no está interesado en una relación íntima y personal.

Samy baja la cabeza, jugando con sus dedos sobre su regazo. ¿Acaso... ella... y él...? Hasta donde yo sé, son solo amigos. Pero las reacciones de Samy me recuerdan a las mías cuando él repetitivamente me rompe el corazón. ¿Pasó algo entre ellos? Mis ojos caen sobre Marco y su expresión se endurece, dándome una mirada tan intensa que tengo que mirar a otro lado. Qué incómodo.

Es el turno de Apolo.

—Vamos a beber todos, yo nunca me he emborrachado.

Yo le doy una sonrisa cómplice.

—¡Salud! —Nuestros vasos chocan y luego bebemos.

Es mi turno y no tengo ni idea de qué decir. Todos esperan por mí, impacientes.

—Yo nunca he besado a alguien de los que están en este círculo.

Marco levanta una ceja, y Ares suelta una risa sarcástica. Con mucha atención, observo cómo Ares y Samy beben. Con tristeza, yo también bebo. Así que Samy ha besado a Ares. La confirmación hace que mi corazón se apriete en mi pecho. Algo pasó entre ellos. Observando a Samy me siento en desventaja, ella es muy linda y agradable. Sin duda, Ares la escogería a ella y no a mí; en un cerrar de ojos, sé que yo la escogería a ella.

Gregory hace una mueca.

—¡Iuuu!

Después de tres rondas del juego, ya todos estamos demasiado ebrios para razonar y jugar decentemente. Así que decidimos meternos en la parte poco profunda de la piscina. Me echo agua en la cara y en la cabeza, estoy mareada, pero sé que si paro de beber puedo llegar a mi casa. Samy me abraza por detrás.

—¡Raquel!

Me suelto de su abrazo y me volteo.

—¡Samy!

—Creo que hemos bebido demasiado —me comenta y yo asiento—. ¡Eres muy agradable!

—Tú también.

—Necesito preguntarte algo.

—Ok, lo que sea.

—Cuando estábamos jugando, bebiste cuando dijiste lo de besar a alguien del grupo, sé que es obvio, pero ¿besaste a Ares?

Ok, ebria o no, yo no estoy lista para esa pregunta. Samy me da una sonrisa triste.

—Ese silencio lo dice todo. Tú... ¿tienes algo con él?

—Samy...

—No, no, lo siento, no respondas eso. Estoy siendo muy invasiva.

Lamo mis labios, sintiéndome incómoda, pero a la vez tan identificada con ella.

—Tú... y él...

Ella lo niega con la cabeza.

—Solo soy el típico cliché, ya sabes, la chica que se enamora de su mejor amigo.

—Si ustedes tienen algo, yo jamás me interpondría.

En eso soy honesta, yo jamás me metería en la relación de nadie. Tendré poca dignidad, pero ser la otra, jamás. Samy toma mi mano.

—Él y yo no tenemos nada, así que deja de parecer tan culpable.

—Lo siento. —Ni siquiera sé por qué me estoy disculpando.

—Ares es... difícil, sabes, él ha pasado por muchas cosas. —Ella toma un trago de su vaso—. De alguna forma, pensé que yo sería la chica que lo cambiaría; después de todo, soy la única a la que él ha dejado entrar, a la que le ha revelado muchas cosas. Pero el hecho de que confíe en mí no quiere decir que esté enamorado, eso lo entendí muy tarde.

Mi corazón se rompe por ella, definitivamente no es una mala persona, solo es una chica que se enamoró de un chico que no siente lo mismo, como yo.

—Creo que tenemos algo en común: un corazón roto.

—Tú le gustas, Raquel, y mucho, y probablemente no sepa cómo manejarlo porque nunca le ha pasado.

Mi corazón se acelera ante sus palabras.

—No lo creo, él me ha dejado claro que no está interesado en mí.

—Ares es muy complejo, al igual que Artemis. Ellos son chicos criados por padres estrictos que siempre les dejaron claro que tener sentimientos es una debilidad, es darle poder a otra persona sobre ti.

—¿Y por qué Apolo es diferente?

—Cuando Apolo nació, el abuelo Hidalgo se mudó aquí un tiempo, él fue el que crio a Apolo con mucho amor y paciencia. Él trató de inculcar eso en los dos mayores, pero ya estaban grandes y viviendo cosas que no deberían haber vivido a esa edad.

—¿Como qué cosas?

—No soy quién para contar esa parte, lo siento.

—Está bien, más bien me has dicho mucho. ¿Cómo sabes todo esto?

—Crecí con ellos. Mi madre es muy amiga de la madre de ellos, y siempre me dejaba aquí cuando tenía cosas que hacer. El personal de servicio que lleva toda la vida trabajando aquí también sabe la historia.

—¡Samy! Llegó el chofer. ¡Vámonos! —Gregory, Luis y Marco están secándose fuera de la piscina, tambaleándose de un lado a otro.

—¡Voy! —Samy me da un abrazo corto, se separa y me sonríe—. Eres una buena chica, así que nunca pienses que te tengo rabia o algo así por Ares, ¿ok?

Le devuelvo la sonrisa.

—Ok.

Los veo irse, Apolo detrás de ellos va murmurando algo de que les abrirá la puerta. Me doy cuenta de que es hora de que también me vaya. Mis ojos indagan en la piscina y me congelo cuando veo a Ares al otro extremo, sus brazos extendidos en el borde de la piscina, mirándome. Estamos solos. Y por la forma en la que me mira, sé que él planea aprovecharse de eso.

¡Corre, Raquel, corre! ¿Alguna vez han intentado correr en el agua? Es jodidamente difícil. ¿Desde cuándo me queda el borde de la piscina tan lejos? Nerviosa, me doy la vuelta hacia el lugar donde Ares estaba hace unos segundos, y ya no está.

¡Mierda! ¡Viene por debajo del agua! ¡Estoy siendo cazada!

Alcanzo el borde, y me agarro de él fuertemente para levantarme fuera de la piscina, pero, por supuesto, voy a mitad de camino cuando unas manos fuertes me toman de las caderas bajándome bruscamente.

Ares me presiona contra la pared de la piscina, su cuerpo definido detrás de mí, su aliento caliente rozando la parte de atrás de mi cuello.

—¿Escapando, bruja?

Trago, intentando liberarme.

—Es tarde, debo irme, yo...

Ares chupa el lóbulo de mi oreja, sus manos apretando mis caderas suavemente.

—¿Tú qué?

Cometo el grave error de girarme en sus brazos, mis hormonas lanzan un chillido ante la vista frente a mí. El dios griego todo mojado, su pelo empapado pegado a los lados de su cara, su cremosa piel luciendo perfecta y esos ojos azul infinito que me recuerdan al cielo al amanecer. Sus labios están rojos, y se ven tan provocativos.

Trato de pensar en todo el daño que me ha hecho con sus palabras, con sus acciones, pero es tan difícil enfocarme teniéndolo tan cerca y con tanto alcohol en mi cerebro. Ares acaricia un lado de mi cara, la acción me desconcierta, no parece algo que él haría.

—Quédate conmigo esta noche.

Eso me sorprende, pero mi ausente dignidad aparece y toma el control.

—No voy a ser esa chica que usas cuando quieres, Ares.

—No espero que lo seas.

Suena honesto, y él parece tan diferente, como si estuviera cansado de ser un idiota arrogante.

—Entonces, no me pidas quedarme.

Él se acerca, su pulgar aún acariciando mi mejilla.

—Solo quédate, no tenemos que hacer nada, no voy a tocarte si no quieres, solo... —Suspira—. Quédate conmigo, por favor.

La vulnerabilidad en su expresión me desarma. Mi corazón y mi dignidad entran en batalla para tomar una decisión.

¿Qué debo hacer?

21

EL JUEGO II

Mi reflejo en el espejo frente a mí me da una mirada de desaprobación, como si estuviera juzgando mi decisión. Suspiro, y me toco la cara lentamente. ¿Qué estoy haciendo? ¿Por qué decidí quedarme? No debería estar aquí.

¿Pero cómo podía decirle que no? Me lo pidió con esos ojitos de corderito, la súplica clara en su semblante. Nadie puede juzgarme, ni siquiera mi reflejo; tener al chico que te gusta frente a ti luciendo sexy, todo mojado, suplicándote que te quedes con él, es demasiado. El alcohol en mi cerebro tampoco ayuda a la buena toma de decisiones. Además, mi madre no está en casa, así que no estaré en problemas.

Sacudo mi cabello húmedo y lo seco con la toalla, ya me he duchado para quitarme el vestido mojado y me he puesto una camisa que Ares me prestó antes de entrar al baño, a su baño. No puedo creer que esté aquí, en el baño de su cuarto, siento que estoy invadiendo su privacidad. Su baño está impecable, la blanca cerámica brilla. Me da miedo tocar algo y arruinar tanto orden.

Mirándome en el espejo, pillo la camisa de Ares tratando de cubrirme lo más posible. Por debajo solo tengo unos bóxers de él que me quedan holgados. No podía rechazarlos, era eso o quedarme mojada y coger un resfriado. Me pregunto si puedo quedarme aquí y no salir, pero sé que él está esperando por mí. Ares no ha hablado desde que caminamos de la piscina a su cuarto. Me dejó usar su baño alegando que él usaría el del pasillo. Por alguna extraña razón sé que ya está ahí.

Tú puedes, Raquel. Él prometió no tocarte. Si no querías...

Ese es el problema, que sí quiero. Sí quiero volver a besarlo, volver a sentirlo contra mí, y sé que no debo. ¿Por qué siempre el saber que no debemos hacer algo nos da más ganas de hacerlo? ¿Por qué dije que sí? ¿Por qué? Ahora estoy en la boca del lobo. Decidida, abro la puerta del baño y entro al cuarto.

La habitación está semioscura con solo una pequeña lámpara encendida. Su cuarto es grande, y está sorprendentemente ordenado. Mis ojos inquietos lo buscan por toda la habitación, y lo encuentran sentado en la cama, sin camisa, su espalda contra la cabecera de la cama. Una parte de mí esperaba que él ya estuviera dormido, pero está despierto y tiene una botella de tequila en la mano. Sus ojos encuentran los míos y me sonríe.

—Te queda bien mi camisa.

¡No sonrías así! ¿No ves que me derrites el corazón?

Devolviéndole la sonrisa, me quedo parada, sin saber qué hacer.

—¿Te vas a quedar parada ahí toda la noche? Ven. —Señala un punto junto a él.

Dudo y él lo nota.

—¿Me tienes miedo?

—Claro que no.

—Claro, claro, ven.

Lo obedezco sentándome a la orilla de la cama, poniendo tanta distancia como puedo entre nosotros. Él levanta una ceja, pero no dice nada.

—¿Qué te parece si seguimos jugando? —Levanta la botella, girando su cuerpo hacia mí.

—¿El juego de la piscina? —Él solo asiente—. Es tarde, ¿no crees?

—¿Te da miedo jugar conmigo?

—Ya te dije que no te tengo miedo.

—¿Entonces por qué estás a punto de caerte de la cama? No tienes que alejarte tanto, hice una promesa, ¿o no?

Sí, pero dijiste que no me tocarías si yo no quería; el problema es que sí quiero.

—Solo precaución.

—Como tú digas. —Él sube los pies en la cama para sentarse con las piernas cruzadas y yo hago lo mismo, quedamos frente a frente, la botella en medio—. Comienzas tú.

Pienso un poco y me decido por algo simple.

—Yo nunca he dormido con alguien del sexo opuesto en la misma cama sin hacer nada—. Y bebo. Lo veo a él vacilar, pero finalmente bebe. Él se aclara la garganta.

—Yo nunca he estado interesado en el mejor amigo o amiga de la persona que me gusta. —Él no bebe.

Lo miro sorprendida. ¿Acaso me está preguntando indirectamente si me gusta Marco? Marco es muy atractivo, pero no diría que estoy interesada, así que no bebo. El alivio es evidente en su cara.

—Yo nunca he tenido sentimientos por mi mejor amigo o amiga —digo y veo con tristeza como él se da un trago. ¿Tiene sentimientos por Samy? Me duele y de alguna manera quiero que a él también le duela, así que yo también bebo. Él parece sorprendido, pero el desafío en sus ojos es inminente. Él se pasa las manos por su pelo desordenado y húmedo.

—Creo que quiero que bebas. —Suena victorioso—. Yo nunca me he enamorado solo.

¡Auch! Eso arde.

Esa sonrisa de suficiencia que es característica de él aparece y trago para calmar mi estúpido corazón en pedacitos. En silencio, bebo. Con rabia levanto mi mirada hacia él.

—Yo nunca he fingido un orgasmo con un chico.

Su boca se abre y me observa beber. Su ego está lastimado, puedo verlo en la rabia de sus ojos. Sé que estoy mintiendo, pero ya no me importa nada. Ares toma la botella, pensando por un momento, y me preparo para que me destruya, sé que después de lo que dije solo tratará de herirme aún más.

Él me mira para hablar.

—Yo nunca he mentido cuando he dicho que alguien no me gusta. —Mis cejas se unen. ¿Acaso...?

Ares juega con el piercing en su labio inferior y bebe.

Yo me quedo petrificada mirándolo. ¿Estaba diciéndome que yo sí le gustaba y que había mentido cuando dijo que no? ¿O estoy pensando demasiado? O ya el tequila hizo efecto y terminó de emborracharme. Él me sonríe y pone la botella en medio. La tomo, y no sé qué decir.

—Pareces sorprendida. —Pone sus manos detrás de él, inclinándose hacia atrás, dejándome ver esos abdominales y sus tatuajes, y puedo ver claramente el que tiene en la parte baja de su abdomen, que es algo tribal y pequeño, muy delicado.

—No, es solo que... —Pauso jugando con la botella—. Estoy pensando en mi turno. —Mentira, mentira.

—A ver, sorpréndeme. —Se inclina hacia adelante de nuevo y se mueve para estar más cerca de mí, solo la botella separándonos.

Nerviosa, hablo.

—Creo que ya he tenido suficiente —me excuso, dándole la botella—. Es tarde, deberíamos dormir.

Él se muerde el labio inferior.

—Bueno, déjame el último turno a mí entonces, ¿sí?

—De acuerdo.

Ares me mira directamente a los ojos mientras habla.

—Yo nunca he tenido tantas ganas de besar de alguien como ahora.

El aire deja mis pulmones y él bebe, humedeciendo esos labios que amo, sus ojos bajando a mi boca, él me da la botella y no dudo al tomar un trago. En un abrir y cerrar de ojos, Ares está encima de mí, su boca encuentra la mía mandando mi consciencia por la ventana. Su beso no es tierno, es rudo, apasionado y me encanta. Sus suaves labios lamen, chupan. No puedo evitar gemir en su boca, y su lengua entra tentando, provocando. Él sabe a tequila y a chicle de fresa. Me agarro de su pelo besándolo con todo lo que tengo. Lo extrañé tanto, y solo ha pasado una semana. Él podría fácilmente volverse mi adicción.

Ares abre mis piernas para meterse entre ellas y dejarme sentirlo todo contra mí. Su mano sube por debajo de la camisa que llevo puesta acariciando la parte posterior de mis muslos. Sus dedos enlazan con el bóxer que llevo puesto y lo empujan hacia abajo. Él se despega de mis labios un momento para quitármelo por completo.

Y yo aprovecho para observar su hermoso rostro frente al mío y acariciarlo. Él cierra los ojos y yo me levanto un poco sobre mis codos para besar su cuello lentamente. Lo oigo suspirar. Su piel es tan suave y huele a jabón refinado.

Ares se levanta y mi piel se siente fría por la pronta falta de contacto. Él toma mi mano y me agarra hasta que estoy de pie frente a él. Sus manos rápidamente van al final de la camisa y me la quita por encima de la cabeza. Sus ojos observan cada parte de mi cuerpo desnudo haciéndome sonrojar y temblar de excitación.

Ares me toma de la cintura y me besa de nuevo, sentir su torso desnudo contra mis pechos me hace soltar un pequeño gemido. Él me empuja a la cama hasta que caigo sobre mi espalda, se sube encima de mí aún besándome y tocándome. Sus labios inquietos dejan los míos y bajan por mi cuello. Su lengua tan ágil como siempre lame deliciosamente mandando corrientes de deseo por todo mi cuerpo.

Luego baja a mis pechos y los ataca dejándome sin aliento. Esto es demasiado, giro la mirada mordiéndome los labios. Para mi sorpresa, Ares sigue bajando por mi estómago y eso enciende mis alertas.

—Ares, ¿qué estás haciendo? —pregunto mientras él abre mis piernas y me tenso.

Él levanta su mirada hacia mí.

—¿Confías en mí?

¡Dile que no! ¿No confías en él o sí?

Como una tonta enamorada, asiento.

—Sí.

Él sonríe sobre mi piel y sigue bajando. Yo miro al techo nerviosa. En el momento que su lengua hace contacto con el lugar en medio de mis piernas, arqueo mi espalda, con un fuerte gemido dejando mis labios.

—¡Oh, Dios! —Me agarro de las sábanas. Las nuevas sensaciones invadiéndome, ahogándome en placer.

Nunca nada se ha sentido tan bien, tan perfecto, sobre todo porque es con él. Ares se está llevando todas mis primeras experiencias y eso me gusta. Me hace sentir como que tenemos una conexión íntima y única. Ares se vuelve más agresivo con su lengua moviéndola de arriba abajo y luego en círculos y yo siento que ya no puedo más. Tapo mi boca con mi mano para callar mis ruidosos gemidos.

Ares estira su larga mano para tomar mi muñeca y destapar mi boca.

—No, déjame oírte gemir. Solo yo puedo hacerte perder el control de esta forma.

Me estremezco y él sigue su tortura hasta que siento que mi cuerpo va a explotar.

—¡Ares!

Su voz es ronca y sexy.

—Así, así, gime para mí, hermosa.

El orgasmo que me arrasa no tiene precedentes, arqueo mi espalda, mis manos van a su pelo para separarlo de ahí, todo se vuelve muy sensible. Mis piernas tiemblan, mi respiración es inconstante y acelerada. Ares se levanta frente a mí, lamiendo sus labios y es lo más sexy que he visto en mi vida.

Puedo verlo tan claramente, su pecho y su abdomen definido. Sus ojos brillando con deseo. Él baja sus shorts junto con sus bóxers dejándolos caer al suelo, dejándome contemplarlo completamente desnudo frente a mí. Es tan perfecto. Quiero sentirlo, todo de él.

Saca algo de su mesa de noche y yo me muerdo el labio inferior viéndolo ponerse el condón. ¡Oh, Dios! No puedo esperar a sentirlo de nuevo dentro de mí.

Él me toma de los tobillos y me lleva hasta la orilla de la cama, su mano toma mi mentón.

—¿Quieres sentirme? —Asiento—. Date la vuelta. —Obedezco, él me coge de las caderas y me alza hasta que quedo sobre mis manos y rodillas. La anticipación me mata mientras él me roza con su miembro, pero no me penetra.

—Ares, por favor.

—¿Por favor qué?

Él me ha vuelto tan atrevida.

—Por favor, te quiero dentro de mí.

Lo siento tomarme del cabello, y un grito deja mis labios cuando entra en mí de golpe. Arde y duele un poco, pero nada como la primera vez. Él no se mueve, como si estuviera esperando que me acostumbre.

—¿Estás bien?

—Sí. —Él comienza a moverse lentamente, aún me arde, pero la fricción comienza a sentirse deliciosa.

Unos minutos después, ya no siento ningún ardor, solo placer. Ares suelta mi cabello y se agarra de mis caderas para penetrarme aún más profundo, más rápido. El sonido de piel contra piel hace eco por todo el cuarto junto con nuestros gemidos. No pasa mucho tiempo cuando ambos colapsamos en la cama, uno al lado del otro. Nuestras respiraciones aceleradas haciendo que nuestros pechos suban y bajen rápidamente. Ares extiende su mano a la mesa de noche y toma la botella de tequila.

—Yo nunca he hecho venir a una chica con sexo oral. —Y da un trago.

No puedo evitar sonreír.

—Estás loco, Ares Hidalgo.

Sus ojos encuentran los míos.

—Tú me estás volviendo loco, bruja.

Él nos envuelve en sus sábanas, y acaricia mi mejilla tiernamente. De pronto el cansancio y el sueño me invaden, y estoy parpadeando, trato de mantenerme despierta pero el sueño me vence. Y me quedo dormida, desnuda en la cama del chico que acosaba desde las sombras hasta hace unas pocas semanas.

La vida de verdad es impredecible.

22

EL DESPERTAR

ARES HIDALGO

Lo primero que siento al despertar es algo caliente a mi lado, el contacto de piel contra mi brazo me toma por sorpresa, entonces me giro y la veo.

Sus ojos cerrados, sus largas pestañas descansando sobre sus pómulos, su boca cerrada mientras respira lentamente por la nariz. Se ve tan delicada y frágil. Un nudo se atraviesa en mi garganta haciéndome imposible respirar. Me levanto de un golpe de la cama, alejándome de ella, casi hiperventilando.

Necesito salir de aquí.

Necesito alejarme de ella.

¿En qué demonios estaba pensando?

Cogiendo mi ropa del suelo, me pongo mis bóxers y mis shorts rápidamente. Salgo de mi habitación con cuidado de no despertarla, no quiero enfrentarla, no puedo enfrentar sus expectativas y romperle el corazón otra vez. No puedo hacerla llorar y verla alejarse de mí, no otra vez.

Entonces vuelve ahí dentro.

La voz de mi consciencia me reprocha, pero tampoco puedo hacer eso. No soy lo que ella espera, o lo que ella necesita. No puedo jugar a tener una relación con alguien cuando no creo en esa mierda, porque tarde o temprano terminaré hiriéndola y arruinando a una linda chica que no se lo merece.

Si sé que no puedo darle lo que ella quiere, ¿por qué sigo atrayéndola a mí? ¿Por qué no puedo dejarla ir? Porque soy un maldito egoísta, ese es el porqué, porque el solo hecho de imaginarla con alguien más hace hervir mi sangre. No puedo estar con ella, pero tampoco dejo que esté con nadie más. Bajo las escaleras, corriendo, y tomo las llaves de la camioneta.

Corre, como el egoísta cobarde que eres.

Estoy a punto de tomar el pomo de la puerta cuando escucho a alguien aclararse la garganta. Me giro para ver a Artemis sentado en el mueble, con ropa deportiva, debe venir de su rutina matutina de ejercicios.

—¿A dónde vas en esas pintas?

Y es entonces que me doy cuenta de que solo llevo puestos los shorts, ni siquiera tengo zapatos.

—A ninguna parte —digo rápidamente, no quiero parecer un idiota.

—¿Huyendo?

—No, solo estoy un poco dormido aún.

Artemis me da una mirada incrédula, pero no dice nada más, y cuando Claudia me pregunta qué debe decirle a Raquel solo puedo susurrarle:

—Dile que tuve que salir y que no vuelvo hasta tarde. —Aprieto las llaves en mi mano—. Dile que se vaya a su casa.

Les doy la espalda y salgo de la casa, me monto en la camioneta, pero no la enciendo, solo apoyo mi frente sobre el volante. No sé cuánto tiempo pasa, pero cuando levanto mi mirada la veo.

Raquel...

Saliendo de la casa, con su vestido arrugado y aún un poco mojado de la noche anterior, su pelo en un moño desordenado. Mi corazón cae al suelo. Ella se estremece, limpiando sus mejillas llenas de lágrimas. Está llorando.

Ah, Dios, ¿qué estás haciendo, Ares?

Mis ojos bajan a sus pies y noto que está descalza, probablemente no encontró sus sandalias y no quiso quedarse a buscarlas. No puedo dejar de mirarla mientras camina lentamente alejándose de la casa. Aprieto mis manos a los costados.

Casi salgo y voy por ella, pero cuando mi mano cae sobre la manilla de la puerta de mi camioneta me paralizo. ¿Qué voy a decirle? ¿Cómo voy a justificarme? Sé que, si la persigo, solo la heriré más con mis palabras.

Me quedo ahí, sin moverme, sin decir nada, no sé cuánto tiempo pasa hasta que finalmente me bajo de mi camioneta, con mis ojos sobre el camino vacío por donde se fue Raquel. ¿Por qué no puedo decirle nada? ¿Por qué no puedo hablar de la forma en la que ella me hace sentir? ¿Por qué todas las palabras se atoran en mi garganta? ¿Por qué estoy tan jodido?

Como si la vida quisiera responder mis preguntas, una camioneta negra y blindada aparece a mi lado, bajan el vidrio de atrás y el olor a perfume caro golpea mi nariz.

—¿Qué haces aquí afuera, cariño? —Mi madre pregunta, y una falsa sonrisa se forma en mis labios.

—Solo salí a correr.

—Tan atlético como siempre, ven a la casa, los extrañé.

—Por supuesto que nos extrañaste. —Ella decide ignorar mi sarcasmo.

—Vamos.

Sube el vidrio y la camioneta sigue al estacionamiento. Con el corazón apretado, le doy un último vistazo a la calle por donde se fue Raquel y regreso a la casa.

Es lo mejor, me repito una y otra vez dentro de mi cabeza.

Tengo que saludar a mis padres, a los seres que me hicieron ser como soy, a los culpables de que no pueda decirle a la chica que acabo de perder lo que siento por ella y que es la primera vez que me siento de esta forma.

—¡Ah! ¡Mierda! —Lanzo un golpe al aire en frustración, y camino dentro de la casa.

**

RAQUEL

Recuerdo claramente cuando desperté y lo busqué, pensando que había ido por desayuno. Estaba a punto de bajar las escaleras y lo escuché hablar con Claudia.

—*Dile que tuve que salir y que no vuelvo hasta tarde* —dijo con una mueca de molestia—. *Dile que se vaya a su casa.*

Duele...

Hago una mueca, sintiendo el ardiente pavimento en mis pies descalzos, pero ese pequeño dolor no tiene comparación con el que siento dentro de mí.

Fui tan idiota.

No puedo dejar de llorar, no puedo detener las lágrimas, y eso solo me hace sentir aún más patética. Creí que esta vez sería diferente, de verdad me lo creí. ¿Cómo pude ser tan estúpida? Él diría lo que fuera para meterse dentro de mis pantalones, eso era todo lo que él quería, usarme y darme una patada al día siguiente. ¿Cómo es que lo dejé hacerme esto otra vez?

Su sonrisa genuina invade mi mente, cómo conversamos y reímos ayer en su cama jugando a ese estúpido juego, lo que hicimos después. Confié en él. Y él tomó esa confianza y la destrozó frente a mis ojos, junto con mi corazón. De verdad él es un experto en hacerme daño.

Él ni siquiera tuvo la decencia de enfrentarme y decírmelo en mi cara, yo no era tan importante. Solo mandó a su servicio a deshacerse de la chica que usó la noche anterior. Ares tiene la habilidad de hacerme sentir especial y como la chica más afortunada del mundo, pero también puede bajar mi autoestima y pisotear mi dignidad con tanta facilidad.

Él puede hacerme daño como nadie, pero es mi culpa por darle ese poder sobre mí. Ares sabe que estoy loca por él y lo usa para aprovecharse como el idiota que es. Pero ya no más, todo este tiempo no he querido sacarlo de mi vida en serio, le he dado oportunidades creyendo en sus ojos y teniendo la esperanza de que haya algo bueno detrás de su fachada. Ya no más.

Al llegar a la puerta de mi casa, me sorprende ver a Dani en la entrada tocando el timbre. Lleva puesto un vestido holgado de verano, con su largo cabello negro en una cola y lentes de sol, se ve impaciente, sé que odia el calor. Trato de hablar y de llamarla, pero no puedo, siento un nudo de la garganta y aún más ganas de llorar. Mis labios tiemblan cuando se gira y me ve.

Se quita los lentes y su cara se aprieta en preocupación. Ella se apura en llegar hasta a mí y me toma por los hombros.

—¿Qué pasó? ¿Estás bien?

Solo me las arreglo para asentir.

—Dios, vamos dentro.

En mi cuarto, no me molesto en contener mis lágrimas, ya no más. Ruedo hasta estar sentada en el suelo contra la pared, y lloro. Dani se sienta a mi lado, sin decir nada, solo se queda ahí y eso es todo lo que necesito. No necesito palabras de aliento, solo necesito que esté ahí, a mi lado.

Necesito dejarlo todo salir, necesito arrancarme este dolor del pecho y siento que llorando puedo exteriorizarlo, puedo sacarlo para que nunca más me vuelva a doler de esta manera. Hay algo terapéutico en llorar con todas las ganas, hay cierta paz que invade luego de llorar tanto.

Dani pasa su brazo por detrás de mí y me agarra para que apoye mi cabeza en su hombro.

—Déjalo salir, eso, ya estoy aquí.

Lloro hasta que llega la paz, hasta que ya no tengo más lágrimas y mi nariz está tan tapada que me cuesta respirar. Dani besa mi cabeza.

—¿Quieres hablar al respecto?

Me despego de ella, enderezándome, presionando mi espalda contra la pared. Me limpio las lágrimas y me sueno la nariz. Con mi voz saliendo débil, le cuento todo. La cara de Dani se pone roja de rabia.

—¡Maldito perro hijo de puta! ¡Arg!

No digo nada.

Ella gruñe, soplando un cabello rebelde de su cara.

—Quiero golpearlo en su estúpida cara. ¿Puedo? Solo un golpe y correré, él ni siquiera se dará cuenta.

—Dani...

—Aprendí un supergolpe en mi clase de defensa personal, sé que le dolerá y, si no siempre está el típico golpe en las bolas. Oh, sí, creo que prefiero ese.

Su locura me roba una sonrisa triste.

—Aprecio el esfuerzo, pero...

—O le puedo contar a Daniel, ellos están juntos en el equipo de fútbol. Le diré que le dé un toque que parezca accidental.

—Dani, no puedes enviar a tu hermano a golpearlo. Daniel es muy pacífico.

—Pero también excesivamente sobreprotector, solo tengo que decirle que te hizo algo y ¡bam! Ares recibiendo su merecido.

Daniel es el hermano mayor de Dani, asiste a la misma escuela privada que Ares, solo por estar en el equipo de fútbol.

—No me gusta la violencia y lo sabes.

—¡Bien! —bufa, levantándose—. Iré por helado, tú busca la película más romántica que consigas en línea.

—No creo que...

—¡Silencio! Vamos a lidiar con este despecho como debe ser, hoy llorarás y le gritarás insultos a la pantalla de la película y hablarás de lo injusta que es la vida porque esas cosas no nos pasan. —Se pone las manos en la cintura—. Dormiremos juntas, y mañana te levantarás como una persona nueva, dejándolo todo atrás.

Trato de sonreír.

—No creo que pueda hacer eso de la noche a la mañana.

—Por lo menos, inténtalo, y luego nos iremos de fiesta con unos chicos. Te distraerás y te darás cuenta de que ese idiota no es el único chico en este planeta. ¿Estamos claras?

—Sí, señora.

—No te escuché.

— ¡Sí, señora!

—Bien, ahora busca esa película, ya vuelvo.

La veo salir y sonrío como una tonta, agradecida de tenerla a ella a mi lado, si no estaría derrumbándome. Creo que lo que más me duele es que, aun sabiendo lo que mi madre tuvo que pasar con mi padre, aun así, caí en las redes de ese idiota, como una chica más, una descerebrada del montón, ciega de amor. Estoy decepcionada de mí misma como mujer, eso es lo que más me duele.

Enciendo mi computadora y abro el explorador para buscar una película. Mi Facebook se abre automáticamente mientras busco en Google. Escucho el timbre de un mensaje nuevo y mi corazón se arruga en mi pecho cuando veo su nombre.

Ares Hidalgo
Lo siento.

Una sonrisa triste invade mis labios, lo dejo en leído y simplemente sigo mi búsqueda. Vuelve a timbrar y abro su mensaje:

De verdad, lo siento.

Muevo el ratón hacia la barra de opciones y lo bloqueo para que no pueda enviarme más.

Adiós, dios griego.

23

EL PARTIDO DE FÚTBOL

Fútbol.

El deporte más popular del mundo y uno de mis favoritos. No sé cuándo desarrollé la pasión por ver los partidos, tal vez fue desde el día que vi a Ares jugando con una pelota en el patio de su casa o tal vez fue aquel primer partido al que la mamá de Dani nos llevó a ver jugar a su hermano, no lo sé. El hecho es que disfruto mucho ver un partido de fútbol. Así que, al pasar de unos días, no dudo al venir con Dani, Gabo, Carlos y Yoshi al partido del equipo del hermano de Dani para apoyarlo. Contra todo mi ser, intento olvidar que este también es el equipo de Ares y que eso significa que lo veré por primera vez desde aquella dolorosa mañana.

No voy a negar que ha sido difícil, sobre todo por las noches cuando cierro mis ojos y no puedo evitar darle vueltas a todo una y otra vez en mi mente; como tratando de encontrar el momento o la razón por la que todo terminó así. Incluso, hubo momentos en los que llegué a asumir parte de la culpa; él me lo advirtió, me dijo claramente lo que quería, pero aun así fui y me entregué a él no solo una vez, sino dos veces.

Sacudo mi cabeza de esos pensamientos, he venido a divertirme y a disfrutar de mi deporte favorito con mis amigos. Aunque, siendo honesta, sé que el latido acelerado de mi corazón y mis manos sudadas no son efecto del deporte, esas reacciones son por él.

¿Por qué me pone tan nerviosa saber que lo voy a ver?

Él estará lejos, ni siquiera me verá o notará mi presencia entre tanta gente en las tribunas de la cancha. Necesito calmarme. Llegamos y, como lo predije, el lugar está lleno. Dani tuvo problemas para encontrar un lugar en el estacionamiento, pero, después de buscar bastante, encontró uno. Caminamos dentro de la cancha y vamos uno detrás del otro, buscando un puesto donde sentarnos. Hay un espacio grande en la segunda línea de asientos, y tendremos una buena vista sobre la cancha, así que ahí nos quedamos. Apolo se nos une, ha estado con nosotros todos estos días en la preparatoria.

Dani se sienta primero, luego Apolo, Carlos, Yoshi y yo. No me gusta quedar tan lejos de Dani, pero no quiero que Yoshi piense que no me quiero sentar a su lado o que tengo preferencia. Hay dos bandos claros, nosotros estamos en el lado del equipo de Daniel y Ares. El césped de la cancha está muy verde y bien podado. Aún hay un poco de luz del día, aunque el sol ya no está. El cielo luce gris, dándole la bienvenida a la oscuridad de la noche, las grandes luces de la cancha están encendidas, iluminando.

Trago grueso mientras mis ojos danzan por los jugadores haciendo estiramientos y practicando con el balón cerca de la portería. El uniforme del equipo de Ares es de color negro con rayas y números rojos mientras que el del otro equipo es blanco.

Número 05. ¿Dónde estás, dios griego?

Como si quisiera responderme, Ares sale de un grupo de chicos de su equipo, caminando con esa confianza que lo caracteriza. Mi corazón sale volando a perseguirlo. Los shorts del uniforme se tallan perfectamente a sus definidas piernas y la camisa le queda apretada revelando esos brazos que me han tomado con fuerza. Lleva puesta una especie de cinta elástica superfina roja para mantener su cabello negro lejos de su frente. Y en su brazo izquierdo tiene puesta la banda de capitán del equipo.

Dios mío, ¿por qué me lo pones tan difícil? ¿Por qué se tiene que poner más bueno cada día? Ya estoy lo suficientemente confundida.

Ares se encuentra con otro jugador del que solo puedo ver la espalda, pero me parece muy familiar. Ellos hablan, y Ares luce serio, como decidiendo algo importante. El jugador desconocido se gira ligeramente y puedo ver quién es: Marco. ¿Cómo es que olvidé que él también juega en este equipo?

Me muerdo el labio recordando el baile que le hice a Marco. Dios, qué vergüenza. Pero, bueno, Marco no se ve nada mal en ese uniforme. Mis ojos inquietos bajan a su trasero, oh, qué buen par de nalgas.

¡Raquel, por Dios!

Me doy una bofetada mental, definitivamente tener sexo ha liberado mi lado salvaje en su máximo esplendor. Ares se ríe y menea su cabeza ante algo que Marco dice y yo dejo de respirar. Se ve tan lindo cuando se ríe.

—¿Raquel? —Yoshi me trae de vuelta a la realidad.

—¿Sí? —Lo miro y Yoshi tiene sus ojos entrecerrados.

—¿Disfrutando la vista?

Suelto una risita.

—Un poco.

—Te pregunté que, si quieres soda, voy por unas.

—No, estoy bien.

Carlos asoma su cabeza por detrás de la espalda de Yoshi.

—¿Seguro que no quieres nada, princesa mía?

—Estoy bien.

Apolo y Dani parecen estar conversando, bueno, Dani está hablando y Apolo solo está ahí asintiendo rojo como un tomate. Carlos y Yoshi bajan a buscar sodas cuando el narrador comienza los anuncios.

—¡Buenas noches! Bienvenidos al partido inaugural del campeonato municipal del fútbol de este año escolar. ¡Démosle la bienvenida al equipo invitado Los tigres de Greenwich!

La barra del equipo de afuera aúlla, grita y hace fiesta mientras nosotros solo los abucheamos. Luego el narrador prosigue.

—Ahora démosle un aplauso de apoyo a nuestro equipo local: ¡Las panteras!

Todo el mundo hace escándanlo, gritando y saltando, me incluyo. Aprovecho que los chicos se han ido para cambiarme de sitio y así quedar al lado de Apolo. Dani me ve y de inmediato toma a Apolo de los hombros y lo mueve para quedar ella entre nosotros. Dani me susurra en el oído.

—Ya entiendo por qué venías a las prácticas, todos están buenos, claro, con la excepción de mi hermano, porque iuuuu.

—¿Dónde está Daniel?

Dani toma mi mentón y mueve mi cara en dirección de la portería.

—Allá. Seguro estás muy enfocada en tu Voldemort para notar a mi simple hermano.

—Bueno, ha llegado la hora del gran juego señores. ¡Démosle un aplauso a ambos equipos y vamos a desearles lo mejor!

La multitud grita, alzando sus manos en el aire. De mi lado, todos comienzan a gritar «Panteras, panteras», la emoción del juego se filtra en mis venas y por un segundo lo disfruto, olvidando a aquel capitán arrogante que tiene mi corazón en sus manos.

La rivalidad entre los dos equipos se siente en el aire. Greenwich es la ciudad más cercana y siempre nos denigran, alegando que somos unos pueblerinos sin talento. Les hemos hecho tragar sus palabras una y otra vez. Las panteras han ganado varios campeonatos e incluso hemos ido a los estatales mientras ellos no pasan la primera eliminatoria.

Los equipos salen al terreno, cada jugador a su posición, y las tribunas vibran con los brincos, gritos y ánimo de la gente. Aplaudo, mis ojos cayendo sobre él otra vez. ¿Cómo no mirarlo cuando se ve tan seguro de sí mismo, tan emocionado?

Eres una idiota, Raquel.

Mi consciencia me reprocha, él me ha hecho tanto daño y yo aún sigo mirándolo y suspirando como una estúpida. ¿Por qué no puedo controlar lo que siento? Quisiera que los sentimientos tuvieran un botón de encendido y apagado. Eso haría las cosas tan fáciles para mucha gente.

Sentimientos...

Esa es una palabra fuerte, una que no me tomo a la ligera. Pero sé que tengo sentimientos por él, sé que me engaño a mí misma diciendo que «Me estoy enamorando de él», cuando la verdad es que ya estoy enamorada, ya no hay vuelta atrás. Sin embargo, admitir lo que siento no cambia nada, porque él no siente lo mismo, así que debo tragarme mis sentimientos y seguir con mi vida como si nada. Yoshi aparece a mi lado, Carlos sentándose al lado de él. Yoshi me ofrece su soda.

—¿Seguro que no quieres? Es Coca-Cola, tu bebida favorita.

—Solo un sorbo. —Bebo un poco y se la devuelvo.

Yoshi acomoda sus lentes y me lanza unas cuantas miradas, como si quisiera decir algo, pero no lo hace. Nuestros ojos se encuentran y he olvidado lo lindo que es mi mejor amigo.

—Raquel... ¿Pasa algo entre tú y ese chico de los Hidalgo?

—¿Apolo? Claro que no, es un...

—No me refiero a Apolo, y lo sabes.

Me muerdo ambos labios, ganando tiempo.

—No, claro que no. —¿Por qué le estoy mintiendo?

Yoshi abre su boca para protestar, pero el árbitro suena el silbido, comenzando el partido. Sonrío a Yoshi y me enfoco en el juego. Todos los jugadores están llenos de energías y ganas de ganar, así que el principio del juego es muy movido, con pases muy buenos y acertados. Carlos chifla de emoción.

—¡Guao! ¿Vieron cómo corrió para tener ese pase? Ese delantero es muy bueno.

Ares está jugando muy bien y eso no ayuda con todo lo de tragarme mis sentimientos cuando quiero gritar como una fangirl cada vez que se acerca a la portería. Dani me golpea con su codo.

—Tienes un gusto acertado; además de lindo e inteligente, es bueno con los deportes.

Y también es muy bueno en el sexo.

Quiero decirlo, pero me limito a sonreír. Ya casi en la mitad del primer tiempo, Ares va corriendo con la pelota solo, acercándose a la portería, y todo el mundo se levanta en las tribunas, animándolo a seguir. Pero entonces el portero sale y corre hacia él estrellándose contra Ares en un golpe seco. Un grito de horror deja mis labios cuando veo a Ares en el suelo, retorciéndose de dolor sosteniendo su cara.

Sin pensarlo, me pongo de pie de un brinco y casi corro hacia él, pero Dani me toma del brazo y me detiene, recordándome la realidad entre él y yo. Lo veo levantarse con la ayuda de Marco y de otros jugadores que lo traen a la orilla de la cancha cerca de las gradas, me alarmo aún más cuando veo la sangre saliendo de su nariz.

El narrador informa a la audiencia.

—Vaya, parece que hubo un gran choque entre el delantero y el portero. El árbitro saco tarjeta amarilla, pero Las panteras no están conformes.

El entrenador le pasa un trapo y Ares lo toma limpiando la sangre. Sus ojos azules encuentran los míos y no puedo evitar preguntarle, moviendo mis labios con la esperanza de que entienda la pregunta en la distancia.

—¿Estás bien? —Él solo asiente.

Vuelvo a sentarme, Yoshi desvía la vista y Dani me dedica una mirada cómplice. Me doy cuenta de que Apolo no está en su lugar, Dani lo explica.

—Se fue corriendo por el otro lado cuando te levantaste, creo que está asegurándose de que su hermano esté bien.

—Esa fue una jugada muy sucia —comenta Carlos—. Eso fue contra las reglas.

Yoshi toma un sorbo de su soda.

—Estoy de acuerdo.

Apolo vuelve, con su cara roja, pero no de pena esta vez, es la primera vez que lo veo tan enojado. Dani aprieta su hombro de forma reconfortante.

—Va a estar bien.

Apolo no dice nada, solo aprieta sus puños a los costados y se sienta, tomando una respiración profunda. Me parece sumamente lindo que se preocupe tanto por su hermano. Apolo es el chico más dulce que he conocido. El juego continúa, pero la tensión entre los equipos se puede sentir en el aire. Las panteras están enojadas por el injusto golpe que recibió su capitán. Ares sigue jugando, revisando su nariz de vez en cuando; ya no hay sangre, pero me imagino que aún le duele.

Pobrecito.

No, pobrecito nada, él te rompió el corazón.

Estúpida, reacciona, idiota.

Ya casi es el final del primer tiempo cuando la mejor jugada del partido comienza: el mediocampista hace un pase largo a Marco, quien luego de burlar dos jugadores se la pasa Ares, quien corre para recibirla a un lado de la portería. Todos se levantan de la emoción, Ares patea la pelota diagonalmente y esta entra en la portería por una esquina en un ángulo impresionante.

—¡GOOOOOOOOOOOOOOOOOOOOOOOOOOL!

El lugar va a explotar, todos brincamos y gritamos como locos.

—¡En tu cara, portero de mierda! —Apolo grita, sorprendiéndonos.

Ares sale corriendo con sus brazos extendidos en el aire, celebrando el gol, él se acerca a las tribunas y toma la orilla de su camisa levantándola y mostrando algo escrito en su estómago. Dice:

Bruja.

Dejo de respirar, llevando mi mano a mi boca en sorpresa.

El narrador habla.

—¡Goool! Vaya, parece que el goleador está dedicándole su gol a alguien. ¿Quién será la afortunada bruja?

La mirada de Ares se cruza con la mía y me sonríe antes de ser abrazado desde atrás por todos sus compañeros de equipo, celebrando. Mi corazón amenaza con salirse de mi pecho, latiendo desesperado. ¿Acaso él acaba de...?

Ares Hidalgo me va a volver loca con sus señales confusas. Corrección, *ya* me volvió loca.

24

LA CONFESIÓN

El juego concluyó y aún no he terminado de asimilar el hecho de que Ares Hidalgo me dedicó un gol. He pensado mil cosas en los últimos diez minutos, desde que lo hizo como broma o que tal vez él tiene una novia secreta a la que le dice bruja que no soy yo. Pero él me miró y me sonrió, a mí.

Estoy pensando demasiado.

No debo dejar que me afecte, no debo dejar que su gesto quebrante mi decisión de mantenerme alejada de él. Sí, me dedicó un gol y fue lo más lindo que ha hecho por mí, pero eso no debería ser suficiente, no después de todo el daño que me ha hecho.

Una parte de mí —la mayor parte— quiere correr a sus brazos, pero mi parte racional, la parte que ha recuperado su dignidad, no lo aprueba y decido escucharla. Aunque creo que mi firmeza viene más de una emoción nueva para mí: miedo. Miedo de que me haga daño otra vez, miedo de dejarlo entrar y salir herida una vez más. No podría soportarlo, así que no me arriesgo.

—Guao, fue emocionante. —Dani agrega, presionando su codo en mis costillas juguetonamente mientras caminamos tribunas abajo.

—Sí. —Apolo opina inocentemente—. Me encantó el juego, 3 a 0, ese portero se lo merecía después de lo que le hizo a mi hermano.

—Tenemos que celebrar. —Carlos intenta tomar mi mano, pero Dani como ninja experto le da un manotazo, evitándolo—. ¡Au!

—Te lo mereces —le digo, recordándole que no me gusta que me agarre sin permiso.

—Entendido —asegura Carlos.

Busco la mirada de Yoshi, quien está un poco serio. Eso es raro.

—Chicos, deberíamos ir a felicitar a los jugadores. —La idea de Apolo no suena muy buena en este momento. No quiero enfrentar a Ares. Una cosa es ser fuerte para mantenerme alejada y otra muy diferente es tenerlo frente a mí y alejarme.

Dani nota mi incomodidad.

—Nah, mejor vamos a la fiesta de celebración.

—¿Fiesta de celebración? —le pregunto, confundida.

Carlos me da una palmada en la espalda.

—¿No estás al día con los eventos sociales, princesa? La fiesta que celebra el equipo cuando gana.

Claro. ¿Cómo olvidar las infames fiestas de Las panteras? Solo he ido una vez y fue porque Daniel nos invitó. En la cancha somos uno, pero fuera de ella seguimos siendo de diferentes escuelas, y la verdad es que no nos agradamos mucho.

Vamos pasando por un lado de la cancha mientras caminamos al estacionamiento, no puedo evitar echar un vistazo a donde está el grupo de jugadores, hablando. Ares está ahí, completamente empapado en sudor, su cabello pegado a los lados de su cara como su uniforme a su cuerpo. ¿Cómo puede parecerme sexy todo sudado? Necesito ayuda profesional.

Su mirada encuentra la mía y me paralizo, dejo de caminar. Él me da una sonrisa pícara y toma el borde de su camiseta y se la quita por encima de la cabeza. Muchos jugadores andan sin camisa, así que nadie lo ve como algo del otro mundo, mis ojos bajan por su pecho y abdomen definido, donde la palabra *bruja* ya se ha desvanecido con el sudor. Me muerdo el labio.

No caigas, Raquel.

Odio mis hormonas.

Meneando mi cabeza, aparto la mirada y sigo mi camino. Solo alcanzo a dar unos pasos cuando me estrello con Yoshi.

—¡Au! ¡No te vi!

Yoshi solo toma mi mano.

—Salgamos de aquí.

Yoshi me arrastra hasta el estacionamiento, donde ya todos están en el coche de Dani, esperando por mí. Apolo ha tomado mi puesto en el asiento de copiloto, así que me toca atrás entre Yoshi y Carlos. Ambos huelen muy bien, me encanta cuando un chico huele bien. Ares huele divino.

¡Cállense, hormonas sin dignidad!

La casa de la fiesta está ubicada al este del pueblo, a unos diez minutos de mi hogar. La música se puede escuchar desde afuera, los bajos retumbando en las paredes del gigante lugar de dos pisos. Me sorprende ver tanta gente ahí, sí que se mueven rápido cuando se trata de una fiesta.

Mira quién habla.

Me reprocha mi consciencia mientras nos bajamos del auto y nos dirigimos a la entrada. Hay algunas personas alrededor del jardín con vasos plásticos en sus manos.

Al entrar, lucho con la necesidad de cubrir mis oídos, la música electrónica vibra por toda la casa, las luces están apagadas, solo alumbran el lugar unas lámparas tenues de colores, las cuales le dan un toque hippie. Me siento como en una fiesta electrónica en medio de un campo abierto. El DJ está en la sala, es un chico delgado de cabello largo y brazos tatuados, que luce concentrado en lo que está haciendo.

—¡Vamos por unas bebidas! —Dani me agarra de la mano para que no nos separemos entre la masa de gente.

La cocina está llena de gente, pero de alguna forma Dani se las ingenia para conseguirnos bebida a todos. Dándome un trago de lo que sea que haya en ese vaso plástico, no puedo evitar recordar la última vez que bebí en casa de Ares, cómo jugamos con el tequila, su sonrisa, sus besos.

No, no, Raquel.

Estoy aquí para distraerme, no para pensar en él.

Como si Dani leyera mi mente, habla.

—¡Vamos a bailar!

Nos vamos todos al centro de la sala que se ha convertido en la pista de baile y comenzamos a menearnos al ritmo de la música con los vasos en el aire. Por un segundo, dejo que mi mente vuele lejos de cualquier recuerdo del dios griego, bailo, bebo, me río con los movimientos locos de Carlos, con la cara sonrojada de Apolo cuando Dani se menea junto a él. Me siento libre de despecho y preocupaciones.

Yoshi toma mi brazo y me gira hacia él, le sigo la corriente, bailando con él, pongo mis brazos alrededor de su cuello y cometo el grave error de levantar mi mirada. Cuando sus ojos encuentran los míos, la intensidad en ellos me deja sin aliento. Él siempre me ha atraído y es la primera vez que lo tengo así de cerca.

Pillow talk, de Zayn Malik, suena de fondo, el ritmo suave y seductor hace que nos movamos lentamente el uno contra el otro. Sus manos se deslizan por mi cintura hasta quedarse sobre mis caderas. Mis labios se abren y él se lame los suyos, mojándolos. Quiero besarlo.

Estas sensaciones me toman por sorpresa. Yoshi aprieta mis caderas y se inclina hacia mí hasta que su frente toca la mía, su nariz rozando la mía. Cada momento que hemos compartido invade mi mente, todas las veces que me ha hecho sonreír, olvidar mis problemas, cómo siempre ha estado allí para mí. Él es mi mejor amigo y lo vi de esa forma hasta hace unos años cuando esa cara de niño inocente se transformó en la de un chico lindo, un chico al que me sentí atraída más de una vez, pero que jamás me atreví a hacer nada por miedo a perder su amistad.

Yoshi suspira, cerrando sus ojos.

—Raquel...

Me tenso ante la seriedad de su tono, Yoshi siempre me llama Rochi, él nunca usa mi nombre, solamente cuando está hablando de algo muy serio y delicado.

Con el corazón en la garganta, respondo.

—¿Sí?

—Me estoy muriendo por besarte.

Mi corazón se salta un latido y él observa mi reacción. Yo solo asiento, dándole mi consentimiento. Ya casi puedo sentir sus labios sobre los míos cuando cierro mis ojos. La cara de Ares aparece en mi mente, haciéndome dar un paso atrás. Yoshi me mira confundido, y estoy a punto de hablar cuando un chico con el micrófono nos interrumpe.

—¡Muy bien, chicos y chicas! Momento de darles la bienvenida a los jugadores.

Todo el mundo grita, alzando sus vasos. El equipo entra a la sala y ya todos bañados y muy bien vestidos. Ares es uno de ellos, con una camisa negra que le queda muy bien. El negro es un color que le favorece demasiado para mi gusto.

El chico a quien reconozco como el portero del equipo continúa:

—Primero que nada, démosle la bienvenida al capitán, quien nos regaló tres hermosos goles hoy.

—¡Ares! ¡Ares! ¡Ares! —Todo el mundo hace el coro y yo agacho la cabeza.

—Capitán —el portero le pasa un brazo por detrás de los hombros a Ares—, jugó como nunca hoy, pero también sabemos que le dedicó un gol a una chica.

—¡Sí! —La gente a mi alrededor grita.

—Creo que todos queremos saber quién es la afortunada bruja.

Una chica del público levanta la mano.

—¡Puedo ser tu bruja cuando quieras, guapo!

—¿Nos revelarás su identidad, capitán?

Ares se ríe, meneando su cabeza.

—Ella sabe quién es, y eso es suficiente.

—¡Buuuu! ¡Que nos diga! ¡Que nos diga!

Ares sacude la cabeza de nuevo y se va, el portero se encoge de hombros.

—Bien, dejemos de interrumpir la fiesta y ¡a disfrutar todo el mundo!

Con eso se va del lugar donde está el DJ. Su presencia hace que me sienta culpable por casi besar a Yoshi cuando sé que no lo soy. Ares no es mi novio, no le pertenezco y puedo besar a quien me dé la gana. Yoshi me toma de la mano y me arrastra a través de la gente.

—¡Ey! ¡Yoshi! —me quejo de su brusquedad.

Cuando salimos de la casa, me lleva hasta la acera, lo suficientemente lejos de la gente que aún sigue en el jardín.

Me suelta y puedo ver lo molesto que se ve.

—¿Qué pasa?

—Por favor, dime que no fue con él.

—¿De qué estás hablando?

—Dime que no perdiste tu virginidad con ese idiota.

Me quedo paralizada, sin saber qué decir.

—¡Raquel, dímelo! —me grita y yo bajo la cabeza—. ¡Ah! ¡Mierda! ¿Ares Hidalgo? ¿Ese idiota arrogante que trata a las mujeres como basura? ¿En qué estabas pensando?

—¡No estaba pensando! Yo solo... Él...

—¿Tú qué? ¿Tú qué?

—¡Me dejé llevar por mis sentimientos!

—¿Sentimientos? —Me doy cuenta del error que cometí al decir esa palabra—. ¿Estás enamorada de él?

Quiero decir que no, quiero gritar que no, pero las palabras se quedan en mi garganta. Yoshi luce tan decepcionado que me duele, me duele verlo así.

—Yoshi... Yo...

—Por supuesto que estás enamorada de él. —Se lleva las manos a la cabeza, y deja salir un largo suspiro de exasperación.

No sé qué decir, una oleada de sentimientos me invade. Nunca he estado tan confundida en mi vida, pero entonces él habla desconcertándome aún más, dejándome en blanco.

Él se muerde el labio inferior.

—Tú me gustas mucho, Raquel. Me encantas.

Todo se detiene, solo puedo mirar esos ojos de miel inundados por lágrimas.

—Siempre me has gustado, pensé que tú y yo terminaríamos juntos como un repetitivo cliché. —Una risa triste deja sus labios—. Supongo que era demasiado perfecto para ser real.

—Yoshi...

—Me voy. Dile a los demás, disfruta la noche con tu idiota.

—Yoshi... Espera...

Él no me escucha y comienza a caminar alejándose. Mi corazón late como loco en mi pecho, no quiero que se vaya, pero ¿qué hago si se queda? ¿Qué le digo? Pero entonces Yoshi se detiene a unos cuantos metros, y se gira hacia mí de nuevo. Lo observo sorprendida mientras camina hacia mí rápidamente.

Sus ojos llenos de determinación.

—¡A la mierda todo!

—Yoshi, qué...

Él toma mi cara con ambas manos y me besa.

25

LA CELEBRACIÓN

El beso de Yoshi me toma por sorpresa.

No solo por el hecho de que no me lo esperaba, sino porque, en el momento en que sus labios tocaron los míos, sensaciones agradables y nuevas invaden mi cuerpo. Su beso es suave y lento, puedo sentir cada roce de nuestros labios con tanto detalle que aprieto mis manos a mis lados. Él sabe a vodka y a algo dulce que no puedo descifrar, pero me gusta. Él chupa mi labio inferior, y luego me besa de nuevo, acelerando el beso un poco.

La parte pensante de mi cerebro desaparece y las hormonas toman el volante. Me permito disfrutar este beso, soy una chica soltera siendo besada por un chico lindo, no hay nada de malo en eso. Yoshi me toma de la cintura, apretándome más a él y yo enrollo mis manos alrededor de su cuello. Jamás imaginé que Yoshi besara tan bien. Nuestras respiraciones se aceleran, y su lengua acaricia la comisura de mis labios, haciéndome estremecer.

Alguien se aclara la garganta.

Y entonces es cuando recuerdo que estamos frente a la casa, a la vista de todo el mundo. Me separo de Yoshi, sin quitar mis manos de su cuello, y giro mi cabeza para mirar a la persona que se aclaró la garganta.

Marco.

Mi corazón se detiene, porque no está solo.

Detrás de él, a unos pasos, está Ares, con las manos en los bolsillos de sus pantalones, sus ojos sobre mí.

Oh, mierda.

Su cara porta un semblante vacío e indescifrable. ¿Está enojado? ¿Decepcionado? ¿Sorprendido? ¿O acaso simplemente no le importa? Jamás lo sabré por su expresión, que no me dice nada.

Mis manos bajan del cuello de Yoshi y caen a mis lados. Oh, el destino y sus crueles jugadas... ¿Cuáles eran las probabilidades de que Ares saliera de la casa en este preciso momento? Marco me da una sonrisa divertida, su tono burlón.

—No dejas de sorprenderme.

Ares mira hacia otro lado y comienza a caminar hacia nosotros.

—Vamos, no tenemos toda la noche. —Su voz es neutra, me recuerda a la primera vez que hablamos.

Ares se dirige en nuestra dirección y me pasa por un lado como si nada. De verdad, no le importa. ¿Por qué me duele tanto eso? ¿Por qué quiero que le importe? Marco me da una última sonrisa y lo sigue. Los veo dirigirse a la camioneta de Ares, que está estacionada en la calle, a sacar unas cajas de lo que parece cerveza.

Yoshi agarra mi mano.

—Tierra llamando a Raquel.

Dejo de mirar al estúpido dios griego y me enfoco en mi mejor amigo, el chico que acabo de besar. Mierda. ¡Qué noche!

—Lo siento, solo... Nada.

Yoshi solo acaricia mi mejilla.

—Si alguien tiene que disculparse aquí soy yo. Lo siento, sé lo que sientes por él, no espero que actúes como si no te importara de la noche a la mañana. —Él se acomoda sus lentes y no puedo evitar la sonrisa que invade mis labios. Yoshi es tan tierno y besa tan bien.

—Deberíamos entrar. —No quiero enfrentar a Ares de nuevo cuando regrese con esas cajas.

Yoshi asiente, su mano jugando con la mía.

—Sí, pero primero quiero que sepas que esto no es una cosa de una noche para mí. De verdad me importas, y quiero que lo intentemos.

—Tú también me importas, pero no quiero hacerte daño.

—Lo sé —me dice con una sonrisa—. Solo intentémoslo y, si no funciona, podemos ser amigos nada más, pero por lo menos sabremos que lo intentamos.

—Yo...

—Solo piénsalo, ¿ok? No tienes que responder ahora.

Solo asiento y lo agarro para que me siga.

—Está bien, ahora vámonos, Casanova.

Yoshi se ríe, pero juntos vamos dentro de la casa de nuevo.

***

Suelo subestimar la capacidad que tiene el alcohol de emborrachar a la gente en poco tiempo. Todos estamos bastante alegres, por así decirlo, pero Carlos ya pasa el punto de no retorno. Está inconsciente en uno de los sofás de la casa, babeándose un cojín floreado. Apolo, siendo el chico lindo que es, le revisa la respiración cada cierto tiempo en su preocupada inocencia.

La estoy pasando muy bien, y por momentos logro olvidarme por completo de Ares. Pero mientras más bebo, más pienso en él. No sé si es un efecto secundario del alcohol, pero no puedo evitarlo y me molesta. No quiero pensar en él, no quiero escanear la sala de vez en cuando a ver si lo veo, no quiero preguntarme qué está haciendo y con quién está.

Él no me importa, él no me importa, me repito en mi mente una y otra vez. Dani le da un beso en la mejilla a Apolo, diciéndole que es muy lindo y él solo se sonroja, bajando la cabeza. Yo meneo la cabeza y entonces mis ojos lo ven. Ares pasa por la sala al lado de una morena alta, de cuerpo esbelto y cabello ondulado. Él ni siquiera mira a su alrededor, solo sigue su camino a través de la gente hasta que alcanza las escaleras y comienza a subirlas, la chica y él riendo abiertamente.

Siento un vacío en mi estómago, como si todo el aire hubiera dejado mi cuerpo y duele. Sé lo que la gente sube a hacer en esos cuartos, y, por la mirada que la morena le está dando, ella le tiene muchas ganas. Los celos me carcomen, y entonces me doy cuenta de que a él de verdad no le importo, porque de solo verlo con esa chica siento como si el corazón me fuera a explotar, e imaginarlo besándola me revuelve el estómago. Él me vio besándome con Yoshi y no le importó, ni siquiera se vio sorprendido.

Esa es la gran diferencia entre él y yo.

Yo siento de todo y él no siente nada.

Estoy enamorada sola, siempre ha sido de esa forma con él.

Entonces, ¿qué hago torturándome de esta forma? Debo sacarlo de mi mente, de mi corazón, necesito olvidarlo. Ya no quiero sentirme de esta forma, ya no quiero sentirme herida, defraudada. Tomo el vaso de Yoshi y me tomo todo el trago hasta dejar el vaso completamente vacío. Todos me miran sorprendidos. Tanto alcohol de un solo golpe me marea por un segundo, pero pasa, agarro el vaso de Dani y hago lo mismo y ella me detiene a la mitad.

—¡Ey, calma, no hay apuro!

Le devuelvo su vaso, respirando agitadamente después de beber tanto de un golpe.

—Lo siento, me emocioné.

Ella me da una mirada escéptica.

—¿Estás bien?

Una sonrisa forzada llena mis labios, la imagen de Ares con la chica plasmada en mi mente.

—Estoy superbién.

Mis orejas se calientan, así como mi cara. ¿Recuerdan las cualidades del alcohol? Sintiéndome valiente, tomo la mano de Yoshi y me levanto, obligándolo a levantarse conmigo.

—Ey, ¿qué pasa? —Yoshi me dice sorprendido.

—Ya venimos —le digo a Dani y a Apolo, empujando a Yoshi detrás de mí.

Subir las escaleras es más difícil de lo que parece, sobre todo si el mundo está dando vueltas a tu alrededor. Me agarro fuerte de la baranda, y con la otra mano sigo empujando a Yoshi, que suelta una risita, confundido.

—¿Adónde vamos, Rochi? —me pregunta cuando alcanzamos el final de las escaleras y nos encontramos con un pasillo oscuro lleno de puertas a ambos lados.

—A divertirnos, como él, como todo el mundo —digo rápidamente, y Yoshi está tan borracho que no se da cuenta.

Inevitablemente, imagino a Ares detrás de una de esas puertas, besándose con esa morena, sus manos tocándola, haciéndola llegar a un orgasmo delicioso. Mi estómago se revuelve y me dan arcadas. Me tambaleo a través del pasillo con Yoshi siguiéndome. Escojo una puerta al azar porque sé que el destino no será tan cruel como para hacerme entrar en la habitación en que está Ares.

Es un cuarto pequeño con una cama individual, no me molesto en encender la luz. La claridad de afuera ilumina suficiente como para ver todo. Agarro a Yoshi por la camisa y lo lanzo en la cama. Cierro la puerta, riéndome como tonta, jugando con la orilla de mi camisa.

—Yoshi...

Yoshi solo murmura.

—¿Qué estás haciendo, Rochi?

—¿Tú qué crees? —Trato de moverme seductoramente hacia la cama, pero me tambaleo tanto que tengo que sostenerme en la pared.

Yoshi solo levanta la mano de la cama para mover su dedo en señal de no.

—No, Rochi, estás borracha, así no.

—Tú también estás borracho, tonto.

Me enfoco en tratar de quitarme la camisa por encima de la cabeza, pero no pasa de mi cuello, me enredo y me estrello contra la pared, y me caigo. Me levanto tan rápido como puedo, aún tambaleante.

—¡Estoy bien!

Pero Yoshi no me responde, solo escucho un ruidoso ronquido. Yo le doy una mirada mortal, bajando mi camisa a su lugar.

—¿Es en serio?

Gruño en frustración, y le pellizco la pierna.

—¿Yoshi? ¡Vamos, despierta! ¡Yoshi!

Otro que cayó en la inconsciencia.

Borracholandia debe estar a full esta noche.

Frustrada, salgo de la habitación y me recuesto en la puerta. Veo una luz al final del pasillo, y no, no estoy muerta. Pero igual, sigo la luz. Decir que escucho todo tipo de cosas mientras cruzo ese pasillo es poco. Me encuentro frente a una puerta de marcos blancos con cuadrados de vidrio, y la abro porque de ahí proviene la luz.

Es un balcón y está vacío.

O eso creo hasta que cierro la puerta detrás de mí y puedo ver a alguien recostado sobre la baranda del balcón a mi derecha, el humo de cigarro subiendo por encima de él. Solo puedo ver su espalda, pero sé que es él, y mi corazón también lo sabe y late como el idiota masoquista que es.

Ares.

No me muevo, mi boca está seca, mi lengua se siente pesaba, pero eso creo que es por el alcohol. Él me mira por encima de su hombro y no parece sorprendido de verme, ninguna expresión en su rostro, como pasó hace unas horas. Apretando mis manos a mis lados, me enfrento al estúpido dios griego que ha atormentado mis pensamientos toda la noche.

Mi primer instinto es huir.

No sé por qué, después de estar toda la noche pensando en él, buscándolo con la mirada por toda la fiesta, ahora que lo tengo a unos pasos de mí, quiero huir.

¿Quién me entiende?

Ares ni siquiera se ha molestado en girarse para mirarme completamente y aun así logra acelerar mi respiración y mi corazón. Su sola presencia es imponente y la tensión en el balcón es demasiada para mí. Como cobarde, me giro hacia la puerta de nuevo, pero antes de que pueda tocar su pomo él se mueve en pasos rápidos y se atraviesa en mi camino, bloqueándola.

Siempre se me olvida lo alto que es, lo hermosa y perfecta que es cada facción de su cara, y la intensidad de sus ojos. Bajo la mirada, retrocediendo, pero Ares se mueve conmigo, obligándome a retroceder hasta que mi espalda choca con la baranda del balcón.

—¿Huyendo? —Su voz es fría y me hace estremecer.

—No. —Meneo la cabeza, y me mareo un poco.

Mantengo mis ojos en su pecho, ni siquiera la valentía que me brinda el alcohol es suficiente para enfrentarlo. El olor de su colonia golpea mi nariz y lucho para no cerrar los ojos e inhalar exageradamente.

Extrañaba su olor, su presencia y la capacidad que tiene de hacerme sentir de todo sin ni siquiera tocarme.

—Mírame —ordena, pero me rehúso a hacerlo—. Mírame, Raquel.

De mala gana, obedezco; el océano infinito de sus ojos se ve espléndido bajo la luz de luna. Sin querer, mi mirada baja a sus labios, que lucen húmedos, y noto que su piercing no está.

Me aclaro la garganta.

—Yo... debo irme. —Intento hacerme a un lado para pasarlo, pero él pone ambos brazos contra la baranda encerrándome.

—¿Qué haces aquí arriba? —me presiona—. ¿Viniste a buscarme?

—Claro que no, el mundo no gira a tu alrededor.

Él me da esa estúpida sonrisa de suficiencia que amo-odio.

—El mundo, no. Pero tú sí.

Su arrogante afirmación me molesta, y lo empujo, pero él no se mueve.

—¡Quítate! —Lo empujo de nuevo sin éxito alguno.

—¿Por qué? ¿Te pongo nerviosa?

Retiro la mirada, fingiendo desinterés.

—Claro que no.

—Entonces, ¿por qué estás temblando?

No sé qué decir, así que solo miro hacia otro lado.

—Estás temblando y ni siquiera te he tocado, y no te preocupes, tampoco lo haré.

¿Por qué? Casi lo pregunto en voz alta, pero no lo digo. Él está fuera de mi vida, tengo que mantener mi palabra esta vez.

El silencio reina entre nosotros y me atrevo a levantar la mirada, su expresión impasible como siempre. ¿Cómo hace para no sentir nada? ¿Cómo hace para tenerme así de cerca y no demostrar una sola emoción? Mientras yo me estremezco, luchando para mantener mis sentimientos en control, él está tan normal, tan tranquilo. Entonces, ¿por qué no me deja irme si no le importo? ¿Por qué está bloqueando mi camino?

Y entonces una marea de emociones me invade. Ares me ha herido mucho, pero tampoco parece querer salir de mi vida, ya sea porque soy un juego para él o qué sé yo. Pero ya estoy cansada de estar dando vueltas, de esperar de él lo que jamás me dará. A él no le interesa estar conmigo, él no ha luchado ninguna de las veces que le dije que lo sacaría de mi vida.

Y la verdad, asumo parte de la culpa. Él fue honesto conmigo desde el principio, me dijo lo que quería y se lo di, voluntariamente. El recuerdo de aquel día en su cuarto de juegos llega a mi mente. Su cara impaciente, esperando que me fuera. Su mano ofreciéndome el teléfono, cual paga por mis servicios.

Apretando mis manos, empujo su pecho una vez.

—¡Déjame ir! ¡Quítate! —Él se mueve a un lado y me alejo de él. Me tambaleo en dirección de la puerta del balcón, mi estómago se retuerce.

No, no ahora, no vomites ahora, Raquel, no es el momento.

Me mareo tanto que me agarro de una silla de metal al lado de la puerta. Y caigo sentada sobre ella. Sudor frío baja por mi frente.

—No me siento muy bien.

Ares aparece a mi lado en un segundo.

—¿Qué esperabas? Bebiste demasiado.

No sé cómo él logra entender mis balbuceos.

—¿Cómo sabes que bebí dema...?

Vomito.

Sí, señoras y señores, vomito gloriosamente frente al chico del que estoy enamorada. Esto califica claramente como el momento más desagradable y embarazoso de mi vida.

Ares sostiene mi cabello mientras vomito horriblemente sobre el suelo de madera del balcón. Lágrimas brotan de mis ojos por el esfuerzo de cada arcada. Cuando termino, siento como si me hubiera tomado otra botella de alcohol entera. Ni siquiera puedo mantener mi cuerpo, soy como una muñeca de trapo.

Al parecer, vomitar me emborracha más. Siempre pensé que sería lo contrario. De ahí en adelante, todo se vuelve tan borroso y la voz de Ares tan lejana.

26

LA HISTORIA

ARES HIDALGO

Hago una mueca de asco al ver a Raquel terminar de vomitar. Sostengo su cabeza porque al parecer ya no puede mantener su cuerpo de pie o sentado o de ninguna forma. Tomo su rostro entre mis manos, y lo soplo, para refrescarla. Sus ojos están medio cerrados, y me da una sonrisa tonta.

—Huele a cigarro y a chicle de menta —comenta, soltando una risita—. Tan tú...

Le quito algunos mechones de cabello que se han pegado a su cara por el sudor. Ella trata de abofetear mi mano, pero falla, sus brazos sin responderle por completo.

—No tienes que ayudarme, dios griego, estoy bien.

Levanto una ceja.

—¿Sí? Levántate.

—Solo vete y déjame aquí, estaré bien.

No puedo dejarla aquí, aunque ella no sea mi persona favorita después de verla besando a ese nerd.

No pienses en eso, Ares.

Soltando un suspiro de cansancio, la ayudo a levantarse y, cuando está de pie, me agacho un poco y la lanzo sobre mi hombro para cargarla. Solo murmullos dejan su boca cuando cruzo la puerta del balcón.

Cargarla a través del pasillo no es difícil, ella no pesa mucho y estoy acostumbrado a cargar pesos mayores con los entrenamientos del equipo. Entro al único cuarto que no ha sido usado como motel hoy. ¿Cómo lo sé? Porque mis amigos están dentro, jugando videojuegos mientras beben. El primero en verme cuando entro es Marco.

—Déjame adivinar. —Marco actúa como si estuviera pensando—. ¿Raquel?

La morena que traje hace un rato está sentada en las piernas de Gregory y comenta:

—¿Quién es ella?

Luis levanta las manos en desconocimiento.

—Pregúntale a Ares, yo aún no he entendido a qué juegan esos dos.

Dándoles una mirada seria a todos, respondo:

—Todos afuera, ahora.

Cuando todos salen, llevo a Raquel al baño, la bajo en la bañera y ella queda sentada ahí, con su cabeza recostada a la pared a un lado.

—Vomitaste tu ropa —le digo comenzando a quitarle la camiseta blanca floreada que lleva por encima de su cabeza; ella protesta, pero logro quitársela. Sus senos quedan expuestos, viéndose tan perfectos como los recuerdo, ni tan grandes ni tan pequeños, el tamaño justo para su cuerpo.

No es el momento, Ares.

Le bajo la falda hasta sus talones, mis ojos navegando por sus piernas. Su ropa interior es negra haciendo contraste con su piel. Trago grueso, enfocándome en lo que estoy haciendo. Abro la llave y ella suelta un grito cuando el agua fría cae sobre su cabeza.

—Frí-frí-o —tartamudea, con su pelo mojado pegándose a ambos lados de su cara.

Sin mirarla, paso el jabón por su cuerpo, con mis ojos en la pared de un lado. La carne es débil y a ella siempre la he deseado más de lo que me permito admitir. Después de darle para que se lave los dientes torpemente, pongo una toalla alrededor de su cuerpo y la cargo hasta sentarla en la cama.

—Ares...

—¿Huh?

—Tengo frío.

Debe tenerlo, el aire acondicionado está encendido a la máxima potencia para mantener la casa fresca con tanta gente dentro. Raquel parece haber recobrado un poco más de fuerza luego del baño, ya por lo menos puede mantenerse sentada sola. La ayudo a secarse y lanzo la toalla mojada al suelo.

Mis ojos viajan por su cuerpo desnudo y necesito todo mi autocontrol para no abrazarla, la he extrañado tanto.

Está borracha, Ares.

Me recuerdo, luchando conmigo mismo. Desabotono mi camisa rápidamente, Raquel se ríe.

—¿Qué estás haciendo?

Me la quito y se la pongo a ella, abotonándola, alejando la tentación de su cuerpo de mi vista. Mi camisa le queda tan bien.

—Acuéstate, se te pasará con dormir un poco.

—No, no tengo sueño. —Pone sus brazos sobre su pecho como niña malcriada—. Cuéntame una historia.

—Solo acuéstate.

—No.

Se ve determinada, la obligo a acostarse y me siento a su lado, recostando mi espalda sobre la cabecera de la cama.

—Cuéntame la historia. —Ella se pega a mi lado, pasando su mano por mi abdomen, abrazándome, y la dejo, porque se siente jodidamente bien sentirla contra mí después de haberla extrañado tanto. Acaricio su cabello, decidiendo qué decir.

Ella no va a recordar esto mañana, la libertad de poder decirle lo que sea me motiva, así que comienzo.

—Había una vez un niño que creía que sus padres eran la pareja perfecta, que su hogar era el mejor del mundo. —Sonrío para mí mismo—. Un niño muy ingenuo.

¿Qué estoy diciendo? ¿Por qué con ella se me hace tan fácil hablar? Ella se pega más a mí, su nariz rozando mis costillas.

—¿Y qué pasó con ese niño?

—El niño admiraba a su padre, él era su pilar, su ejemplo a seguir. Un hombre fuerte, exitoso. Todo era perfecto, tal vez demasiado. El padre viajaba seguido por negocios, dejando a sus hijos y a su esposa solos muy a menudo. —Cierro mis ojos, respirando profundo—. Un día, el niño volvió más temprano de la escuela, luego de sacar un A en un examen difícil de Matemáticas. Él corrió escaleras arriba en busca de su madre, quería que estuviera orgullosa de él. Cuando él entró al cuarto de ella...

Sábanas blancas, cuerpos desnudos.

Alejo esas imágenes de mi mente.

—La madre del niño estaba con otro hombre que no era su padre. Después de eso, todo se volvió explicaciones sin sentido, ruegos y lágrimas, pero para el niño todo sonaba tan lejano, su mente estaba en otro lugar, el sentido de su hogar, de la familia perfecta se desvaneció frente a sus ojos sin importar lo que dijera su madre.

Me detengo con la esperanza de que Raquel ya se haya dormido, pero no es así.

—Continúa, quiero saber qué sigue.

—El niño se lo dijo a su hermano mayor y los dos esperaron que llegara su padre para contárselo. Después de muchas discusiones y amenazas vacías, el padre la perdonó. Los dos niños vieron a su padre doblegarse, olvidar su orgullo, llorar desconsoladamente en la oscuridad de su estudio. Aquel hombre tan fuerte, un pilar para esos niños, luciendo débil y herido. Desde ese día, su padre les ha recordado incansablemente que enamorarse los vuelve débiles. El niño aprendió a no confiar en nadie, a no encariñarse con nadie, a no darle el poder de debilitarlo a nadie, y así creció y espera estar solo por siempre. Fin.

Miro a la chica a mi lado y sus ojos están cerrados, pero aún responde.

—Qué final tan triste.

—La vida puede ser más triste de lo que parece.

—No me gusta ese final. —Ella gruñe—. Me imaginaré que al final sí conoció a alguien y se enamoraron y vivieron felices para siempre.

Me echo a reír.

—Por supuesto que lo harás, bruja.

—Tengo sueño.

—Duerme.

—¿Ares?

—¿Sí?

—¿Tú piensas que el amor es una debilidad?

Su pregunta no me sorprende.

—Lo es.

—¿Es por eso por lo que nunca te has enamorado?

—¿Quién dijo que nunca me he enamorado?

—¿Lo has hecho?

Suspiro, y la miro.

—Eso creo.

Su respiración se ha vuelto ligera, sus ojos cerrados. Por fin se ha dormido, sonrío como un idiota observándola, verla dormir me llena de paz.

¿Qué me estás haciendo, bruja acosadora?

27

EL SEGUNDO DESPERTAR

Frío.

Los escalofríos y temblores me despiertan; gruñendo, abro mis ojos. La luz golpea mi vista con fuerza, obligándome a entrecerrar los ojos. ¿Por qué hace tanto frío? No recuerdo haber encendido el aire acondicionado. Lo primero que veo es un estante lleno de trofeos y reconocimientos deportivos.

Eso me confunde. Yo no tengo eso en mi habitación. Al aclararse el panorama frente a mí, me doy cuenta de que este no es mi cuarto.

¿Qué?

Me siento de golpe y mi cabeza palpita en protesta.

—¡Au!

Sostengo mi frente y mi estómago gruñe inestable y revuelto. ¿Dónde carajos estoy? Como si el karma quisiera responderse algo o más bien alguien se mueve un poco a mi lado.

Aterrada, giro mi cara para mirar y un chillido mudo deja mis labios mientras me ruedo hacia atrás en la cama de un golpe y caigo al suelo. Au otra vez.

Mierda, mierda.

Asomo mi cara apenas por encima de la cama y lo confirmo.

Ares Hidalgo, en toda su gloria, acostado boca arriba, con su antebrazo sobre su cara. Las sábanas cubriendo de su cintura hacia abajo, su pecho y abdomen expuestos, ya que está sin camisa.

Instintivamente, me reviso y noto que yo la tengo puesta.

Sostengo mi cara dramáticamente.

—Recontramierda.

¿Qué diablos pasó? Estaba tan decidida esta vez a no caer. ¿Qué me pasó?

A ver, piensa, Raquel.

Recuerda, piensa.

Todo está regado en mi cerebro como un rompecabezas, con partes borrosas y partes perdidas. Lo último que recuerdo es estar en la mesa con Dani, Apolo, Carlos y Yoshi. Luego Yoshi y yo subimos las escaleras. ¿Íbamos al baño?

¡Arg!

Y luego Ares... En el balcón...

Y luego nada, vacío, oscuridad.

¡Qué frustrante!

Sorprendentemente, caer en sus garras de nuevo no es lo que más me molesta, sino esta sensación tan desagradable de no recordar nada. *¿Tuvimos sexo?* Honestamente, no creo que Ares me haya hecho nada si estaba tan borracha. Igual, necesito salir de aquí. Me levanto y me mareo, así que tomo una respiración profunda. Ares sigue exactamente igual, con el antebrazo sobre sus ojos, sus labios entreabiertos y su pecho descubierto.

Mis zapatos...

Mi ropa...

Tienen que estar en algún lado. ¿Qué hora es?

¡Dani debe estar tan preocupada! Fue una buena decisión decirle a mamá que me quedaría en casa de Dani ayer, si no estaría en problemas. La parte aún dormida de mi cerebro busca el celular y luego mi cerebro despierta y me da una bofetada.

Te lo robaron hace semanas, Raquel, ubícate.

Camino de cuclillas alrededor sin encontrar nada de mi ropa, pero qué... ¿Dónde está mi ropa? Se supone que, si nos desnudamos aquí, debería estar en algún lado. ¿O es que me desnudé en otro lado y luego vine aquí? Por Dios. Veo una puerta entreabierta a mi derecha de lo que parece un baño y entro. Mi ropa está en el suelo al lado de la bañera.

La sensación de alivio recorre mi cuerpo, ya no tengo que salir a la calle con solo una camisa de chico puesta. Cierro la puerta y recojo mi

172

camiseta blanca floreada, pero un olor a vómito golpea mi nariz haciéndome poner una mueca de asco.

¿Vómito?

¿Vomité? Oh, Dios santo. ¿Qué carajos pasó anoche?

De ninguna manera me puedo poner esa camisa. La falda no está en mejores condiciones, pero me limito a lavar las pequeñas partes de vómito en el lavamanos. No puedo irme con la camisa de Ares y nada debajo. Con las partes mojadas que acabo de lavar, me pongo la falda. Eso no ayuda con el frío, tiemblo, pero me las ingenio para cepillarme los dientes con los dedos.

Yoshi, oh, no, el recuerdo de haber intentado usarlo anoche aparece por partes fragmentadas en mi mente, tengo que disculparme con él.

De vuelta en la habitación, me permito mirarlo. Su torso desnudo y blanco contrasta con el color azul de las sábanas. Me muerdo el labio inferior, luchando con las ganas de lanzarme sobre él y besar cada parte descubierta y sentirlo.

Enfócate, Raquel.

Con todo el cuidado del mundo, tomo el pomo de la puerta, pero cuando intento girarlo no cede. ¿Qué? Lo intento más fuerte y no abre. Reviso el pomo y me doy cuenta de que no tiene un botón de esos para cerrarlo, sino el orificio donde va una llave.

Está cerrado con llave. ¿Por qué?

—¿Buscas esto?

Su voz me hace dar un brinco. Me giro y, para mi sorpresa, él está sentado en la cama con su mano en el aire, con las llaves. Odio que su cara me guste tanto que me hace estremecer. Tiene una sonrisa divertida en su rostro.

—¿Por qué está cerrado?

—Había una fiesta anoche aquí, ¿recuerdas? —Hay cierta cautela en su voz—. No quería que nadie entrara a molestarnos.

Intento tragar pero mi garganta está seca.

—Tú... Yo... Quiero decir... Ya sabes.

—¿Tuvimos sexo? —Él siempre tan directo—. ¿No recuerdas nada?

Hay cierta tristeza en su tono voz, como si él quisiera que recordara algo; avergonzada, meneo la cabeza.

—No.

Noto cierta decepción en su expresión.

—No pasó nada, vomitaste, te bañé y te acosté a dormir.

Le creo.

—Gracias.

Él se levanta. Y yo me siento pequeña frente a él de nuevo.

—Ábreme la puerta —le pido, porque estar a solas con él en una habitación, ambos con poca ropa, es demasiado.

Él se mete la llave en el bolsillo frontal de su pantalón.

—No.

Abro mi boca para protestar y él se va al baño, cerrando la puerta detrás de él. Pero ¿qué demonios? Sintiéndome frustrada, pongo mis brazos sobre mi pecho esperando que él salga. ¿Qué pretende teniéndome encerrada aquí? Escucho la ducha. ¿Se fue a bañar? ¿Es en serio? Y yo desesperada por salir de aquí.

Pasan minutos que se sienten como años y por fin sale del baño, con solo una toalla en su cintura. Gotas de agua se deslizan por su abdomen y su cabello húmedo se pega a los lados de su cara.

Supongo que él no tiene frío, y me aclaro la garganta.

—Ábreme la puerta, Ares.

—No.

—¿Por qué no?

—Porque no quiero.

Suelto una risa sarcástica.

—Qué maduro. —Él se sienta en la cama y me mira, sus ojos bajando desde mi pecho hasta mis piernas. Trago grueso—. De verdad tengo que irme.

—Y te irás después de que hablemos.

—Bien. ¿Qué quieres ahora?

—A ti.

Su respuesta me sorprende y calienta mi estómago, pero trato de actuar normal.

—De verdad estás loco.

—¿Por qué? ¿Porque te digo lo que quiero? Siempre he sido honesto contigo.

—Sí, demasiado, diría yo —digo, recordando aquella vez que me dejó en claro que no quería nada serio conmigo.

—Ven aquí.

El calor sube a mis mejillas.

—Oh, no, no voy a caer en tu juego.

—¿Mi juego? Pensé que la de los juegos eras tú.

—¿De qué estás hablando?

—¿Disfrutaste al besar a otro?

La rabia en sus lindos ojos es evidente y me acobardo, sintiendo mi espalda contra la puerta, pero, aun así, levanto mi mentón.

—La verdad, sí, besa muy bien, además él...

—Cállate.

Una sonrisa de victoria llena mis labios, el hecho de que puedo afectarlo me hace sentir poderosa. Él siempre ha mantenido ese porte helado e inexpresivo conmigo, pero en este momento puedo ver claramente las emociones en su rostro, y es refrescante.

—Tú preguntaste —le digo, encogiéndome de hombros.

—Admiro tu intento de reemplazarme, pero ambos sabemos que es a mí a quien quieres.

Se acerca más a mí, el olor a jabón acaricia mi nariz mientras siento su calor corporal traspasándome. Mirándolo a los ojos, mi corazón late como loco, pero no quiero darle la satisfacción de saber que tiene razón.

—Eso es lo que tú crees, Yoshi besa tan rico que...

—Deja de hablar de él, no juegues con fuego, Raquel.

—¿Celoso, dios griego?

—Sí.

Su respuesta me toma por sorpresa y el aire deja mis pulmones. ¿Ares Hidalgo admitiendo que está celoso? ¿Acaso caí en una dimensión desconocida?

Él se pasa la mano por la cara.

—No te entiendo, te dedico un gol y vas y besas a otro. ¿A qué estás jugando?

—Yo no estoy jugando a nada, yo soy la que no te entiende.

Él sonríe, y menea la cabeza.

—Parece que nosotros no nos entendemos. —Su mano toma mis muñecas y las sube encima de mi cabeza sosteniéndolas contra la puerta con gentileza, usa su mano libre para pasar su dedo por la curva de mi cuello y por el borde de mis pechos, y un escalofrío de placer me recorre—. Pero nuestros cuerpos sí lo hacen.

Y estoy a punto de caer, pero recuerdo lo frío que fue después de tomar mi virginidad, y luego cómo mandó a su sirvienta a echarme de su cuarto la segunda vez que estuvimos juntos. Lo deseo con toda mi alma, pero mi corazón no podrá soportar otro desplante, sé que no. No quiero esa sensación tan fea que viene después de que el me hace suya y me echa a un lado como un objeto.

No puedo.

No quiero.

Ya no voy a caer.

Sé que él no espera ningún movimiento brusco, así que aprovecho y con mi cuerpo lo empujo y uso toda mi fuerza para liberar mis muñecas. Ares parece sorprendido, sus labios rojos, su respiración agitada. Él intenta acercarse a mí de nuevo y yo levanto mi mano.

—No.

Sus cejas se unen, es la primera vez que lo rechazo y el desconcierto es obvio en su expresión.

—¿Por qué no?

—No quiero, no voy a caer, no esta vez.

Él se pasa la mano por el pelo.

—Piensas demasiado, hablas demasiado, ven aquí.

Él estira su mano hacia mí, pero yo la abofeteo antes de que pueda tocarme.

—No, si crees que siempre voy a estar disponible para ti cuando tienes ganas, estás equivocado. No voy a ser tu juguete del momento.

Su cara se estrecha como si de verdad lo hirieran mis palabras.

—¿Por qué siempre piensas tan mal de mí?

—Porque eso es todo lo que me demuestras. —Dejo salir un suspiro de frustración—. Ya te saqué de mi vida, Ares. Así que déjame en paz.

Duele... Cómo me duele decirle eso.

Él me da su estúpida sonrisa de suficiencia.

—¿Sacarme de tu vida? Eso no es algo que haces en unas semanas, Raquel.

—Pero estoy comenzando a hacerlo y lo lograré.

—No voy a dejarte hacer eso.

Gruño en frustración.

—¡Esto es lo que odio de ti! No me tomas en serio, pero tampoco me dejas ir. ¿Por qué? ¿Te divierte jugar con mis sentimientos?

—Claro que no.

—¿Entonces?

—No entiendo por qué me culpas a mí de todo, tú sabías en lo que te metías, fui claro contigo.

—¡No desvíes el tema! Sí, yo sabía en lo que me metía, pero ya no quiero más de esto. Te quiero fuera de mi vida y tú no me dejas seguir adelante. —Mi pecho baja y sube con mi respiración acelerada—. ¿Por qué, Ares? ¿Por qué no me dejas en paz?

—No puedo.

—¿Por qué?

Lo observo dudar de qué decir, tuerce sus labios vacilando. Yo dejo salir una risa triste.

—No lo dices porque no tienes ningún motivo significativo, simplemente no quieres perder a tu diversión del mes.

—¡Deja de decir eso! ¡Yo no te veo de esa forma!

—Entonces, ¿de qué forma?

Silencio de nuevo, expresión dudosa.

—Sabes que esta conversación no nos lleva a ningún lado, ábreme la puerta. —Él no se mueve—. ¡Abre la maldita puerta, Ares!

Él no se mueve, así que furiosa miro la ventana.

—Bien, saltaré por la ventana.

Cuando paso a su lado, su voz es apenas un susurro.

—Te necesito. —Me detengo en seco de espaldas a él. Esas dos palabras son suficientes para paralizarme.

Ares toma mi mano, girándome hacia él. Sus ojos buscan los míos.

—Solo escúchame. Yo no soy bueno con las palabras, no sé decir... No puedo decirlo o explicarlo, pero puedo mostrarte lo que siento por ti. —Él aprieta mi mano—. Déjame mostrártelo, no estoy tratando de usarte, lo juro, solo quiero mostrarte. —Él pone mi mano sobre su pecho, su corazón late tan rápido como el mío.

Él acerca su cara hacia la mía dándome suficiente tiempo de rechazarlo, pero cuando no lo hago sus cálidos labios encuentran los míos.

28

EL CAMBIO

Estoy perdida.

En el segundo en que sus labios encuentran los míos y una corriente de emociones electrifica todo mi cuerpo, me doy cuenta de que no tengo remedio, no tengo salvación y no sé si quiera tenerla. Ya no hay vuelta atrás.

Estoy locamente enamorada de Ares Hidalgo.

Lo que comenzó como una obsesión poco sana terminó convirtiéndose en sentimientos tan fuertes que no soy capaz de manejarlos. Él me desestabiliza, me hace perder el control, él despierta sensaciones en mí que jamás pensé sentir. Y eso me hace sentir tan expuesta, lo que siento por él me hace vulnerable, fácil de herir..., y me asusta tanto.

Sus labios se mueven suavemente sobre los míos, y ese ritmo me deja sentir con detalle cada roce de nuestros labios húmedos y ansiosos. Pongo mis manos alrededor de su cuello, atrayéndolo hacia mí, su pecho desnudo choca con el mío y a pesar de que tengo puesta su camisa puedo sentir el calor emanando de su piel. Él intensifica el beso, acelerando su boca sobre la mía, dejándome sin aliento. Dios, besa tan bien.

Nuestros movimientos hacen que su toalla se desate de su cintura y yo no me quejo. Siento lo duro que está contra mi muslo desnudo ya que se me ha subido la falda hasta casi dejarme descubierta. Ares traza sus dedos por la parte posterior de mi muslo, acariciando con delicadeza y cuando llega a mi cintura la aprieta con deseo.

Él se separa por un segundo, sus ojos fijos en los míos.

—Te deseo tanto, Raquel...

Y yo te quiero.

Pero no lo digo, solo sonrío y acaricio su rostro.

Él me besa de nuevo y esta vez el ritmo es salvaje, rudo, implacable, esos besos apasionados que recuerdo tan bien y que me vuelven loca. Mis manos suben a su pelo y me aferro a él mientras mi cuerpo comienza a arder. Deja mi boca de nuevo para bajar a dejar besos y mordiscos en mi cuello. Definitivamente ese es mi punto débil. Me arqueo contra él, soltando un suspiro. Su mano se desliza dentro de mi camisa y sus ágiles dedos se mueven sobre mis pechos, apretando y acariciando, llevándome a la locura. Jadeando, dejo salir un gemido cuando su mano explora debajo de mi falda. No tengo ropa interior, así que el contacto es directo.

Ares detiene su ataque en mi cuello y levanta su cara para mirarme mientras su dedo me penetra.

—¡Oh, Dios! —Cierro mis ojos.

Lo quiero dentro de mí, ya no puedo esperar más.

Ares me agarra de los talones y me lleva hacia él hasta que mis piernas quedan colgando de la cama, pero sigo acostada. Abriéndome para él, lo observo detallarme, la lujuria vibrante en sus lindos ojos. Él roza su miembro con mi mojada entrepierna y gimo suavemente, esperando la sensación que nunca llega.

Lo miro, suplicante.

—Ares, por favor.

Él me da una sonrisa pícara.

—¿Por favor qué?

No digo nada, él se inclina sobre mí para besarme apasionadamente. Su duro miembro rozando, tentando, pero jamás llenándome como quiero que lo haga.

Detengo el beso.

—Por favor, Ares.

—¿Quieres que te penetre? —susurra en mi oído lascivamente.

Asiento con mi cabeza una y otra vez, pero él no hace nada.

Decidida, lo tomo de los hombros y lo empujo a la cama hasta que cae sobre su espalda, indago en los bolsillos de sus pantalones a un lado de la cama por un condón y con una sonrisa seductora se lo pongo antes de subirme encima de él. Él me mira sorprendido, pero sé que le gusta esta nueva posición. Me quito la camisa por encima de la cabeza y sus manos van a mis pechos de inmediato. Su duro miembro se siente deliciosamente caliente contra mí. Lo necesito ya. Necesito sentirlo dentro de mí.

Me levanto un poco y lo posiciono en mi entrada, me dejo caer sobre él y lo siento llenarme por completo.

—Ah, mierda, Raquel. —Él gime y es el sonido más sexy del mundo, la sensación es tan maravillosa que por unos segundos no me muevo.

—Te ves tan sexy así encima de mí. —Él masajea mis senos y yo comienzo a moverme; no soy una experta, pero por lo menos lo intento y mis ligeros movimientos me hacen gemir aún más. Ares se lame los labios, apretando mis caderas, guiándome a moverme más rápido, penetrándome profundamente. Me aferro a su pecho, cerrando mis ojos. Arriba, abajo, adentro y afuera, el ritmo, el roce de piel caliente y húmeda me vuelven loca.

Siento el orgasmo venir y sé que va a ser alucinante, así que trato de aguantarlo para disfrutar de esto un poco más. Me siento poderosa encima de él, dueña de cada gruñido y gemido que dejan sus labios. Ares sostiene mis caderas y se mueve conmigo, dándome profundas estocadas que me llevan al borde del orgasmo.

—¡Ah! Ares, sí. ¡Sí! ¡Así!

Él se levanta, su pecho sobre el mío y su boca encuentra la mía, sin detener sus movimientos bruscos pero divinos, él me toma del pelo, obligándome a mirarlo a los ojos mientras se mueve dentro de mí. El brillo y la intensidad en sus ojos hacen que todo se sienta mucho más intenso, como si quisiera demostrarme lo que siente por mí justo en este momento, en esta mirada, en esta unión de nuestros cuerpos.

Me agarro de su espalda, clavando mis uñas en ella. El orgasmo me hace gritar su nombre, decirle que soy suya una y otra vez. Olas y olas de placer cruzan mi cuerpo, estremeciendo cada nervio, cada músculo. Ares gruñe y lo siento venirse.

Descanso mi cabeza sobre su hombro, nuestras aceleradas respiraciones hacen eco por todo el cuarto. No me atrevo a mirarlo, no quiero ver su expresión, no quiero verlo con cara de querer echarme a un lado porque ya obtuvo lo que quería.

Él empuja mis hombros suavemente, obligándome a enfrentarlo. Trago grueso y lo miro. Me sorprende ver la hermosa sonrisa sobre sus labios y la ternura radiando de sus ojos. Su mano toma un mechón de mi cabello y lo pone detrás de mi oreja.

—Eres hermosa.

Es la segunda vez que me lo dice, pero igual toma mi corazón por sorpresa, acelerándolo. Él abre sus labios para decir algo, pero los cierra de nuevo, indeciso.

¿Qué me quieres decir, dios griego?

Es la primera vez que me siento cerca de él, sé que suena extraño, pero las otras veces que hemos estado juntos, cuando terminamos de hacerlo, lo he sentido tan lejano, tan fuera de mi alcance. Compartir tu cuerpo con alguien no es suficiente para decir que son cercanos, eso lo he aprendido con él. Levanto mi mano y acaricio su mejilla, su piel es tan suave...; él cierra los ojos, luciendo vulnerablemente hermoso.

Te quiero...

Esas palabras se atoran en mi garganta, haciéndome bajar mi mano. Él abre los ojos, la pregunta en sus ojos es evidente. ¿Por qué dejaste de tocarme?

Porque tocarte me hace querer decir algo que te asustaría.

Y no quiero arruinar el momento.

Le sonrío y me levanto para apresurarme al baño. Tomo una ducha, y mi estómago gruñe en protesta, el sexo mañanero me ha dejado exhausta y hambrienta. Ares toca la puerta del baño.

—Te traje unos shorts y una camiseta, son de Marco, pero es mejor que salir con esa ropa vomitada.

Avergonzada, abro un poco la puerta y le arranco la ropa de sus manos. La ropa me queda grande, pero no me quejo. Cuando me miro en el espejo, un chillido deja mis labios. Un punto rosado con morado decora mi cuello.

¡Un chupón!

Enojada, abro la puerta de golpe. Ares está sentado en la cama, con la toalla alrededor de sus caderas desnudas. Apretando mis labios, le doy una mirada asesina. Él levanta una ceja y yo señalo mi cuello.

—¿Es en serio? ¿Un chupón?

Ares sonríe y está a punto de decir algo cuando tocan la puerta. La voz de Marco suena al otro lado.

—¿Están despiertos?

—Sí —le contesta Ares.

—Bajen a desayunar, hemos pedido a domicilio.

Mis ojos caen sobre Ares, no quiero ser pegajosa o molestarlo, así que no sé si debería irme o qué hacer. Ares se levanta, y camina hacia mí.

—Sí, en cinco minutos bajamos. —Se detiene frente a mí y me da un beso corto para luego seguir al baño.

¿Estoy soñando? Ares está siendo tierno después de haber tenido sexo. ¿Estará drogado? ¿Se habrá golpeado la cabeza con una roca?

Después de usar el teléfono de Ares para avisarle a Dani de que estoy bien y llamar a Yoshi para asegurarme de que esté a salvo, bajamos, y no puedo evitar los nervios que me invaden. Conozco al grupo de amigos de Ares, pero aún no estoy familiarizada con ellos. La única vez que hemos compartido no fue exactamente perfecta. Recuerdo claramente cómo le bailé a Marco, los celos de Ares, las risas de Luis y Gregory.

Mi cabello está en una cola alta, y me siento un poco incómoda en la ropa de Marco, así que dudo un poco, pero Ares parece notarlo y toma mi mano, dándome una mirada por encima de su hombro que me asegura que todo estará bien.

Al llegar al final de las escaleras, al primero que veo es a Luis, sentado en el sofá masajeando su frente. Gregory está echado sobre el mueble grande, con su antebrazo sobre sus ojos, la morena que vi anoche está sentada junto a él, acariciando su brazo. Marco está de pie al lado de la chimenea, con sus manos sobre su pecho. Sus ojos encuentran los míos y una sonrisa torcida se forma en sus labios. En la mesita en medio de los muebles hay comida en envases plásticos, con humo saliendo de ella... Acaba de llegar.

—Casi se quedan sin comida. —Luis comenta, comiendo desesperado.

Gregory levanta la mirada.

—Buenos días, dormilona.

Yo lo saludo con la mano.

—Hola.

Me sorprende ver lo ordenada y limpia que está la sala. Recuerdo el desastre de anoche. ¿Cómo es que está limpia tan rápido?

Al terminar de comer, Ares y yo salimos de ahí, despidiéndonos de sus amigos, lo cual me da más alivio del que quiero admitir. Aún no me siento cómoda con ellos y, para ser honesta, tampoco por completo con Ares. A pesar de haber tenido intimidad con él aún existen esos silencios incómodos entre nosotros. Ares me guía a su camioneta para llevarme a casa. Él se monta y yo hago lo mismo, e inmediatamente su olor y algún tipo de fragancia para autos golpea mi nariz. Es una camioneta preciosa y moderna, pero no es nada comparada con el conductor.

Ares se pone sus lentes de sol y parece un modelo listo para una sesión de fotos. Lleva puesta una camisa blanca —probablemente prestada de Marco— y unos jeans. En su mano derecha, un lindo reloj negro adorna su muñeca. Él enciende la camioneta y se gira hacia mí, y yo miro hacia otro lado. Me atrapó mirándolo como una idiota.

Ares pone un poco de música y yo solo observo las casas pasar por la ventana.

Cuéntame una historia...

Entrecierro mis ojos cuando el recuerdo de estar pegada a Ares, rogándole que me cuente una historia llega a mí. ¿Eso pasó anoche? Me giro hacia él y lo observo conducir. ¿Cómo se puede ver tan sexy haciendo algo tan simple como eso? La forma en la que los músculos de su brazo se contraen cuando mueve la palanca y la confianza con la que dirige el volante hacen que se vea irresistible. Me provoca subirme encima de él y besarlo.

Ares para en una gasolinera por unos minutos y me quedo en la camioneta esperando. Su celular está pegado a un lado del volante con la pantalla expuesta. El anuncio de un nuevo mensaje llama mi atención y le echo un vistazo: es un mensaje de Samy. No puedo ver el contenido, solo su nombre ahí, el cual parpadea de nuevo con tres mensajes más. Mi estómago se aprieta ligeramente, pero disimulo al ver a Ares entrar de nuevo en la camioneta y comenzar a conducir. Él me da una sonrisa y olvido lo de Samy por unos segundos.

—Ares...

—¿Huh?

—Yo... —*Te quiero, te quiero, quiero estar contigo así*—. Eh..., nada.

Me dedico a mirarlo como tonta mientras conduce el resto del camino.

Mi obsesión...

Mi hermoso dios griego.

29

LA PREGUNTA

ARES HIDALGO

El viaje en auto es más incómodo de lo que pensé y me toma desprevenido. Me aclaro la garganta antes de hablar.

—¿Quieres que te lleve a tu casa o la casa de tu amiga? —pregunto, con mis manos apretando el volante del auto al tomar una curva. Raquel está sentada en el asiento del copiloto, sus manos sobre el regazo. ¿Está nerviosa?

—Mi amiga. —Ella me da la dirección y el silencio reina entre nosotros. Siento la necesidad de llenarlo, así que enciendo la radio. Una canción en inglés comienza a sonar, su letra robándole una sonrisa a Raquel.

I hate you.

I love you.

I hate that I love you.

Comienzo a cantarla con la intención de aligerar la incomodidad entre nosotros.

I miss you when I can't sleep.

Or right after coffee.

Or right when I can't eat.

—Guao, Ares Hidalgo canta. —Ella me molesta a través de la música—. Debería grabarte y publicarlo, apuesto a que tendría muchos «me gusta».

Le sonrío abiertamente.

—Solo ayudarías con mi popularidad con las chicas. ¿Quieres eso?

—¿Tu popularidad con las chicas? Pssst, por favor, ni que estuvieras tan bueno.

—¿Ni que estuviera tan bueno? Eso no era lo que decías esta mañana. ¿Debería repetir las cosas que me pedías que te hiciera entre gemidos?

Le echo un vistazo y ella se pone roja, sonriendo. Bien, esto no está tan mal, parece mucho más cómoda a mi lado.

—No es necesario.

Extiendo mi mano y la descanso sobre su muslo.

—Esa fue una buena manera de empezar el día.

—Pervertido.

Aprieto su muslo con gentileza.

—Pero te gusta este pervertido, ¿o no?

—Psst, no puedo con tu ego —me dice—. Es demasiado grande.

—Creo que eso mismo me dijiste esta mañana.

Ella abofetea mi hombro.

—¡Ah! ¡Deja de pensar cosas sucias!

Me río y el alivio de que todo esté fluyendo con más suavidad entre nosotros se corta gracias al timbre de llamada de mi teléfono. Veo el nombre de Samy en la pantalla y presiono «contestar». Mi celular está sincronizado con el sistema de audio de mi camioneta para poder hablar sin tener que quitar mis manos del volante; así que la voz de Samy diciendo «Aló» resuena claramente a nuestro alrededor. No me incomoda que Raquel escuche, no tengo nada que ocultar.

—¿Aló?

—Ey, ¿qué hacen? —Samy pregunta, y suena como si estuviera comiendo algo.

—Voy camino a casa. ¿Por qué?

—Pensé que todavía estabas donde Marco, dejé unas cosas ahí el otro día. Te iba a pedir que me las trajeras.

—Ya me he ido.

Samy suspira al otro lado de la línea.

—De acuerdo, ¿sigue en pie lo del cine hoy? —Me parece ver a Raquel tensarse a mi lado, pero lo atribuyo a mi imaginación.

—Claro, paso por ti a las siete —confirmo.

—Nos vemos más tarde, lindo. —Termina antes de colgar. Ella siempre me ha llamado así con cariño.

El silencio vuelve a dominar el momento y maldigo esa llamada por arruinar la buena vibra que habíamos construido.

—¿Quién era? —La voz de Raquel se ha tornado seria.

—Samy.

–Hmmm, ya. —Ella comenta, sus manos otra vez inquietas sobre el regazo—. ¿Van a salir hoy?

Asiento, deteniéndome en un semáforo.

—Sí, vamos a ir al cine con los chicos.

Aprovecho el semáforo para mirarla, pero ella no me mira, tiene sus ojos en la ventana a su lado y aprieta sus labios. ¿Qué hago? ¿Qué digo para que vuelva a estar cómoda conmigo y no evitando mi mirada de esta forma? ¿Le ha incomodado la llamada? Mi pulgar golpea el volante ligeramente al esperar que el semáforo se ponga en verde y, cuando lo hace, le echo un último vistazo a la chica a mi lado.

Mírame, Raquel, sonríeme, muéstrame que todo está bien.

Pero ella no lo hace y eso me estresa un poco más. No quiero cagarla de nuevo, no quiero arruinar las cosas, pero al parecer eso es algo que se me da con una facilidad insultante.

—Yo también tengo planes —dice de repente, en un tono raro. ¿Le ha molestado que haya quedado con mis amigos? Ella también ha quedado. ¿Y si es con el nerd?

Raquel me mira de reojo y me doy cuenta de que llevo un rato callado y ella esperaba una réplica. Pero preguntarle con quién ha quedado me parece peor que callarme. Y tampoco sé si decirle que confío en ella sería peor.

Al estacionar frente a su casa, ella apenas me mira, sonriéndome, y se baja de la camioneta.

No, esto no está bien.

Preocupado, me bajo y la sigo.

—Raquel.

Ella no se gira hacia mí.

—Raquel. —Le paso por un lado para atravesarme en su camino—. Ey, ¿qué pasa?

—Nada.

Pero sus ojos esquivan los míos: está mintiendo.

—No te entiendo. ¿Ahora qué hice?

—Solo olvídalo, Ares. —Su tono es frío ahora y me aterra.

No entiendo, y eso me desconcierta, me inquieta y me asusta porque he pensado que todo iba bien, que anoche le mostré lo mucho que me importa. ¿No he sido claro?

—Raquel, mírame. —Ella lo hace, cruzando sus brazos sobre el pecho; está a la defensiva y no tengo ni puta idea de por qué. ¿Está celosa de Samy?—. Lo estoy intentando, ¿ok? —le digo honestamente—. Soy un desastre, pero lo estoy intentando.

—¿Qué es lo que estás intentando? Me dejas en casa y quedas con tu ex. —Abro la boca para replicar, pero me corta—: Con tus *amigos*, muy bien, pero sin contar conmigo para nada, ¿no? ¿Te importo o no te importo? Ya no entiendo nada. Y no quiero que me hagas más daño.

—Y no quiero hacerte daño —protesto, casi sin fuerzas. Obviamente no lo estoy consiguiendo.

—Entonces dime: ¿qué sientes por mí?

La pregunta me toma desprevenido, abro mi boca para decir algo, pero nada sale y la vuelvo a cerrar. Una sonrisa triste invade su cara.

—Cuando puedas responder esa pregunta, búscame —me dice claramente.

Y con eso me pasa por un lado, dejándome ahí, de pie, solo con las palabras atragantadas en mi garganta y el corazón ardiendo en mi pecho porque no puedo responder su pregunta aunque sepa la respuesta.

30

LA DECEPCIÓN

—Necesito que seas mi freno de mano.

Dani me da una mirada extrañada.

—¿Tu qué?

—Mi freno de mano..., como el que tienen los coches, que me detengas cuando pierda mis frenos que, en este caso, vendrían siendo mi autocontrol...

—Para. —Dani me interrumpe—: Primero que nada, esa es la peor analogía que has hecho y créeme que has hecho muchas malas. —Yo abro mi boca para opinar, pero ella sigue—: Segundo, quieres que te detenga cada vez que le quieras abrir las piernas a Ares, ya, entendido. Sin tanto rodeo y analogías sin sentido.

—Mis analogías son las mejores.

Ella mueve los ojos, levantándose. Estamos en su cuarto, vinimos a charlar después de la escuela. Es lunes y el comienzo de semana me ha dado duro, me siento tan agotada. ¿Por qué tengo que estudiar? ¿Por qué?

Porque necesitas un futuro, casi puedo escuchar la voz gruñona de mi mamá en mi cabeza. Dani regresa a la cama con su teléfono en su mano.

—Ya me sé toda la historia de Ares, pero hay algo que no entiendo.

—¿Qué?

—Hoy estuviste evitando a Yoshi en la escuela como si tuviera la plaga. ¿Por qué?

Me dejo caer hacia atrás en la cama, aún abrazando la almohada.

—Esa parte del fin de semana puede que la haya omitido.

Dani se deja caer junto a mí y vuelve su cara para mirarme.

—¿Qué pasó?

Yo observo el techo por un momento, sin decir nada, y Dani parece entender todo.

—¿Por fin te dijo que le gustas?

Giro mi cabeza hacia ella tan rápido que me duele el cuello.

—¿Tú lo sabías?

—Todo el mundo lo sabía menos tú.

La golpeo con la almohada.

—¿Pero qué...? ¿Por qué no me lo dijiste?

—No era mi secreto para revelar.

Vuelvo a mirar al techo.

—Bueno, esa noche me lo dijo y él... me besó.

—¡Ohhh! —Dani se sienta en la cama de un brinco—. ¡Eso no me lo esperaba! ¿Cómo fue? ¿Te gustó? ¿Le respondiste el beso? ¿Usó lengua? ¿Qué sentiste? ¡Detalles, Raquel, detalles!

Yo pongo los ojos en blanco, sentándome también.

—Fue... bien.

Dani levanta una ceja.

—¿Bien? ¿Eso es todo?

—¿Qué quieres que te diga? Él... Él siempre ha estado ahí y yo... llegué a sentir cosas por él de manera platónica. Jamás esperé gustarle... y besarlo fue rico, pero fue... irreal. No sé cómo explicarlo.

—Te gustó, pero no fue tan alucinante como es cuando besas a Ares.

—Fue diferente...

—Estás perdida, Raquel. Estás tan enamorada de Ares.

Bajo la cabeza sin poder negarlo. Dani pasa su brazo sobre mis hombros para darme un abrazo de lado.

—Está bien. Sé que da miedo sentir tanto por alguien, pero todo estará bien.

—No sé qué decirle a Yoshi.

—La verdad, dile que en estos momentos no estás lista para intentar nada con nadie. Tienes sentimientos por otra persona y tal vez no sean correspondidos, pero eso no quiere decir que puedes dejar de sentir de pronto. Dile que no quieres usarlo.

—No debí responderle el beso.

—Y yo no debí comerme esa hamburguesa tan tarde, pero todos cometemos errores.

Yo me echo a reír, separándome de ella.

—¿Comiste hamburguesa sin mí?

Su teléfono suena con un mensaje. Ella, emocionada, lo revisa, y una sonrisa tonta llena sus labios.

—Ok, esa sonrisa es sospechosa.

Ella se aclara la garganta.

—Claro que no.

—¿Con quién estás hablando?

Ella pone su teléfono con la pantalla hacia abajo en su regazo.

—Solo un amigo.

Lucho con ella y le arranco el celular de las manos. Intento leer los mensajes, pero ella me ataca, así que corro fuera del cuarto. Descalza, corro por el pasillo y me encuentro a su hermano Daniel en las escaleras, que viene con el uniforme de su escuela.

—Raquel, ¿qué...?

Escucho la voz de Dani a lo lejos del pasillo.

—¡Daniel! ¡Detenla!

Corro aún más rápido escaleras abajo y al llegar al final me paro en seco. Me detengo tan abruptamente que casi me caigo hacia adelante.

Ares.

Él está igual de sorprendido al verme.

Lleva puesto el fino uniforme negro de su escuela, al igual que Daniel. Está sentado en el sofá, con los codos sobre sus rodillas, inclinado hacia adelante.

Reacciona, Raquel.

Recobro la compostura y le doy una sonrisa amable.

—Hola.

Él me devuelve la sonrisa, pero no es solo amable, es esa sonrisa encantadora que tiene.

—Hola, bruja.

Y allá va mi corazón a latir como loco.

—¡Raquel! —Dani aparece detrás de mí y se congela como yo cuando ve a nuestra inesperada visita—. Ah, hola, Ares.

Ares solo le sonríe.

Daniel vuelve para salvar la incómoda situación.

—Aquí están los apuntes. —Le pasa un cuaderno a Ares.

Su sola presencia causa estragos en mí. Ares le da la mano a Daniel.

—Gracias, ya me voy. —Sus ojos caen sobre mí y yo trago grueso—. ¿Tú aún no te vas, Raquel?

—¿Yo?

—Podría llevarte si quieres.

Esos ojos hermosos...

Esos labios...

Quiero gritarle que no y rechazarlo, pero las palabras se atoran en mi garganta. Dani se pone frente a mí.

—No, ella no se va todavía, vamos a terminar unas cosas.

Yo la miro confundida y ella me dice por lo bajito:

—Freno de mano.

Eso me hace sonreír.

Ares me da una última mirada antes desaparecer por la puerta principal.

—Guao, eso fue interesante. —Daniel comenta, girándose hacia nosotras—. Qué tensión.

Dani asiente.

—Tensión sexual fuertemente, mano. Yo creo que quedamos embarazados todos.

Daniel se ríe y yo les doy una mirada asesina.

El celular en mis manos suena con un mensaje y recuerdo lo que estaba haciendo antes de que llegara el dios griego y me revolviera todo. Corro escaleras arriba, con Dani persiguiéndome. Me encierro en el baño de su cuarto, lo cual me hace sentir estúpida porque debería haber hecho eso desde un principio.

Revisando los mensajes, mi boca casi cae al suelo.

Son de Apolo. Al parecer, llevan tiempo hablando, se dan los buenos días y las buenas noches.

—Puedo explicarlo.

Yo me río a carcajadas.

—¿Apolo? Oh, Dios, amo el karma de verdad.

Dani cruza los brazos sobre su pecho.

—No sé en qué estás pensando, pero estás equivocada.

—¡Estás coqueteando con él! ¡Te gusta!

—¡Claro que no! ¿Ves? Por eso no te lo quería decir, porque sabía que tendrías la idea equivocada, es un niño.

—No es un niño, Dani, y lo sabes, pero te gusta incitarlo a que te pruebe que es un hombre —le digo cogiéndola por los hombros—. Y que te agarre y te bese tan apasionadamente que tus panties caigan al suelo.

Ella abofetea mis manos, quitándolas de sus hombros.

—Deja de inventar. Él no me gusta, fin del tema.

—Un mes.

—¿Qué?

—Te doy un mes para que llegues con la cabeza baja y me digas que caíste con él. No es fácil negarse a los Hidalgo, créeme.

—Me niego a seguir hablando de esto.

—Pues no hables, solo escucha —le digo poniendo mis manos sobre la cintura—. Él no es un niño, solo eres dos años mayor que Apolo. Y él es muy maduro para su edad. Si te gusta, ¿por qué prestarles atención a los prejuicios? ¿No has escuchado que en el amor no hay edad?

—Sí. ¿Sabes a quién escuché decir eso? Al pedófilo de la esquina.

—No seas exagerada.

—Solo... olvidemos eso.

—No tienes que mentirme a mí. Lo sabes, ¿no? Puedo ver a través de ti con tanta claridad.

—Lo sé, solo no quiero decirlo... No quiero hacerlo real.

—Ay, mi querida freno de mano, ya es real.

Dani me lanza una almohada y luego parece recordar algo.

—¡Ah! Mira, encontré el viejo teléfono que te dije.

Me pasa un teléfono pequeño, la pantalla es de luz verde y solo se ve la hora. Dani suelta una sonrisa nerviosa.

—Solo sirve para llamadas y mensajes, pero algo es algo.

—¡Está perfecto!

Por lo menos, podré comunicarme, aunque una parte de mí se siente triste por haber perdido mi iPhone. Trabajé tan duro y tantas horas extras para ahorrar y comprármelo. Recuerdo las palabras de Ares cuando fui a devolverle el teléfono:

Sé que lo compraste tú, con tu dinero, de tu trabajo duro. Lamento no haber podido evitar que te lo quitaran, pero puedo darte otro. Déjame dártelo, no seas orgullosa.

Su gesto fue tan lindo.

Y luego fue tan idiota.

Nunca pensé que podría existir alguien que pudiera ser las dos cosas a la vez, pero Ares ha superado las expectativas.

Me despido de Dani para ir a la compañía de teléfonos a ponerle mi viejo número a este teléfono. Me aburre hacer todos esos procedimientos tediosos, pero no tengo otra opción. Quiero recuperar mi viejo número, todas las personas que conozco tienen ese número.

Ares tiene ese número.

Pero eso no me importa, ¿verdad?

Después de desperdiciar dos horas de mi vida, por fin vuelvo a mi casa. Ya está oscureciendo, y mi teléfono no ha parado de sonar con todos los mensajes recibidos. Sonrío cuando veo el mensaje de Apolo invitándome a la fiesta en su casa hace casi dos semanas. Cómo me habría gustado poder leer ese mensaje aquel día.

Hay varios mensajes dramáticos de Carlos, como de costumbre, y unos viejos mensajes de Dani y Yoshi, obviamente de antes que supieran que había perdido mi celular.

Nada de Ares...

¿Y qué esperabas? Él fue el primero en saber que te habían robado.

Bostezo, cerrando la puerta detrás de mí.

—¡Llegué!

Silencio.

Pongo un pie dentro de la sala y me sorprende encontrar a Yoshi y a mi mamá sentados en los muebles. Yoshi aún tiene puesto el uniforme del colegio. ¿Vino aquí directo de la escuela? ¿Por qué?

—Oh, hola, no esperaba verte aquí —le digo honestamente.

Mamá luce extremadamente seria.

—¿Dónde estabas?

—En casa de Dani y luego fui a la compañía de... —Me detengo porque las expresiones en sus caras me asustan—. ¿Pasa algo?

Yoshi baja la cabeza, mamá se levanta.

—Joshua, puedes irte, hijo. Tengo que hablar con mi hija.

Mi cara de confusión hace que Yoshi murmure algo al pasar a mi lado.

—Lo siento.

Lo sigo con la mirada mientras desaparece por la puerta. Cuando la miro, mamá está frente a mí.

—Mamá, ¿qué pa...?

La bofetada me toma por sorpresa, haciendo eco por toda nuestra pequeña sala. Sostengo mi palpitante mejilla, completamente pasmada. Mis ojos se inundan con lágrimas, mi madre jamás me ha golpeado, jamás ha sido violenta conmigo.

Sus ojos están rojos como si estuviera conteniendo las lágrimas.

—Estoy tan decepcionada. ¿En qué estabas pensando?

—¿De qué estás hablando? ¿Qué te dijo Yoshi?

—¿De qué estoy hablando? ¡De que mi hija está por ahí teniendo sexo irresponsablemente!

—Mamá...

Sus ojos se llenan de lágrimas, y eso me aprieta el corazón de una forma horrorosa. Ver a tu mamá llorar es simplemente devastador.

—Te di tanta confianza, tanta libertad y ¿así es como me pagas?

No sé qué decir, solo bajo la mirada avergonzada. La escucho tomar una respiración profunda.

—Tú mejor que nadie sabes por lo que yo pasé con tu padre. ¡Tú lo viviste conmigo! Pensé que lo único bueno que habíamos sacado de esa situación era que aprenderías a través de mí, que serías una jovencita inteligente que sabría valorarse a sí misma. —Su voz se quiebra—. Que no serías como yo.

Sollozos dejan mi cuerpo porque de verdad no tengo como justificarme. Levanto la mirada y se me rompe el corazón. Mi mamá está tocándose el pecho como intentando aliviar el dolor.

—Lo... siento tanto, mamá.

Ella menea la cabeza, limpiando sus lágrimas.

—Estoy tan decepcionada, hija.

Yo también, mamá, yo también estoy decepcionada de mí misma.

Ella se sienta en el mueble.

—Esto me duele tanto, pensé que te había criado mejor, pensé que éramos un equipo.

—Somos un equipo, mami.

—¿En qué me equivoqué? —Mi corazón cae al suelo—. ¿En qué te fallé?

Me arrodillo frente a ella y tomo su cara en mis manos.

—Tú no te equivocaste en nada, en nada, mami. Es mi culpa.

Me atrae hacia ella y me abraza.

—Ay, mi niña. —Besa mi pelo y sigue llorando y mi corazón está tan arrugado y dolorido que solo puedo llorar con ella.

31

EL CASTIGO

Grises.

Así describiría las siguientes dos semanas de mi vida. Castigada, solo salgo de la casa para ir a la escuela y debo volver tan pronto suena la campana de salida.

A pesar de que le aseguré a mamá que Ares estaba fuera de mi vida, aun así me castigó. Estoy cumpliendo mi condena obedientemente porque mi madre tiene razón. No hice las cosas de la forma correcta. Tal vez si Ares fuera mi novio oficial, yo tendría cómo defenderme y ella entendería. Pero no puedo esperar que ella entienda que acepté estar con un chico que no quiere una relación estable.

Sí, la última vez que lo vi él fue amable, pero ni siquiera pudo decirme que le gusto. Yo no espero que él me diga que me ama, solo necesito escuchar de sus labios algún tipo de palabra que verifique que sí siente algo por mí y no es solo atracción sexual.

No he sabido nada de Ares en estas dos semanas y ni siquiera me he asomado por la ventana para intentar verlo. ¿Para qué? ¿Qué ganaría con eso? ¿Torturarme más? No, gracias, ya tengo suficiente.

Una parte de mí siente que la conversación con mi mamá me devolvió la fortaleza y creencias que solía tener. Todo lo que eché a un lado por Ares o, bueno, no por él, porque él no me obligó, yo decidí hacerlo.

¿Lo más triste de esta situación?

Yoshi.

Sorprendentemente, no es la bofetada de mi mamá lo que hace que se me arrugue el corazón. Es Yoshi.

Me siento traicionada en tantos niveles. Yoshi le contó todo a mi mamá, todo, y me duele mucho. Él ha sido mi mejor amigo desde que éramos pequeños, él siempre ha estado ahí y que me haya traicionado de esa forma me deja con una herida en el corazón. No sé si lo hizo con la mentalidad de que era lo mejor para mí o simplemente por celos, pero de cualquier forma está mal. Uno le cuenta a otra persona porque confía en esa persona. Confié en él y él tomó esa confianza y la destruyó tan fácilmente.

Dani estaba furiosa cuando le conté lo que Yoshi había hecho, amenazó con golpearlo y otras cosas violentas demasiado gráficas para describir ahora. Tuve que calmarla y obligarla a prometerme que no le haría nada.

Ya no quiero más drama o más problemas.

Solo quiero que el tiempo siga pasando, que mis heridas empiecen a sanar y que estos sentimientos desaparezcan.

Sí, quiero un milagro.

Cualquiera pensaría que Yoshi me buscaría para rogarme y pedirme perdón, pero no lo ha hecho, solo me evita y baja la cabeza cada vez que me lo encuentro en el pasillo de la escuela. He querido confrontarlo, gritarle, darle una bofetada, ver qué tiene que decir al respecto, cuál es su excusa, pero simplemente no tengo la energía o ánimo para hacerlo.

Apolo y yo nos hemos vuelto un poco más cercanos, aunque cada vez que comparto con él no puedo evitar recordar a su hermano. Pero solo me aguanto porque él no tiene la culpa de lo que pasó entre Ares y yo.

Dejo salir un largo suspiro, ya es sábado y estoy limpiando la casa. Me siento como un zombi, moviéndome automáticamente. Puedo decir que estoy un poco deprimida. No sé si es por el despecho, la situación con mi mamá o la situación con Yoshi... Tal vez sea una combinación de las tres.

Rocky está sentado con su hocico sobre sus patas delanteras, mirándome como si supiera que no me siento bien. Mi perro y yo tenemos una conexión más allá de las palabras. Me arrodillo frente a él y le sobo su cabeza.

Rocky lame mis dedos.

—Tú y yo contra el mundo, Rocky.

Mamá se asoma en la puerta de mi cuarto, lleva puesto su uniforme de enfermera.

—Me voy, me toca el turno de la noche hoy.

—Ok.

—Ya sabes, no salgas y nada de visitas a menos que sea Dani.

—Sí, señora.

Su dura expresión se suaviza.

—Te llamaré de vez en cuando al teléfono de la casa.

Eso me saca de mi estado adormecido.

—¿Estás bromeando?

—No, te di mucha confianza, hija, y la usaste para irte de fiesta y traer chicos a la casa.

—Mamá, no cometí un delito, solo...

—Silencio, se me hace tarde. Espero que te comportes.

Una sonrisa forzada se forma en mis labios mientras aprieto mis puños a los costados. No puedo creer que esto esté pasando. La relación con mi madre se ha fracturado y todo por culpa de Yoshi.

¿Quién se creía él para contarle mis secretos a mi madre de esa forma?

La noche cae, envolviendo en oscuridad mi habitación, no me quiero ni mover a encender las luces. Me sorprende escuchar el timbre de la casa. Miro por el pequeño ojo de la puerta y veo que es mi ex mejor amigo, esperando impaciente. Lleva puesto su suéter favorito y un gorro de lana. Sus gafas están levemente empañadas... Debe estar un poco frío afuera. El otoño ya ha descendido sobre nosotros, dejando atrás el caluroso verano.

Pienso en no abrirle, pero tampoco puedo dejarlo en el frío.

—Sé que estás ahí, Raquel. Ábreme.

De mala gana, abro la puerta y le doy la espalda para dirigirme a las escaleras. Escucho la puerta cerrarse detrás de mí.

—Raquel, espera.

Lo ignoro y sigo caminando, subo el primer escalón y me toma del brazo, girándome hacia él.

—¡Espera!

Le doy una bofetada a su mano, obligándolo a soltarme.

—¡No me toques!

Él levanta las manos.

—Ok, solo escúchame, dame unos minutos.

—No quiero hablar contigo.

—Es toda una vida de amistad, me merezco unos minutos. —Le di una mirada fría—. Dame cinco minutos y después te dejaré en paz.

Cruzo mis brazos sobre el pecho.

—Habla.

—Tenía que hacerlo, Raquel. Estás embobada con ese tipo. ¿Tienes idea de cuánto me dolió ver cómo te usaba una y otra vez y que tú te dejaras? Crecí contigo, me dueles. —Se toca el pecho—. Independientemente de lo que siento por ti, eres mi mejor amiga, quiero lo mejor para ti.

—¿Y decirle a mi mamá era la solución? ¿Me estás jodiendo?

—Lamentablemente lo era; si yo hubiera hablado contigo, tú no me habrías escuchado.

—Claro que sí.

—Sé honesta, Raquel. No lo habrías hecho, hubieras pensado que eran celos y me habrías ignorado porque estás tan jodidamente ciega de amor que no ves más allá de tu nariz.

—Te quedan dos minutos.

—¿Recuerdas lo que me dijiste la Navidad pasada? ¿Cuando me regañaste y me dijiste que ya era hora de perdonar a mi padre?

Tuerzo mis labios porque sí lo recuerdo.

—No, no recuerdo.

Él me da una sonrisa triste.

—Yo estaba furioso contigo y te grité: «¿Como puedes ponerte de su lado, qué clase de amiga eres?». Y tú me dijiste: «Un verdadero amigo es el que te dice la verdad en tu cara, aunque arda y duela».

No me gusta que me lance mis palabras en mi cara.

—Eso fue diferente, yo hablé contigo, no fui de chismosa a entrometerme con tu padre.

—Sí, tú hablaste conmigo y yo te escuché. Tú no me hubieras escuchado, Raquel. Yo lo sé, y tú también lo sabes. —Hay un momento de silencio.

—Se te acabó el tiempo.

Le digo y le doy la espalda, lo escucho murmurar derrotado.

—Rochi...

—Mi nombre es Raquel. —Mi voz sale más fría de lo que esperaba—. Gracias por explicarte; independientemente de tus razones, destruiste años de confianza en tan solo unos momentos y no sé si es algo que se pueda recuperar. Buenas noches, Joshua.

Y ahí lo deje, al final de las escaleras, como un caballero esperando a que su dama descienda por esos escalones. Con la excepción de que él se había encargado de destruir toda posibilidad con dicha dama. Cuando llego a mi cuarto lo escucho salir y cerrar la puerta. Dejo salir un gran suspiro y camino hacia mi ventana.

La ventana que lo empezó todo.

—*¿Estás utilizando mi wifi?*

—*¿Sí?*

—*¿Sin mi permiso?*

—*Sí.*

Idiota.

Una sonrisa triste inunda mis labios. Me siento frente a mi computadora y el recuerdo de Ares arrodillado frente a mí, arreglando el router, viene a mi mente. Le doy un vistazo a la ventana y casi puedo verlo saltando dentro, entrando sin permiso. Sacudo mi cabeza.

¿Qué me pasa?

Deja de verlo en todos lados, no es sano.

Sin nada que hacer, me meto en el Facebook. Bueno, no en mi Facebook personal, sino en uno ficticio que creé para acosar a Ares hace tiempo. Lo sé, soy un caso perdido. En mi defensa, ese Facebook lo creé hace mucho tiempo y no lo he vuelto a usar. Pero, como tengo a Ares bloqueado de mi Facebook personal, me toca usar el ficticio de nuevo.

No me hará daño curiosear su Facebook, ¿no?

No pierdo nada.

Su perfil no tiene publicaciones nuevas, solo fotos donde otras personas lo etiquetan.

La más reciente es de Samy, como es de esperarse. En la foto están en el cine, ella riendo con la boca llena de palomitas y él con palomitas en la mano levantada como si la estuviera alimentando. En el post ella escribió: «Cine con este loco que alegra mis días».

Auch.

Punzada en el corazón, sigo bajando y solo veo posts de gente etiquetándolo con fotos del juego de fútbol de hace dos semanas y felicitándolo, diciéndole lo grandioso que es. Muevo los ojos, sigan alimentando su ego. Como si él ya no fuera lo suficientemente arrogante.

Echándole un último vistazo a su foto con Samy, porque obviamente soy masoquista, cierro el Facebook y me voy a dormir.

Ya no quiero pensar más.

***

El ruido de mi celular me despierta, medio abro un ojo y mis pupilas tiemblan tratando de abrirse. Aún está un poco oscuro, ¿qué hora es?

El teléfono sigue repicando y estiro mi mano sobre mi mesa de noche, tumbando todo en el proceso.

Contesto sin tan siquiera mirar la pantalla.

—¿Aló?

—Buenos días —me contesta la voz de mi madre—. Levántate.

—Mamá, es domingo o es que... ¿Ahora tampoco tengo derecho a dormir?

—Hoy no salgo de guardia hasta después del mediodía, por favor, limpia la casa y saca la ropa sucia para lavar en la tarde.

—Entendido.

Al colgar, termino de cepillarme los dientes y comienzo a bajar las escaleras. El timbre suena sorprendiéndome de nuevo. ¿Acaso Joshua ha vuelto? Si cree que venir todos los días a verme le llevará a algún lado, está equivocado.

El timbre suena de nuevo y, gruñendo, grito.

—¡Voy!

¿No puede esperarse un poco? ¿Ya he mencionado que despertarme temprano no es lo mío? Y de verdad no tengo energía para lidiar con Yoshi en estos momentos. El timbre suena de nuevo y me apuro a abrir la puerta. Dejo de respirar.

Lo que me golpea primero es el frío de otoño y luego la sorpresa de la persona frente a mí, que es la última persona que esperaba ver en la puerta.

Ares Hidalgo.

Mi corazón da un salto y se desata a palpitar como loco. Ares está parado frente a mí, luciendo como si no hubiera dormido un segundo la noche anterior. Su cabello está desordenado, hay unas grandes ojeras debajo de sus lindos ojos. Tiene puesta una camisa blanca, que luce arrugada y los primeros botones están sueltos.

Una sonrisa tonta se forma en sus labios.

—Hola, bruja.

31

EL INESTABLE

Controlar tus emociones es tan fácil cuando la persona que las causa no está frente a ti.

Te sientes fuerte, capaz de superar y seguir con tu vida sin esa persona. Es como si tu autocontrol y tu autoestima se recargaran. Toma días, semanas, tener esa sensación de fortaleza. Pero tan solo toma un segundo destruirla.

En el momento que esa persona aparece frente a ti, que tu estómago se revuelve, que tus manos sudan, que tu respiración se acelera, tu fortaleza se tambalea y es tan injusto después de que te ha costado tanto construirla.

—¿Qué estás haciendo aquí? —Me sorprende la frialdad de mi voz y a él también.

Él alza sus cejas.

—¿No me vas a dejar entrar?

—¿Por qué debería?

Él aparta la mirada, sonriendo.

—Yo... solo... ¿Puedo entrar, por favor?

—¿Qué estás haciendo aquí, Ares? —repito mi pregunta, con los brazos cruzados sobre mi pecho.

Sus ojos vuelven a caer sobre mí.

—Necesitaba verte.

Mi corazón se acelera pero lo ignoro.

—Bueno, ya me viste.

Él pone un pie en el mural de la puerta.

—Solo... déjame entrar un segundo.

—No, Ares. —Trato de cerrar la puerta, pero no soy lo suficientemente rápida y el entra, obligándome a dar dos pasos atrás. Él cierra la puerta y en pánico solo se me ocurre decir algo que pienso que lo espantará—. Mamá está arriba, solo tengo que llamarla para que venga y te saque.

Él se ríe, se sienta en el sofá y pone su celular sobre la mesita frente al mismo para descansar sus codos sobre sus rodillas.

—Tu mamá está de guardia.

Arrugo mis cejas.

—¿Cómo lo sabes?

Él levanta la mirada y una sonrisa pícara se forma en sus labios.

—¿Crees que eres la única acosadora aquí?

¿Qué?

Decido ignorar su respuesta y me enfoco en tratar de sacarlo de aquí antes de que a Yoshi le dé por visitarme o mamá vuelva más temprano y se arme la tercera guerra mundial. Tal vez si dice lo que vino a decir, se irá.

—Ok, ya estás dentro. ¿Qué quieres?

Ares se pasa la mano por su cara, luciendo tan desvelado y cansado.

—Quiero hablar contigo.

—Habla entonces.

Él abre su boca, pero la cierra de nuevo, como si dudara de lo que quiere decir. Estoy a punto de decirle que se vaya cuando esos labios que he besado se abren de nuevo para pronunciar dos palabras que me dejarán sin aliento: las dos palabras que menos esperaba escuchar de él, no ahora, no nunca.

—Te odio.

Su tono es serio, su expresión fría.

La afirmación me toma por sorpresa, mi corazón se hunde en mi pecho y mis ojos arden, pero actúo como si no me afectara.

—Ok, me odias, entendido. ¿Eso es todo?

Él menea la cabeza, una sonrisa triste baila en sus labios.

—Mi vida era tan jodidamente fácil antes de ti, tan manejable y ahora... —Me señala con su índice—. Tú lo has complicado todo, tú... lo has arruinado todo.

Mi corazón ya ha tocado fondo, las lágrimas nublan mi visión.

—Guao, tú sí que sabes hacer sentir mal a alguien. ¿Vienes hasta mi casa a decirme eso? Creo que es mejor que te vayas.

Él menea el mismo dedo que usó para señalarme.

—No he terminado.

No quiero llorar frente a él.

—Pero yo sí, vete.

—¿No quieres saber por qué?

—Destruí tu vida, creo que ya lo dejaste claro, ahora lárgate de mi casa.

—No.

—Ares...

—¡No me voy a ir! —Alza su voz, levantándose y eso enciende mi rabia—. Necesito esto, necesito decírtelo. Necesito que sepas por qué te odio.

Aprieto mis manos a mis costados.

—¿Por qué me odias, Ares?

—Porque me haces sentir. Tú me haces sentir y no quiero hacerlo.

Eso me deja sin palabras, pero no lo demuestro, y él sigue.

—No quiero ser débil, juré no ser como mi padre y aquí estoy, siendo débil frente a una mujer. Tú me haces ser como él, me haces ser débil y lo odio.

Dejo que mi rabia domine mis palabras.

—Si me odias tanto, ¿qué diablos haces aquí? ¿Por qué no me dejas en paz?

Él alza su voz de nuevo.

—¿Crees que no lo he intentado? —Deja salir una risa sarcástica—. Lo he intentado, Raquel, pero ¡no puedo!

—¿Por qué no? —le reto, acercándome a él.

Y ahí viene su duda, él abre su boca y la cierra, apretando su mandíbula. Su respiración está acelerada, y la mía también. Me pierdo en la intensidad de sus ojos, y él me da la espalda, desordenando su cabello de nuevo.

—Ares, tienes que irte.

Él se gira lo suficiente para quedar de perfil hacia mí, con sus ojos en el suelo.

—Pensé que esta mierda nunca me iba a pasar a mí, la evité tanto e igual me pasó, y no sé si esto es lo que se siente, pero ya no puedo negarlo

205

más... —Se gira completamente hacia mí, con sus hombros caídos, derrotado, sus ojos azules llenos de emoción—: Estoy enamorado, Raquel.

Dejo de respirar y mi boca se abre en una gran O.

Él sonríe para sí mismo como un tonto.

—Estoy tan jodidamente enamorado de ti.

Mi corazón da un vuelco, dejando una sensación electrizante en mi estómago. ¿Acaso lo oí bien? ¿Ares Hidalgo acaba de decir que está enamorado de mí? No dijo que me deseaba, no dijo que me quería en su cama, dijo que estaba enamorado de mí. No puedo decir nada, no puedo moverme, solo puedo observarlo. Solo puedo ver cómo esas paredes de frialdad se desvanecen frente a mí.

Y entonces lo recuerdo...

La historia...

Su historia...

El recuerdo es borroso, pero sus palabras son claras. Él había encontrado a su madre en la cama con un hombre que no era su padre, y su padre había perdonado la infidelidad. Ares lo vivió todo, lo vio todo. Su padre había sido su pilar, verlo débil y llorando debió ser un golpe fuerte para él.

No quiero ser débil, no quiero ser como él...

Lo entendí, sé que eso no justificaba sus acciones, pero por lo menos las explica. Mi madre siempre me ha dicho que todo lo que somos depende mucho de nuestra crianza y de lo que vivimos en nuestra infancia y primera etapa de la adolescencia. Esos son los años en los que somos como esponjas que lo absorben todo.

Y entonces lo veo...

El chico que está frente a mí no es el idiota frío y arrogante con el que hablé por primera vez a través de mi ventana, es solo un chico que tuvo un comienzo difícil. Un chico que no quiere ser como la persona que él solía admirar, que no quiere ser débil.

Un chico vulnerable.

Un chico enojado, porque no quiere ser vulnerable. ¿Y quién sí? Enamorarte de alguien es darle todo el poder a una sola persona de destruirte.

Ares se ríe, meneando la cabeza, pero la alegría no llega a sus ojos.

—Ahora no dices nada.

No sé qué decir.

Estoy demasiado sorprendida con el giro que ha tomado esta conversación. Mi corazón está al borde del colapso y mi respiración no está nada mejor.

Ares me da la espalda, murmurando.

—Mierda. —Descansa su frente sobre la pared.

Reacciono y una carcajada sale de mis labios. Me río abiertamente y Ares se gira hacia mí nuevamente, con la confusión obvia en su semblante.

—Estás... loco... —digo entre risas, ni siquiera sé por qué me estoy riendo—. Hasta tu confesión tenía que ser tan inestable.

—Deja de reírte —ordena, acercándose a mí, serio.

No puedo.

—¿Me odias porque me quieres? ¿Te estás escuchando a ti mismo?

Él no dice nada, solo se agarra el puente de la nariz, frustrado.

—No te entiendo, por fin, tengo el valor de decirte lo que siento. ¿Y te ríes?

Aclaro mi garganta.

—Lo siento, de verdad, solo...

Creo que fueron los nervios.

Su seriedad tambalea y una sonrisa torcida se forma en sus labios.

—Lo lograste.

Arrugo mis cejas.

—¿Qué?

—¿Recuerdas lo que me dijiste en el cementerio aquella vez?

—*Entonces, ¿qué quieres?*

—*Algo simple, que te enamores de mí.*

Sonrío sin poder evitarlo.

—Sí, y te reíste de mí. ¿Quién se ríe ahora, dios griego?

Él inclina la cabeza a un lado, observándome.

—Me atrapaste, pero también te enamoraste en el camino.

—¿Quién ha dicho que estoy enamorada?

Él se acerca obligándome a retroceder, mi espalda encuentra la puerta y, sin escapatoria, él se inclina sobre mí, poniendo sus manos contra la puerta, enjaulándome entre sus antebrazos. Él huele a esa deliciosa mezcla de perfume caro y su propio olor. Yo trago, teniendo esa cara tan perfecta frente a mí.

—Si no estás enamorada, ¿entonces por qué dejaste de respirar?

Suelto la respiración que no me había dado cuenta de que estaba sosteniendo. No tengo respuesta a su pregunta y él lo sabe.

—¿Entonces por qué tu corazón late tan rápido cuando ni siquiera te he tocado?

—¿Cómo sabes que mi corazón está acelerado?

Él toma mi mano y la pone sobre su pecho.

—Porque el mío lo está. —Sentir sus acelerados latidos en mi mano hace que mi corazón se estremezca—. Esto era lo que estaba intentando mostrarte la última vez que estuvimos juntos, lo que siento por ti.

Él descansa su frente sobre la mía y cierro mis ojos sintiendo sus latidos, teniéndolo tan cerca. Cuando habla de nuevo, su voz es suave.

—Lo siento.

Abro mis ojos para encontrarme con ese mar infinito de sus ojos.

—¿Por qué?

—Por demorarme tanto en decirte lo que siento.

La mano que tengo sobre su pecho la toma con la suya y la besa.

—Lo siento de verdad.

Él se acerca aún más, su respiración se mezcla con la mía y sé que está esperando mi aprobación; cuando no protesto, sus dulces labios se encuentran con los míos. El beso es suave, delicado, pero tan lleno de sentimientos y emociones que siento las famosas mariposas en mi estómago. Él toma mi cara con ambas manos, y profundiza el beso inclinando su cabeza a un lado. Nuestros labios se mueven en perfecta sincronía, rozándose mojados. Dios, amo a este chico. Estoy tan jodida.

Él se detiene, pero mantiene su frente sobre la mía, yo respiro y hablo.

—Primera vez.

Él separa su cara un poco de mí para mirarme.

—¿De qué?

—Es la primera vez que me besas y no es sexual.

Él me muestra sus dientes en esa ridícula sonrisa tan de él.

—¿Quién dijo que no es sexual?

Le doy una mirada asesina, y él deja de sonreír mientras una expresión sombría aparece en su rostro.

—No tengo ni idea de qué estoy haciendo, pero solo sé que quiero estar contigo. ¿Quieres estar conmigo? —Él observa con detalle mi rostro, pareciendo asustado de mi respuesta. Y eso de alguna forma me hace sentir poderosa.

Él ha venido aquí y se ha expuesto a mí, puedo hacerlo feliz o destruirlo con mis palabras. Abro mi boca para responder, pero el sonido del timbre me interrumpe.

Y no sé cómo lo sé, pero sé que es Yoshi.

¡Mierda!

Ares me mira, extrañado.

—¿Esperas a alguien?

—¡Shhhh! —Cubro su boca con mi mano y lo obligo a retroceder, alejándonos de la puerta.

El timbre suena de nuevo y es seguido por la voz de Yoshi. Lo sabía.

—¡Raquel!

¡Mierda, mierda, recontramierda!

—Tienes que esconderte —le susurro, liberando su boca y agarrándolo del brazo hacia la escalera.

Ares se suelta.

—¿Por qué? ¿Quién es él?

Su tono acusatorio no pasa desapercibido.

—No es momento para celos. Vamos, camina.

¿Alguna vez han intentado mover a alguien más alto y más fuerte que ustedes? Es como empujar una roca inmensa.

—Ares, por favor —le suplico, antes de que Yoshi llame a mi mamá y ella me llame a mí y se forme el desastre—. Te lo explicaré luego, por favor, ve arriba y no hagas ruido.

—Me siento como un amante cuando llega el esposo —bromea, pero comienza a moverse y es un alivio.

Cuando ha desaparecido al final de las escaleras, no sé por qué me arreglo el pelo y me dirijo a abrir la puerta.

Espero que todo salga bien, pero Yoshi me conoce demasiado, y sabe cuándo miento o estoy nerviosa. Y muy tarde me doy cuenta de que el celular de Ares está en la mesita frente al sofá. Cruzo los dedos para que Yoshi no lo vea.

¡Virgen de los Abdominales, ayúdame, por favor!

32

LA TESTOSTERONA

Nada ni nadie es perfecto.

La perfección puede ser tan subjetiva. La confesión de Ares les podría parecer a muchos poco romántica, pero ¿a mí? A mí me pareció perfecta. Para mí él es perfecto, con su inestabilidad y todo.

Tal vez estoy cegada de amor, tal vez no puedo ver más allá de mis sentimientos, pero si existe, aunque sea una breve posibilidad de ser feliz con él, lo intentaré. Quiero ser feliz, lo merezco después de haber pasado por tanto.

¿A quién no le gustaba esa decisión?

Así es, a Yoshi.

Mi tierno mejor amigo está frente a mí, sus ojos arden con rabia, tiene el celular de Ares en su mano levantada, mostrándomelo.

—¿Él está aquí, no es así?

Abro la boca para negarlo, pero ningún sonido sale. Yoshi aprieta los labios, y aparta la mirada como si el solo hecho de mirarme le molestara.

—Tú no aprendes, Raquel.

Eso me molesta y aprieto mis puños a los costados.

—¿Y qué harás ahora, ir de chismoso con mi madre? Eso se te da muy bien últimamente.

Antes de que él pueda hablar continúo.

—Dime, Joshua. —Noto la mueca de dolor cuando lo llamo por su nombre completo—. ¿Qué más puedo esperar? ¿Que le cuentes la

210

primera vez que me emborraché? ¿O aquella vez que me salté varias clases para escaparme con Dani para jugar bolos? Dime, así me puedo preparar.

—Raquel, no hagas esto, no me pintes como el malo. Todo lo que he hecho ha sido porque...

—Porque estás enamorado de ella y eres un estúpido celoso.

La voz de Ares me sorprende y lo observo bajar las escaleras, con sus ojos fríos sobre Yoshi.

Yoshi se pone a la defensiva al instante.

—Esto no es asunto tuyo.

Ares se para junto a mí y con un brazo me toma de la cintura y me coloca a su lado.

—Sí lo es, todo lo que tenga que ver con ella tiene que ver conmigo.

—¿De verdad? —Yoshi deja salir una risa sarcástica—. ¿Y cuándo te ganaste ese derecho? Tú solo le has hecho daño, y seguirás haciéndolo.

—Por lo menos, yo no jodí la relación que ella tenía con su madre en un ataque de celos. —Yo lo miro sorprendida, Ares menea la cabeza—. ¿Tienes idea de lo egoísta que fuiste? Deberías aprender a jugar limpio.

Esperen un segundo. ¿Cómo sabía Ares lo de Yoshi? Tengo el presentimiento de que Dani no pudo contenerse y se lo contó a Apolo, y él pues tal vez se lo dijo a Ares. Dani va a escucharme. Yoshi le da una mirada asesina.

—No me interesa hablar contigo. Estoy aquí por ella, no por ti. Tú no deberías estar aquí, deberías irte.

Ares le da una sonrisa torcida.

—Sácame.

Ares me suelta y camina hacia él, con sus manos en el aire. Yoshi se ve pequeño frente a él.

—Vamos, intenta sacarme, dame una excusa para golpearte por haberle hecho algo tan mierda a mi chica.

Mi chica...

Eso me hace contener la respiración. Yoshi se mantiene firme.

—Típico, recurres a la violencia cuando no sabes qué decir.

—No, recurro a la violencia cuando alguien se lo merece.

—Pues entonces deberías golpearte a ti mismo. —Yoshi responde con un tono venenoso—. Nadie se merece más una paliza que tú.

Solo puedo ver los hombros de Ares tensarse y cómo aprieta sus puños. De inmediato, me meto entre ellos.

—Creo que eso ha sido suficiente. —Le doy una mirada suplicante a Yoshi, considero decirle que se vaya, pero sé que eso solo va a hacer que las cosas se pongan peores. La única forma de evitar que se desate un problema es haciendo que los dos se vayan—. Creo que ambos deberían irse.

Echo un vistazo sobre mi hombro para ver a Ares y no parece sorprendido ante mi petición. Él alza sus manos en el aire.

—Bien, como quieras.

Él camina hacia la puerta, pero se detiene en ella, esperando a Yoshi, quien me da una última mirada triste antes de irse. Ambos desaparecen detrás de la puerta de mi casa. Una parte de mí teme que se agarren a puños ahí afuera, pero ya están fuera de mi propiedad, y ambos son maduros para tomar sus propias decisiones.

Dejo salir un largo suspiro y caigo sobre mi sofá. ¡Qué mañana!

No solo tuve la confesión de Ares que me dejó hecha un desastre emocionalmente, sino que también tuve que lidiar con el estrés de que Yoshi nos descubriera y, de alguna manera, las palabras de Ares sobre Yoshi se quedaron pegadas en mi cabeza.

Porque estás enamorado de ella y eres un estúpido celoso. Por lo menos, yo no jodí la relación que ella tenía con su madre en un ataque de celos. ¿Tienes idea de lo egoísta que fuiste? Deberías aprender a jugar limpio.

¿Tiene Ares razón? He tratado de creer que Yoshi me hizo daño queriendo lo mejor para mí, porque con eso quizá con el tiempo tal vez podría perdonarlo. Es toda una vida de amistad, pero si solo lo hizo por celos, eso disminuirá la posibilidad de perdonarlo. Suspiro de nuevo, de verdad espero que no le diga a mi mamá que vio a Ares aquí. No quiero más drama y problemas.

Estoy tan jodidamente enamorado de ti.

Mi corazón se acelera ante el recuerdo de esas palabras. Aún me cuesta creerlo, Ares está enamorado de mí, tiene sentimientos por mí, no soy solo una chica más que usa para divertirse. Recuerdo sus frías palabras hace unas semanas, su actitud helada después de tomar mi virginidad, el despertarme en una cama vacía y escucharlo decirle a su sirviente que se deshiciera de mí. Él me ha hecho daño tantas veces. Pero no le echo toda la culpa, yo sabía en lo que me metía, él fue claro conmigo y yo aun así seguí estando ahí para él una y otra vez.

Pero ahora...

Por primera vez, él me ha demostrado que le importo.

El idiota inestable tiene corazón. Recuerdo su confesión y la intensidad en sus hermosos ojos. Sin poder evitarlo, suelto un pequeño chillido infantil. No estoy enamorada sola.

Con una estúpida sonrisa en mi cara, subo a mi habitación. A pesar de todo, consigo volverme a dormir, lo sé, tengo una habilidad sobrehumana para dormir en cualquier circunstancia.

33

LA PRIMERA CITA

Ares me ha invitado a nuestra primera cita y yo no tengo qué ponerme.

Y este no es uno de esos momentos típicos de mujer indecisa que tiene un montón de ropa de donde escoger y no sabe cuál elegir. Literalmente, no tengo qué ponerme, todo está tendido porque mamá lavó toda mi ropa, y solo dejó la ropa que no uso, y obviamente no la uso por una razón, ya no me queda o simplemente pasó a mejor vida (ya se rompió o ha sido lavada tantas veces que la tela es transparente).

¿Por qué Ares tenía que invitarme a salir precisamente hoy?

Aún recuerdo su voz suave por teléfono cuando me pidió que, por favor, me escapara. ¿Cómo podía decirle que no? Obviamente no lo había pensado todo cuando le dije que sí. La única que puede salvarme es Dani.

La llamo y responde al tercer tono.

—Funeraria Las Flores, ¿en qué puedo servirle?

—¿Hasta cuándo vas a hacer eso, Dani? Te he dicho que no es gracioso.

Ella suelta una risita culpable.

—Para mí sí lo es. ¿Qué pasa, gruñona?

—Necesito que pases por mí.

—¿No estás castigada?

—Sí. —Bajo la voz aún más—. Pero me voy a escapar.

—¿Qué, qué, quéééé? —Dani exagera su tono—. Bienvenida al lado oscuro, hermana.

Suelto un largo suspiro.

—Estás loca, ven por mí, pero espérame en la esquina de mi calle.

—Ok, pero estás omitiendo el motivo de tu escape. ¿Saldrás de fiesta conmigo hoy?

—No, tengo... planes.

—¿Con?

—Después te explico. Vendrás, ¿cierto?

—Sí, estaré ahí en diez minutos.

—Gracias, eres la mejor.

—Dime algo que no sepa, ya nos vemos.

Cuelgo la llamada y meto almohadas debajo de las sábanas para que parezca que hay alguien ahí. Aunque sé que mi madre no revisará, porque ella no me cree capaz de escaparme, y bueno, honestamente hasta hace unas horas yo tampoco pensé que lo fuera.

Salgo del cuarto con cuidado. Las luces de la casa ya están apagadas, así que asomo la cabeza en el cuarto de mi mamá, y nunca pensé que me alegraría tanto escuchar sus ronquidos. Mi madre duerme profundamente, sobre todo porque tuvo guardia anoche y probablemente no había dormido nada hasta ahora. El remordimiento me detiene por un segundo, pero luego un par de ojos azules invaden mi mente y eso es suficiente para motivarme a salir de la casa.

Ya en la calle, el frío me golpea con fuerza. Siempre olvido que ya dejamos atrás el cálido verano; no traigo chaqueta, así que me abrazo, frotando mis antebrazos mientras camino. La calle está bien iluminada y hay algunas personas afuera de sus casas conversando. Los saludo cordialmente y sigo mi camino.

Esperando en la esquina, temblando de frío, me doy cuenta de que tal vez debí esperar un poco más dentro del calor de mi casa. Apenas han pasado seis minutos. Dani no vive lejos, pero hay varios semáforos que sé que se pueden poner pesados a esta hora.

Estoy muriendo de frío.

¿Ves todo lo que hago por ti, dios griego?

Cuando veo el auto de Dani, siento un alivio tan grande que sonrío como una idiota. Me lanzo dentro de su auto y Dani conduce como loca hasta su casa.

Dieciocho intentos de ropa después.

Decir que soy indecisa es poco. Dani me ha dado muchas opciones y todas son muy lindas, pero tengo la ansiedad de que quiero lucir perfecta para él y nada me parece perfecto. Sé que él se verá hermoso con lo que sea que se ponga. Siento la necesidad de verme muy bien, nunca me he vestido de manera especial para ver a alguien, es mi primera vez.

Ares se sigue llevando todas mis primeras veces.

¿Cómo voy a superar a ese hombre si sigue haciendo eso?

—Yo voto por la falda, la blusa y las botas. —Dani opina, masticando Doritos con la boca abierta.

—Qué clase —le digo sarcásticamente.

—Te quedan súper y se adapta a cualquier ocasión, no sabemos adónde van.

Tiene toda la razón, me pregunto si iremos al bar de Artemis o a algún otro sitio nocturno. Después de vestirme, estoy peinando mi cabello a los lados de mi cara y veo a través del espejo que Dani se levanta y viene hacia mí, señalándome con su dedo manchado de naranja por los Doritos.

—Hay algo que debo decirte.

Me giro, nerviosa, su tono es serio.

—¿Sí?

—Me alegra mucho que ese idiota por fin te haya confesado sus sentimientos, pero... —se muerde el labio inferior— recuerda que él te hizo mucho daño, y no estoy diciendo que guardes rencor ni nada, solo quiero que lo dejes ganarse tu amor. Siempre se lo has servido en bandeja de plata, y él no lo ha valorado. Unas cuantas palabras bonitas no son suficiente, nena. Tú vales mucho, deja que él se dé cuenta de eso también y que luche y se gane tu cariño.

Siento una pequeña punzada en mi pecho ante sus palabras, ella nota el cambio en mi semblante y sonríe.

—No, no estoy tratando de arruinarte la primera cita, solo es mi deber como tu mejor amiga decirte la verdad, aunque no sea bonita. Tú te mereces el mundo, Raquel, yo lo sé, y ese idiota necesita saberlo también.

Le devuelvo la sonrisa.

—Gracias. —Tomo su mano—. A veces me dejo llevar por mis sentimientos y pierdo noción de todo lo que he pasado con él.

Ella aprieta mi mano.

—Te quiero, boba.

Mi sonrisa se ensancha.

—Yo también te quiero, tonta.

Mi teléfono suena. Dani y yo compartimos una mirada rápida.

Llamando Ares *Dios griego*

Me aclaro la garganta nerviosa.

—¿Aló?

—Estoy afuera.

Esas palabras son suficientes para acelerar mi corazón.

—Ya salgo.

Le cuelgo y suelto un chillido. Dani me toma por los hombros.

—¡Calma!

Me despido y me dirijo a la puerta con el corazón en la garganta. ¿Por qué estoy tan nerviosa? Ok, calma, Raquel, no tienes razón para estar nerviosa.

Es solo Ares, ya lo has visto desnudo.

Genial, ahora estoy pensando en Ares desnudo.

Virgen de los Abdominales, ¿por qué lo dotaste tan bien?

Saliendo a la calle, veo la camioneta negra parada frente a la casa. Sus vidrios oscuros no me dejan ver nada del interior. Me enfoco en caminar derecha y no sé por qué me cuesta tanto.

Estúpidos nervios.

Cuando me voy acercando a la camioneta, hago el pequeño incómodo baile de la puerta. No sé si abrir la puerta del copiloto o la de atrás. Él me dijo que venía con Marco. ¿Estará Marco en el puesto de copiloto, o no?

¡Ah, qué incómodo!

Me quedo ahí como una idiota sin saber qué hacer y al parecer Ares nota mi indecisión y baja el vidrio, con su voz tan neutral como siempre, su rostro tan perfecto.

—¿Qué estás haciendo?

No hay nadie en el puesto de copiloto.

Abro la puerta y me monto.

—Solo estaba... —Echo vistazo atrás y veo a Marco usando su teléfono—. Hola, Marco.

Él levanta la mirada y me sonríe. Cuando me enderezo en mi asiento, vuelvo a mirar a Ares, y me doy cuenta de que me está observando de pies a cabeza. Sus ojos terminan su evaluación en mi cara, una sonrisa torcida se forma en esos labios carnosos que tiene.

—¿Y a mí no me vas a saludar?

Me lamo el labio inferior, se ve tan lindo con esa camisa blanca.

—Hola.

Él enarca una ceja.

—¿Solo eso?

Mi pobre corazón late tan fuerte que lo siento en mi garganta.

—¿Cómo más?

En un movimiento rápido, Ares se quita el cinturón, me agarra del cuello y estampa sus labios contra los míos. Su boca se mueve suavemente sobre la mía, sus deliciosos labios se sienten tan jodidamente bien sobre los míos. Aguanto un gemido cuando chupa mi labio inferior y lo muerde ligeramente.

Marco se aclara la garganta.

—¡Sigo aquí!

Ares se despega y me da un último beso corto, sonriendo sobre mis labios.

—Hola, bruja.

Él vuelve a su lugar, se pone el cinturón y arranca. Mientras, yo me quedo ahí paralizada con las piernas vueltas gelatina. Oh, por Dios, lo que me hace este chico con tan solo un beso. Ares pone música electrónica y Marco se inclina para meterse en medio de nuestros asientos.

—Samy dice que está lista.

A la mención de ese nombre, una sensación fría aparece en mi estómago. Ares gira el volante, cruzando en una calle.

—Pasamos por ella entonces, ¿Gregory?

Marco anda su teléfono.

—Ya se fue con Luis.

—¿Y las chicas?

—Se fueron con ellos.

Mis ojos caen sobre Ares. ¿Cuáles chicas? Además de Samy, ¿hay más?

—Bien, solo vamos a buscar a Samy entonces.

Ares se detiene frente a una hermosa casa de dos pisos con un jardín precioso. Samy está parada al lado del buzón de correo, luciendo espectacular con un vestido corto pegado a su figura y una chaqueta muy bonita. Sus piernas son largas y lucen muy hermosas. ¿No tiene frío acaso?

Ella le sonríe a Ares, y en sus ojos se ve tan clara su adoración. Es tan obvio que a ella le gusta, me pregunto si yo me veré así cuando miro a Ares. Se monta en el asiento de atrás y su sonrisa vacila cuando me ve.

—Oh, hola, Raquel.

Le sonrío.

—Hola.

—¿No tienes frío? —Marco le pregunta preocupado, y me parece tan peculiar cómo su semblante adusto se quiebra cada vez que Samy aparece.

—No, tranquilo.

Ares la mira a través del retrovisor y sonríe. Una punzada golpea mi estómago, obligándome a moverme un poco en mi asiento. Es tan desagradable sentir celos. Nunca los había sentido en mi vida hasta que conocí a Ares. La verdad es que tampoco ayuda el hecho de que ellos hayan tenido sexo. Se han visto desnudos, por Dios, demasiada intimidad para una amistad. Tampoco ayuda que Samy esté loca por él. No sé si estoy exagerando, pero lucho para mantenerme tranquila y no mostrar nada.

La voz de Marco interrumpe mis pensamientos.

—Ya todos están ahí, van a pedir las bebidas. ¿Qué quieres beber?

Ares menea la cabeza.

—No voy a beber, estoy conduciendo.

Me sorprende la seriedad y madurez de su tono, pero me agrada su respuesta. Marco bufa.

—Qué aguafiestas. Hubiéramos venido en taxi si conducir no te iba a dejar beber.

Ares disminuye la velocidad en una calle llena de gente, parece estar muy movida esta noche.

—No me gustan los taxis.

Levanto una ceja, oh, al chico rico no le gustan los taxis. Yo ni siquiera me puedo permitir andar en taxi, el bus es mi única solución. No quiero ni imaginar lo que Ares piensa de los buses. Eso me recuerda la diferencia entre la forma en la que fuimos criados, en lo opuesta que es nuestra vida diaria.

Marco vuelve a interrumpir mis locos pensamientos y me habla.

—¿Y tú, Raquel? ¿Qué quieres beber?

Mis ojos van donde Ares, quien sigue enfocado en el camino frente a nosotros. Puedo sentir los ojos de Samy sobre mí.

—Eh, bueno, yo... —Aprieto mis manos sobre mi regazo—. ¿Vodka?

—No suenas muy segura. —Marco nota—. Bueno, vodka, entonces. Creo que pidieron una botella de whisky y una de vino. Les diré que pidan una de vodka.

¿Una botella entera?

Espero que sea para varias personas, no solo para mí, o terminaré muy mal esta noche. No, no me puedo permitir hacer algo vergonzoso hoy. Tengo que comportarme.

Cuando llegamos al lugar, lo reconozco, es una especie de bar elegante que abrieron hace poco. No creo que le haga competencia al de Artemis porque está bastante retirado del centro de la ciudad, mientras el de Artemis queda en un punto estratégico muy bueno. Pasamos la entrada y me extraña que el guardia no nos pida identificación.

Lo primero que me sorprende son las luces de todos colores y efectos por todo el lugar. Pasamos al lado de la barra y hay *bartenders* haciendo trucos con botellas y copas. Guao, todo el mundo parece estar pasándola bien. Subimos unas escaleras decoradas con pequeñas luces de colores hasta llegar a su grupo de amigos.

Esta noche va a ser interesante.

34

LA PRIMERA CITA II

¿Recuerdan la incomodidad que sentí en el desayuno del otro día con los amigos de Ares?

Bueno, estoy sintiendo algo así, pero mucho peor ahora.

Samy pasa a mi lado y se dirige a saludar a todo el mundo. Con mis manos frente a mí, entrelazo mis dedos, le doy un vistazo a Ares, que ahora también está saludando a todo el mundo.

¿Y yo?

Odio esa sensación de invisibilidad, de que la gente actúe como si yo no existiera o no estuviera parada frente a ellos. Especialmente, este grupo de niños ricos que están acostumbrados a mirar por encima del hombro a los demás, a fijarse en la ropa que llevas puesta y si es de marca o no, si es de esta temporada o no. Y no, no estoy generalizando, hay muchas personas que tienen dinero y son muy humildes, como Dani o Apolo, pero a simple vista puedo ver la forma en la que las chicas de este grupo miran con detalle mi ropa y hacen muecas. ¿Y los chicos? Solo me observan como decidiendo si soy lo suficientemente linda o no para hablarme. Ser la única chica latina entre todos ellos lo hace aún más incómodo.

Siento que han pasado años, cuando en realidad solo han sido segundos de estar parada aquí como una idiota. Lucho para no salir corriendo, para no huir de todas esas miradas examinadoras, y aprieto mis manos a los costados.

Quisiera decidir que es Ares el que se gira y viene por mí, pero no lo es. Samy es la que se apiada de mi miserable posición y vuelve por mí.

—Ven, Raquel, déjame presentarte.

Finjo una sonrisa amable mientras me presenta a todos. Hay tres chicas, la del pelo negro se llama Nathaly, una rubia a su lado se llama Darla y la morena es aquella chica que vi en la fiesta del equipo de Ares y que fue a desayunar con nosotros hace unas semanas, y que se llama Andrea. Hay dos chicos más, además de Gregory, Luis y Marco. Un rubio con facciones árabes que se presenta como Zahid y un chico de lentes de nombre Óscar. Sé que es posible que no recuerde todos esos nombres, pero no me importa.

Le echo un vistazo a Ares y lo veo sentarse al lado de Nathaly al otro lado de la mesa. Me toca sentarme al lado de Samy, que fue la última en sentarse; al lado de ella está Óscar y parecen estar hablando sobre un concierto de música. Como tonta, me quedo mirando a Ares, que sigue hablando con Nathaly muy ávidamente.

Mi estómago se aprieta con el peso de la decepción. ¿Para eso me trajiste aquí, dios griego? ¿Para hacerme a un lado y divertirte con conquistas pasadas? Bajando la mirada, viendo un vaso frente a mí en la mesa, lucho con esta amargura en mi pecho que aprieta mi estómago y mis sentimientos.

Duele...

Tenía tantas expectativas con esta cita, mi primera cita con él. Me pinté tantos escenarios diferentes en mi cabeza, desde cenas románticas hasta una simple salida al cine, o tal vez solo sentarnos a hablar en su auto mientras dábamos vueltas en la ciudad.

Pero no fue así.

Aquí estoy sentada, con él al otro lado de la mesa, sintiendo la misma distancia entre nosotros que ha estado ahí desde el principio. Es como si acercarme a él hiciera que la distancia creciera.

La tristeza es abrumadora y trato de que no se formen lágrimas en mis ojos. Todos los de alrededor están hablando, riendo, compartiendo historias, y yo estoy sola. Es como si yo solo estuviera viendo la escena, pero no fuera parte de ella.

Este es su mundo, su zona de comodidad, no la mía. Y me dejó sola en él, sin ningún tipo de preocupación. Ares no me mira, ni siquiera una vez. Y eso es suficiente para que las lágrimas se formen en mis ojos. Con la vista borrosa miro las manos sobre mi regazo, la falda que me esmeré tanto en escoger. ¿Para qué?

Me levanto y Samy se gira hacia mí, pero yo solo le susurro.

—Voy al baño.

Pasando entre una masa de personas bailando, dejo las lágrimas caer por mis mejillas, sé que todos están demasiado ocupados pasándola bien para notarme. La música vibra por todo el lugar y disminuye cuando entro al baño. Entro a un cubículo y me permito llorar silenciosamente. Necesito calmarme, no quiero ser la dramática que hace show por lo que ellos consideraran una tontería. La cosa es que esta cita significaba mucho para mí, y la decepción de lo que resultó ser me duele.

Debería irme.

¿Pero cómo?

Este lugar queda retirado de la ciudad. Un taxi me cobraría mucho y no quiero molestar a Dani de nuevo. Sé que ella vendría sin quejarse, pero no quiero interrumpir su noche, ya la molesté lo suficiente. Tal vez solo deba aguantar hasta que todos se cansen y nos vayamos.

Tomando una respiración profunda, salgo del cubículo. Para mi sorpresa, la del pelo negro, Nathaly, está parada frente al espejo, con las manos sobre su pecho, como si me estuviera esperando.

—¿Estás bien?

—Sí.

—Quisiera decir que eres la primera chica que veo llorar por Ares —Ella suspira con tristeza como si hubiera pasado por eso—, pero no sería verdad.

—Estoy bien —afirmo, lavando mi cara en el lavamanos.

—Como digas, pequeña acosadora.

Mi pecho se aprieta ante sus palabras.

—¿Cómo me has llamado?

—Pequeña acosadora —repite, poniendo sus manos sobre el pecho. Me congelo y ella lo nota—. Ah, sí, todos sabemos sobre tus habilidades de acoso. Ares solía contarnos, entre risas y burlas, cómo su vecina pobre tenía una imposible obsesión con él.

Auch...

Necesito salir de aquí.

Huyendo de ese baño, lucho por controlar mis lágrimas. Quiero salir de aquí, necesito aire puro y fresco, necesito algo que calme esta tristeza. Sé que Nathaly solo estaba buscando la manera de herirme, de sacarme de su camino, pero eso no significa que sus palabras no me duelan, porque, en realidad, Ares no me ha dado mi lugar hoy y el hecho de que les haya contado a sus amigos mi obsesión con él es cruel.

Cruzo la salida del lugar, y el frío de otoño me recibe; con manos temblorosas tomo mi teléfono y marco el número de Dani. Mi corazón cae al suelo cuando me doy cuenta de que su teléfono está apagado. Hay algunas personas afuera fumando y charlando. Abrazándome, me muevo calle abajo, sigo intentando con el teléfono de Dani. Con la esperanza de que me conteste pronto.

***

ARES HIDALGO

Nathaly me sigue contando algo sobre uno de sus viajes, pero mi mente está distraída. Raquel se ha demorado mucho en el baño. ¿Estará bien? Tal vez hay fila para entrar o algo así. Aunque Nathaly fue al baño hace poco y ya volvió.

Interrumpo su historia.

—¿No viste a Raquel en el baño?

Nathaly asiente.

—Sí, estaba lavándose la cara, pero luego la perdí de vista.

Le sonrío, mirando el asiento donde Raquel debería estar. Algo no está bien, tal vez estoy paranoico, pero tengo una sensación extraña en mi pecho. Me levanto y camino hasta quedar a un lado de Samy.

—¿Puedes venir conmigo y revisar que Raquel esté bien? Se ha tardado mucho en el baño.

—Sí, vamos, yo me estaba preguntando lo mismo.

Caminamos juntos a los baños, y ella entra mientras espero afuera. Samy sale con una expresión extrañada en su rostro.

—Está vacío.

Algo se aprieta en mi pecho y lo reconozco como preocupación.

—Entonces, ¿dónde está?

Se fue...

Esa frase cruza mi mente, pero la rechazo, no. ¿Por qué se iría? No, ella no se iría, no tenía con quién irse, y no tenía razón para irse. ¿O sí?

Samy nota la confusión en mi rostro.

—Tal vez está afuera o en el balcón tomando aire fresco.

Sin pensarlo dos veces, dejo a Samy atrás y la busco por todo el lugar. *No está.*

La desesperación me invade cuando mi mente comienza a analizar cada detalle de esa noche, su mirada nerviosa, cómo jugaba con sus dedos ahí de pie frente a todos. Y luego cuando se sentó al lado de Samy cómo me buscaba con la mirada, un destello de decepción y tristeza tan claro en sus lindos ojos. ¿Cómo no me di cuenta? ¿Cómo dejé todas esas señales pasar frente a mí y no hice nada?

Porque eres un idiota que no está acostumbrado a pensar en los demás.

Sin aire, salgo del bar, con mis ojos buscando desesperadamente a la chica que hace que se acelere el corazón de esta manera. Rogando que no se haya ido, aunque no la culparía. He arruinado todo de nuevo.

A los lados del bar, solo hay dos o tres personas fumando. Miro a ambos lados de la calle, está vacía.

No...

No puede haberse ido. ¿Con quién?

Sé que, si no hablo con ella antes de que se vaya, la perderé. Ella ya me ha perdonado tanto, sé que su corazón por grande que sea no podrá perdonarme una vez más. Pasándome la mano por el cabello, me dispongo a echar un último vistazo a mis alrededores, buscándola.

Raquel, ¿dónde estás?

35

EL AMIGO

RAQUEL

¡Qué noche!

Todo se ha complicado tanto desde que Ares llegó a mi vida. Él ha sido como un pequeño huracán, destruyendo todo a su paso. Ha tenido sus momentos tiernos, pero esos instantes son opacados por todas las veces que la ha cagado conmigo. ¿Cómo puede ser tierno un segundo y luego ser tan frío?

Suspiro, y mi respiración es visible al salir de mi boca. Está haciendo mucho frío, tal vez salirme del bar no fue mi idea más brillante, pero cualquier cosa era mejor que quedarme ahí aguantando todo. Intento llamar a Dani de nuevo, pero no hay respuesta. El árbol detrás de mí se siente muy duro contra mi espalda, así que me despego de él.

Y entonces lo escucho.

—¡Raquel!

La voz que atormenta mi mente y que hace que mi corazón se desboque sin control. Sorprendida, echo un vistazo calle arriba y veo a Ares caminar rápidamente hacia mí. La preocupación es evidente en su rostro, pero a estas alturas no me importa. Quisiera decir que no siento nada al verlo, aunque no es así, él siempre tan jodidamente hermoso y perfecto.

Al llegar a mí, me envuelve en un abrazo fuerte, siempre huele tan bien.

—Pensé que no te encontraría.

Me quedo inmóvil sin levantar mis brazos para devolverle el abrazo. Él se despega de mí y toma mi rostro en ambas manos.

—¿Estás bien?

Yo no digo nada y solo quito sus manos de mi cara.

Él parece herido, pero me deja hacerlo.

—Estás muy molesta, ¿no?

—No. —La frialdad de mi propia voz nos sorprende a ambos—. Estoy decepcionada.

—Yo... —Se rasca la parte de atrás de su cabeza, desordenando su cabello negro—. Lo siento.

—Ok.

Él frunce el ceño.

—¿Ok? Raquel, habla, sé que tienes un millón de cosas que decir.

Me encojo de hombros.

—La verdad, no.

—Mientes, vamos, insúltame, grítame, pero no te quedes callada. Tu silencio es... angustiante.

—¿Qué quieres que diga?

Él me da la espalda, sosteniendo su cabeza como si no supiera qué decir. Cuando se gira hacia mí de nuevo, su voz es suave.

—De verdad lo siento.

Una sonrisa triste se forma en mi boca.

—Eso no es suficiente.

—Lo sé y no pretendo que lo sea. —Él aprieta sus labios—. Solo... dame otra oportunidad.

Mi triste sonrisa se expande.

—En eso se ha convertido esto, un ciclo interminable de oportunidades. Me haces daño, te disculpas y vuelvo a ti como si nada.

—Raquel...

—Tal vez sea mi culpa por tener demasiadas expectativas contigo.

Una mueca de dolor cruza su rostro, me doy la vuelta y comienzo a alejarme de él. No sé qué estoy haciendo o adónde voy, pero necesito alejarme de él.

—Raquel —me llama—. Espera. —Me toma de un brazo, girándome hacia él una vez más—. Todo esto es muy nuevo para mí, y no es una

227

excusa, nunca he... intentado nada serio con nadie antes. No sé qué es lo esperado, sé que parece obvio para muchas personas, pero no lo es para mí.

Me suelto de su agarre.

—Es sentido común, Ares. Tienes el coeficiente intelectual más alto del condado y no puedes deducir que no sería buena idea llevarme a un lugar donde están dos tipas que te has tirado.

—¿Dos tipas que me he tirado? —Él parece confundido—. Oh, Nathaly... —¿De verdad no lo recordaba?—. ¿Cómo sabes...? Ah, mierda, lo había olvidado por completo. Ella fue una cosa de una noche, nada relevante para mí.

—Claro.

—¿Qué más te dijo?

Levanto mi mentón.

—También me dijo que solías burlarte con tus amigos sobre mi obsesión contigo.

Él no parece sorprendido ante mi afirmación.

—Eso fue mucho antes de hablar contigo, ni siquiera habíamos cruzado un saludo.

—¿Y se supone que debo creerte?

—¿Por qué no me creerías? Nunca te he mentido.

Recordé todas esas veces que me habló tan claro que dolió.

—Claro, olvidaba que la honestidad es una de tus cualidades.

Sus ojos azules derrochan sinceridad.

—Creo que eso fue sarcasmo, pero de verdad no te estoy mintiendo. Nathaly nunca fue nada para mí.

Cruzo mis brazos sobre mi pecho.

—¿Y qué soy yo para ti?

Él baja la mirada.

—Tú sabes lo que eres para mí.

—Después de esta noche no tengo ni la más mínima idea.

Él levanta la mirada, sus ojos brillando con un sentimiento que hace que se me acelere el corazón.

—Tú eres... mi bruja. La chica que me hechizó, que me hace querer ser diferente, intentar cosas nuevas que asustan, pero que, por ti, valen la pena.

Las cosquillas en mi estómago son insoportables.

—Lindas palabras, pero ya no son suficientes, necesito hechos. Necesito que me demuestres que de verdad quieres estar conmigo.

—Estoy aprendiendo. Te incluí con mis amigos. ¿Qué más quieres que haga?

Se ve tan vulnerable en estos momentos.

—Eso queda de tu parte. Estás acostumbrado a tener todo de manera fácil, no esta vez. Si quieres estar conmigo, tendrás que luchar por eso y ganártelo. Empezaremos como amigos.

—¿Como amigos? Los amigos no sienten lo que tú y yo sentimos, ni se desean de la forma en la que lo hacemos.

—Lo sé, pero necesitas ganarte las cosas después de todas las veces que has arruinado todo.

Él se pasa la mano por la cara.

—¿Me estás diciendo que no podré besarte o tocarte? —Solo asiento—. ¿Me estás dejando en la *friendzone*?

—No, realmente, bueno, sí, pero con la posibilidad de ser algo más si sabes hacer las cosas.

Una sonrisa de ironía llena sus labios.

—Jamás nadie me ha dejado en la *friendzone*.

—Siempre hay una primera vez para todo.

Él se acerca a mí.

—¿Y si no acepto ser tu amigo?

—Bueno —me cuesta toda mi fortaleza decir lo siguiente—, entonces, lamentablemente, estás fuera de mi vida.

—Guao, realmente te hice daño esta vez.

Ignoro sus palabras.

—¿Entonces? ¿Lo tomas o lo dejas?

Él se pasa la mano por el pelo.

—Sabes bien que me aferraré a lo más mínimo. Está bien, lo haremos a tu manera, pero con una condición.

—¿Cuál condición?

—Durante este periodo de amistad —hace comillas con los dedos— no puedes andar con otros chicos, sigues siendo mi chica.

Inevitablemente sonrío.

—¿Por qué siempre tan posesivo?

—Solo quiero dejar claro que, aunque estamos empezando desde amigos, eso no quiere decir que vas a poder andar con otros chicos. ¿Entendido?

—Los amigos no tienen esos derechos.

Él me da una mirada de pocos amigos.

—Raquel...

—Está bien, señor celoso, nada de andar con otras personas; eso también aplica para ti.

—Y se vale jugar sucio.

Mis cejas casi se juntan.

—¿A qué te refieres?

—El hecho de que sea tu amigo —vuelve hacer comillas con los dedos— no quiere decir que no pueda intentar seducirte.

—Estás loco.

Él extiende su mano frente a mí.

—¿Tenemos un acuerdo?

Yo asiento y aprieto su mano.

—Sí. —Él la levanta y la lleva hasta sus labios dándole un beso húmedo sin despegar sus ojos de los míos.

Trago grueso y libero mi mano. Él me da esa sonrisa torcida que tanto me gusta.

—¿Qué quieres hacer? ¿Quieres que te lleve a casa o quieres volver ahí dentro?

Me debato entre qué hacer.

Me decido por volver ahí dentro solo para probar a Ares, para saber cómo va a lidiar con esa situación ahora que se ha dado cuenta de que no la manejó de la mejor forma. Con mucha seguridad, vuelvo con él dentro del club.

La mesa está casi vacía con la excepción de Nathaly y Samy, que están ahí hablando. Supongo que los demás se fueron a bailar. Yo me siento al lado de Nathaly y Ares a mi lado. Ella me da una mirada de molestia y yo solo le sonrío abiertamente.

I'm back, bitch.

«Volví, perra», como diría Dani.

—¿Quieres algo de beber? —me pregunta Ares al oído.

—Un margarita —le respondo y él asiente y se levanta a buscarlo.

En un rato, Ares entra en mi campo de visión a lo lejos. Una copa de margarita aparece frente a mí en la mesa y Ares se sienta a mi lado. Comienza a sonar música electrónica y Nathaly se levanta, moviéndose al ritmo; pasa por delante de mí y se detiene frente a Ares.

—¿Quieres bailar? —Le extiende su mano. Yo solo tomo un sorbo de mi margarita, fingiendo una sonrisa.

—No.

Ni siquiera le da una explicación de por qué no.

—Ay, no seas aburrido. ¿Por qué no?

Ares se encoge de hombros y toma mi mano.

—Porque con la única que quiero bailar es con ella.

Eso no me lo esperaba. Nathaly vuelve a su puesto. Ares aprieta mi mano y me obliga a levantarme, así que vamos a bailar. Esto se pondrá interesante.

Cruzamos un montón de personas hasta quedar en medio de la masa de cuerpos moviéndose al ritmo de la música. Estoy nerviosa, no puedo negarlo, es la primera vez que bailaré con él. Ares está frente a mí, esperando. Luce tan perfectamente hermoso bajo las diferentes luces de colores que caen sobre nosotros. Muerdo mi labio inferior y comienzo a moverme, él sigue mis movimientos pegándose a mí.

Pongo mis manos alrededor de su cuello, moviendo mis caderas suavemente contra él. Puedo sentir su respiración sobre mi cara, su cuerpo contra el mío. Estar tan cerca de él es *intoxicante* y me doy cuenta de que tal vez subestime el efecto que él tiene sobre mí con todo esto de empezar como amigos.

Ares posa sus manos sobre mi cintura, moviéndose conmigo. La tensión sexual entre nosotros es palpable, como una corriente eléctrica que corre a través de nuestros cuerpos con la música. Él me da la vuelta y me abraza desde atrás envolviendo sus brazos alrededor de mi cintura. Descansa su barbilla en mi hombro, y me da un suave beso en el cuello. Sus labios se sienten húmedos y calientes contra mi piel. No sé cuánto tiempo pasa, pero no quiero que este momento se acabe. Quiero quedarme así con él, que nada cambie, que nada se arruine de nuevo porque no podría soportarlo.

La música cambia y suena la canción *I hate you, I love you*, de Gnash, y me giro para enfrentarlo y cantarla con él. Se ve tan lindo, cantando, mirándome a los ojos.

I hate you, I love you, I hate that I love you...

Ares me da la mano y me hace dar una dramática voltereta. Yo me echo a reír y sigo cantando. El mundo a nuestro alrededor desaparece, solo somos él y yo, cantando y bailando como unos idiotas en medio de la multitud. Una sensación de paz y alegría invade mi corazón.

Quiero creer en él, le daré un último voto de confianza para ganarse mi amor, estaré haciéndole barra al idiota dios griego que se robó mi corazón.

36

LA BORRACHA

Sudor...

Margaritas...

Risas...

Música...

Esa combinación ha invadido la noche, jamás pensé que podría sudar de esta forma, pero al parecer bailar entre un montón de gente tiene ese efecto. Me recojo el cabello, buscando un lugar para sentarme en la mesa. Todo el mundo está alegre en estos momentos, ya han sido demasiados tragos para que quede alguien cuerdo.

Estoy un poco mareada, así que paro un poco de beber. Marco aparece, y sus ojos encuentran los míos.

—¿Por qué no bailas conmigo, Raquel?

Mi vista viaja a Ares, que está hablando con sus amigos, pero aun así me echa vistazos frecuentemente. Ares y yo estamos en una situación muy frágil ahora. Aunque estoy haciendo que se gane mi corazón, no quiero hacer nada que se preste para malentendidos o situaciones incómodas. Además, Marco no ha sido del todo amigable conmigo.

Marco está esperando mi respuesta, y yo arrugo la cara.

—Nah, no es lo mío bailar con amargados.

Marco no dice nada, solo agarra su vaso y, sin quitar sus ojos de mí, toma un trago largo.

Gregory me da cinco.

—¿Qué harás para Halloween? ¿Tienes planes?

—La verdad es que no, aún faltan dos semanas.

—Nosotros, creo que iremos a una fiesta en la ciudad, me imagino que vendrás.

Ares no lo ha mencionado.

—Puede ser.

Gregory suspira.

—¿Crees que debería ser un vampiro o un policía sexy?

Me echo a reír abiertamente. ¿Por qué tiene dos opciones tan opuestas?

Gregory golpea mi hombro suavemente.

—En serio, necesito la opinión de una chica.

—Hmmm. —Lo miro y me lo imagino en ambos disfraces—. Creo que serías un vampiro muy sexy.

—¡Lo sabía! —Parece orgulloso y yo solo sonrío.

Siento que alguien me mira y echo un vistazo alrededor. Andrea está asesinándome con la mirada.

—Tu novia no luce muy contenta —le comento, tomando un sorbo de mi margarita.

Gregory le da una mirada rápida.

—No es mi novia.

No digo nada, no quiero parecer entrometida, pero Gregory sigue hablando.

—Ella me gustaba mucho, pero... —Le da una mirada nostálgica—. Es igual a sus amigas.

—¿A qué te refieres?

—Todos los chicos en esta mesa son de familias adineradas. —Mis ojos se pasan por cada uno de ellos: Ares, Zahid, Óscar, Luis, Marco, y termino en Gregory—. Ellos son los próximos gerentes y dueños de compañías, corporaciones y negocios.

—Oh.

Gregory señala a varios tipos vestidos de negro alrededor del bar.

—¿Ves a esos tipos? —Asiento—. Son guardaespaldas, nunca estamos solos, aunque así lo parezca.

¿Pero qué tiene que ver eso con Andrea?

Gregory parece ver la confusión en mi rostro.

—Son muy pocas las personas que se nos acercan sin ningún interés. Andrea... —Noto la ligera tristeza en su voz—. Solo digamos que sus sentimientos no eran genuinos.

Aprieto su hombro.

—Lo siento.

Él oculta su tristeza con una sonrisa.

—Estoy bien, estaré bien. Arrasaré en Halloween con mi traje de vampiro.

Sonrío ampliamente.

—Seguro que sí.

Suena una canción movida y Nathaly y Andrea se levantan, comenzando a bailarles a los chicos que están sentados. Samy se queda sentada, revisando su celular. Andrea se menea frente a Gregory y yo aparto la mirada incómoda. Vigilo a Nathaly, que ni siquiera se le ocurra acercársele a Ares.

Nathaly se mueve frente a Marco, quien no se molesta en ocultar su desinterés. Ella pasa al siguiente, quien es Luis, y este sí la aplaude y le sigue el juego. La observo cuidadosamente pasar a Óscar y luego a Zahid. El siguiente es Ares y dejo de respirar. No puedo hacer una escena aquí si ella le baila. ¿Qué debería hacer?

Nathaly va a moverse hacia Ares, pero él le da una mirada tan fría que siento escalofríos recorrer todo mi cuerpo. He olvidado lo helado que puede llegar a ser el dios griego. Ella ignora su mirada y se dirige a él, pero, antes de que pueda alcanzarlo, Ares se levanta y dice que va al baño, dejándola parada ahí sola.

Oh, dios griego, estás aprendiendo.

Con su dignidad en el suelo, Nathaly aprieta sus labios y vuelve a su asiento.

Tomo mi teléfono y escribo un texto para Ares.

Buena jugada. Estoy orgullosa de mi amigo. :)

Su respuesta llega rápido.

Ares: Estás disfrutando esto, ¿no?

Yo: Pffft, nope, ni un poco.

Ares: Vas a caer, «amiga».

Yo: Nah y soy tu amiga, las comillas están de más.

Ares: Mi «amiga» que gime en mi oído y me pide más cuando le doy duro.

Un escalofrío me recorre y siento el calor invadir mi cara.

Yo: Muy inapropiado, amigo.

Ares: Inapropiadas son las cosas que quiero hacerte, no tienes ni idea.

Uff, hace calor aquí de pronto. Como la cobarde que soy, no le respondo, me da miedo lo que pueda decirme.

El tiempo pasa volando y ya es hora de irnos. No puedo creer que sean las tres de la mañana. En el estacionamiento todo el mundo comienza a despedirse. A Samy no le sentó muy bien el frío cuando salimos, Marco la está sosteniendo y la ayuda a entrar a la camioneta.

Todos entramos a la camioneta y Ares enciende el motor y agradezco la calefacción.

Marco sopla la cara de Samy.

—Ey, Samantha.

—Creo que estoy borracha. —Samy dice y suelta una carcajada. Siento pena por ella.

Ares la mira por el retrovisor.

—¿Eso crees?

Marco suspira, sosteniéndola en el asiento trasero.

—No podemos llevarla a su casa así, su madre la mataría.

—Lo sé. — Ares comienza a conducir—. Será mejor que se quede en mi casa.

Giro la cabeza tan rápidamente hacia él que mi cuello duele, y le doy una mirada incrédula. Marco se pasa la mano por el pelo.

—Sí, también me quedaré en tu casa para ayudar a cargarla.

Cálmate, Raquel, son amigos.

Marco también se quedará ahí, es normal, son amigos quedándose en casa de su amigo. Pero los celos me están comiendo por dentro. Cuando llegamos a mi casa, dudo en bajarme, pero no quiero hacer una escena, especialmente frente a Marco.

Controlándome, finjo una sonrisa.

—Bueno, espero que pasen una feliz noche.

Abro la puerta del auto, pero Ares toma mi mano y se la lleva a sus labios.

—Confía en mí, bruja.

Tomo una respiración profunda, quiero decirle que la confianza es algo que se gana, no algo que se pide, pero me trago mis palabras y salgo de la camioneta.

En el suave frío de otoño, veo la camioneta desaparecer calle abajo.

***

ARES HIDALGO

—Ares, no se quiere bajar de la camioneta. —Marco gruñe en molestia.

Cierro la puerta del conductor y me dirijo a la puerta de atrás. Samy está recostada de lado en el asiento, con sus piernas colgando fuera de la camioneta.

—Samy —la llamo y ella me mira—. Tienes que bajar ahora.

—No —murmura—, todo me da vueltas.

—Vamos, Samy —le digo y, con cuidado, paso mis manos por debajo de sus piernas y espalda para cargarla. Marco cierra la puerta detrás de mí. Entramos por la parte de atrás de la casa, Marco me abre las puertas. Samy se agarra de mi cuello con fuerza, murmurando.

—Mi príncipe oscuro.

Marco me da una mirada triste al escucharla llamarme así. Ella me ha llamado así desde que éramos niños, según ella porque siempre he estado ahí para salvarla, pero lo que ella ha olvidado es que Marco también ha estado ahí para ella siempre.

—Tengo hambre. —Se dirige a la cocina, y yo sigo a los cuartos de visitas, porque de ninguna manera voy a subir las escaleras con ella así.

Entro al cuarto y la bajo, ella se tambalea, pero se mantiene de pie con ayuda.

—No debiste beber tanto.

Ella se acaricia el rostro torpemente.

—Lo necesitaba.

Sus ojos negros encuentran los míos y sé que no debo preguntar, pero ella espera que lo haga.

—¿Por qué?

Ella apunta mi pecho.

—Tú sabes por qué.

El silencio reina entre nosotros por unos segundos, su expresión cada vez más triste.

—Ares...

—¿Huh?

—Has estado toda la noche pendiente de tu novia, pasándola bien, ni me has mirado.

—Samantha...

—Y yo sólo viéndote desde lejos, te he extrañado tanto. —La súplica en su voz me martiriza, ella me importa, tal vez no de la forma que ella espera, pero sigue siendo muy importante para mí—. ¿Tú no me has echado de menos ni un poco?

Considero decirle que sí para no hacerla sentir mal, pero el rostro de Raquel invade mi mente, su sonrisa, la forma en la que arruga su rostro cuando algo no le gusta, pero no quiere decirlo, cómo se siente cuando ella me toca... Es como si estuviera tocando más allá de mi piel, como si con sus manos pudiera llegar hasta mi corazón y calentarlo. Así que no respondo, no quiero darle falsas esperanzas a Samy cuando mi corazón le pertenece a Raquel.

Sus ojos negros se llenan de lágrimas y me paso la mano por el pelo.

—No llores.

—Eres un idiota. ¿Sabías eso? —La rabia en su voz es punzante—. ¿Por qué? ¿Por qué tuviste sexo conmigo? ¿Por qué jugaste conmigo como con todas las demás? Pensé que yo era diferente, que yo te importaba.

—Samy, si me importas mucho.

—¡Mentira! Si te importara, nunca hubieras dejado que esto pasara a algo más. Tú sabías que yo tenía sentimientos por ti y, si no los correspondías, no debiste dejar que avanzara.

Me acerco a ella e intento alcanzarla con mi mano, pero ella se aleja como si mi toque fuera venenoso.

—Samantha...

Las lágrimas caen libremente por sus mejillas.

—¿Por qué, Ares? —Su voz se rompe—. ¿Por qué me besaste aquella noche de Navidad? ¿Por qué iniciaste algo cuando sabías que no sentías nada?

—Samantha...

—Dime la verdad por primera vez en tu vida. ¡¿Por qué?!

—¡Estaba confundido! Pensé que sentía cosas por ti, pero no fue así... Lo siento. —El dolor en su rostro hace que mi pecho se apriete—. De verdad lo siento.

—¿Lo sientes? —Ella suelta una risa entre lágrimas—. Qué fácil es para ti decir eso, destruyes todo lo bueno a tu alrededor y esperas arreglarlo con un «lo siento». Así no funciona la vida, Ares. No puedes ir por ahí hiriendo a las personas y esperando perdón como si fuera tan simple.

—Sé que estoy jodido, Samantha, pero yo...

—Sabes que estás jodido, pero sigues hiriendo a las personas. No haces nada para cambiar eso.

—No sabes de lo que hablas, estoy intentando ser diferente.

—¿Por ella? Quieres cambiar por Raquel, ¿no?

—Sí.

Ella muerde su labio.

—Y... ¿no pudiste intentar eso conmigo? ¿Acaso no fui suficiente para ti?

—No se trata de eso, Samantha. Simplemente no puedo controlar lo que siento. Tú me importas mucho, pero ella... —tomo una pausa—, ella es... Lo que ella me hace sentir es... otro nivel.

Una gruesa lágrima se desliza por su mejilla.

—¿La amas?

Parece tan herida, no quiero hacerle más daño.

—Necesitas descansar.

Ella asiente y se tambalea hacia la cama, se acuesta de lado mirando en mi dirección, levanta su mano llamándome.

—¿Te importaría acompañarme hasta que me duerma?

Dudo, pero se ve tan derrotada que no puedo herirla más, así que me acuesto a su lado, y nuestras caras quedan a una distancia prudente. Ella solo me mira, tiene lágrimas rodando y bajando por un lado de su cara.

Acaricio su mejilla.

—Lo siento.

Su voz es débil.

—Te amo tanto que duele.

Es la primera vez que me dice que me ama, pero de alguna forma sus palabras no me sorprenden, tal vez ya lo sabía.

Ella entiende mi silencio y me da una sonrisa triste.

—Necesito alejarme de ti un tiempo, necesito deshacerme de estos sentimientos. Porque, como tu mejor amiga, quiero estar feliz por ti, porque por fin encontraste a alguien que te motive a cambiar, alguien que te haga feliz, pero estos estúpidos sentimientos lo arruinan todo.

—Tómate todo el tiempo que necesites, estaré aquí cuando vuelvas.

Ella coge mi mano.

—Da lo mejor de ti, Ares. Tienes una oportunidad de ser feliz, no lo arruines, está bien abrir tu corazón, eso no te hace débil. No tengas miedo.

—¿Miedo? —Suelto una risa sarcástica—. Estoy aterrorizado.

—Lo sé. —Ella aprieta mi mano—. Sé que es difícil para ti confiar en las personas, pero Raquel es una buena chica.

—Eso lo sé, pero no puedo evitar sentirme tan jodidamente vulnerable. —Suspiro—. Ella tiene el poder de destruirme, podría hacerlo tan fácilmente si quisiera.

—Pero no lo hará. —Ella cierra sus ojos—. Buenas noches, Ares.

Me inclino y beso su frente.

—Buenas noches, Samy.

37

EL EXAMEN

RAQUEL

Amigos...

¿En qué estaba pensando cuando le dije eso?

Estoy muriéndome por enviarle un mensaje de texto. Él no me ha contactado mucho, solo me ha enviado un mensaje diciéndome que está lidiando con algo, que pronto me hablará. Han pasado varios días ya.

¿Cómo carajos piensa ganarse mi cariño de esta forma? ¿Pasaría algo con Samy? ¿Y si decidió darse por vencido y ya no quiere luchar por mí? Mi mente se ha paseado por una variedad de opciones que rayan en la locura. Eso es, me estoy volviendo loca. ¿Será ese su plan? ¿Ignorarme para que dé mi brazo a torcer y lo acepte de nuevo como si nada? ¡Ja! En tus sueños, dios griego.

Gruño, cerrando el libro en mis manos y poniendo mi cara sobre la mesa. Dani suspira a mi lado.

—Parece que el castigo que le impusiste te está afectando más a ti.

Dani pasa la página del libro que lee.

—Él nunca ha sido fácil de entender, así que no sé por qué estás tan sorprendida.

Me desordeno el cabello en frustración.

—Se supone que ahora yo tengo todo el control, pero este silencio me está matando.

—Tal vez ese sea su plan, ¿no crees? Que lo extrañes tanto que, cuando lo veas, brinques sobre él, olvidando lo de comenzar como amigos.

—¿Tú crees?

—¡Shhhhhh! —nos silencia la bibliotecaria.

Ambas le regalamos una sonrisa. Vinimos aquí a ver si por fin terminamos de leer el libro que nos asignó la profesora de Literatura. Me gusta leer, pero esa profesora solo nos asigna libros anticuados y aburridos. Quisiera decir que aprecio un buen clásico, aunque eso sería mentir.

—El examen es mañana, jamás terminaremos de leerlo —murmuro cuidadosamente de no llamar la atención de la bibliotecaria.

Dani me da una palmada en la espalda.

—Ten fe, ya vamos en la página 26.

Me tapo la cara.

—26 de 689 páginas, estamos perdidas.

No puedo recordar la última vez que leí un libro de los asignados. ¿Cómo he sobrevivido a esa materia en secundaria sin leer? Y entonces lo recuerdo: Joshua, a él sí que le gustaba leer de todo. Él siempre nos ayudaba con estas asignaciones y a cambio nosotras lo ayudábamos con cualquier otra materia que tuviera dificultad.

Una ola de tristeza me invade al recordarlo, solíamos venir los tres a leer juntos y hacer nuestras tareas aquí. ¿Por qué tuvo que traicionarme de esa forma? ¿Por qué? ¿Cómo pudo tirarse una amistad de toda la vida así? Su tierna sonrisa invade mi mente, la forma en la que se acomodaba los lentes mientras arrugaba la nariz.

Tú me gustas mucho, Raquel, me encantas.

Puedo recordar claramente la vulnerabilidad en su rostro cuando dijo eso. ¿Sería ese el problema? ¿Se dejó llevar por sus sentimientos? Eso no lo justifica, pero por lo menos lo explica; yo también he hecho tantas estupideces por lo que siento por Ares. No puedo negar lo mucho que extraño a Joshua, él siempre ha sido parte de mi vida y me importa mucho a pesar de todo.

Ah, los hombres en mi vida no son nada normales.

Estoy tan metida en mis pensamientos que no noto a la persona que está de pie frente a nuestra mesa hasta que su mano pone dos pilas de hojas y dos cafés frente a nosotras. Levanto la mirada para encontrarme con la persona que estaba en mis pensamientos hace unos segundos.

Joshua nos da una sonrisa.

—Es el resumen del libro, tienen puntos claves que solo una persona que lo leyó sabría, creo que estarán bien si leen y se estudian esto.

Antes de que pueda decir algo, él se da la vuelta y se va. Dani y yo compartimos una mirada de sorpresa.

Ella recoge la pila de hojas y las revisa.

—Está loco... —sigue hojeando—, pero esto... ¡Está perfectamente redactado y entendible! Dios, ¡gracias! Y café... —Le da un beso al café—. Debo decir que ya no lo odio tanto, ade... —Dani se detiene en seco cuando me mira—. Oh, lo siento... Me emocioné un poco. No tenemos que aceptar su ayuda si te incomoda.

No es eso... Su sonrisa, sus ganas de ayudar... se veían tan genuinas en su expresión.

Joshua siempre ha sido tan fácil de leer, tan opuesto de Ares, que con su fría expresión no me deja saber nada. Incluso ahora que se supone que debo estar en control de la situación no sé qué está pensando o qué es lo que quiere, o cómo debo interpretar su silencio. Quisiera poder leer a Ares de la misma forma que puedo hacerlo con Joshua. Aunque es comprensible, porque tengo toda una vida conociendo a Joshua, y en cambio a Ares tan solo unos meses.

Tiempo...

¿Es eso lo que necesito para entender a ese loco?

—¿Raquel? —Dani pasa su mano frente a mis ojos—. ¿Aceptaremos esto o no?

Vacilo por un momento, pero de igual forma no tiene sentido rechazarlo. Joshua no sabrá si lo usamos o no.

—Lo aceptaremos.

Pasamos el resto de la tarde leyendo el resumen y estudiando para el examen.

***

VIERNES

—¡Pasamos! —grita Dani revisando las notas en la cartelera informativa.

—¡Ahhh! —Salto y la abrazo con fuerza mientras damos vueltas, brincando como locas.

Nos separamos, volvemos a gritar y nos volvemos a abrazar. No nos hemos ido a pesar de que la última clase terminó, estamos esperando a ver si la profesora publica las notas del examen de esta mañana.

—¿Qué es todo este alboroto? —Carlos aparece a nuestro lado.

Nos separamos de nuevo y Dani pellizca sus mejillas.

—¡Sanguijuela! Pasamos el examen de Literatura.

—¡Au! —Carlos se libera, acariciando sus mejillas—. ¿En serio? Necesitamos celebrar, yo invito.

—Por primera vez, dices algo inteligente. —Dani le da cinco, sorprendiéndonos a ambos. Debe estar de muy bien humor para aceptar una invitación de Carlos.

Joshua sale de una de las clases y camina en nuestra dirección. Lleva su mochila de lado, y un suéter con capucha, con su rebelde cabello castaño escapándose a los lados de su cara, mientras sus ojos miel encuentran los míos y, por un momento, sus pasos titubean como si no supiera qué hacer, pero finalmente decide seguir adelante.

Carlos abre la boca para decirle algo, pero Dani toma su brazo, y menea la cabeza. Joshua me pasa por un lado, bajando la mirada. Sé que debería decir gracias por lo menos, pero las palabras no parecen querer salir de mi boca. ¿Podré perdonarlo algún día?

¿Estoy siendo hipócrita por darle tantas oportunidades a Ares y no ser capaz de darle una segunda oportunidad a mi mejor amigo?

Son preguntas para las que aún no tengo respuesta.

Dani parece leer mi mente y se gira hacia él.

—Oye, nerd. —Joshua se detiene y se gira hacia nosotros ligeramente—. Gracias.

Él solo nos sonríe y sigue su camino. Sin embargo, no puedo evitar notar la tristeza en sus ojos, esa aflicción que ha estado presente desde que trató de explicarme por qué me había traicionado, cuando trajo el resumen a la biblioteca, y ahora cuando acaba de darnos una sonrisa tan falsa que no logra remover ni una pizca del desamparo en sus ojos.

Por primera vez, me pongo en sus zapatos, Joshua no tiene más amigos. Sus amigos siempre hemos sido él, Dani y yo. Socializar no ha sido su fuerte, habitualmente lo han catalogado como el nerd de clase, solo acercándosele para obtener apuntes o ayuda. Él siempre ha estado en su mundo de cómics, libros y videojuegos.

Debe estar tan solo ahora...

Dani aparece a mi lado y toma mi mano, apretándola.

—Él tomó sus propias decisiones. —La miro. ¿Cómo puede leer mi mente tan bien? —La está pasando mal por su culpa. Está bien si te sientes mal, pero no por eso te sientas obligada a perdonarlo, tómate tu tiempo.

Me las ingenio para sonreír y, dándole una última mirada al pasillo por donde él desapareció, trato de enfocarme en el hecho de que pasé el examen.

—Bien, creo que deberíamos irnos.

Carlos sonríe de oreja a oreja, y me abraza de lado.

—¡A celebrar con la dueña de mi corazón!

Dani lo agarra de la oreja.

—No te pongas pegajoso o no irás con nosotras.

—¡Au! ¡Au! Entendido.

Salimos de la preparatoria, molestando a Carlos porque no pasó el examen y aun así va a celebrar con nosotras. Me estoy riendo cuando cruzo la esquina para entrar al estacionamiento y mis ojos se encuentran con esa camioneta negra que conozco tan bien. Me detengo en seco.

Dani y Carlos siguen adelante sin mí unos cuantos pasos hasta que se dan cuenta de que me he detenido y paran, girándose hacia mí.

Dani me da una mirada extrañada.

—¿Qué pasa?

Mi pobre corazón lo siente antes de que mis ojos lo vean, y comienza a palpitar desesperado en mi pecho. Dejo de respirar, apretando mis manos sudadas a los costados. Mi estómago se siente raro. Dios, había olvidado el efecto que ese ser tiene sobre mí.

Y entonces pasa...

Ares se baja de la camioneta, cierra la puerta y recuesta su espalda contra la misma. Él mete sus manos dentro de los bolsillos de la chaqueta de cuero negro que trae puesta. Se ve tan hermoso como siempre, si no más. Me mira y el mundo a mi alrededor desaparece cuando esos ojos azules encuentran los míos.

Te extrañé tanto...

Quiero correr hacia él, brincar y abrazarlo tan fuerte que se queje de que no puede respirar. Quiero tomar su rostro en mis manos y besarlo hasta que me quede sin aire. Quiero sentirlo contra mí, con su rico olor envolviéndome.

Pero no puedo...

Y eso duele.

¿Dónde has estado, idiota, que me has hecho extrañarte tanto?

Me enfoco en la rabia y frustración que siento por no haber sabido nada de él esta semana. Trato de apartar los impulsos que siento de correr hacia él y que me dé un abrazo haciéndome girar como en las películas, porque esta es la realidad, y si él no aprende ahora, nunca sabrá valorarme.

Tengo que ser fuerte.

Recuperando mi respiración, calmo mi corazón y camino hacia él, pasando por un lado de Dani y Carlos.

—Ya vuelvo.

Mientras camino hacia él, no puedo evitar pensar en lo que llevo puesto. Mis jeans desgastados, viejas botas y suéter rosa de lana no son lo mejor de mi armario, pero ¿cómo se supone que sabría que Ares aparecería de la nada aquí? Por lo menos, mi cabello está en una cola decente. Me detengo frente a él, de cerca se ve aún más apuesto. ¿Cómo es que tiene pestañas tan largas y bonitas? Qué envidia.

¡Concéntrate, Raquel!

Cruzando mis brazos sobre mi pecho, levanto mi mentón.

—Su majestad decidió honrarnos con su presencia —bromeo.

Ares sonríe, y mi control se tambalea. Sin previo aviso, él toma mi mano y me lleva hacia él. Me estrello contra su pecho, su fino olor invade mi nariz haciéndome sentir segura. Él me pone sus brazos alrededor en un abrazo firme, siento su respiración sobre mi cabeza y luego se inclina para susurrar algo en mi oído.

Su voz tan suave, calmada y varonil como siempre.

—Yo también te extrañé, bruja.

Como una idiota, sonrío contra su chaqueta y cierro mis ojos.

38

EL HOMBRE

Me permito disfrutar del abrazo de Ares por cinco segundos. Aunque sé que no puedo esperar que cambie de un día para otro, pero, por lo menos, debería intentarlo un poco más. Decirme que lucharía por mí, empezando desde cero, sí fue muy lindo. Sin embargo, ¿ignorarme toda una semana? Mala jugada. Es que pareciera que él tuviera problemas usando la lógica o tal vez nunca ha tenido que usarla con las chicas.

Experiencia...

Tal vez Ares nunca ha tenido que esforzarse de ninguna forma con las mujeres, una sola mirada de esos ojos hermosos, y esa sonrisa pícara que tiene tan sexy, es más que suficiente para bajarle la ropa interior a cualquier chica, lo sé, me incluyo, pero estoy intentando salirme de ese montón.

Ignorando las protestas de mi corazón, yendo en contra de mis estúpidas hormonas que sé que están regocijando en su cercanía, doy un paso atrás, empujándolo para alejarlo de mí. Cuando mi mirada se encuentra con el mar azul de sus ojos, puedo ver la confusión nadando en ellos. Esto es tan difícil.

Me aclaro la garganta.

—¿Qué estás haciendo aquí?

Él arruga sus cejas ante el tono tan helado de mi voz.

—Vine a verte.

Le sonrío.

—Bueno, ya me viste, debo irme. —Me giro sobre mis pies y comienzo a caminar de vuelta a mis amigos.

Ares me toma del brazo, girándome hacia él de nuevo.

—Ey, espera.

—¿Sí?

Sus ojos indagan mi rostro, como si estuviera analizando cada detalle.

—Estás enojada conmigo.

—No.

—Sí lo estás. —Me da esa sonrisa torcida que me gusta tanto—. Te ves tierna cuando estás enojada.

Dejo de respirar por un segundo. ¿Qué se supone que debo decir a eso?

Sé fuerte, Raquel. Piensa en aquella vez que decidiste renunciar al chocolate porque te causaba mucho acné; fue difícil, pero lo lograste.

Ares es el chocolate.

No quieres acné.

Pero es tan delicioso.

¡El acné duele!

Sin saber qué decir, vuelvo a darle otra simple sonrisa.

—Lo siento, bruja, fue una semana... —Su sonrisa se desvanece— bastante complicada.

Su semblante juguetón desaparece y es reemplazado por tristeza que él lucha por esconder. Quiero preguntarle si pasó algo, pero tengo el presentimiento de que no me lo dirá.

—Está bien, no me debes explicaciones, solo somos amigos después de todo.

En el momento que mis palabras salen de mi boca, y que veo el impacto que tienen sobre él, me arrepiento de haber dicho eso. Lo herí, y ese no era mi propósito, solo quería hacer una broma para calmar la tensión. Ares se moja los labios como tratando de pasar por alto lo que acabo de decir.

—Bueno, en realidad, vine a buscarte, quiero salir contigo hoy.

—Ya tengo planes, lo siento.

Ares echa un vistazo detrás de mí.

—¿Con ellos?

—Sí, vamos a celebrar que pasamos un examen.

Ares levanta una ceja.

—¿Y es que usualmente no los pasas?

No con una puntuación tan alta como la de hoy.

—Eh, no es eso, solo... Es viernes. Ya sabes, nos inventamos cualquier motivo para celebrar.

—¿No puedes inventarles una excusa y venir conmigo?

—No, deberías haberme avisado con tiempo.

—¡Raquel! —Carlos grita mi nombre con apuro.

Ares lo mira, de pies a cabeza.

—¿Quién es él?

—Un compañero de clases, de verdad debo irme. —Aferrándome a mi autocontrol le doy una última sonrisa y me alejo de él.

Estoy a punto de alcanzar a mis amigos cuando Ares aparece caminando a mi lado, y le doy una mirada extrañada.

—¿Qué estás haciendo?

—Voy con ustedes —me informa como si fuera un hecho—. Soy tu «amigo». —De nuevo hace esas comillas con sus dedos—. Así que también puedo ser parte de una celebración de amigos.

Entrecierro mis ojos y abro la boca para protestar, pero Ares se adelanta para saludar a Dani. Se presenta con Carlos, dándole un fuerte apretón de manos.

Dani me da una mirada de ¿qué diablos...? Y yo le respondo con una gran confusión en mi rostro.

—Bien, ¿y adónde vamos? —Ares pregunta, sonriendo con su carisma a todo volumen.

Dani le devuelve la sonrisa.

—Pensamos en ir al café de la calle principal.

Ares nos da una mirada confundida.

—¿Celebran con café?

Dani arquea una ceja.

—Sí. ¿Algún problema con eso?

Él alza sus manos pacíficamente.

—No, ninguno, pero yo tengo alcohol en mi casa. —Ares ofrece.

¡Ja! ¿Tratando de llevarme a tu territorio, dios griego?

Buen intento.

La cara de Carlos se ilumina.

—¿De verdad?

Ares asiente, encontrando un aliado.

—Sí, y de muy buena calidad.

Carlos nos mira.

—¿Vamos?

Dani y yo intercambiamos miradas, pero ella salva el día.

—No, gracias, preferimos café.

Carlos hace puchero.

—Pero... —Dani lo agarra del brazo hundiendo sus uñas en él—. ¡Au! ¡Café! Sí, café es mejor.

Ares actúa desilusionado.

—Bueno, supongo que me tocará beber solo con Apolo.

Dani lo mira de golpe.

—¿Apolo?

Él se mete las manos en los bolsillos de su chaqueta.

—Sí, debe estar tan solo en casa.

Dani vacila y puedo ver que ahora sí quiere ir a la casa de Ares.

¡Qué manipulador!

Compró a Carlos con alcohol y a Dani con Apolo. Sus jugadas son inteligentes, debo admitirlo. Dani no dice nada, mantiene su mirada en el suelo. Sé que ella no dirá que sí quiere ir en voz alta, porque ella siempre pondrá nuestra amistad primero, siempre lo ha hecho. Está dejando la decisión en mis manos y por eso la quiero tanto.

Carlos y Dani quieren ir y eso me hace sentir como la mala de la película, si digo que no, y Ares sabe eso. Para manipular sí es bien inteligente, pero para hacer las cosas bien conmigo no. Ahí sí le falla el cerebro.

—Está bien, vamos con él —informo, rindiéndome.

Solo asiento. Mi casa queda al fondo de la suya, solo tengo que ir con ellos, dejar que estén cómodos e irme. Suena como un plan fácil, pero cada vez que he ido a la casa de Ares, he terminado en la cama con él, o en el sofá. Hay algo dentro de mí que me dice que esta vez será diferente.

Velo como un reto, Raquel.

En el camino a la casa de Ares, llamo a mi madre diciéndole que voy a estudiar con Dani en un café. La tensión con ella ha bajado un poco, pero aún tengo que informarle de dónde estoy de vez en cuando.

La camioneta huele a él y, aunque intento ignorar lo que su cercanía me provoca, mi cuerpo no miente ni puede controlar sus reacciones. Su casa sigue siendo tan elegante como la recuerdo. Carlos no deja de hablar de todo lo que ve y Dani se arregla el cabello minuciosamente cuando cree que nadie la está mirando.

Un sonriente Apolo sale del pasillo y nos saluda con la mano, se ve tan lindo con su cabello desordenado, una camisa suelta de cuadros desabotonada que deja ver una camiseta blanca dentro y unos jeans.

—De verdad vinieron.

—Oh, enano —lo saluda Carlos—. ¿Vives aquí?

—Él es mi hermano —le explica Ares.

La sirvienta de cabello rojo baja las escaleras, cargando una cesta vacía.

—Buenas noches.

Todos le devolvemos el saludo cordialmente.

Ares le ordena en una voz amable.

—Claudia, prepara unas bebidas y llévalas al cuarto de juegos, por favor.

Oh, no, el cuarto de juegos no.

¿Lo está haciendo a propósito?

Lo miro por un segundo y su sonrisa pícara me dice que sí.

Dani y Apolo se saludan incómodamente y me pregunto qué habrá pasado entre esos dos últimamente. Necesito ponerme al día. Entramos todos al cuarto de juegos, y sigue estando tan igual como lo recuerdo: el gran televisor, las diferentes consolas de videojuegos, el sofá... El sofá donde perdí mi virginidad.

La pasión, el desenfreno, las sensaciones. Sus labios sobre los míos, sus manos por todo mi cuerpo, la fricción de nuestros cuerpos desnudos. Inconscientemente, mis dedos tocan mis labios. Lo extraño y es una tortura tenerlo tan cerca y tener que mantener la distancia entre nosotros.

—¿Recordando algo? —Su voz me trae a la realidad y bajo mi mano tan rápido como puedo para darme la vuelta frente a Ares.

—No. —Mis ojos buscan a los demás, que están encendiendo la consola y acomodando todo mientras se ríen de algo que Carlos dijo.

—No mientas. —Se acerca un poco más—. Yo también recuerdo esa noche cuando entro aquí.

—No sé de qué hablas. —Me hago la loca y doy un paso a un lado para pasarlo y dirigirme al grupo.

Cuando paso a su lado me toma del brazo deteniéndome.

—Cada vez que me siento en ese sofá, te recuerdo a ti, desnuda, virgen, mojada para mí.

Trago grueso, soltándome.

—Deja de decir esas cosas.

—¿Por qué? ¿Te da miedo mojarte y dejarme follarte de nuevo?

No digo nada y me alejo de él. De pronto hace calor aquí.

Virgen de los Abdominales, ¿por qué me lo pones tan difícil?

—Uh, ¿estás bien, princesa? —Carlos me pregunta cuando me uno al grupo—. Estás toda roja.

—¿Princesa? —Ares pregunta, llegando a nosotros.

Carlos sonríe como tonto.

—Sí, ella es mi princesa, la dueña de este humilde corazón.

Y así fue como se creó el minuto de silencio más incómodo del día. Ares cruza las manos sobre su pecho, dándole una mirada asesina a Carlos. Dani y yo nos miramos sin saber qué hacer. Carlos sigue sonriendo inocentemente.

Apolo nota la tensión.

—Ah, Carlos, tú siempre tan gracioso.

—Vamos a jugar. —Dani cambia la conversación.

Sorprendentemente, Ares le sigue la corriente.

—Claro, ¿qué les parece si el primer duelo lo tenemos Carlos y yo?

Carlos señala a Ares y luego a él mismo.

—¿Tú y yo?

—Sí, pero un duelo sin premio no es divertido.

Carlos se emociona.

—Bien. ¿Cuál es el premio?

Ares me mira y me espero lo peor.

—Si ganas, te puedes llevar tres juegos originales de mi colección.

La cara de Carlos se ilumina tan fácilmente.

—¿Y si pierdo?

—Llamas a Raquel por su nombre de ahora en adelante. Nada de princesa o lo que sea que estés acostumbrado a usar con ella.

La frialdad en su voz, en su petición, me recordó a lo helado que puede llegar a ser este chico. Carlos se ríe a grandes carcajadas sorprendiéndonos a todos. Nadie dice nada, creo que nadie se mueve. Yo abro mi boca para decirle que él no tiene ningún derecho a meterme en mi vida y en cómo me llaman los demás, pero Carlos se me adelanta.

—No.

—¿Cómo?

—Si es así, entonces no juego.

Ares baja sus manos.

—¿Te da miedo perder?

—No, soy una persona muy bromista, pero lo que siento por ella no es una broma para mí.

Ares aprieta su mandíbula.

—¿Lo que sientes por ella?

—Así es, y puede que no sea correspondido, pero por lo menos tengo el coraje de gritarlo a todo el mundo y no ando manipulando y creando estúpidos juegos para alcanzar lo que quiero.

Oh.

Los nudillos de Ares se ponen blancos de lo fuerte que está apretando sus puños.

Carlos le sonríe.

—Los hombres luchan por lo que quieren abiertamente, los niños actúan de esta forma —dice señalando a Ares.

Ares se contiene y parece ser tan difícil para él. Sin decir nada, se da la vuelta y sale del cuarto de juegos tirando la puerta detrás de él. Dejo salir un suspiro de alivio. Carlos me sonríe como siempre.

Dani se sienta en el sofá a nuestro lado.

—¡Estás loco! Pensé que iba a morir de un infarto.

Apolo tiene una expresión que no puedo entender. ¿Está enojado? Por primera vez no puedo leer su tierna cara.

—Tuviste suerte, no debiste provocarlo así.

Carlos se levanta.

—No le tengo miedo a tu hermano.

Apolo sonríe y no es dulce, es esa sonrisa tan descarada que portan los Hidalgo cuando algo no les gusta.

—Hablas mucho de madurez, pero acabas de provocar a alguien estando consciente de sus fuertes emociones para quedar como el maduro y la víctima. ¿Quién es el que anda en estúpidos juegos? Ya vuelvo.

Se va por la misma puerta por la que desapareció su hermano. Independientemente de quién tenga la razón, Apolo siempre va a estar del lado de Ares, pues son hermanos después de todo.

Los enigmáticos hermanos Hidalgo.

39

EL SENTIMIENTO

Lluvia...

La lluvia siempre me pone de un humor tan melancólico. Mi cuarto está semioscuro, solo mi pequeña lámpara ilumina la habitación dándole un tono amarillo a todo. Estoy acostada en mi cama, mis ojos en la ventana viendo las gotas caer, Rocky está a mi lado en el suelo con su hocico sobre sus patas frontales.

Desde que llegué de la casa de Ares, no me he movido de la cama. Ya han pasado unas cuantas horas, la noche cayó, oscureciendo todo. Una parte de mí se siente culpable y no sé por qué. Hicimos lo correcto al irnos, ellos nos dejaron solos. Además, no queríamos que otra pelea tomara lugar entre Carlos y Ares.

Estoy pensando demasiado.

La lluvia se vuelve más fuerte, así que me levanto a cerrar mi ventana, lo menos que quiero es que se moje todo mi cuarto. Cada vez que me acerco a esas cortinas, recuerdo las primeras veces que interactué con Ares.

Cuando, por fin, llego a la ventana, mi corazón se detiene.

Ares está sentado en aquella silla donde lo vi la primera vez, está inclinando hacia delante, sus manos sosteniendo la parte de atrás de su cabeza, sus ojos fijos en el suelo.

Parpadeo en caso de que me lo esté imaginando; sin embargo, no importa cuándo rectifique mis ojos. Ares está ahí, sentado, la lluvia cayendo sobre él. Está empapado, su camisa blanca se pega a su cuerpo como una segunda piel. ¿Qué mierda está haciendo? Estamos en otoño, por Dios, puede pescar un resfriado.

Me aclaro la garganta.

—¿Qué estás haciendo?

Tengo que alzar mi voz porque el ruido de la lluvia la ahoga, Ares levanta su cabeza para mirarme. La tristeza en sus ojos me deja sin aliento por un segundo, una sonrisa tierna se forma en sus labios.

—Bruja.

Trago grueso, cada vez que me llama así causa estragos en mi ser.

—¿Qué estás haciendo ahí? Te vas a enfermar.

—¿Te estás preocupando por mí?

¿Por qué parece tan sorprendido de que lo esté?

—Por supuesto. —Ni siquiera pienso para responder. De alguna me ofende que él crea que no me importa en lo absoluto.

Él no dice nada, solo aparta la mirada. ¿Se va a quedar ahí?

—¿Quieres subir? —Independientemente de nuestra situación actual no puedo dejarlo ahí, luciendo tan triste. Sé que algo le pasa.

—No quiero molestarte.

—No me estás molestando, solo pórtate bien mientras estés aquí y estaremos bien.

—¿Que me porte bien? ¿A qué te refieres?

—Nada de seducirme y esas cosas.

—Está bien. —Levanta su mano—. Palabra de dios griego.

Sube y tan pronto como pone sus pies en mi habitación, me doy cuenta de que tal vez no fue una buena idea decirle que viniera; uno, porque se ve jodidamente sexy todo empapado y, dos, porque está mojando toda mi alfombra.

—Tienes que quitarte esa ropa.

Él me da una mirada de sorpresa.

—Pensé que nada de seducción.

Giro la mirada.

—Está empapada, no te hagas ideas, quítatela en el baño. Veré qué puedo encontrar que te quede.

Obviamente, no encuentro nada que le quede a Ares, solo una bata de baño que le regalaron a mi madre hace tiempo y que nunca usó. Me paro frente a la puerta del baño.

—Solo encontré una bata.

Ares abre la puerta y esperaba que estuviera tapándose con la misma o algo así, pero no, la abre y sale en bóxers como si fuera la cosa más normal del mundo. Dios santo, pero qué bueno está.

Yo me sonrojo, y miro hacia otro lado, extendiéndole mi mano con la bata hacia él hasta que la agarra.

—¿Te estás sonrojando?

—No —digo actuando casual.

—Sí lo estás, aunque no entiendo por qué, si ya me has visto desnudo.

¡No me lo recuerdes!

—Ya vuelvo.

Él toma mi mano, con la desesperación clara en su voz.

—¿A dónde vas?

—Puse a hervir leche para hacer chocolate caliente.

De mala gana, suelta mi mano.

Cuando vuelvo, está sentando en el suelo frente a la cama con su espalda contra la misma, jugando con Rocky. Ni siquiera mi perro se puede resistir a él. Se ve tierno con esa bata blanca de baño, le paso su taza de chocolate caliente y me siento a su lado, Rocky viene a mí a lamerme el brazo.

Nos quedamos en silencio, tomando sorbos de nuestras tazas, observando la lluvia golpear el cristal de la ventana. A pesar de que tenemos suficiente distancia entre nuestros cuerpos como para que Rocky pase entre nosotros, aún siento esos nervios que me dan cuando él está cerca.

Me atrevo a mirarlo y sus ojos están ausentes, perdidos, observando la ventana.

—¿Estás bien?

Él baja la mirada a la taza de chocolate en sus manos.

—No lo sé.

—¿Qué pasó?

—Algunas cosas. —Pasa el dedo por la orilla de la taza—. Estaré bien, no te preocupes.

Dejo salir un suspiro.

—¿Sabes que puedes confiar en mí?

Él me mira y sonríe.

—Lo sé.

No quiero presionarlo, sé que cuando él se sienta listo para contarme lo que le está pasando lo hará. Ahí, admirando la lluvia y con una taza de chocolate, nos quedamos en silencio, simplemente disfrutando estar juntos.

***

ARES HIDALGO

Esto se siente bien.

Nunca pensé que estar en silencio con alguien podría llegar a ser tan reconfortante, especialmente con una chica. Lo único que había compartido con chicas hasta ahora habían sido silencios incómodos, miradas incómodas y muchas excusas para alejarlas. Pero con Raquel hasta el silencio es diferente, todo con ella ha sido tan jodidamente distinto.

Desde la primera vez que hablamos, Raquel ha sido tan impredecible, esa fue la primera característica de ella que capturó mi atención. Cuando esperaba una reacción de ella, hacía algo completamente diferente a lo que me había imaginado, y eso me intrigaba. Disfrutaba molestarla, hacerla sonrojar y ver esa arruga en sus cejas cuando se enojaba. Sin embargo, nunca planeé sentir algo más.

Solo es diversión.

Me dije tantas veces cuando me encontraba sonriendo como un idiota pensando en ella.

Solo sonrío así porque es divertido, es todo.

Engañarme a mí mismo había sido tan fácil, aunque no duró por mucho, y supe que estaba en problemas cuando empecé a rechazar chicas porque no sentía nada.

Era como si Raquel hubiera monopolizado todo lo que sentía, y eso me aterrorizaba. Yo siempre he tenido el poder, el control sobre mi vida, sobre lo que quiero, sobre otras personas. Ceder ese poder era imposible, no podía cedérselo a ella.

En toda esa lucha interna, le hice daño una y otra vez. Ella recibió cada golpe, cada palabra hiriente como una bala emocional que dolía aún más que la anterior. Quería creer que ella se daría por vencida y que mi vida volvería a la normalidad, pero en el fondo rezaba porque no se rindiera, que esperara un poco más hasta que resolviera mi desastre.

Ella esperó, pero también se cansó.

¿Quiere que comencemos desde cero? ¿Que luche por ella?

¿Por qué no?

Si alguien se merece mi esfuerzo, es ella.

Es lo mínimo que puedo hacer después de todas las heridas que le causé, estoy agradecido de que por lo menos me esté dando la oportunidad de ganármela. También le agradezco que me haya invitado a su habitación, necesitaba esto, necesitaba la tranquilidad y la paz que ella me brinda.

Terminando mi chocolate, pongo la taza a un lado y estiro mis piernas, poniendo mis manos a los costados. Me atrevo a mirarla, y ella todavía está soplando lo que queda de su chocolate. Supongo que para ella está más caliente que para mí, yo tenía mucho frío cuando me lo tomé.

Aprovechando su distracción, la observo lentamente. Sus pijamas son de esos completos que tienen un cierre en medio y una capucha con orejitas para poner sobre su cabeza. Debe verse adorable con la capucha cubriendo su cabeza. Su cabello está en un desordenado moño que luce alborotado como si hubiera dado muchas vueltas en la cama. No podía dormir, ¿eh?

Inevitablemente, mis ojos caen sobre su cara, y se quedan en sus labios, que están entreabiertos mientras sopla de nuevo su chocolate.

Quiero besarla.

Sentirla contra mí.

Siento que ha pasado una eternidad desde la última vez que probé sus labios y solo ha sido una semana.

Como sintiendo mi mirada, Raquel se vuelve hacia mí.

—¿Qué?

Tengo tantas ganas de tomar tu rostro entre mis manos y besarte, sentir tu cuerpo pegado al mío.

Meneo la cabeza ligeramente.

—Nada.

Aparta la mirada, con el rojo invadiendo sus mejillas. Me encanta el efecto que tengo sobre ella, porque ella tiene el mismo efecto sobre mí, incluso peor. Aprieto mis manos a los costados, no puedo tocarla, ella me dejó entrar aquí, no puedo ahuyentarla ahora.

Suspiro, escuchando las gotas de lluvia impactando la ventana, me siento mucho mejor ahora. Solo tenerla a mi lado me hace sentir mejor.

Estoy tan jodido.

Siento su mano sobre la mía en la alfombra, el calor de su piel me llena y me conforta. No me atrevo a mirarla porque sé que, si lo hago, estaré cerca de perder el control y rogarle por sus besos.

Con mis ojos en el mojado cristal de la ventana, lo digo.

—Mi abuelo está hospitalizado.

Por un segundo, ella no dice nada.

—Oh, ¿qué pasó?

—Sufrió un derrame cerebral y se desmayó en el baño. —Mis ojos siguen a una gota que se desliza por la ventana lentamente—. Los enfermeros del asilo tardaron dos horas en darse cuenta, en encontrarlo inconsciente, así que no sabemos si despertará o si tendrá secuelas muy fuertes.

Ella aprieta mi mano.

—Lo siento mucho, Ares.

—Dos horas... —murmuro, con un nudo formándose en mi garganta, pero trago grueso—. Nunca debimos permitir que se lo llevaran a ese asilo, el dinero nos sobra para pagarle una enfermera que lo cuide en casa. Él estaba bien en casa, y la enfermera siempre revisaba sus niveles de todo, estaba pendiente de él. Estoy seguro de que, si él hubiera estado en la casa, esta mierda no hubiera pasado.

—Ares...

—Debimos luchar contra esa decisión, fuimos unos putos cobardes. Por supuesto, mis tíos querían que él se fuera al asilo, estoy seguro de que cruzaban sus dedos para que muriera ahí y poder reclamar su herencia. Mis tíos, mis primos... —hago un gesto de disgusto— me dan asco. No tienes ni idea de lo que el dinero puede hacer a las personas. Mi padre fue el único que decidió no vivir del dinero de mi abuelo, él solo le prestó dinero para empezar su negocio y cuando se volvió exitoso se lo devolvió. Creo que por eso mi abuelo siempre fue más cercano a nosotros; de alguna forma, admiraba a mi padre.

Raquel acaricia mi mano en una forma tranquilizante mientras continúo.

—Mi abuelo nos ha querido tanto y permitimos que se lo llevaran a ese lugar. Y ahora está... —Respiro profundo—. Me siento tan culpable.

Bajo la mirada. Raquel se mueve y se sienta sobre mis muslos. El calor de su cuerpo acariciando el mío, sus manos sostienen mi cara, obligándome a mirarla.

—No es tu culpa, Ares. No fue tu decisión, no puedes culparte a ti mismo por las decisiones de otras personas.

—Debí luchar un poco más, no sé, hacer algo más.

—Te aseguro que, si hubieras encontrado algo más que hacer, lo habrías hecho. Nada logras atormentándote de esta forma, ahora solo queda esperar y tengamos fe de que todo va a salir bien, él va a estar bien.

La miro directamente a los ojos.

—¿Cómo puedes estar tan segura?

Ella me da una sonrisa sincera.

—Solo lo sé, has pasado por muchas cosas, creo que te mereces un descanso. Tu abuelo va a estar bien.

Sin poder controlarme, la llevo hacia mí y la abrazo, enterrando mi cara en su cuello. Su olor invade mi nariz, calmándome. Me quiero quedar así, con ella junto a mí. Ella me deja abrazarla y acaricia la parte de atrás de mi cabeza.

Es liberador contarle a alguien lo que sientes, dejarlo salir te quita un poco del peso de encima, como si estuvieras compartiendo el dolor. Aspiro su olor, tomando una respiración profunda, enterrando mi rostro aún más en su cuello.

No sé cuánto tiempo nos quedamos así y agradezco que ella no se separe de mí, que me deje tenerla así pegada a mi cuerpo.

Cuando finalmente se separa de mí, quiero protestar, pero no lo hago, mis dedos trazan su rostro con delicadeza.

—Eres tan hermosa —le digo, viendo cómo se sonroja.

La parte de atrás de su mano acaricia mi mejilla.

—Tú también eres lindo.

Una sensación agradable llena mi pecho...

Así que esto es ser feliz. Este momento es perfecto: la lluvia golpeando la ventana, ella sentada sobre mí, su mano sobre mi rostro, nuestros ojos teniendo una conversación tan profunda que las palabras jamás la igualarían.

Siempre pensé que yo nunca tendría algo como esto, que el amor era una excusa hecha para dejar que otra persona te hiciera daño, que dejar entrar a una chica te debilitaría. Sin embargo, aquí estoy, dejándola entrar, y el miedo ha disminuido, ha sido opacado por esta sensación cálida y maravillosa.

Lamo mis labios, observando cada detalle de su rostro, quiero memorizarlo, para cuando ella no esté poder recordarla bien. El sonido de la lluvia se mezcla con su suave respiración, y los latidos de mi corazón hacen eco en mis oídos.

Abro mi boca y lo digo incluso antes de terminar de pensarlo:

—Te amo.

Sus ojos se abren en sorpresa, su mano se detiene sobre mi rostro. Sé que ella no se lo esperaba porque yo tampoco, las palabras salieron de mi boca antes de que pudiera controlarlas. El silencio reina entre nosotros y ella baja su mano para sostener su pecho, dudando, la indecisión clara en su rostro.

—Está bien, no te sientas presionada a responderme —le aseguro, fingiendo una sonrisa—. Lo último que quiero es presionarte.

—Ares... Yo...

Tomo su rostro y me inclino hacia ella, dándole un beso en la mejilla y luego siguiendo a su oído.

—Dije que está bien, bruja. —Mi aliento sobre su piel la hace estremecer y lo disfruto.

Cuando me separo, ella parece aún indecisa, moviéndose sobre mí, y le doy mi mejor sonrisa, apretando sus caderas.

—No te muevas tanto, hay un límite para lo que puedo soportar.

La sangre se apresura a su rostro y baja la mirada.

—Pervertido.

—Preciosa.

Ella me mira de nuevo, roja como un tomate y se levanta, mis muslos se sienten fríos sin su cercanía. ¿Qué diablos me pasa? Es como si estuviera rogando por su atención, su cariño desesperadamente. ¿Quién lo hubiera dicho? Yo, rogándole a una chica, diciéndole que la amo sin obtener una respuesta.

Resoplo, sonriendo, burlándome de mí mismo.

Recuerdo las palabras de Raquel aquella noche en el bar de Artemis después de excitarme e irse: «El karma es una mierda, dios griego». Oh, sí que lo es. Raquel recoge ambas tazas del suelo y las pone sobre la mesa de la computadora para luego girarse y enviarme una mirada extrañada.

—¿De qué te estás riendo?

—De mí mismo —le digo abiertamente, levantándome.

—Es tarde —susurra, cruzando sus brazos sobre el pecho. La siento a la defensiva, cuidadosa, y no puedo culparla. Tiene miedo de que vuelva a hacerle daño.

—¿Quieres que me vaya? —Me sorprende el miedo que adorna mi voz. Ella solo me mira sin decir nada, aclaro mi garganta—. Está bien. —Camino hacia la ventana y veo que la lluvia ha cesado, pero aún está lloviznando.

—Ares... Espera.

Me giro hacia ella de nuevo, está recostada sobre la mesa de la computadora, con sus brazos aún cruzados sobre el pecho.

—¿Huh?

—Puedes... quedarte. —Su voz es suave—. Pero nada de...

—Sexo. —Termino por ella. Raquel abre su boca para decir algo, pero la cierra y solo asiente.

No puedo evitar el alivio que recorre mi cuerpo, no quiero irme, su compañía es más que suficiente para mí. Aunque estar con ella en una cama es una tentación que tal vez me cueste manejar, haré mi mayor esfuerzo.

Su perro se estira frente a la ventana mientras Raquel acomoda la cama, lanzando los cojines a un lado, haciendo espacio para ambos. Ella se acuesta, metiéndose debajo de las sábanas y yo solo puedo imitarla, y me acuesto sobre mi costado para mirarla. Su cama huele a ella y es tan reconfortante. Ella está acostada de espaldas, con su mirada en el techo.

Estamos lo suficientemente cerca para que pueda sentir su calor y mi mente viaja al recuerdo de aquella noche que la toqué en esta misma cama, y estuve a punto de hacerla mía.

No pienses en eso ahora, Ares.

¿Pero cómo no puedo hacerlo? La deseo tanto que aprieto mis manos para no intentar alcanzarla. Me giro hasta quedar sobre mi espalda, debo dejar de mirarla.

Cierro mis ojos, y me sorprende cuando la siento arrastrarse hacia mí. Ella pasa su brazo por mi cintura y descansa su cabeza sobre mi hombro, abrazándome de lado. Mi corazón se acelera y me avergüenza que ahora pueda escucharlo con su oído sobre el mismo.

Esto es lo que necesito.

—Todo va a estar bien —me susurra, dándome un beso en la mejilla—. Buenas noches, dios griego.

Sonrío como un idiota.

—Buenas noches, bruja.

40

EL NUEVO DESPERTAR

RAQUEL

Una sensación de calidez y plenitud me invade cuando abro mis ojos para encontrarme a Ares dormido a mi lado. Algo tan simple como que él sea lo primero que veo cuando me despierto puede causar tantas emociones en mí, me hace suspirar y sonreír como una idiota.

Está acostado sobre su espalda, con su rostro ligeramente girado hacia mí. Su cabello negro está desordenado, sus largas pestañas acarician sus pómulos. Él es tan hermoso, pero siento que ya he traspasado más allá de su apariencia, y he visto el chico detrás de ese físico tan perfecto. El chico que no sabe manejar sus emociones, que trata de no mostrar debilidad ante nadie, que se muestra juguetón cuando no está seguro de qué hacer o frío cuando se siente propenso a ser herido.

Cualquiera que conozca a Ares por primera vez, diría que él es un chico perfecto. Cuando en realidad, para mí, él ha sido como una cebolla.

Lo sé, extraña elección de palabras y, sin embargo, muy apropiada. Ares tiene varias capas, justo como una cebolla, y yo con tiempo y paciencia las he ido pelando hasta llegar al chico dulce que anoche me dijo que me amaba.

No pude decirle que yo también lo amaba. ¿Por qué? Esa lucha interminable para llegar al corazón de Ares me causó muchas heridas. En

265

cada capa que pelaba perdía un pedazo de mí, de mis creencias, de mi amor por mí misma. Aún tengo heridas que no han sanado. Y hay una parte de mí que está muy molesta, no con Ares, sino conmigo misma por todo lo que me permití perder con él.

No debería estar aquí, debería haberlo mandado a la mierda hace mucho. Sin embargo, no puedo mandar en mi corazón, no puedo mentir y decir que ya no siento nada por él, que no siento cosquillas en mi estómago y dejo de respirar cuando él me mira con esos ojos tan alucinantes que tiene. No puedo decir que no me siento completamente feliz despertando a su lado.

Estúpido amor.

El tatuaje del dragón se ve tan bien sobre su suave piel. Inquieta, levanto mi mano y trazo con mi dedo su tatuaje. Mis ojos bajan por su brazo y no puedo evitar observar sus abdominales. En algún momento de la noche, Ares se quitó la bata de baño quedando solo en bóxers y, la verdad, no me quejo. La sábana solo lo cubre de la cintura para abajo, y yo me siento como una pervertida lamiendo mis labios.

Mis hormonas están por los aires, y si no fuera por el hecho de que Ares parecía muy deprimido anoche, no lo habría dejado quedarse, porque esto es demasiada tentación para mi pobre ser. Me quedo mirando sus labios y recuerdo aquella noche que me hizo sexo oral en su cama, cómo apreté las sábanas a mis costados, cómo gemí, cómo se sintió.

¡Basta, Raquel! Vas a terminar violándolo.

1... 2... 3.

Vamos, autocontrol, necesito que te recargues.

Mentalmente abofeteando mis hormonas, retiro mi mano y suspiro. Esto va a ser mucho más difícil de lo que pensé. Ares es demasiado provocativo para mi gusto, hasta dormido, ni siquiera tiene que esforzarse. Me pongo cómoda, descansando mi cara sobre la mano para observarlo como la acosadora que soy.

Y entonces él abre sus ojos, sorprendiéndome. Madre mía, qué ojazos tiene, la luz del día se refleja en ellos y teniéndolo tan cerca puedo ver lo profundo y bonito que es el azul de sus ojos.

Me quedo quieta, esperando su reacción. Ares no ha sido el mejor en cuestiones de despertarnos juntos, ha huido ambas veces, nunca hemos estado así, literalmente despertando frente al otro. Así que me preparo para lo peor.

Mi madre dice que los pesimistas viven mejor la vida porque siempre están preparados para lo peor, y, cuando lo peor no pasa, la alegría es doble. Nunca he estado de acuerdo con ella, pero hoy podría decir que consideraría su punto. Estoy tan preparada para ver a Ares levantándose y dándome excusas para irse que, cuando no lo hace, mi corazón se acelera.

Y entonces el idiota dios griego hace lo que menos me espero.

Sonríe.

Como si él no fuera lo suficientemente hermoso recién levantándose con su cabello apuntando en diferentes direcciones, pareciendo vulnerable, el muy tonto me ofrece una sonrisa tan genuina que siento que me va a dar algo.

Doble alegría.

—Buenos días, bruja —me susurra, estirándose.

Me quedo mirando como una tonta cómo los músculos de sus brazos y pecho se flexionan.

Virgen de los Abdominales, creadora de este ser, apiádate de mí.

Ares se quita la sábana y se levanta; está solo en bóxers, así que puedo ver mucho más de lo que debería.

Él se gira hacia mí, alborotando su cabello.

—¿Puedo usar tu baño?

Puedes usarme a mí, guapo.

¡Raquel, control!

Solo asiento, mientras mis inquietos ojos bajan a sus bóxers y noto que está duro.

—Dios. —Me sonrojo, apartando la mirada.

Ares se ríe.

—Es solo el calambre de la mañana, tranquila.

Trago grueso.

—Está bien.

—¿Por qué te estás sonrojando?

—¿De verdad me estás preguntado eso? —Lo miro, pero mantengo mis ojos en su cara.

Se encoge de hombros.

—Sí, ya lo has visto antes, lo has sentido dentro de ti.

Me quedo sin saliva de tanto tragar.

—Ares, no empieces con eso.

Me da una sonrisa torcida.

—¿Por qué? ¿Te excita cuando te hablo así?

Sí.

—Claro que no, solo es... inapropiado.

Sus dedos juegan con la liga de sus bóxers en su cintura.

—¿Inapropiado? —Se lame el labio inferior—. Inapropiado es lo que quiero hacerte, extraño oírte gemir mi nombre.

—¡Ares!

Levanta sus manos en señal de paz.

—Está bien, me voy al baño.

Cuando por fin camina dentro del baño y cierra la puerta, yo finalmente respiro. Después de usar el baño del pasillo y tratar de acomodar el desastre que se volvió mi cabello durante la noche, vuelvo a mi habitación con la ropa seca de Ares en mis manos y lo encuentro sentado en mi cama. Le doy su ropa y trato de no mirarlo mientras se viste, pero cuando se pone sus pantalones veo ese culo que tiene y me muerdo el labio inferior.

—Me gusta hacerte sonrojar, te ves tierna cuando lo haces.

Me sonrojo aún más.

—Aún me sorprende lo inestable que eres.

—¿Inestable? Otra vez con eso.

—Sí.

—¿Y se puede saber qué he hecho hoy para que me llames así?

Lo enumero con mis dedos.

—Anoche: romántico. Esta mañana: sexual, burlón; y ahora: tierno.

Él se ríe y se sienta en la cama para ponerse sus zapatos.

—Veo tu punto, pero es tu culpa, tú me haces sentir demasiadas cosas a la vez. Así que reacciono diferente cada vez, tú me haces inestable.

Levanto una ceja, señalándome.

—Como siempre, echándome la culpa a mí.

Termina con sus zapatos y se levanta.

—¿Tienes planes hoy?

—Déjame revisar mi agenda.

—Claro.

—De verdad, soy una chica muy ocupada.

Él camina hacia mí y yo retrocedo.

—¿Ah, sí?

—Sí. —Él pasa su brazo por mi espalda y me aprieta hacia su cuerpo, su olor me envuelve—. No voy a tomar un no como respuesta; si me dices que no, te seduciré aquí mismo y terminaremos allá. —Señala la cama.

—Qué arrogante. Tienes demasiada confianza en tus habilidades de seducción.

—No, solo sé bien que tú me deseas tanto como yo te deseo.

Me mojo los labios.

—Lo que sea, suéltame, no tengo planes.

Él sonríe victorioso, y me suelta.

—Paso por ti en la noche. —Me da un beso en la frente y se da la vuelta.

Dejo salir un gran suspiro, viéndolo irse a través de mi ventana.

***

Una cita...

¿Cena romántica, cine y un beso de despedida?

Es lo típico, creo que es normal esperar eso de una primera cita. Así es como siempre son reflejadas en la televisión y lo que me ha contado Dani, mi primera fuente de citas.

Así que me sorprende cuando Ares para su auto en el estacionamiento del hospital. Lo observo quitarse el cinturón y yo hago lo mismo.

¿El hospital?

Mi primera cita será en un hospital, qué romántico, dios griego.

Me quedo quieta observando cómo Ares vacila sobre qué decir. Lleva puesta una camisa negra que hace contraste con su cabello oscuro desordenado. Me encanta cómo le queda el negro, o el blanco, o en realidad todos los colores. Siempre se ve tan apuesto, sin ni siquiera intentarlo. Ares se lame los labios, antes de posar esos ojos azules sobre mí.

—Yo... tenía reserva en un lindo restaurante, tickets de cine, y en mente un lugar de helados deliciosos.

Típica cita, ¿eh?

No digo nada, él continúa.

—Cuando salí de la casa, me llamaron: mi abuelo despertó. No quería dejarte esperando o cancelar la cita, no quería volver a cagarla, así que te traje aquí conmigo. Sé que no es perfecto, y es terriblemente antirromántico, pero...

Poso mi dedo sobre sus labios.

—Cállate. —Le doy una sonrisa honesta—. Nunca nada ha sido convencional entre nosotros, así que esto es perfecto.

Sus ojos se suavizan, cargados de emociones.

—¿Estás segura?

—Completamente.

No estaba mintiendo, esto de verdad es perfecto para nosotros; para ser honesta, la típica cita no era lo que yo esperaba con él, esperaba más... Quería más de él. Y esto era más. Ares me está dejando entrar, me está mostrando sus debilidades y el hecho de que me quiera con él en este momento tan vulnerable y tan importante para él significa mucho para mí.

Porque sé que para él no es fácil demostrar lo que siente, especialmente si es su lado vulnerable.

Bajo mi mano y abro la puerta de la camioneta, la caminata hacia la entrada del hospital es silenciosa, pero no incómoda, puedo sentir el miedo y la expectativa emanando de Ares. Él mete las manos en los bolsillos de sus pantalones, las saca y se pasa la mano por el cabello para volverlas a meter.

Está inquieto.

No me puedo imaginar lo que debe estar sintiendo. Cuando saca sus manos de nuevo, tomo una y él me mira.

—Todo estará bien.

Tomados de la mano, entramos al blanco mundo del hospital. La iluminación es tan fuerte que se puede ver cada detalle de las paredes, del suelo. Enfermeras, doctores en batas blancas pasan de un lado al otro. Unos llevan cafés, y otros, carpetas. A pesar de que mi mamá es enfermera, mis visitas al hospital han sido pocas; porque a ella no le gustaba exponerme a este lugar, esa era la razón que me daba siempre. Echo un vistazo a mi mano entrelazada con la de Ares, una sensación cálida me invade.

Algo tan simple como ir de la mano con él se siente tan bien. Después de darle su nombre a una especie de portero en el ascensor, subimos.

El cuarto piso luce silencioso, desolado, solo veo enfermeras en un puesto que pasamos para seguir a un largo pasillo donde ya la iluminación no es tan brillante, sino tenue. Me parece curioso cómo la parte de terapia intensiva no tiene la vibrante luz del piso de abajo, como si la iluminación se adaptara al lugar. Estoy segura de que este piso del hospital ha presenciado muchas cosas tristes, despedidas, dolor.

Al final del pasillo hay tres personas, y a medida que nos acercamos puedo ver quiénes son: Artemis, Apolo y el señor Juan Hidalgo, el padre de Ares. Los nervios me invaden, esto es algo muy íntimo de su familia... ¿Y si incomodo con mi presencia?

El señor Juan está apoyado contra la pared, con sus brazos cruzados sobre el pecho, la cabeza baja.

Artemis está sentado en una silla de metal, inclinado hacia atrás en la misma, con la corbata de su traje deshecha, los primeros botones de su camisa desabrochados. Su usual cabello, perfectamente peinado, está desordenado. Noto que tiene una venda alrededor de los nudillos de su mano derecha.

Apolo está sentado en el suelo, sus codos sobre sus rodillas mientras sostiene su cabeza con ambas manos. Tiene un morado reciente en su mejilla izquierda. ¿Se metió en una pelea?

Cuando escuchan nuestros pasos, sus ojos caen sobre nosotros. Trago grueso al observarlos cuestionar mi presencia en sus miradas, pero cuando notan nuestras manos entrelazadas algo cambia y parecen relajarse.

Ares se apresura a su padre y yo suelto su mano.

—¿Cómo está?

El señor Juan suspira.

—Despierto, el neurólogo está ahí evaluándolo, hablando con él, ya sabes, el chequeo antes de hacerle otros exámenes.

—¿Podremos verlo esta noche? —Ares no se molesta en ocultar la preocupación e incertidumbre en su voz, quiere saber cuánto ha afectado el derrame a su abuelo.

—Yo creo que sí —responde su padre, relajando sus hombros.

Yo me quedo ahí atrás sin saber qué decir o hacer. Ares gira su cuerpo hacia mí, los ojos de su padre siguiendo su moviendo y cayendo sobre mí.

—Papá, ella es Raquel, mi novia.

Novia...

La palabra deja sus labios naturalmente, y noto cómo recuerda lo de que estamos empezando como amigos, pero antes de que pueda retractarse le sonrío al señor Juan.

—Mucho gusto, señor. Espero que el abuelo Hidalgo se recupere pronto.

Él solo me devuelve la sonrisa.

—Mucho gusto. Tú eres la hija de Rosa, ¿no?

—Sí, señor.

—¿Señor? Me haces sentir viejo. —Aunque sonríe, la alegría no llega a sus ojos—. Llámame Juan.

—Claro. —Se ve que es un señor muy agradable, lo cual me desconcierta; me esperaba un viejo amargado y arrogante. Aunque creo que debí suponerlo cuando Ares me contó de él anoche.

Mi padre fue el único que decidió no vivir del dinero de mi abuelo, él solo le prestó dinero para empezar su negocio y cuando se volvió exitoso se lo devolvió. Creo que por eso mi abuelo siempre fue más cercano a nosotros; de alguna forma, admiraba a mi padre.

Juan ha luchado y trabajado duro por llegar a donde está ahora, creo que eso habla muy bien de él. Me pregunto qué pasará a puerta cerrada para que la mamá de Ares le fuera infiel y lo suficientemente descuidada como para dejar que Ares siendo un niño lo presenciara.

Siempre pensé que los hombres eran los que jodían los hogares, lo sé, es una generalización terrible, pero ahora me doy cuenta de que no es así, que cometer errores que marcan vidas es de ambos géneros.

Saludo con la mano a Artemis y a Apolo, quienes me sonríen. Artemis no se ve como el tipo de persona de pelearse con alguien, él siempre luce tan regio, maduro y frío. O tal vez estoy sacando conclusiones que no son.

Un doctor alto, mayor y de cabello blanco sale de la habitación, ajustando sus lentes. Doy un paso atrás, dejando que Apolo y Artemis se pongan al lado de Ares para escuchar lo que el doctor tiene que decir.

—Son buenas noticias. —Los suspiros hacen eco en el pasillo.

El doctor procede a explicar un montón de cosas en su jerga médica que no entiendo bien, pero lo poco que descifro es que, al parecer, aunque aún faltan algunos exámenes por hacer, las secuelas del derrame son mínimas en el abuelo y que va a estar bien. El doctor les dice que ya pueden pasar a verlo y se retira.

Me quedo observando cómo los tres hombres frente a mí vacilan, quieren darse un abrazo, pero sus formas de ser no se lo permiten, y eso me parece tan triste. ¿Por qué es tan difícil entender que está bien abrazarse cuando quieres llorar de alegría porque tu abuelo estará bien?

Las emociones cruzan sus rostros tan claras: alegría, alivio, culpabilidad.

Decidida, tomo el brazo de Ares y lo giro hacia mí y, antes de que pueda decir algo, le doy un fuerte abrazo. Puedo ver por encima del hombro de Ares cómo Apolo abraza a su padre y un dudoso Artemis se los une.

Cuando nos separamos, los tres se preparan para entrar y yo le doy unas últimas palabras de aliento a Ares antes de verlo desaparecer dentro de esa puerta. Es comprensible que yo no entre ahí, no creo que el abuelo quiera ver a una desconocida después de despertarse de algo así.

Me siento en la silla de metal donde antes estaba Artemis.

Estoy absorta en mis pensamientos, los pasos resuenan por todo el piso. Cuando levanto mi mirada, veo a una chica caminar hacia mí, aunque me toma unos segundos reconocerla sin su uniforme: Claudia.

Ella me saluda y charlamos un rato. Le pregunto unas cosas y ella está a punto de contestar cuando escuchamos el claro sonido de tacones dirigiéndose a nosotros. Claudia se gira y yo sigo su mirada.

Sofía Hidalgo camina perfectamente en sus tacones rojos de punta fina de cinco pulgadas, lleva puesta una falda blanca que cubre sus rodillas y una camisa del mismo color con estampados rojos. En sus manos trae una cartera discreta, pequeña, también de color carmesí. Su rostro luce impecable con un maquillaje que parece profesionalmente hecho, su cabello está en una apretada cola de caballo.

Esta señora estará en sus cuarenta, casi cincuenta, y se ve de treinta; la elegancia que porta es tan genuina que cualquiera diría que nació con ella. Es muy hermosa, pero esos ojos azules que mi dios griego heredó de ella caen sobre mí y una perfecta ceja se levanta.

—¿Y quién eres tú?

41

EL NOVIO

Las personas no son lo que parecen.

Nunca juzgues un libro por su portada.

Todos aquellos dichos que se refieren a que jamás creas que sabes cómo es una persona con tan solo mirarla cobran sentido delante de mis ojos. ¿Por parte de quién? Claudia.

La primera vez que vi a Claudia, me dio un aire de sumisa y recatada, una chica de servicio que está acostumbrada a bajar la cabeza frente a sus jefes, que ha presenciado los mejores y peores momentos de la familia para la que trabaja, pero no dice nada al respecto.

¿Estaba equivocada?

Sí, y de manera abismal.

La madre de Ares espera por mi respuesta, sin molestarse en ocultar su mirada despectiva. No puedo articular palabra, no me da vergüenza admitir que estoy muy intimidada por esta señora.

Doña Sofía cruza los brazos sobre su pecho.

—Te hice una pregunta.

Me aclaro la garganta.

—Mi nombre es Ra-Raquel. —Le extiendo mi mano de manera amable.

Ella le da un vistazo a mi mano y luego vuelve a mirarme.

—Bien, Ra... Raquel. —Se burla de mi tartamudeo—. ¿Qué haces aquí?

Claudia se pone a mi lado y con la cabeza en alto y voz firme le responde.

—Vino con Ares.

A la mención de Ares, la señora alza una ceja.

—¿Estás bromeando? ¿Por qué traería Ares a una chica como ella?

Claudia desvía la mirada.

—¿Por qué no le pregunta usted misma? Oh, cierto, la comunicación con sus hijos no es su fuerte.

Doña Sofía aprieta sus labios.

—No empieces con tu tonito, Claudia. Lo menos que quieres es provocarme.

—Entonces deje de mirarla de esa forma, ni siquiera la conoce.

La señora nos da una mirada cansada.

—No tengo que perder mi tiempo con ustedes. ¿Dónde está mi marido?

Claudia no le responde, solo le señala la puerta, y la señora entra, dejándonos solas y, por fin, siento que puedo respirar.

Agarro mi pecho.

—Qué señora tan desagradable.

Claudia me sonríe.

—No tienes idea.

—Pero a ti no parece intimidarte.

—Crecí en esa casa, creo que desarrollé la habilidad de lidiar con personas intimidantes muy bien.

Tiene sentido, recordé lo intimidante que es Artemis, y hasta el mismo Ares antes de conocerlo bien, y ahora esta señora... Definitivamente, Claudia debe ser inmune a ese tipo de personalidades fuertes, después de crecer rodeada por ellos.

—Me imagino, solo pensé que como ella es tu jefa, tú...

—¿Le permitiría intimidarme y tratarme mal? —termina por mí—. Ella no es mi jefa, el señor Juan lo es, y él siempre me ha protegido de esa bruja, sobre todo después de... —Claudia se detiene—. Creo que he hablado demasiado de mí, cuéntame de ti.

Suspiro y nos sentamos.

—No hay mucho que contar, solo que he caído en el hechizo de los Hidalgo.

—Eso lo puedo ver, pero veo que ya lograste que ese idiota admitiera sus sentimientos.

—¿Cómo lo sabes?

—Porque estás aquí —me responde—. El abuelo Hidalgo es una de las personas más importantes para ellos, el hecho de que estés aquí dice mucho.

—He escuchado tanto de ese señor que quisiera conocerlo.

—Espero que lo conozcas pronto, es una persona maravillosa.

Nos quedamos conversando un rato, y me doy cuenta de lo bien que me cae Claudia. Es una chica divertida y con un carácter fuerte. Creo que podríamos ser muy buenas amigas. Ella me da una muy buena sensación y me siento cómoda a su lado. Hay personas con las que simplemente tenemos buena química y hacemos una especie de clic, incluso después de hablar una vez.

Finalmente, después de hablar un rato con Claudia, Ares sale de la habitación seguido de Artemis y Apolo. Claudia y yo nos levantamos. Los ojos de Artemis encuentran los de Claudia y él aprieta sus labios antes de darse la vuelta y alejarse por el pasillo.

Apolo nos sonríe, evitando los ojos de Claudia a toda costa.

—Vamos por un café, el abuelo preguntó por ti, Claudia, y deberías entrar cuando salgan mis padres. —Y con eso el hermano menor de los Hidalgo siguió a Artemis.

Ares se acerca a mí, con sus ojos azules llenos de emoción, de alivio, de tranquilidad. No me imagino lo preocupado que ha estado todos estos días por su abuelo, que al parecer ya está bien.

El dios griego toma mi mano, y no puedo evitar notar que no saluda a Claudia.

—Vamos, bruja.

Le echo un vistazo a Claudia, quien tiene la cabeza baja, y un murmullo sale de sus labios.

—Lo siento.

Ares la mira.

—No fue tu culpa. —Él suena honesto—. La impulsividad de él jamás será tu culpa, Claudia.

Ella solo asiente, y yo no entiendo ni mierda.

Me despido de Claudia y sigo a Ares. Mis ojos caen sobre su mano fuerte sobre la mía y luego suben por su brazo, su hombro y el perfil de su lindo rostro. Caminar con él de la mano se siente tan irreal.

Papá, ella es Raquel, mi novia.

Su novia...

El título hace que mi corazón palpite de emoción, jamás pensé llegar a ser su novia; él es el chico que acosaba desde las sombras, fantaseando con estar a su lado algún día de esta forma, pero nunca pensé que eso se cumpliría.

Ares me mira, sus lindos labios forman una sonrisa, y juro que mi corazón amenaza con saltar de mi pecho y dejarme.

Quiero besarlo.

Aprieto mi mano libre para controlarme y no agarrarlo hacia mí y estampar mis labios contra los de él. Llegamos a la cafetería del hospital y Ares me deja en una mesa después de preguntarme qué quiero, para ir a pedir algo para los dos. Con mis manos sobre mi regazo, echo un vistazo alrededor.

Encuentro a Artemis y a Apolo, sentados en mesas diferentes. Arrugo mis cejas. ¿Qué les pasa a esos dos?

Lentamente, mi cabeza comienza a atar los cabos: la mano vendada de Artemis, el ojo morado de Apolo, la mirada y la tensión incómoda entre Artemis y Claudia cuando salió de la habitación. ¿Acaso... se pelearon por ella? No puede ser. Apolo está interesado en Dani, ¿o no? Y pensar que Artemis esté interesado en Claudia no suena propio de él, ¿o sí?

¿Qué mierda está pasando?

Ares vuelve, poniendo un Caramel Machiatto frente a mí, mi favorito.

—Gracias —le digo con una sonrisa.

Él se sienta, extendiendo sus largas piernas al frente y yo sé lo definido que están los músculos de sus muslos debajo de esos pantalones, también sé lo que hay en medio de esas piernas.

Raquel, por Dios, estás en un hospital.

Cuestionando mi moral, tomo un sorbo del café, cerrando los ojos, qué delicia. Cuando abro mis ojos, Ares tiene una ceja levantada. Yo me lamo los labios, sin querer perderme ni una gota de esta delicia.

—¿Qué?

—Nada.

Entrecierro mis ojos.

—¿Qué?

—La cara que acabas de hacer me recordó a la que pones cuando te hago tener un orgasmo.

Mis ojos se abren tanto que duelen, el calor invade mis mejillas.

—Ares, estamos en un hospital.

—Tú insististe en saber.

—No tienes vergüenza.

Su boca forma esa sonrisa torcida que lo caracteriza y que me hace dejar de respirar.

—No, lo que tengo es ganas de ti.

Me aclaro la garganta, tomando otro sorbo de mi café. Ares extiende su mano sobre la mesa, con la palma hacia arriba, ofreciéndomela. Yo no dudo al tomarla.

—Sé que no debí decir que eras mi novia allá arriba, no quiero presionarte. Sé que debo ganarme las cosas.

—Está bien, de verdad.

Su mano se separa de la mía y casi hago puchero; él bebe de su café también y me da curiosidad saber cuál es su favorito.

—¿Qué pediste?

Me responde en tono burlón.

—Un café.

—Eso ya lo sé, me refiero a qué tipo de café pediste.

Ares se inclina sobre la mesa, su cara muy cerca de la mía.

—¿Por qué no lo averiguas tú misma? —Señala sus labios.

Así de cerca, puedo ver lo mojados que están y lo suaves que parecen, pero lo empujo ligeramente, alejándolo.

—Buen intento.

—¿Hasta cuándo me vas a torturar, bruja?

—No te estoy torturando.

—Sí lo haces, pero está bien, me lo merezco.

Hablamos un rato, y me doy cuenta de que su humor ha cambiado drásticamente, está contento, aliviado, y me gusta verlo así. La curiosidad me gana.

—¿Qué está pasando con esos dos? —Le señalo a Artemis y a Apolo.

—Se pelearon.

—¿Por Claudia?

Ares me da una mirada sorprendida.

–¿Cómo sabes eso?

—Solo até cabos. ¿Qué pasó con ella?

—No me corresponde hablar de eso.

—Ash, qué aburrido.

Ares cruza sus brazos sobre su pecho.

—No soy una vieja chismosa, soy tu novio.

Le salió tan natural que ni siquiera se dio cuenta que lo dijo hasta que notó mi expresión de sorpresa. Ares se rasca la parte de atrás de la cabeza.

—Me has vuelto un tonto.

—Un tonto que me encanta.

Ares me da una sonrisa triunfal.

—¿Te encanto, amiga?

Me sonrojo, soltando una risita como una tonta.

—Solo un poco.

Después de pasar de nuevo por la habitación de su abuelo, Ares me trae a mi casa, estacionando su camioneta enfrente. Él solo apaga las luces de la camioneta, pero la deja encendida. La tensión sexual en el ambiente me dificulta la respiración. Él se quita el cinturón y gira su cuerpo hacia mí.

—Sé que no fue la cita más romántica del mundo, pero la pasé muy bien, gracias por estar a mi lado esta noche.

—Fue perfecta —le digo honestamente—. Me alegra mucho que tu abuelo esté bien.

Ares reposa su codo sobre el volante y pasa su pulgar por su labio inferior.

—Es el momento de la pregunta importante.

—¿Qué pregunta?

Él se inclina sobre mí, obligándome a enterrar mi espalda en mi asiento, su cara está tan cerca de la mía que su respiración acaricia mis labios.

—¿Besas en la primera cita?

No he pensado en eso, en absoluto, no tengo mucho conocimiento en el mundo de las citas, pero recuerdo a Dani diciéndome que ella era de las que besaba en la primera cita, que ella necesitaba saber si había química o no, para no perder el tiempo con otras citas.

Sin embargo, esta situación no es lo mismo, sé que hay química, demasiada diría yo, y que él besa deliciosamente, y ese es el problema. No sé si pueda controlarme si lo beso, mi autocontrol tiene un límite.

Ares se lame los labios.

—¿No me vas a responder?

Mi respiración ya está agitada, mi corazón al borde del colapso, no puedo hablar. Ares deja salir un suspiro de derrota, y vuelve a su asiento.

—Lo siento, te estoy presionando de nuevo.

Sin poder evitarlo, me quito el cinturón y lo agarro del cuello de su camisa para llevarlo hacia mí, sus labios encuentran los míos y gimo ante la sensación de sentirlos.

Ares gruñe, tomándome del cabello, moviendo sus labios agresivamente sobre los míos. El beso no es romántico y no quiero que lo sea, ambos nos hemos extrañado demasiado para que lo sea, es un beso carnal, apasionado, lleno de emociones volátiles y fuertes. Nuestras respiraciones calientes se mezclan mientras nuestros labios mojados se rozan, se aprietan, se chupan entre sí, encendiendo ese fuego incontrolable que fluye entre nosotros con tanta facilidad.

Su lengua traza mis labios, para después entrar en mi boca, intensificando el beso. No puedo evitar gemir contra sus labios. Ares pasa su brazo libre por mi cintura para pegarme más a él. Mi cuerpo está electrificado con sensaciones, cada nervio respondiendo a cada toque por mínimo que sea.

Ares se abalanza sobre mí, forzándome a retroceder en mi asiento, sin separar su boca de la mía. Él usa la palanca para echar mi asiento hacia atrás, y se pasa de su lugar al mío, quedando completamente sobre mí. Me sorprende la habilidad que tiene para hacer eso tan rápido. Sus piernas quedan entre las mías, separándolas, y me alegra tener leggings debajo de mi vestido de otoño, porque él mismo se sube hasta mis caderas, exponiéndome.

Él presiona su cuerpo contra el mío y puedo sentir lo duro que está a través de sus pantalones. Sus labios dejan los míos para atacar mi cuello. Observo el techo de la camioneta mientras él devora con sus labios la piel de mi cuello, y baja hasta mi pecho, sus manos torpes bajando las tiras de mi vestido.

Yendo en contra de todo lo que estoy sintiendo en estos momentos, pongo mis manos sobre sus hombros.

—Ares, no.

Él levanta su cabeza, sus ojos azules llenos de deseo encuentran los míos y mi autocontrol vacila. Su pecho sube y baja con su acelerada respiración. Por un momento, creo que se enojará por ponerlo así para después decirle que no, pero me sorprende con una cálida sonrisa.

—Está bien.

Su boca encuentra la mía nuevamente, pero esta vez de manera suave y tierna. Yo sonrío contra sus labios, y murmuro:

—Latte de Vainilla.

Él se separa un poco.

—¿Qué?

—El café que tomaste.

Ares me devuelve la sonrisa, y está tan jodidamente hermoso en la mezcla de semioscuridad de la camioneta, con el color de sus ojos resaltando. Él señala sus pantalones.

—¿Aún piensas que esto no es tortura?

—Solo un poco.

—Claro, aunque para mí está bien. —Pasa la parte de atrás de su mano por mi mejilla—. Solo hará mucho más intenso el momento en el que te entregues a mí otra vez.

—Suenas muy seguro de que eso pasará.

—Lo estoy. —Su seguridad siempre ha parecido sexy—. ¿Crees que no sé lo mojada que estás en estos momentos?

—Ares...

—¿Recuerdas lo rico que se siente cuando estoy dentro de ti? Ese roce, esa fricción que te lleva a la locura y te hace rogarme por más.

—Dios... —Pongo mis manos sobre su pecho—. Deja de hablar así.

—Estás toda roja. —Ares sonríe y vuelve a su asiento—. También tengo derecho a torturarte.

—Idiota —murmuro, recuperando mi compostura—. Debo irme. —Abro la puerta, y no me sorprende lo temblorosa que está mi mano. Me bajo. —Buenas noches. —Cierro la puerta detrás de mí.

Ares baja el vidrio, con su antebrazo sobre el volante.

—Ey, bruja. —Lo miro—. Cuando te toques esta noche, gime mi nombre con fuerza. —Dejo de respirar, él me guiña un ojo—. Yo haré lo mismo, pensando en ti.

Cierra el vidrio y se va, dejándome con la boca abierta.

¡Estúpido, pervertido, dios griego!

42

LA FIESTA DE HALLOWEEN

—Te ves espectacular.

—Me siento espectacular —respondo con una gran sonrisa en mi cara mientras me veo en el espejo. Soy de ese tipo de personas que a veces se siente bonita, a veces regular y a veces simplemente horrible; es tan extraño, es como si no tuviera un concepto exacto de cómo luzco, y no ayuda el hecho de que la belleza sea algo que puede ser tan subjetivo.

—Debo decir que ese disfraz es la mejor decisión que has tomado en un buen tiempo. —Dani prosigue, delineando sus cejas frente al pequeño espejo en sus manos.

Estamos arreglándonos para salir esta noche de Halloween. Gregory me invitó aquella noche en el club, pero igual esperé a que Ares me invitara él mismo. No fue difícil escoger mi disfraz... Esta noche sería una bruja, mi disfraz consiste en un vestido negro sin tiras, apretado arriba pero suelto de la cintura hacia abajo, que llega hasta la mitad de mis muslos, un collar con un pendiente rojo, guantes negros, botas largas del mismo color y, por supuesto, un gran sombrero.

Dani se ha encargado de mi maquillaje, sombras oscuras, fuerte delineador negro y mi boca de color rojo fuego. Me siento supersexy. Mi mejor amiga —a la cual tuve que convencer para que fuera conmigo— se decidió por un disfraz de gatita malvada, con orejitas y todo.

—No puedo creer que vaya a ir contigo —murmura, levantándose.

—Ares me dijo que te llevara. —Es verdad, Ares me dijo que llevara a Dani, que era una salida grupal y que sería justo que tuviera a una de las mías conmigo—. Además, Apolo seguro que estará ahí.

—¿Y qué importa que esté ahí?

Suspiro, sé que a Dani no le gusta admitir sus debilidades o que un chico la afecta.

—No tienes que mentirme. Sé que estás dolida.

—Pfff —bufa—. Por favor, él y yo no teníamos nada.

—Pero estaban empezando algo cuando de pronto él dejó de escribirte —comento—. Y eso te está volviendo loca, no estás acostumbrada a que un chico se aleje de ti.

—No sé de qué hablas, muchos chicos se han alejado de mí.

—¿Ah, sí? ¿Como quién? A ver.

Ella me da la espalda para retocarse el maquillaje.

—No recuerdo un nombre en específico ahora, pero...

—Pero nada —la interrumpo—. Vamos a ir, te vas a divertir y, si él te habla, le preguntas directamente por qué cambió, punto. Esa es la Dani que conozco.

—Bien —responde de mala gana—. De acuerdo, no te prometo nada.

Me acerco a ella y le pellizco las mejillas.

—Ahora sonríe, gatito lindo.

Ares me envía un mensaje diciéndome que ya está aquí, y yo le respondo que nos dé unos minutos. Así que me dice que se va a bajar y a fumarse un cigarro con Marco afuera mientras esperan.

Estoy muy nerviosa, no sé la reacción que vaya a tomar cuando me vea con mi disfraz, quiero sorprenderlo. Las pasadas dos semanas han sido muy buenas para los dos, Ares se ha portado superbién y hemos salido varias veces, por fin teniendo las esperadas típicas citas. Sin embargo, la tensión sexual entre nosotros ha crecido a niveles de otro mundo. La verdad, no sé cómo me he aguantado tanto.

Salimos de la casa y al primero que veo es a Marco con un disfraz de policía, aunque no puedo negar que se ve muy bien. Ares sale de atrás de la camioneta y dejo de respirar por dos razones: una, se ve ridículamente sexy, y dos, su disfraz es de dios griego. Tiene puesta una especie de bata blanca que deja ver sus definidos brazos, con un lazo dorado que cruza su pecho y una corona sobre su desordenado cabello negro. Lamo mis labios sin poder evitarlo, esto es demasiado para mi pobre alma.

Virgen de los Abdominales, te encomiendo mi ser esta noche.

Ares me mira y sus ojos bajan por todo mi cuerpo lentamente, cada punto quemando, ardiendo bajo la intensidad de su mirada mientras una sonrisa torcida aparece en sus labios.

—Lo sabía.

—Yo también lo sabía. —Señalo su disfraz.

—Ven aquí. —Me hace un gesto para que me mueva hacia él y lo hago; de cerca, su rostro se ve aún más hermoso con esa corona sobre su cabeza. Él podría haber sido un dios fácilmente, la belleza la tenía. Su mano acaricia mi brazo.

—Hola, bruja.

—Hola, dios griego. —Mis manos están inquietas, así que las poso sobre su pecho, bajándolas un poquito para sentir ese abdomen definido a través de las finas telas de su disfraz. ¿Quién podría culparme por toquetearlo así?

—¿Tocándome tan temprano?

Me muerdo el labio.

—Ups, es que el disfraz te queda muy bien.

Ares se inclina hacia mí.

—¿Ah, sí? Pero creo que disfrutarías más tocarme sin el disfraz.

Me hago la escandalizada.

—¿Me estás proponiendo algo indecente?

Ares ladea su cabeza.

—Muy muy indecente, brujita.

Lo empujo y me echo a reír para aliviar la tensión entre nosotros, porque, si no, voy a terminar debajo de él gimiendo su nombre incluso antes de salir de la casa.

Huyo de Ares y me encuentro a Marco hablando con Dani.

—Hola, Marco.

—Hola, Raquel. ¿Estamos listos?

—Sí —respondo, sintiendo la mirada de Ares sobre la parte de atrás de mi cabeza—. ¿Y Apolo?

Marco se encoge de hombros.

—Está adentro de la camioneta, ya sabes que él no fuma.

Arrugo mis cejas, sé que él no tiene ese hábito, pero aun así me parece raro que no esté aquí afuera saludándonos. ¿Qué le pasa a Apolo últimamente? En la escuela, no he hablado mucho con él, ha cambiado.

—Vámonos. —Ares dice abriendo la puerta del conductor y metiéndose dentro de la camioneta. Yo hago lo mismo y veo a Dani vacilar cuando Marco abre la puerta para que ella entre, y además va a quedar en medio, justo al lado de Apolo.

Todos dentro, saludamos a Apolo, quien lleva puesto un disfraz de marinero, con un sombrerito blanco que lo hace ver más tierno de lo usual. Puedo ver la clara expresión de incomodidad en la cara de Dani y le doy una mirada reconfortante.

—El lugar está lleno. —Marco comenta, revisando su celular—. Estoy tan aliviado de que tengamos acceso VIP.

—¿Qué esperabas? —responde Ares—. Es Halloween después de todo.

—El próximo año deberíamos disfrazarnos de algo grupal. —Apolo habla, sorprendiéndonos—. Algo como todos de Power Rangers o las tortugas ninjas, o personajes de una serie como *Juego de Tronos*, sería muy cool.

Marco se ríe:

—¿Cuántos años tienes? ¿Doce?

Siento el impulso de defenderlo.

—Ey, no hay nada de malo con disfrazarse en grupo, me gusta tu idea, Apolo. —Le doy una sonrisa y él me la devuelve.

Marco no tiene intención de callarse.

—Dices eso cuando ni siquiera ustedes dos se disfrazaron en pareja.

—Claro que sí lo hicimos, bruja y dios griego —le explico, pero Marco bufa—. Es algo entre nosotros que jamás entenderías.

Ares también se ríe.

—Ella tiene razón, Marco. Jamás entenderías, la relación más larga que has tenido ha sido con el cigarro que te acabas de fumar y ya se acabó.

Todos nos reímos y Marco gruñe.

—Todos contra mí, ¿eh?

Cuando llegamos al bar, me doy cuenta de que Marco no estaba exagerando cuando dijo que estaba lleno. Hay una fila de gente afuera del lugar y un aviso sobre la puerta que indica que está muy lleno y que no garantizan la entrada así esperes horas afuera. El guardia ni siquiera pestañea al dejarnos entrar.

La decoración es alucinante, todo es negro y naranja, hay calaveras y cuerpos de mentira colgando del techo, telarañas y sangre falsa en los pilares, los *bartenders* están disfrazados de piratas, sirviendo bebidas verdes y de colores asquerosos. Hay varias máquinas de humo, liberando cada cierto tiempo, luciendo como niebla. Todo el mundo está disfrazado, mis ojos navegan por todos lados tratando de observar los disfraces. El ambiente es perfecto, con razón hay tanta gente que quiere entrar. Artemis sabe manejar su negocio y sacar provecho de las festividades.

Subimos las escaleras al área VIP, donde nos espera una mesa, con Samantha, Gregory, Luis y Andrea. ¿Sin Nathaly esta noche? Qué alegría.

La cara de Gregory se ilumina al verme y yo también me emociono, él se levanta y me da un abrazo.

—Raquel, sabía que vendrías.

Me separo de él.

—Por supuesto, jamás me perdería ver tu disfraz de vampiro. —Le doy mi pulgar arriba—. Te queda súper.

Luis también se levanta.

—¿Desde cuándo son ustedes tan cercanos? Me siento excluido.

Ares se nos une.

—Yo me estaba preguntando lo mismo. —Él pasa su mano por mi cintura, pegándome a su lado.

Gregory menea la cabeza.

—Tranquilo, bebé. —Le hace ojitos—. Solo tengo ojos para ti.

Ares le da una mirada cansada y yo me suelto de su agarre.

—Relájate, los vampiros no son lo mío.

Luis interviene.

—A ella le gustan... los... ¿Qué se supone que eres, Ares? ¿Dios?

—Un dios griego.

Samantha se nos une, saludando con una sonrisa.

—¿Estás haciéndole honor a tu nombre?

Luis cae en la cuenta.

—Ah, cierto, que ustedes tienen nombres de dioses griegos. El tuyo es el de la guerra o algo así, ¿no?

Gregory suspira.

—Con razón es tan problemático.

Ares le golpea el brazo.

—¿A quién le dices problemático?

Gregory de nuevo le hace ojitos.

—Dame más duro, bebé.

Todos nos reímos y nos sentamos.

Compartir con el grupo de amigos de Ares se ha vuelto más llevadero y definitivamente más cómodo. Creo que era cuestión de darme tiempo para conocerlos, compartir con ellos para dejar de sentirme fuera del grupo y parte del mismo. Hasta Andrea puede mantener una conversación decente sin su amiga Nathaly. Sin embargo, no olvido que Gregory me ha contado que ella era una interesada y le ha roto el corazón.

Apolo se sienta tan lejos de Dani como es posible, lo cual obliga a Dani a conversar con Luis, quien está obviamente coqueteando con ella, sin saber que mi mejor amiga tiene el corazón sobre el menor de los Hidalgo y no puede dejar de echarle vistazos de vez en cuando.

Sintiéndome más relajada con este grupo, me permito beber unas cuantas copas, se ven asquerosas pero saben divinas, especialmente una que se llama Arrástrame al infierno, que es una delicia, y a este paso, si sigo tomando, terminaré en el infierno con cierto dios griego que anda por ahí. Puedo sentir mis mejillas y orejas calientes, mis labios secos; aparentemente, el alcohol me pone caliente, lo que me hace un objetivo fácil para Ares.

Lamentablemente, el alcohol no solo afecta mis hormonas, sino también en modo atrevido y curioso, y camino al salón de las velas del club de Artemis. No me doy cuenta de que Ares me sigue hasta que estoy dentro y noto que su voz suena detrás de mí.

—¿Qué haces aquí, bruja? —Me giro hacia él, y veo sus ojos azules brillando con algo oscuro y peligroso: deseo.

Trago grueso por segunda vez esta noche, mi mirada notando el pequeño sofá a un lado, mi corazón latiendo desesperado, estamos solos en esta semioscuridad.

—Deberíamos volver.

Ares se acerca a mí con pasos lentos.

—Sí, deberíamos.

Lamo mis labios, observando su cuerpo, recordando cómo siente desnudo contra el mío.

—Sí, de verdad, deberíamos irnos.

Él asiente, quedando tan cerca de mí que tengo que alzar mi mirada para verlo a los ojos.

—Lo sé.

—¿Entonces por qué seguimos aquí? —pregunto, con su nariz rozando la mía. Mis labios se abren en anticipación, mi respiración ya es un desastre.

Él me agarra del cuello.

—Porque esta noche —susurra— vas a ser mía otra vez, bruja. —Y con eso él estampa sus labios contra los míos.

43

EL DESCONTROL

ARES HIDALGO

No puedo controlarme, no quiero controlarme.

He esperado demasiado, he aguantado demasiado. Mi control tiembla y se agrieta con cada beso, cada roce de mi lengua con la de ella, con la suavidad de su piel contra mis manos. La estampo contra la pared, besándola desesperadamente, su sombrero de bruja se cae y se pierde en la oscuridad.

Intento calmarme y ser gentil, sentir cada parte de ella, pero la espera me pasa factura y, aunque quiero devorarla, penetrarla, oírla gemir mi nombre al oído, me tomo mi tiempo acariciándola, besándola y, cuando su respiración se convierte en jadeos, sé que está tan excitada como yo. Mis manos se inquietan y viajan dentro de ese corto vestido de bruja que lleva puesto, mis labios nunca dejando los suyos. Moviendo su ropa interior a un lado, deslizo mis dedos sobre su entrepierna, ella gime y yo le muerdo el labio inferior.

—¿Mojadita tan rápido?

Ella no dice nada, solo se estremece cuando uno de mis dedos la penetra, se siente tan caliente y húmedo dentro de ella que noto que mi pene va a explotar de lo duro que está.

—Ares... —Ella murmura, su voz llena de deseo—. Estamos... Aquí no deberíamos.

¿Ella de verdad piensa que podemos detenernos ahora?

Hundo mi dedo aún más profundo dentro de ella y la escucho jadear, aferrándose a mis hombros. Mis labios abandonan los suyos para lamer y mordisquear la piel de su cuello. Sé que es su punto débil, ella deja caer su cabeza hacia atrás, sus caderas se mueven al ritmo de mis dedos, volviéndome loco. Uso mi mano libre para acariciar sus pechos a través del vestido.

No más, no puedo esperar más.

Sin poder evitarlo, me separo de ella, sacando mi mano de su entrepierna para liberar mi miembro y ponerme el condón, pero ella protesta impaciente.

—Ares, por favor.

La miro a los ojos, juguetón.

—¿Huh?

Ella no vacila en decirme lo que quiere.

—Te deseo ya, dentro de mí.

—¿Ah, sí? —La molesto levantando una de sus piernas y poniéndola alrededor de mi cintura—. Brujita pervertida.

Mi erección roza su mojada entrepierna y descanso mi frente sobre la de ella.

—No voy a ser gentil.

Ella me muerde el labio inferior.

—No quiero que lo seas.

Yo la agarro del cabello, obligándola a mirarme a los ojos y muevo mis caderas hacia adelante, penetrándola por completo con una sola estocada. Ambos gemimos ante la sensación. Dios, he olvidado lo delicioso que se siente dentro de ella, mojado, apretado, caliente, suave...

No puedo dejar de mirarla porque se ve tan jodidamente sexy y vulnerable así, sus mejillas rojas, sus labios hinchados, sus ojos brillando de deseo. Ella pasa sus manos alrededor de mi cuello y tomo su otra pierna para así levantarla por completo y comenzar a moverme, apretándola contra la pared con cada movimiento brusco. Vuelvo a besarla, ahogando sus gemidos con mi boca.

—¡Oh, Dios, Ares! —Jadea, perdiendo el control.

Roce de piel suave, mojada y caliente... Más, necesito más. Acelero mis movimientos, presionándola contra la pared aún más, entrando y saliendo de su humedad, por un segundo, pienso en detenerme, no quiero hacerle daño, pero, por la manera en la que me pide más, sé que le gusta tanto como a mí.

Si esto sigue así, voy a terminar más rápido de lo que quiero. No quiero que ella piense que soy un principiante veloz. Cargándola, me muevo hacia atrás hasta sentarme en uno de los muebles, ella queda sentada sobre mí, con el poder de volverme más loco de lo que ya me tiene.

Raquel no duda en moverse encima de mí, en círculos, hacia adelante y hacia atrás y me doy cuenta de que esta no fue una buena idea para no terminar rápido. Se ve tan sexual, las luces de las velas dándole un toque brillante a su ligeramente sudada piel. Se ve como una diosa, jamás pensé que el sexo podría sentirse tan bien. No es solo el aspecto físico del mismo, es la conexión, esas emociones que se transmiten en cada toque, cada mirada, cada beso.

Mierda, ella me tiene en la palma de sus manos.

Ella tiene el poder de destruirme, y la verdad es que no me importa, ser destruido por ella sería un jodido privilegio. Ella se muerde los labios, bajando su vestido, exponiendo sus pechos.

Oh, sí, un jodido privilegio.

Aprieto su cintura, guiando sus movimientos.

—¿Te gusta montarme así?

Ella gime.

—Sí, me gusta mucho.

Le doy un azote y ella tiembla de placer.

—Estás toda mojadita. —Me enderezo un poco para lamer en medio de sus pechos y luego chuparlos—. Quiero que te vengas sobre mí, así como estás.

La siento apretarse contra mi miembro, sé que ya le falta poco.

—¡Oh, Ares, se siente muy..., ah! —Me muevo con ella, penetrándola profundamente. Sus gemidos se descontrolan y sé que a mí también me falta poco.

La abrazo, susurrando cosas sensuales en su oído, pero con el rabillo del ojo noto movimiento hacia mi derecha. Miro y veo un rostro sorprendido entre una pequeña apertura de las cortinas que nos ocultan.

Marco.

Instintivamente, mis manos bajan el vestido de Raquel y siento alivio al sentirla cubierta, pero ella no se detiene. Marco se demora dos segundos en reaccionar y yo le doy una mirada fría que hace que se vaya.

Quisiera decir que eso me cortó la inspiración con Raquel, pero no es así. Mi bruja se sigue moviendo sobre mí, al borde del orgasmo, arrastrándome con ella. Ella me besa y el roce de nuestros cuerpos conectados se intensifica.

Ella gime contra mi boca, su cuerpo estremeciéndose contra mí, su humedad apretando mi erección, su orgasmo impulsa el mío y aprieto sus caderas mientras me vengo.

De pronto, puedo escuchar la música de nuevo, y el sonido de nuestras pesadas respiraciones. Raquel me abraza y yo entierro mi cara en su cuello. Puedo sentir los latidos acelerados de nuestros corazones, y no quiero moverme. En este momento, esto se siente perfecto.

Y esa siempre ha sido una de las primeras grandes diferencias con Raquel. Antes de ella, siempre quería alejarme de la chica con la que acabara de tener sexo, y cuando ya estaba satisfecho, solo quería alejarme de ellas. Pero con Raquel siempre he sentido esa necesidad de quedarme a su lado, con ella pegada junto a mí. Aún recuerdo lo mucho que me asustó sentir eso las primeras veces que estuve con Raquel, esa sensación de querer quedarme a su lado no era algo que me hubiera pasado antes y me aterraba, y por eso huía o trataba de alejarla.

Inhalo su esencia, y sonrío contra su piel.

Ya no tengo miedo, bruja.

Ya no quiero huir.

Le doy un beso y nos levantamos con cuidado, acomodando nuestros disfraces. La observo bajar su vestido y arreglarlo, y sonrío con picardía.

—Supongo que ya salí de la *friendzone*.

Ella me mira con los ojos entrecerrados.

—No empieces.

Me hago el inocente.

—No estoy empezando nada. —Me tomo una pausa—. Solo digo la verdad, novia.

Ella trata de disimular una sonrisa.

—¿Novia?

Solo asiento.

—Ahora soy todo tuyo y tú eres toda mía, brujita.

—¡Ja! —Ella bufa—. ¿Por qué siempre tan posesivo?

Paso un brazo alrededor de su cintura, empujándola hacia mí, y ella suelta una risita. Acaricio su mejilla.

—Porque hay personas que ponen sus ojos sobre ti.

Ella me da una ancha sonrisa.

—¿Celoso? Te ves lindo cuando te pones celoso.

La primera vez que he sentido celos en mi vida ha sido contigo.

Lo pienso, pero no lo digo. Raquel se retuerce un poco, incómoda.

—Voy al baño a... Ya sabes, limpiarme un poco.

—Te espero en la mesa.

Me hace el símbolo de «Ok» con la mano y se aleja. Salgo del salón de las velas, y me dirijo a la mesa. El primero en recibirme es Gregory.

—Apareciste. —Se levanta y me susurra al oído—. Péinate un poco, señor obvio.

Me paso las manos por el cabello rápidamente, y camino hacia Marco.

—¿Tienes cigarros?

Él asiente, sacando una caja de su bolsillo.

—¿Quieres uno?

—Sí. ¿Me acompañas a fumar?

Él me sonríe.

—Claro.

Pasamos por el salón de las velas para dirigirnos al balcón que está de ese lado. Apenas pongo un pie ahí y recuerdo aquella vez que Raquel me dejó mal en este mismo lugar, tanto ha pasado desde esa noche.

Encendemos nuestros cigarros, le doy una calada y expulso el humo al aire frío de la noche. Marco está inclinado, con sus antebrazos sobre la baranda del balcón y sus ojos sobre las vistas. El silencio es raro entre nosotros, es incómodo, pero la conversación que viene es una que ambos sabemos que debemos tener.

—No hay necesidad de rodeos entre nosotros. —Él dice casualmente.

—Esto no es un juego para mí, Marco —comienzo, inhalando de nuevo—. No esta vez.

294

—¿Ella te gusta de verdad?

—Es más que eso.

Él se echa a reír.

—No me jodas. ¿Estás enamorado?

—Sí.

Él hace una mueca.

—Pensé que ella solo era la chica rara que te acosaba, cómo cambian las cosas.

—Marco, te estoy hablando en serio, ella no es un juego para mí —repito—. Nada de juegos, apuestas, desafíos.

Él levanta ambas manos al aire, su tono burlón.

—Me ha quedado muy claro.

—Di lo que tengas que decir.

—¿Se supone que debo escucharte? —reclama—. ¿Acaso a ti te importó joderme con Samantha?

—Tú a mí nunca me dijiste que ella te gustaba de verdad, que no era un juego. ¿Cómo se suponía que iba a saberlo? ¿Leyéndote la mente?

—¡Tú sabías lo que sentía por ella! No era necesario decírtelo. —Lanza el cigarro al suelo y lo pisa—. Desde que éramos pequeños he tenido sentimientos por ella, tú lo sabías.

Sabía que esto saldría a la luz algún día, pero no esperaba tener esta conversación hoy.

—Ella nunca te ha visto de otra forma, solo como un amigo, eso no es mi culpa.

—¿Crees que no lo sé? Pero cualquier esperanza que tuviera con ella se fue a la mierda cuando empezaste a tirártela por placer, por diversión, ilusionándola como una tonta.

Apago el cigarro en el cenicero de la mesita del balcón.

—Jamás he querido jugar con ella y tú lo sabes.

—Pero lo hiciste —responde, con la rabia clara en su voz—. Nos jodiste a los dos con tu maldito egoísmo, nunca piensas en los demás, solo en ti.

—¿Qué quieres? ¿Una disculpa?

—Nah, solo espero que ahora que encontraste una persona que de verdad te importa, aprendas a pensar en los demás. —Se pasa la mano por la cabeza—. Solo espero que madures. ¿Cómo te sentirías si yo te quitara a Raquel? Que me vieras usarla por placer, sabiendo que tú estás ahí sintiendo mil cosas por ella, pudiendo hacerla feliz y darle todo.

Tan solo de pensarlo, aprieto mis manos a los costados.

—Ni siquiera lo pienses.

—Se siente feo, ¿no? Me alegra que puedas ponerte en mis zapatos ahora. —Me da la espalda, y suspira—: Tranquilo, no pienso acercarme a tu bruja, solo quería que entendieras lo que sentí.

Poniendo mi orgullo a un lado, hablo.

—Lo siento. —Marco me mira de nuevo, con la sorpresa clara en su rostro, pero sigo—: De verdad lo siento, *bro*, tienes razón.

—Nunca te has disculpado conmigo.

—Lo sé. —Le doy una sonrisa triste—. Pero ahora es más fácil admitir mis errores, creo que ella me hace ser mejor persona.

Me da una sonrisa honesta.

—Me alegra mucho escuchar eso.

—Y Samy va a sanar, Marco, y volverás a tener la oportunidad de ganártela.

Se echa a reír.

—Eso espero, por ahora me conformaré con sus miradas de odio.

—¿Todo bien?

—Todo bien, pasado es pasado.

Con todo claro, ambos entramos de nuevo al club. Al llegar a la mesa, Raquel está riéndose a carcajadas con Gregory, y Samantha de pie con Andrea bailando un poco al ritmo de la música.

Me acerco a Samantha para decirle al oído:

—Te reto a bailar con Marco.

Ella hace un mohín.

—Odio tus retos.

Pero lo cumple, siempre hemos cumplido los retos que nos ponemos. Los veo irse a bailar, y mis ojos caen sobre mi bruja. Se ve tan hermosa riéndose, sus mejillas están sonrojadas; he notado que se le pone la cara roja cuando ha bebido de más. Ella nota mi presencia y sus ojos se iluminan, y levanta su mano llamándome hacia ella.

Sí, definitivamente, ser destruido por ella es un privilegio.

44

THE WALK OF SHAME

RAQUEL

—Raquel. —Sacudida de hombro—. ¡Raquel!

Ser sacudida violentamente me trae del mundo de la inconsciencia de vuelta a la vida.

—¡Raquel! —Un susurro demandante alcanza mis oídos, pero no quiero abrir mis ojos—. ¡Por Dios santo, despierta!

Abro uno de mis ojos, apretando el otro mientras me acostumbro a la luz. Una figura está inclinada sobre mí.

—Qué... —Una mano tapa mi boca y lentamente parpadeo, tratando de ver quién está casi encima de mí.

Cabello negro cayendo a los lados de su cara...

Dani.

—¡Shhh! Necesito que te levantes con mucho cuidado.

Le doy una mirada de «pero qué mierda pasa», aunque ella parece desesperada.

—Te explicaré luego, pero necesito que te levantes con cuidado y no hagas ruido.

—Espera un segundo, primero que nada. ¿Dónde carajos estamos? Anoche...

Mi mente pasa por una serie de imágenes demasiado vergonzosas: margaritas, vodka, bailes encima de la mesa del club, Gregory haciendo stripper, Ares y yo besándonos delante de todo el mundo, Dani y Apolo dándose miradas de «si te descuidas, te follo esta noche».

Oh, Virgen de los Abdominales, me voy a ir al infierno.

Básicamente cometí demasiados pecados en una sola noche. Y no solo eso, tuvimos que venirnos en taxi a la casa de Marco, que era la única casa sin supervisión adulta. Más alcohol, aún más shows de stripper, más miradas sexuales entre Apolo y Dani, y aún más besos entre Ares y yo.

Dani libera mi boca y yo me siento, porque mi estómago se revuelve y mi cabeza palpita.

—¿Qué pasa? —Mi garganta arde, seca, lastimada por tanto alcohol.

Dani levanta su dedo índice a sus labios y me hace un gesto a mi lado. Ares está durmiendo junto a mí, acostado sobre su estómago, con su cabeza en dirección contraria a nosotros. La sábana hasta un poco más arriba de su cintura, está sin camisa, su tatuaje visible y ese cabello negro desordenado apuntando a todos lados.

Dios, despertarse al lado de semejante hombre tiene que ser un privilegio, tal vez me esté gastando toda la felicidad de mi vida con este chico, pero vale la pena.

Dani me trae de vuelta a la realidad, pasando su mano frente a mi cara.

Con cuidado, me levanto, el colchón cruje y ambas miramos al dios griego, pero él está en el más allá. Siento un ligero dolor en mi entrepierna y me mareo un poco, Dani me sostiene esperando que me estabilice.

No vuelvo a beber.

Lo sé, eso dije la vez pasada.

El alcohol es como un ex no superado, prometes no volver a caer, no probarlo nunca más, pero te seduce y caes de nuevo.

Busco los tacones que llevaba puestos anoche, que están tirados en una esquina de la habitación, y un recuerdo viene a mi mente:

—¡Hechízame, bruja! —Ares grita mientras entramos al cuarto torpemente. Él me toma de la cintura para besarme ligeramente.

Yo suelto una risita.

—Estás tan borracho.

Se ve tan lindo con sus mejillas rojas y sus ojos entrecerrados. Ares me señala con el dedo.

—Tú no eres la personificación de sobriedad tampoco.

—Guao... Personificación. ¿Cómo se las ingenia tu cerebro intoxicado para decir esas palabras?

Ares me da una gran sonrisa, tocando su frente.

—Coeficiente...

—Más alto del condado —termino por él—. Inteligente y hermoso. ¿Por qué eres tan perfecto?

Él se encoge de hombros y acaricia mi mejilla.

—¿Por qué eres tú tan perfecta?

Y recuerdo con detalle todo lo que hicimos después de eso, Dios.

—¡Tierra llamando a Raquel!

Con la sangre en mis mejillas, vuelvo a la realidad. Dani me hace un gesto con su mano para que la siga a la puerta, meneo la cabeza.

—No puedo irme y dejarlo así.

Dani susurra.

—Le explicas todo luego en un mensaje de texto, necesito salir de aquí.

—¿No crees que se sentirá un poco usado?

Dani me da una mirada de «¿es en serio?».

—Se lo explicas luego, vámonos —dice, pero yo vacilo—. Por favor.

—Bien.

Ambas con nuestros tacones en mano salimos de la habitación, cerrando la puerta con cuidado detrás de nosotras.

—Ahora, ¿me puedes explicar qué pasa?

Dani menea la cabeza.

—Te explico en el camino, sé silenciosa, hay mucha gente durmiendo en estos cuartos.

El pasillo es largo, con puertas en ambos lados. Quiero protestar, pero Dani comienza a caminar delante de mí, y mis ojos caen en la parte de atrás del top de su disfraz y veo la etiqueta. ¿Está al revés?

Oh, oh, error de principiante.

—Dani, ¿tuviste sexo anoche?

—¡Shhhh! —Me tapa la boca, poniéndome contra la pared.

Yo me libero.

—Oh, por Dios, te tiraste a Apolo.

—¡Raquel!

—¡Niégalo!

Dani abre la boca para decir algo y la cierra de nuevo. La sorpresa no me cabe en el cuerpo.

—¡Por la Virgen de los Abdominales!

Dani arruga las cejas.

—Primero que nada, esa virgen no existe y, segundo, cállate la boca, Raquel, ni una palabra más.

—Oh, esto no me lo esperaba —digo, divertida.

Dani me agarra del brazo.

—Camina, no hagas que esta *Walk of Shame* sea peor de lo que ya es.

—¿*Guok* de qué?

Dani pone los ojos en blanco.

—La caminata de la vergüenza, ya sabes, al día después de que te tiras a alguien que no debías, hay hasta una película y todo.

Suelto una risita.

—¡Es que yo lo sabía! ¡Te dije que te daba un mes para que cayeras!

Dani me da una mirada asesina.

—Muévete, son las nueve y tu mamá sale de guardia hoy a las once.

—Oh, mierda, debiste empezar por ahí.

Empezamos a atravesar el pasillo cuando escuchamos la manilla de una puerta girar.

—Oh, mierda, mierda. —Dani murmura y ambas caminamos de un lado a otro sin saber qué hacer, chocando la una contra la otra varias veces.

Finalmente, nos congelamos y vemos a Samy salir de una de las habitaciones con mucho cuidado, con sus tacones en las manos también, y su actitud muy igual a la de nosotras.

No me digas que...

Samy nos ve y se paraliza por un segundo, saludando con su mano libre. Nos acercamos y Dani la toma de la mano para que escapemos juntas.

—Nadie juzga a nadie.

Cuando bajamos las escaleras, nos encontramos a Andrea. Sí, la no sé qué de Gregory, en la puerta, abriéndola con cuidado.

—¿Me estás jodiendo?

Dani, Samy y yo compartimos una mirada y sonreímos, yo suspiro.

—Esta tiene que ser la *Wouk of Chin* más popular de la historia.

Samy se ríe.

—¿Quieres decir *Walk of Shame*?

Bajo la cabeza y murmullo.

—El inglés se me hace difícil a veces.

Salimos de la casa, deteniéndonos en el jardín, Samy revisa su teléfono, se ve sin batería.

—¿Alguien tiene batería para llamar un taxi?

Andrea nos sonríe.

—Yo traje mi coche, las puedo llevar.

Es un auto muy bonito, femenino y pequeño. Samy entra en el puesto de copiloto y Dani y yo atrás. Andrea comienza la conversación.

—¿No les parece muy peculiar esta situación?

Samy asiente.

—Demasiado, diría yo.

Sin poder evitarlo, abro mi boca.

—Lo siento, pero creo que todas estamos curiosas de saber con quién...

Dani está de acuerdo.

—Nadie juzga a nadie, digamos los nombres.

Andrea se ríe.

—Gregory.

Samy se sonroja.

—Marco.

—¿Qué? —digo, sorprendida—. Eso no me lo esperaba.

Samy suspira.

—Yo tampoco.

Andrea entrecierra sus ojos.

—¿Nadie se sorprende con mi revelación? ¿Era tan obvio?

Todas decimos al mismo tiempo.

—Sí.

—Auch. —Andrea hace puchero—. Tú también eres obvia, Raquel. Ares, quién más.

Le saco la lengua y ella me ve por el retrovisor y me saca el dedo. El hecho de habernos encontrado en esta situación tan vergonzosa y vulnerable ha creado un ambiente de confianza muy agradable entre nosotras.

Samy se gira ligeramente en su asiento.

—¿Y tú, Daniela?

Dani baja la cabeza y, con su dignidad en el subsuelo, susurra.

—Apolo.

—¿Qué? —El grito de Samy y Andrea me lleva a hacer una mueca. Me toco la frente.

—Sin gritos, resaca. ¿Recuerdan?

Andrea para en un semáforo en rojo.

—Eso sí que no me lo esperaba.

Dani se pasa la mano por la cara.

—Lo sé, me tiré a un niño.

Andrea la mira como si estuviera loca.

—No, no por eso, sino porque no sabía que ustedes se conocían tan bien.

Samy asiente.

—No me digas que estás sintiéndote mal por la edad, Daniela. —La culpa en la cara de Dani es obvia—. Apolo no es un niño, es un adolescente y déjame decirte que bastante más maduro que muchos chicos mayores que conozco.

Me alegra mucho que Samy piense como yo.

—Eso mismo le he dicho yo, está paranoica con la edad y el qué dirán.

Samy le da una sonrisa reconfortante, y estira su mano para apretar la de Dani.

—No te des mala vida, Daniela. ¿Sí?

Andrea cruza en la avenida principal.

—Lamento interrumpir el romance, pero ¿les molesta si paso por la farmacia? Mi cabeza está matándome, necesito algo para el dolor.

—Yo necesito un Gatorade para hidratarme —susurra Samy.

—¿Perdiste muchos líquidos anoche? —Dani bromea y todas hacemos una mueca de asco.

—¡Dani!

Andrea estaciona su auto en la farmacia y dejamos salir un largo suspiro. Tengo el presentimiento de que este es el comienzo de nuevas amistades; después de todo, no hay mejor manera de empezar un lazo de confianza que hidratándonos y lidiando con una de las peores resacas de nuestras vidas.

45

LOS USADOS

ARES HIDALGO

Despertarme y no sentir a Raquel al estirar mi brazo en la cama no es lo que esperaba. Con mi cabeza dando vueltas, me levanto, tambaleando hacia el baño, echo un vistazo y nada. Noto que su ropa no está por ninguna parte, así que me doy cuenta de que se ha ido.

¿La bruja me usó y se fue?

No puedo creerlo, esto va para la larga lista de primeras veces con Raquel. Nunca ninguna chica ha desaparecido la mañana siguiente después de una noche de sexo, ese siempre ha sido mi papel.

Ella sigue robándome el protagonismo de las cosas.

Pero ¿por qué se fue? No hice nada malo anoche. ¿O sí? Me paso la mano por cara, recordando todo lo que hicimos anoche. Dios, eso califica como el mejor sexo que he tenido en mi vida. Esta mujer me vuelve loco. Sonrío como un estúpido, evaluando la única ropa que tengo para ponerme: el disfraz de dios griego. Ah, no lo creo, de ninguna forma voy a salir así. Busco ropa en el armario, ya que esta es una de las habitaciones de invitados de Marco y, como está acostumbrado a que nos quedemos aquí de vez en cuando, siempre hay ropa extra para la visita.

Luego de ponerme unos shorts y una sudadera blanca, bajo las escaleras a la sala, donde me encuentro con una escena que parece sacada de la película *¿Qué pasó ayer?*

Gregory está acostado en el sofá, con una bolsa de hielo sobre su frente. Apolo se encuentra sentado en el suelo con su espalda contra la parte de abajo del sofá y un balde a su lado, está pálido. Marco se sienta en el sofá con una bolsa de hielo sobre su...

Marco es el primero en notarme.

—Ni siquiera lo digas.

No puedo evitar reírme.

—¿Pero qué mierda?

—Estoy muriendo. —Gregory gruñe.

Mis ojos siguen sobre Marco.

—¿Qué te pasó?

Marco desvía la mirada.

—¿Qué parte de «ni siquiera lo digas» no entendiste? Solo olvídalo.

—Es difícil olvidarlo cuando estás sosteniendo una bolsa de hielo sobre tu pene.

Apolo resopla.

—¿Por qué eres tan crudo, Ares?

Me siento al final del sofá, a los pies de Gregory.

—¿Te lo rompiste?

Marco me da una mirada asesina.

—No, solo... Creo que son quemaduras de fricción.

Suelto una carcajada.

—Mierda, *bro*, y yo que pensaba que había tenido una noche salvaje.

Gregory se ríe conmigo.

—Yo también, pero no, parece que a Marco le dieron como televisor viejo.

Gregory y yo decimos al mismo tiempo.

—Sin control.

Marco tuerce los labios.

—Ja, ja, qué graciosos.

Apolo sonríe.

—Esa estuvo buena.

Apolo y yo nos vamos a casa y, al llegar, caminamos directamente a la cocina, aún estamos débiles y mareados. Necesitamos líquidos, comida y una buena ducha. Apolo se desploma en la mesa de la cocina, su mejilla sobre la misma. Yo solo agarro dos botellas de bebidas energizantes de la nevera y las pongo sobre la mesa, sentándome al otro lado. Sé que Apolo hizo de las suyas anoche y tengo mucha curiosidad.

—No quiero hablar de eso.

—No dije nada.

—Lo estás pensando.

Tomo un trago de mi bebida.

—Estás imaginando cosas.

Claudia entra en la cocina y se ofrece a prepararnos una sopa. Pero Apolo dice que está cansado y se va a su habitación.

Es mi turno para descansar mi cara sobre la mesa mientras espero que Claudia prepare la sopa. Sin darme cuenta me quedo dormido. Una patada a mi rodilla me despierta, parpadeo y lamo mis labios mientras un dolor punzante cruza mi cuello. Cuando despego mi cara de la mesa, puedo sentir las marcas de los bordes de madera sobre mi mejilla. Me enderezo en mi silla, con mis ojos encontrando una mirada fría.

Artemis está sentando al otro lado de la mesa, con un humeante café frente a él, vestido con su sudadera negra de hacer ejercicio y su cabello ligeramente húmedo por el sudor. Yo aún no entiendo cómo se puede levantar un domingo a hacer ejercicios. Pero, bueno, hay muchas cosas que no entiendo de mi hermano mayor.

Sus brazos están cruzados sobre su pecho.

—¿Una noche dura?

—No tienes idea.

Claudia se mueve alrededor de la estufa.

—Oh, despertaste, ya la sopa está lista.

—Gracias —le digo con un tono de alivio—. Estás salvando una vida.

Claudia me sonríe.

—No te acostumbres. —Me sirve la sopa y el simple olor emanando de la misma hace que me sienta mejor.

Artemis da un sorbo a su café, y estoy a punto de tomarme una cucharada de sopa cuando habla.

—No dejes que Apolo beba, aún no tiene la edad.

—Lo sé, fue una cosa de un día.

De nuevo levanto mi cuchara, pero Artemis habla de nuevo.

—Me comentó la directora de tu preparatoria que no has aplicado aún a las escuelas de Leyes o Negocios.

Pongo la cuchara a un lado del plato.

—Ni siquiera estamos a mitad de año escolar.

—Mejor temprano que tarde. ¿Tienes alguna en mente? —Aprieto mi mandíbula—. Se te haría muy fácil ser aceptado en Princeton, papá y yo nos graduamos ahí, y serías considerado como legado para entrar.

Oh, The Ivy League, las universidades más prestigiosas, exclusivas y conocidas de Estados Unidos. El proceso de selección es aún más riguroso que el usual de las otras universidades. No solo tienes que tener notas excelentes, sino también mucho dinero, y también está el conocido «legado»: si tus padres o tu familia cercana se graduaron de una de esas universidades, estás prácticamente dentro.

No me malentiendan, yo sí estoy interesado en una de esas universidades, pero no para la carrera que mi hermano tiene en mente. Claudia me da una mirada de compasión y luego sigue cocinando. ¿Acaso mi incomodidad con este tema es tan obvia?

Artemis parece no querer callarse.

—¿Has pensado qué rama escogerás? ¿Negocios o Leyes? Me ayudarías bastante si te vas por la rama de Negocios, estamos pensando en abrir otra sucursal en el sur. Apenas comenzó la construcción y sería ideal que pudieras manejarla cuando te gradúes.

No quiero estudiar Leyes o Negocios.

Quiero estudiar Medicina.

Quiero salvar vidas.

Quiero tener el conocimiento para darle los mejores cuidados a mi abuelo, a las personas que me importan.

Pienso todas esas cosas, pero no las digo, porque sé que en el momento que dejen mis labios perderé todo respeto y validación frente a mi hermano mayor, porque abandonar el legado se siente como traición en este tipo de familia.

¿De qué sirve un doctor en una transnacional de éxito?

He tenido una vida donde no me ha faltado nada, donde no he tenido que trabajar por nada. El legado tiene un lado muy dulce, pero las personas están equivocadas si creen que no existe un precio en este tipo de vida.

Las personas no ven la presión, el molde de lo que se supone que tienes que ser, las comidas solitarias, lo difícil que es hacer un amigo verdadero o conseguir cariño genuino. Pensé que mi vida se basaría en ese círculo hasta que pasó: Raquel me vio.

Y no hablo de que me miró, ella vio a través de mí, y se acercó con esos sentimientos tan puros, con esa cara tan bonita y tan fácil de leer, que me dejó sin palabras. Raquel siempre ha sido tan de verdad, transparente, sus reacciones tan honestas. No pensé que existieran personas así.

Ella, que ni siquiera sabe lo bonita que es, me dijo con tanta seguridad que me iba a enamorar de ella. Ella, que trabajaba para comprarse las cosas que quería, que siempre ha sido solitaria por la falta de su papá y el trabajo de su mamá; ella, que ha pasado tanta mierda conmigo...

Aún sonríe con todas las ganas.

Y es una sonrisa que me desarma, y me hace creer que todo es posible. Y que sí seré un gran doctor algún día, porque tal vez nadie en mi familia me apoye o crea en mí, pero ella sí lo hace.

Y eso es más que suficiente.

46

EL PERDÓN

RAQUEL

Víspera de Año Nuevo
Lo siento...
Perdóname...
Nunca quise hacerte daño.
No sé en qué estaba pensando.
Pedir perdón puede ser tan difícil, requiere madurez y valentía. Admitir que te equivocaste significa enfrentarte a ti mismo y afrontar el hecho de que no eres perfecto y que nunca lo serás, que eres capaz de cometer errores como todo el mundo.

Equivocarse es de humanos, admitirlo es de valientes.

Los peores errores son esos que no puedes borrar, sin importar cuándo se disculpen, cuánto hagan, esos que dejan una cicatriz en tu corazón. Esos que aún duelen cuando los recuerdas.

La víspera de Año Nuevo tiene un aire, una forma de ponernos sensibles, de hacernos reflexionar sobre todo lo que hemos hecho, de lo que no hemos hecho, de las personas que hemos afectado de buena o mala manera. He pasado por tantas cosas este año, sobre todo desde el verano..., los últimos seis meses han sido una montaña rusa de emociones para mí.

El reloj muestra las 23:55 h y mis ojos se llenan de lágrimas, lo cual quisiera decir que me sorprende, pero no es así. Siempre he llorado cuando se acerca la medianoche en Año Nuevo, ya sea por tristeza, alegría, nostalgia o una combinación de emociones que ni yo misma he podido descifrar.

Mi madre pasa su brazo por encima de mi hombro para abrazarme de lado, ambas estamos sentadas en el sofá. Estamos en la casa de su amiga más cercana, Helena, quien tiene una familia numerosa. Siempre pasamos la víspera de Año Nuevo aquí. Supongo que a mi madre nunca le ha gustado la idea de que lo pasemos solas y a mí tampoco.

Mi madre acaricia mi brazo, descansando su mentón sobre mi cabeza.

—Otro año, nena.

—Otro año más, mami.

Helena aparece frente a nosotros, con su nieto de tres años en los brazos.

—Vamos, de pie, es hora del conteo.

Hay alrededor de quince personas en esta pequeña sala, la presentadora en la pantalla del televisor comienza a contar hacia atrás.

10

La risa de Dani...

9

Las locuras de Carlos...

8

Los argumentos nerd de Yoshi...

7

La inocencia de Apolo...

6

La bofetada de mi madre...

5

Las palabras hirientes de Ares...

4

Las palabras dulces de Ares...

3

Su hermosa sonrisa al despertar...

2

El profundo azul de sus ojos...

1

Te amo, bruja.

—¡Feliz Año Nuevo!

Todo el mundo grita, se abrazan, celebran, y no puedo evitar sonreír, aunque gruesas lágrimas estén bajando por mis mejillas. El inestable me ha pegado sus hábitos.

Lo extraño mucho. Después de Halloween, nos hemos visto casi todos los días, pero hace dos semanas me dijo que su familia siempre pasaba Navidad y Año Nuevo en una exótica playa en Grecia, porque al parecer tienen familia allá, y no pude evitar molestarlo con lo de los dioses griegos yendo a Grecia. Ares me preguntó una y otra vez que si quería que se quedara. ¿Cómo podía permitirme quitarle ese tiempo con su familia? No soy tan egoísta.

Mi madre me abraza, devolviéndome a la realidad.

—¡Feliz Año Nuevo, hermosa! Te quiero mucho.

Yo le devuelvo el abrazo. Nuestra relación aún está un poco quebrantada, pero estamos trabajando en eso. Claro, aún no le he dicho que Ares y yo estábamos saliendo, un paso a la vez. Ares me llamó hace horas para desearme feliz año, la diferencia horaria afectando.

Después de unos cuantos abrazos, me quedo sentada en el mueble. No tengo nada que hacer... La realidad de eso me toma por sorpresa. Después de recibir el año, Joshua siempre venía por mí y salíamos a desear feliz año por todas las calles, con todo el mundo despierto y celebrando.

Me duele...

No puedo negarlo, Joshua siempre ha estado a mi lado, y este último mes ha sido difícil sin él, porque tenemos tantas costumbres juntos. Solíamos salir a jugar con la nieve en la primera nevada del año, recibir a los niños con disfraces de miedo en Halloween, hacer maratones de nuestras series favoritas, comprar libros diferentes para cuando termináramos de leerlos intercambiarlos, teníamos noches de juegos de mesa, historias de terror y fogatas al lado de mi casa, incluso una vez incendiamos el patio y mamá casi nos mata. Sonrío ante el recuerdo.

¿Qué estoy haciendo?

Tal vez no pueda confiar en él tan fácilmente, pero sí puedo perdonarlo; no hay lugar para el rencor en mi corazón.

Sin pensarlo mucho, agarro mi abrigo y sigo a mi corazón. Salgo corriendo de la casa de Helena, el frío del recién llegado invierno me golpea, pero corro por la acera, saludando y deseando feliz año a todos los que me encuentro en el camino. Las luces de navidad decoran la calle, los árboles de los jardines frente a las casas, hay niños jugando con sus estrellitas de navidad, otros haciendo bolas de nieve para lanzarlas. La vista es hermosa, y me doy cuenta de que a veces estamos tan enfocados en nuestros problemas que no vemos la belleza de las simples cosas.

Abrazándome, comienzo a caminar más rápido, no puedo correr por la nieve, no quiero resbalar y quebrarme algo, eso sí sería patético. Mi pie se entierra en una pila de nieve y lo sacudo para seguir, pero cuando levanto la mirada me congelo.

Joshua.

Con su abrigo negro largo, un gorro negro y sus lentes ligeramente empañados por el frío. No digo nada y solo corro hacia él, olvidando la nieve, los problemas, las cicatrices emocionales, solo quiero abrazarlo.

Y lo hago, pasando mis manos alrededor de su cuello, y apretándolo contra mí. Siento el olor de esa colonia suave que él siempre usa, y me llena y me tranquiliza.

—Feliz Año Nuevo, idiota —gruño contra su cuello.

Él se ríe.

—Feliz Año Nuevo, Rochi.

—Te extraño tanto —murmuro.

Él me aprieta contra su pecho.

—Yo también te extraño, no tienes ni idea.

No.

Eso no fue lo que pasó.

Sin importar cuánto deseara que eso hubiera pasado, no cambiaría la realidad.

La realidad soy yo corriendo a través de la nieve con lágrimas en mis mejillas, sin abrigo, y apretando tanto mi celular en mi mano que podría quebrarse. Mis pulmones arden por el frío aire, pero no me importa. Mi madre corre detrás de mí, gritándome que me calme, que pare, que me ponga el abrigo, pero no me importa.

No puedo respirar.

Aún recuerdo lo rápido que se desvaneció mi sonrisa cuando recibí la llamada, la madre de Joshua sonaba inconsolable.

—Joshua... intentó... suicidarse.

No sabían si iba a sobrevivir, su pulso estaba muy débil.

No, no, no.

Joshua, no.

Todo comienza a pasar frente a mis ojos. ¿Qué hice mal? ¿En qué fallé? ¿Por qué, Joshua? La culpabilidad fue el primer sentimiento en llenar mi corazón. Nunca, nunca se me había cruzado por la mente que él pudiera hacer algo así. Él no se veía deprimido, él no... Yo...

Llegando a su casa, la ambulancia me pasó por un lado a toda velocidad, y caigo de rodillas sobre la nieve. Los vecinos de Joshua se acercan y ponen un abrigo sobre mí. Yo me agarro el pecho, respirando agitadamente.

Mi madre me abraza desde atrás.

—Ya, mi niña, ya, él va a estar bien.

—Mami, yo... Es mi culpa... Yo le dejé de hablar... Él... —No puedo respirar, no puedo dejar de llorar.

El camino al hospital en un taxi fue silencioso, solo mis sollozos resonando por todo el lugar. Con la cabeza sobre el regazo de mi madre, rezo, ruego porque él sobreviva; esto no se supone que debe haber pasado, esto es una pesadilla. Mi mejor amigo no puede haber hecho eso, mi Yoshi...

Al llegar a emergencias, corro hacia donde están los padres de Yoshi, parecen destrozados, sus ojos hinchados, el dolor claro en sus rostros. Apenas me ven, rompen a llorar, yo me uno a ellos, abrazándolos.

Limpiando mis lágrimas, me separo.

—¿Qué pasó?

Su madre menea la cabeza.

—Después de recibir el Año Nuevo, él se fue a su habitación, al rato lo llamamos muchas veces, pensé que se había dormido y fui a ver. —Su voz se rompe, el dolor claro en su rostro—. Se tomó tantas pastillas, estaba tan pálido. Mi bebé... —Su esposo la abraza de lado—. Mi bebé se veía muerto.

La agonía, el dolor reflejado en sus rostros es tan difícil de ver, puedo sentir la desesperación, la culpa ahí, colgando. ¿En qué fallamos? ¿Qué no vimos? Tal vez en todo, o tal vez en nada. Joshua tal vez nos dio señales o no nos dio nada, igual esta sensación de culpa, de fallarle nos carcome.

Suicidio...

Una palabra casi tabú, que nadie menciona, de la que a nadie le gusta hablar, no es agradable ni mucho menos cómodo, pero la realidad es que sí pasa, sí hay personas que deciden terminar con su vida. Particularmente, nunca ha cruzado mi mente, siempre pensé que eso le pasaba a otras personas, que nunca le pasaría a alguien cercano a mí.

Nunca me esperé que Joshua hiciera algo así.

Por favor, Joshua, no te mueras. Suplico, cerrando mis ojos, sentándome en la sala de espera. *Yo estoy aquí, nunca me iré, te lo prometo, por favor, no te vayas, Yoshi.*

Pasan minutos, horas, pierdo la noción del tiempo. El doctor sale, con una cara que hace que mi corazón se apriete en mi pecho.

Por favor...

El doctor suspira.

—El chico tuvo mucha suerte, le hicimos un lavado estomacal, está muy débil pero estable.

Estable...

El alivio invade mi cuerpo, me siento emocionalmente devastada, y si no es por mi madre que me sostiene, habría caído al suelo de nuevo. El doctor habla sobre remitirlo a psiquiatría y un montón de cosas, pero yo solo quiero verlo, asegurarme de que está bien, de que no se va a ir a ningún lado, de hablarle, de convencerlo de que nunca vuelva a hacer algo así, de pedirle perdón por haberlo apartado, por no haber intentado arreglar las cosas entre nosotros.

Tal vez si yo hubiera estado..., él no lo habría hecho...

Tal vez.

El doctor nos dice que Joshua estará inconsciente por el resto de la noche, que podemos ir a descansar y volver en la mañana, pero ninguno de nosotros se mueve de ahí. Mi madre nos consigue una habitación libre para descansar, ya que este es su hospital y todo el mundo la conoce y la respeta, es una de las enfermeras más antiguas del lugar.

Mi madre acaricia mi pelo mientras descanso mi cabeza sobre su regazo.

—Te dije que él estaría bien, nena. Todo va a estar bien.

—Me siento tan culpable.

—No fue tu culpa, Raquel. Culparte no va a servir de nada, ahora solo tienes que estar ahí para él, ayudarlo a salir adelante.

—Si yo no lo hubiera apartado, tal vez...

Mi madre me interrumpe.

—Raquel, los pacientes con depresión clínica no siempre muestran lo que sienten, se les puede ver felices aunque no estén bien. Es muy difícil ayudarlos si no piden ayuda, y para ellos a veces pedir ayuda no tiene sentido porque la vida ha perdido sentido.

No digo nada, solo me quedo mirando a lo lejos una ventana, veo copos de nieve cayendo de nuevo. Mi madre acaricia mi mejilla.

—Duerme un poco, descansa, ha sido una noche difícil.

Mis ojos arden de tanto llorar, los cierro para intentar dormir un poco, olvidar, perdonarme.

—*¡Te vas a caer!* —*Un pequeño Joshua me grita desde abajo. Estoy en un árbol, escalándolo.*

Le saco la lengua.

—*Solo estás molesto porque no puedes atraparme.*

Joshua cruza los brazos.

—*Claro que no; además, dijimos que los árboles no valían, tramposa.*

—*¿Tramposa?* —*Le lanzo una rama.*

Él la esquiva.

—*¡Oye!* —*Me da una mirada asesina*—. *Bien, tregua, baja y seguimos el juego luego.*

Con cuidado, bajo el árbol, pero, cuando estoy frente a él, Joshua me toca y sale corriendo.

—*¡Uuuuu! Te toca a ti atraparme.*

—*¡Ey! Eso es trampa.*

Él me ignora y sigue corriendo, y no me queda más que perseguirlo.

Un apretón de hombros me despierta, rompiendo ese sueño tan agradable, lleno de juegos e inocencia. Mi madre me sonríe con un café en su mano.

—Caramel Macchiato.

Mi favorito.

Me recuerda a Ares y esa noche, nuestra primera cita en el hospital. No me he atrevido a llamarlo, a decirle nada, porque sé que vendrá corriendo y no quiero arruinarle su Año Nuevo. Sé que eso es lo de menos en estos momentos, pero no quiero involucrar a nadie más en esta dolorosa situación.

—Él ya despertó, sus padres acaban de salir de verlo. ¿Quieres entrar?

Mi corazón se aprieta, mi pecho arde.

—Sí.

Tú puedes hacerlo, Raquel.

Mi mano tiembla sobre la manilla de la puerta, pero la giro, abriendo la puerta y entrando. Mis ojos en el suelo mientras la cierro detrás de mí. Cuando levanto la mirada, me cubro la boca para ahogar los sollozos que salen de mi cuerpo.

Joshua está acostado sobre sábanas blancas, una intravenosa conectada a su brazo derecho, luce tan pálido y frágil que parece que pudiera romperse en cualquier momento. Sus ojos de miel encuentran los míos y se llenan de lágrimas de inmediato.

Con grandes pasos, me acerco a él y lo abrazo.

—¡Idiota! Te quiero mucho mucho. —Entierro mi cara en su cuello—. Lo siento mucho, perdóname, por favor.

Cuando nos separamos, Joshua aparta la mirada, limpiándose las lágrimas.

—No tengo nada que perdonarte.

—Joshua, yo...

—No quiero tu lástima. —Sus palabras me sorprenden—. No quiero que te sientas obligada a estar a mi lado solo porque pasó esto.

—¿De qué es...?

—Fue mi decisión, no tiene nada que ver contigo o nadie más.

Doy un paso atrás, observándolo, pero él no me mira.

—No, no vas a hacer esto.

—¿Hacer qué?

—Alejarme de ti —declaro—. No estoy aquí por obligación, estoy aquí porque te quiero muchísimo, y sí, lamento no haberte hablado antes para tratar de arreglar las cosas, pero antes de que pasara esto ya había decidido buscarte, lo juro.

—No te estoy reclamando nada.

—Pero yo quiero explicarte, quiero que sepas lo mucho que te he extrañado, lo mucho que me importas.

—¿Para que así no vuelva a intentar suicidarme?

¿De dónde había salido esa amargura en su voz? ¿Ese descaro y desinterés por la vida? ¿Siempre había estado ahí?

Recordé las palabras de mi madre: la vida pierde sentido para las personas con depresión clínica, nada importa. A él ya nada le importa.

Me acerco a él.

—Yoshi. —Noto cómo se tensa ante la mención de su sobrenombre—. Mírame.

Él sacude la cabeza, y yo tomo su rostro entre mis manos.

—¡Mírame! —Sus ojos encuentran los míos y las emociones que veo en ellos me parten el corazón: desesperación, dolor, soledad, tristeza, miedo, mucho miedo...

Las lágrimas vuelven a mis ojos.

—Sé que ahora todo parece sin sentido, pero no estás solo, hay mucha gente que te quiere y que estamos aquí para respirar por ti cuando lo necesites. —Las lágrimas ruedan por mis mejillas cayendo desde mi mentón—. Por favor, déjanos ayudarte, te prometo que esto pasará y que volverás a disfrutar la vida como ese niño tramposo con el que jugaba cuando era pequeña.

El labio inferior de Joshua tiembla, hay lágrimas escapando de sus ojos.

—Tenía tanto miedo, Raquel.

Él me abraza, enterrando su cara en mi pecho mientras llora como un niño, y yo solo puedo llorar con él.

Él va a estar bien, no tengo ni idea de cómo hacer que vuelva a enamorarse de la vida, pero respiraré por él tantas veces como sea necesario.

47

LOS HIDALGO

ARES HIDALGO

El imponente sol de Grecia quema mi piel, y me obliga a esconderme detrás de lentes de sol. El clima, contrario al de casa, no es frío, pero tampoco caliente, manteniéndose en un término medio que he disfrutado mucho desde que llegamos.

Estoy acostado en una silla frente a la piscina de aguas cristalinas del resort; la vista es relajante, se puede ver toda la costa y la playa más allá de la piscina. Para mí, Grecia siempre ha tenido un aire de antigüedad, de historia, que te brinda una sensación extraña, pero en el buen sentido.

A mi lado, está sentado mi abuelo, Claudia está de pie a su lado, recogiendo sus medicinas de una mesa bajo una sombrilla. Lleva puesto un vestido de baño rojo que combina con su cabello y un vestido transparente que apenas la cubre.

—Creo que ya he tenido suficiente. —El abuelo gruñe y comienza a levantarse. Yo lo ayudo con Claudia a ponerse de pie.

—Sí, es hora de descansar.

El abuelo se suelta de mi agarre gentilmente.

—Ares, hijo, aún puedo caminar solo.

Levanto mis manos en el aire.

—Me ha quedado claro.

Los observo cruzar las puertas de vidrio, y el sonido de una notificación llama mi atención; como loco, recojo mi teléfono, pero no hay nada.

Nada.

No he sabido nada de Raquel desde hace más de dos horas.

Y mierda, cómo me tiene de desconcentrado.

Hablé con ella para desearle feliz año nuevo cuando llegó la medianoche aquí, pero después de eso no supe más nada de ella, ni siquiera cuando la medianoche llegó allá. Le he enviado mensajes, la he llamado y no hay respuesta. ¿Estará dormida aún? A pesar de que aquí ya son las tres de la tarde, allá todavía es temprano en la mañana.

Otro sonido de notificación, pero con mi celular en la mano sé que no es mi teléfono, sino el de Apolo, que está sobre una silla.

Apolo está nadando en la piscina para variar, nadar siempre ha sido su hobby desde que era pequeño. Me quedo mirando la pantalla de su teléfono, sorprendido con la cantidad de notificaciones que ha recibido de... ¿Facebook?

Apolo nunca ha sido muy activo en Facebook, ¿o sí?

Pero las notificaciones no paran. Así que camino hasta la orilla de la piscina con una toalla y su celular en mano, me agacho cuando Apolo emerge del agua, sacudiendo su pelo.

—Tu celular va a explotar.

Apolo me da una mirada de confusión.

—¿Mi celular?

—¿Desde cuándo eres tan activo en Facebook?

—No lo soy.

Apolo se sienta en la orilla, se pone la toalla alrededor de sus hombros y sacude el agua de su mano para tomar su teléfono. Yo me siento a su lado porque no tengo nada mejor que hacer, ahora que la bruja me está ignorando.

Apolo desplaza su dedo sobre la pantalla de su teléfono, y veo su expresión de confusión creciendo.

—Oh, mierda.

—¿Qué pasa?

Como si mi celular quisiera responder, el bombardeo de notificaciones también comenzó a llegarme a mí. Estoy a punto de revisar cuando

Artemis aparece en mi campo de visión y no se ve nada alegre, trae su celular en la mano.

—Apolo. —Artemis gruñe y veo a mi hermano menor bajar la cabeza—. ¿Por qué subiste esa foto sin permiso?

Yo los miro a los dos.

—¿Qué foto?

—No pensé que esto pasaría, solo tengo conocidos en mi Facebook. —Apolo explica y yo sigo sin entender.

—¿Alguien me puede explicar qué pasa?

Artemis pone la pantalla de su teléfono en mi cara, mostrándome una foto que nos tomamos esta mañana los tres en shorts, sin camisa, con lentes de sol al lado de la piscina. El parentesco es obvio, y no me da vergüenza decir que nos vemos muy bien.

Artemis suspira.

—Alguien se robó la foto del Facebook de Apolo y la puso en una página de Facebook que se llama «Chicos hermosos».

Apolo sigue sorprendido.

—La foto se volvió viral y tiene un montón de «me gusta» y los comentarios no paran.

Artemis le da una mirada asesina a Apolo.

—En los comentarios todas esas mujeres planearon encontrarnos, y de alguna manera lo hicieron porque tengo más de dos mil solicitudes de amistad y siguen creciendo.

Revisando mi teléfono, me doy cuenta de que yo también tengo un montón de solicitudes de amistad y mensajes al privado de desconocidas.

—Relájate, Artemis —trato de calmarlo—. Es una molestia, pero mira el lado positivo, publicidad gratuita para la compañía Hidalgo.

Artemis nos da una última mirada antes de irse, sigue sin verse feliz, pero, bueno, las expresiones de alegría tampoco son su fuerte.

—¿Leíste los comentarios? —Apolo me comenta, absorbido por su celular.

Lleno de curiosidad, me meto en la foto y me dispongo a leer algunos de los comentarios.

Me detengo porque los comentarios cada vez suben más y más de nivel. Guao, es increíble lo que la gente puede decir sin ni siquiera conocernos.

Me siento observado y levanto mi mirada para encontrarme con un par de ojos grises muy bonitos. Una chica de pelo negro y su amiga rubia acaban de meterse a la piscina al otro lado. No es la primera vez que las veo, desde que llegamos al resort hace dos semanas, siempre nos las hemos encontrado en las áreas comunes.

Apolo sigue mi mirada.

—La chica que te persigue, ¿eh?

—No me persigue.

—Sabes bien que sí, hasta yo me he dado cuenta. —Apolo le echa un vistazo—. Es muy exótica, tu tipo.

Me paso la mano por el cabello.

—¿Mi tipo? —Sí, él tiene razón, ese solía ser mi tipo, las chicas de cabello oscuro y ojos claros, y terminé enamorado de una chica que no tiene ninguna de esas características, qué irónica es la vida—. Ya yo no tengo un tipo, solo está ella.

Apolo me da una gran sonrisa.

—Estoy orgulloso de ti.

—Y yo de ti, hermano que ya no es virgen.

—No empieces.

—Ah, vamos, es normal tener curiosidad, mi primera vez fue un desastre.

—Mentira.

—Lo juro, me tardé como cinco minutos en ponerme el condón.

Apolo hace una mueca de incomodidad.

—Demasiada información, Ares.

—Tengo que preguntar. ¿Te pusiste condón, Apolo?

—Claro. ¿Por quién me tomas?

—Bien.

Cuando es hora de comer en familia, mi madre abre la boca, revisando algo en su teléfono.

—Somos trending topic en Twitter.

Artemis echa la cabeza hacia atrás, gruñendo.

—No me digas que esto es por la foto.

Mi madre nos muestra.

—Miren, el hashtag Hidalgo está en los primeros diez.

Las redes sociales nunca dejarán de sorprenderme.

Claudia arruga las cejas.

—¿Qué foto?

Apolo se sienta, tomando un pedazo de piña.

—¿Recuerdas la foto que nos tomaste esta mañana?

Claudia asiente, Apolo mastica y habla.

—Se volvió viral.

Mi madre le da una mueca de asco.

—No mastiques y hables, Apolo, qué maleducado.

Yo también me siento, y reviso mi teléfono de nuevo; aparte de la locura de la foto, no tengo ningún mensaje de la bruja.

¿Dónde estás, Raquel?

¿Acaso no me extrañas?

Porque yo me estoy muriendo por hablar contigo.

Abro la conversación de mensajes con ella y veo que aún no ha visto mis mensajes. Mi teléfono suena en mis manos, pero mi emoción se desvanece cuando veo que es Samantha.

Me alejo de la mesa para contestar.

—¿Aló?

—Oh, feliz Año Nuevo, Ares. —Su voz suena cohibida, algo no está bien.

—¿Qué pasa?

Ella duda al otro lado de la línea.

—Algo pasó, Ares.

48

LOS REGALOS

RAQUEL

Medicación...
   Sesiones de terapia...
   Consultas psiquiátricas...
   Y un montón de cosas más relacionadas con el estado de Joshua es todo lo que puedo escuchar en el hospital mientras pasa el día. No sé si es el cansancio o la falta de sueño, pero se me hace difícil prestar atención y entender bien de lo que están hablando.

Mi madre prácticamente me sacó del hospital cuando cayó la noche, argumentando que tenía que descansar, que ya había pasado demasiado tiempo ahí. Dani llegó para hacerle compañía a Joshua en mi lugar, ya que los padres de Joshua estarían descansando por la noche, estaban devastados.

Después de llorar un rato sobre el hombro de mi mejor amiga, me despido de Joshua y salgo de ahí. Llego a una casa vacía y silenciosa. Cierro la puerta detrás de mí y descanso mi espalda sobre la misma y juego con las llaves en mis manos, sin separarme de la puerta.

Así no es como imaginaba la primera noche del año nuevo; al parecer a la vida le gusta golpearnos cuando menos lo esperamos para ver cuánto podemos aguantar. Me siento como si hubiera sido golpeada en el estómago y me hubieran dejado sin aire aunque estoy respirando.

Mi mente sigue tratando de entender, de buscar razones, de señalar culpables, de culparme. Aún recuerdo mi conversación con Joshua antes de irme:

—Sé que quieres preguntar, así que solo hazlo. —Joshua me sonríe—. Está bien.

Froto mis brazos, en un intento de entrar en calor y ganar tiempo para escoger mis palabras cuidadosamente, mientras Joshua solo espera.

—¿Por qué? ¿Por qué lo hiciste?

Joshua aparta la mirada, suspirando.

—No lo entenderías.

Me siento en la cama de hospital a su lado.

—Intentaré entenderte.

Su mirada vuelve a caer sobre mí.

—Dame tiempo, prometo decírtelo, ahora no... puedo.

Pongo mi mano sobre su hombro, y le doy una gran sonrisa.

—Está bien, seré paciente.

Él pone su mano sobre la mía, sus ojos clavados en los míos.

—Te he extrañado tanto.

—Yo también, Yoshi. —Bajo mi cabeza—. Yo... lo siento.

—Shhhhh. —Él toma mi mejilla gentilmente, obligándome a mirarlo—. No tienes que disculparte, Rochi. —Su pulgar acaricia mi piel.

—Pero...

Su pulgar se mueve hasta quedar sobre mis labios.

—No, para.

El roce de su dedo contra mis labios me hace cosquillas.

—Está bien.

—Ahora ve a casa a descansar. —Él baja su mano y se acerca a mí, dándome un beso en la frente, para luego retroceder—. Ve, estaré bien con Medusa.

Me río un poco.

—No la llames así o vas a tener una noche muy larga.

Joshua se encoge de hombros.

—Vale la pena, es el sobrenombre más adecuado que se me ha ocurrido.

Dani entra, murmurando algo sobre la calidad del café del hospital, y nos encuentra sonriendo como idiotas. Ella alza una ceja.

—¿Qué? ¿Estaban hablando de mí?

—Nop —decimos al mismo tiempo.

Ahí los había dejado, peleando sobre sobrenombres y boberías como de costumbre.

Me ruedo en la puerta hasta quedarme sentada en el suelo, con las rodillas contra mi pecho. Sé que necesito bañarme y dormir, pero no encuentro la energía para hacerlo, solo me quiero quedar aquí.

Saco mi celular del bolsillo y veo la oscura pantalla. Se me descargó unas horas después de llegar al hospital, y me pregunto si Ares me ha enviado algún mensaje. Tal vez esté muy ocupado celebrando el Año Nuevo con su familia para darse cuenta de mi ausencia en los mensajes, y no lo culpo, no le he dicho lo que pasó con Joshua. Mi mente ha estado tan enfocada en tratar de entender y creer que esto de verdad le había pasado a mi mejor amigo que no tuve cabeza para enviarle a Ares. Luego mi celular murió y no quería despegarme de Joshua para ir a cargarlo.

Con pasos lentos, subo y me doy una ducha caliente. No puedo negar que el agua se siente bien sobre mi piel y relaja mis tensos músculos. Ahora que estoy un poco más relajada, dejo que el dios griego invada mis pensamientos.

Lo extraño tanto.

Estas semanas se han sentido como una eternidad, es tan desconcertante cuando te acostumbras a ver a una persona casi todos los días y, de pronto, ya no la ves. Aún faltan unos días para que vuelva y sé que será difícil, sobre todo ahora, que mataría por uno de sus abrazos, por sentirlo junto a mí, dándome seguridad.

En pijama, me siento en la cama y conecto mi celular para que se cargue, ansiosa; veo cómo se enciende, los sonidos de los mensajes comienzan a hacer eco por todo el cuarto. Rocky está durmiendo plácidamente en la esquina, los sonidos de las notificaciones no parecen molestarlo en lo absoluto.

Rápidamente, abro la conversación de Ares, tengo un montón de mensajes de él. Eso no me lo esperaba.

12:15 h

Te estaba llamando para desearte feliz año, y no contestaste.

12:37 h

¿Bruja?
01:45 h
¿Por qué no contestas el teléfono?
02:20 h
¿Te quedaste dormida?
09:05 h
Raquel, estoy comenzando a preocuparme. ¿Estás bien?
10:46 h
Mierda, Raquel, estoy muy preocupado ahora.

Ese fue su último mensaje.

Me muerdo el labio inferior mientras comienzo a escribir una respuesta; sin embargo, no puedo ni terminar de escribir bien la primera palabra cuando mi teléfono suena en mi mano.

Llamando dios griego <3

Mi corazón hace lo usual, amenazando con salirse de mi pecho, tomo una respiración profunda.

—¿Aló?

Hay un segundo de silencio, como si no esperara que contestara, como si estuviera acostumbrado a que no respondiera, pero la seriedad de su voz me sorprende.

—¿Dónde estás?

—En mi casa.

—Mira por la ventana.

Y cuelga, confundida, me quedo mirando el teléfono. Mi mirada cae sobre la ventana, está cerrada por el frío; allá afuera, está nevando de nuevo. Me levanto y camino a la ventana, moviendo las cortinas a un lado.

Ares...

Ahí, de pie, en su patio. Se ve un poco bronceado, en jeans y con una chaqueta negra sobre una camisa blanca. Su cabello negro en ese desorden que le queda perfecto, solo a él. Quisiera decir que me acostumbro a verlo, a la profundidad de esos ojos azules, a la confianza de su postura, a lo hermoso que es, pero mentiría, creo que jamás me acostumbraré y ahora menos que he pasado dos semanas sin verlo.

Mi cuerpo reacciona a él como de costumbre, mi corazón latiendo desesperado, mi estómago dando vueltas, y mis manos sudando un poco. Sin embargo, no son las reacciones físicas las que siempre me toman por sorpresa, sino las sensaciones, lo que me hace sentir, la emoción que llena mi pecho, cómo me hace olvidar que existe un mundo alrededor de mí.

Copos de nieve caen sobre él, aterrizando en su chaqueta y en su cabello. No puedo creer que de verdad esté aquí.

Él me da esa sonrisa que dejaría sin aliento a cualquiera.

—Hola, bruja.

No sé qué decir, estoy sin palabras, y él parece saberlo, porque silenciosamente se salta la cerca que divide nuestros patios y sube por las escaleras para llegar a mi habitación por la ventana.

Doy un paso atrás, enfrentándolo, sus ojos viendo a través de mí. Quiero hablar y decirle lo que pasó, pero por la forma en la que me mira sé que ya lo sabe. Sin previo aviso, me agarra de un brazo hasta que me estrello sobre su pecho y me abraza fuerte, su olor llenando mi nariz, haciéndome sentir segura. Y en ese momento, no sé por qué, lágrimas brotan de mis ojos sin control y me encuentro llorando desconsoladamente.

Ares solo me consuela, acariciando la parte de atrás de mi cabeza, y mis palabras apenas se entienden.

—Él... casi muere... Yo no sé qué hubiera hecho si... Me siento tan culpable.

Él solo me deja llorar y murmurar todas las cosas que quiero decir, apretándome fuerte contra su pecho. Dios, lo he extrañado tanto. Nos separamos y él toma mi rostro con ambas manos, sus pulgares limpiando mis lágrimas, y presiona sus labios ligeramente sobre los míos, dándome un beso suave y delicado como si tuviera miedo de que me rompiera si me besara profundamente.

Nos separamos y él descansa su frente sobre la mía, sus ojos traspasando mi alma.

—¿Por qué no me lo dijiste?

Doy un paso atrás, poniendo distancia entre nosotros, no puedo concentrarme teniéndolo tan cerca.

—Yo... No lo sé, todo pasó tan rápido. Mi cabeza estaba hecha un desastre. Además, tú estabas muy lejos, no quería incomodarte.

—¿Incomodarme? —La palabra parece molestarle—. Raquel, tú eres una de las personas más importantes en mi vida, si es que no eres la más importante; tú jamás me incomodarás, tus problemas son mis problemas, pensé que todo el asunto de ser una pareja era poder contar el uno con el otro. Me molesta que sientas que no puedes contar conmigo.

—Lo siento.

—No te disculpes, eso no es lo que quiero, solo quiero que si alguna vez estás en una situación difícil me lo digas, no te quedes callada solo por no querer incomodarme. ¿De acuerdo?

Le doy una sonrisa honesta.

—De acuerdo.

—¿Quieres hablar de lo que pasó?

Tomo una respiración profunda.

—No.

—Está bien.

Ares se quita una mochila oscura que no he notado que trae en su espalda y la pone sobre la mesa de la computadora. De la misma, saca una bolsa de regalo preciosa. ¿Qué?

Él se acerca a mí, extendiendo su mano con el regalo.

—Feliz Navidad, bruja.

Me quedo mirándolo, sorprendida.

—No tenías que darme nada.

Él se toma el mentón como si pensara.

—Creo que me dijiste que solo aceptabas regalos en ocasiones especiales, así que tengo que aprovechar este momento.

—¿Acaso recuerdas todo lo que te digo?

—Sí, todo lo que me importa se queda aquí. —Toca su frente—. Vamos, tómalo, ya no tienes excusa para rechazarlo.

Suspirando, agarro la bolsa. Ares me mira impaciente, parece más emocionado que yo porque lo abra y se me contagia un poco su emoción. Lo pongo sobre la cama y lo abro. Lo primero que saco es una caja dorada con bombones que no solo se ven costosos sino extranjeros.

—¿Chocolates?

—Lo sé, lo sé, soy cliché. —Levanta las manos—. Hay más.

Lo acuso.

—Pensé que era un solo regalo.

—Como dije, tengo que aprovechar esta oportunidad.

Lo siguiente que saco es una pequeña caja cuadrada que recuerdo muy bien: el iPhone. Le doy una mirada asesina.

—¿Me estás jodiendo?

—Es uno nuevo, no es el de aquella vez, lo juro —explica con apuro—. Sé que te gustan los iPhone y que no has podido comprarte otro, y ese teléfono que te prestó Dani está a una llamada de autodestruirse.

—Eres...

—¿Por favor? —Pone esos ojos de rogar que me recuerdan al gato de Shrek.

—Tú solo quieres un teléfono con el que pueda sacarme fotos sexys para enviarte.

Ares se hace el sorprendido.

—¿Cómo lo supiste?

Giro los ojos, sonriendo, y saco una caja pequeña pero alargada. Cuando la abro, mi corazón se derrite; es un collar de oro con un colgante con mi nombre, pero la R de Raquel está cruzada con el nombre de Ares. Parece una pequeña cruz de nuestros nombres. No sé por qué siento ganas de llorar de nuevo, nunca nadie me ha dado algo tan detallado y lindo.

—Es... —No tengo palabras—. Es hermoso, Ares.

Él me ayuda a ponérmelo y me da un corto beso en la parte de atrás de mi cuello para volver a alejarse, y recostarse contra la mesa de la computadora, cruzando los brazos sobre su pecho.

—Muchas gracias, dios griego, esto fue muy lindo de tu parte —le digo honestamente—. Jamás pensé que serías capaz de ser tan tierno.

—Tengo mis momentos.

—Yo también te compré algo. —Sus ojos se abren, no se lo esperaba—. No es mucho y no está envuelto porque no esperaba que llegaras tan pronto.

Nerviosa, busco debajo de mi cama y saco la bolsa plástica donde están los dos detalles que le compré y se la paso.

—Me siento terrible por dártelo así después de que tú me diste algo tan bonito.

Ares me da una mirada cansada.

—¿Podrías dejar de decir cosas así? A ver... Veamos... —Lo primero que saca es un libro y lee el título en voz alta—: *Medicina para principiantes.* —Su sonrisa se desvanece, pero su rostro se llena de tantos sentimientos que se me arruga el corazón, y él se me queda mirando en silencio por unos segundos—. Gracias.

—Sigue, hay más.

—Okay. Okay. —Saca con cuidado un estetoscopio.

—Quería darte tu primer instrumento de médico, para que siempre me lleves contigo cuando seas doctor.

Quisiera poder describir cómo está él en estos momentos, las emociones cruzando su rostro tan claras como el día, pero me faltarían palabras, sus ojos azules se humedecen mientras él se lame los labios lentamente.

—Tú de verdad crees que podré lograrlo.

Le doy una sonrisa llena de seguridad.

—No lo creo, sé que podrás lograrlo. —Pongo mi pulgar arriba—. Dr. Hidalgo.

Ares pone el estetoscopio en la mesa, y se apresura hacia mí.

—Mierda, cómo te amo. —Sus labios están sobre los míos antes de que pueda decirle que yo también lo amo y que sé que, aunque nadie lo apoye en sus sueños, yo siempre lo haré sin importar lo que pase.

49

EL APOYO

3 MESES DESPUÉS

Los ojos son el espejo del alma...

¿Dónde he escuchado eso antes? No importa, solo sé lo verdadera que es esa frase, nunca imaginé poder ver tanto con tan solo mirar a los ojos a alguien, es como si estuviera leyendo su biografía.

Ares no dice nada, solo me mira, el profundo azul de sus ojos luciendo tan brillante con el sol de la mañana reflejándose en ellos. No sé cuánto tiempo ha pasado desde que nos despertamos, estamos acostados de lado, mirándonos a los ojos. Su mano descansa sobre el lado de mi cara, su pulgar acariciando mi mejilla.

Quisiera detener el tiempo.

Quedarme así para siempre, sin tener que enfrentar el mundo o preocuparme por nada más.

Me doy cuenta de que la felicidad no es un estado perpetuo, son solo pequeños momentos perfectos.

Ares cierra los ojos, y me da un beso en la frente. Cuando se separa, las emociones en sus ojos se ven tan claras como el agua: amor, pasión. Me hace recordar nuestro comienzo cuando no podía descifrarlo en lo absoluto.

Una nueva emoción se asienta en la boca de mi estómago: miedo. Cuando algo es tan perfecto, el pavor de que algo pueda arruinarlo puede ser muy agravante.

La alarma de su celular interrumpe nuestro momento, Ares se mueve para cogerlo de la mesita de noche y desactivar la alarma, y se gira hacia mí de nuevo.

—Tenemos que irnos.

—¡Arg! —gruño—. Recuérdame por qué tengo que estudiar.

Ares se levanta, y se estira.

—Porque quieres ser psicóloga y ayudar a las personas y para eso necesitas terminar la secundaria.

Eso me hace sonreír como una tonta.

—Buena motivación. —Yo también salgo de la cama, solo tengo puesta su camisa. —Te dejaré ser mi primer paciente si prometes que seré la tuya.

El buen humor se desvanece en el aire, Ares aparta la mirada sin responder, y comienza a caminar hacia su baño. Arrugo mis cejas, pero no digo nada; el tema de sus estudios universitarios se ha vuelto sensible desde hace un mes. Él tiene que hablar con sus padres, tomar la decisión de la universidad a la que va a aplicar, ya que las fechas límites de aplicaciones para muchas universidades están pasando.

Después de verlo desaparecer tras la puerta del baño, y escuchar la ducha, busco mi mochila que está al lado de una pequeña biblioteca que tiene Ares con libros de la escuela. Aprovecho los días que mamá está de guardia para venirme a quedar con él, así que me traigo mi mochila de la escuela con ropa para que no se me haga tarde irme a la escuela en la mañana.

Al principio, fue incómodo para mí, me daba vergüenza estar con los padres de Ares y con sus hermanos, pero con el paso del tiempo me di cuenta de que esta casa pasa más tiempo vacía que con personas, y cuando están en casa, tienden a estar encerrados en sus propios mundos o, en este caso, habitaciones.

Con la que sí he interactuado bastante ha sido Claudia. Ella y yo simplemente tenemos química, nos llevamos muy bien y, aunque a simple vista puede parecer una chica ruda y cerrada, en realidad, es muy dulce.

Estos tres meses han sido maravillosos. Ares se ha comportado como un príncipe, hemos salido, pasado tiempo con mis amigos y con los de él, hemos disfrutado de sexo maravilloso casi todos los días. No hemos tenido ninguna pelea hasta ahora y le agradezco a la Virgen de los Abdominales por eso. Creo que merezco este periodo de paz después de todo lo que pasé al principio.

Estoy sacando mi ropa de la mochila y la pongo encima de la mesa donde Ares coloca su laptop. Veo varios sobres al lado de la misma, los ordeno para ponerlos detrás de la laptop cuando un estampado en uno de ellos llama mi atención: Universidad de Carolina de Norte. Lo reconozco porque esa fue la universidad a la que yo apliqué.

Aprieto mis labios, confundida, Ares nunca se ha interesado por esa universidad, siempre me dijo que le gustaría estudiar en una de las Ivy League. Curiosa, saco el papel que está adentro porque el sobre ya ha sido abierto y mi corazón se detiene.

Gracias por su interés en nuestro programa de Gerencia para el semestre, estaremos revisando su información y calificaciones y le notificaremos de la decisión.

¿Pero qué demonios...?

¿Gerencia? ¿Universidad de Carolina del Norte?

En ese momento Ares sale del baño, con una toalla alrededor de su cintura mientras con la otra se está secando el cabello.

—Ya puedes entrar, yo... —Se detiene cuando me ve con el papel en mi mano.

—¿UCN? ¿Gerencia? —Le muestro el papel.

—Iba a decírtelo...

—¿Aplicaste a la UCN? ¿Y en Gerencia? ¿De qué me perdí?

—Raquel...

—¿Qué pasó con Medicina? ¿Con Princeton? ¿Yale? ¿Harvard? —No sé por qué estoy tan molesta. Ares tuerce sus labios, mirando hacia otro lado, no sé si porque estoy molesta, él se está rindiendo.

—Tengo que ser realista, Raquel.

—¿Realista?

Él lanza la toalla a un lado y se pasa la mano por la cara.

—Gerencia o Leyes, eso es lo que mi familia necesita.

No puedo creer que lo esté escuchando decir eso.

—¿Y qué hay de lo que tú necesitas?

Él ignora mi pregunta.

—Es la misma universidad a la que tú aplicaste. ¿No te alegra saber que estaremos juntos?

—No trates de volver esto sobre mí, esto se trata de ti, de lo que quieres para tu vida.

—Esto es lo que quiero para mi vida, ser alguien útil para mi familia y estar a tu lado, es todo lo que quiero.

—No.

Ares alza una ceja.

—¿No?

—Solo estás tomando el camino cómodo, te estás rindiendo sin ni siquiera intentarlo y te refugias en el pensamiento de que por lo menos estaremos juntos.

—¿Por lo menos? No sabía que estar juntos era tan poco importante para ti.

—De nuevo, no trates de que esto sea sobre mí o sobre nosotros.

—¿Cómo no puede ser sobre nosotros? Si aplico a esas otras universidades, ¿sabes lo lejos que estaremos? Tendré que mudarme a otro estado, Raquel.

Lo sé... Lo he pensado tantas veces...

Pero no puedo ser egoísta.

—Lo sé, pero estarás estudiando lo que tú quieres estudiar, siguiendo tu sueño, eso es suficiente para mí.

—No me vengas con esa mierda. —Se acerca a mí—. ¿Quieres que nos separemos?

—Solo quiero que hagas lo que tú quieres hacer.

—Esto es lo que quiero hacer, es lo que haré, es mi decisión.

Me paso las manos por el cabello.

—No lo es. ¿Por qué eres tan terco?

Lo veo vacilar, sus ojos sobre los míos.

—Porque te amo. —Dejo de respirar—. Y el solo hecho de imaginarme lejos de ti me destroza.

A mí también...

Me acerco a él, y tomo su rostro entre mis manos.

—Yo también te amo, y porque te amo es que quiero que seas feliz y alcances todo lo que quieres en esta vida.

Él pone su frente sobre la mía.

—No puedo ser feliz sin ti.

—Yo no me iré a ningún lado, encontraremos una manera, relación a distancia o yo qué sé. —Pauso—. Prefiero eso a verte todos los días en una universidad que nunca te ha llamado la atención, estudiando algo que odias. No quiero verte sufrir de esa forma, no puedo.

—Mi familia no va a apoyarme.

—¿Has hablado con ellos? Por lo menos, inténtalo. —Le doy un beso corto—. ¿Por favor?

—Está bien.

Sus labios encuentran los míos, en un beso suave pero lleno de tantas emociones que mi corazón se acelera. Le respondo, pasando mis manos alrededor de su cuello, besándolo profundamente. Mis hormonas se alborotan, al sentir su torso húmedo contra mí, y no ayuda que él solo tenga puesta una toalla. Nuestras bocas se mueven con más fuerza entre sí, rozando y lamiendo, así que presiono mis pechos contra él con deseo.

Ares me levanta, sentándome sobre la mesa de la computadora y metiéndose entre mis piernas, e interrumpo el beso sin aliento.

—Vamos a llegar tarde.

—Uno rapidito.

Vuelve a besarme, levantando la camisa de él que llevo puesta, sin ropa interior. La toalla cae al suelo y Ares me aprieta más contra él, obligándome a abrir mis piernas por completo, su erección rozando mi intimidad. Ya me he tomado la píldora, así que no usamos condón.

Antes de que pueda decirle algo, él me penetra, y un gemido de sorpresa sale de mí, pero se ahoga en sus labios. Sus movimientos son bruscos y profundos, pero se sienten jodidamente bien. Me agarro fuerte de su cuello mientras él arremete contra mí, la mesa chocando con la pared en cada estocada.

Nuestros besos se vuelven descontrolados y mojados, no pasa mucho tiempo para que ambos alcancemos el orgasmo. Con la respiración acelerada, nos abrazamos. Tener tanto sexo tiene sus ventajas, nos conocemos íntimamente, sabemos dónde tocar, lamer o cómo movernos para llegar al orgasmo.

—Ares, vamos a... —Oh, mierda... Apolo se da la vuelta al entrar sin avisar.

Rápidamente, Ares recoge la toalla y se tapa, poniéndose frente a mí para cubrirme. Apolo sigue mirando en la distancia.

—Vamos a llegar tarde, te espero abajo.

Apenas se va, yo me echo a reír, golpeando el hombro de Ares.

—Te he dicho que cierres esa puerta.

Lo sé, nos hemos vuelto descarados sin vergüenzas.

Ares me da un beso corto y me carga hacia el baño.

—Vamos, ahorraremos tiempo bañándonos juntos.

Suelto una risa, pero entierro mi cara en su cuello.

***

ARES HIDALGO

—¿Y bien? —Mi padre comienza, sosteniendo un vaso de whisky en su mano. Artemis está sentando a su lado, revisando una gráfica en su tablet. Mi madre al otro lado, mirándome con curiosidad. Apolo está a mi lado, y me da una que otra mirada preocupada.

Estamos en el estudio de la casa, en los pequeños muebles a un lado del gran escritorio de mi padre. Convoqué esta reunión familiar apenas llegué de la escuela. No voy a mentir, mis manos están sudadas y no sé a dónde diablos se fue toda mi saliva. Mi garganta está tan seca que duele.

—¿Ares? —Mi madre me llama, todos están esperando por mí.

No puedo rendirme sin luchar, la cara de decepción de Raquel llega a mi mente, motivándome.

—Como ya saben, es tiempo de aplicar a las universidades.

Artemis baja su tablet.

—¿Necesitas ayuda con eso? Puedo hacer unas llamadas.

—No, yo... —Mierda, no pensé que esto fuera tan difícil; en el momento que dejara salir esas palabras de mi boca, me expondría, mi vulnerabilidad saldría a la luz y no quiero salir herido.

—Ares, hijo. —Mi padre me anima—. Di lo que tengas que decir.

Armándome de valor, aprieto mis manos a los costados.

—Quiero estudiar Medicina.

Silencio sepulcral.

Siento que mi corazón ha sido expuesto, lanzado en medio de todos, rogando no ser lastimado.

Artemis se ríe.

—¿Estás bromeando?

Quiero acobardarme y decir que sí, pero no puedo hacer eso, no cuando he llegado tan lejos.

—No, no bromeo.

Mi padre pone su vaso de whisky a un lado.

—¿Medicina?

Mi madre se mete.

—Pensé que habíamos sido claros con lo que la familia necesita, Ares. Tu padre necesita otro gerente o jefe de legal en sus compañías.

Mi padre la apoya.

—Te dije que abriremos otra sucursal en unos años, nos estamos expandiendo y necesito que mis hijos sean parte de esto. Es nuestro legado familiar.

—Yo lo sé, y créanme que no ha sido fácil para mí decirles esto hoy; no quiero ser desagradecido. Ustedes me lo han dado todo, pero... —hablo con el corazón en la mano—. De verdad, quiero ser médico.

Mi madre chasquea la lengua.

—¿Tiene esto que ver con ese pensamiento de niño de que querías salvar a tu abuelo? Hijo, él siempre ha tenido los mejores médicos, no tienes que convertirte en uno por él.

Artemis pone sus manos sobre sus rodillas.

—Solo aplica a la escuela de Leyes o Gerencia que te mencioné el otro día.

—No. —Meneo la cabeza—. Esto no es un capricho o es por mi abuelo, de verdad quiero ser médico, no quiero estudiar Gerencia ni mucho menos Leyes.

Mi madre cruza los brazos sobre su pecho.

—¿Y solo vas a echar a un lado las necesidades de tu familia? No seas desagradecido.

—Solo quiero ser feliz —murmuro—. Quiero estudiar lo que deseo.

Artemis me da una mirada incrédula.

—¿Incluso si eso implica darle la espalda a tu familia?

—No estoy...

—No. —Mi padre responde—. Todos hemos hecho sacrificios en esta familia, Ares. ¿Crees que Artemis quería estudiar Gerencia? No, pero lo hizo por su familia, tenemos lo que tenemos porque hemos sabido poner a un lado lo que queremos por lo que necesitamos como familia.

Eso duele.

—¿De verdad? ¿Qué tan feliz eres, Artemis? —Mi hermano mayor me da una mirada fría, y miro a mi padre—. ¿O tú, papá? ¿De qué sirve tanto dinero si no podemos hacer lo que queremos?

Mi madre me reclama.

—No seas imprudente, tu padre ya te ha dado una respuesta.

—No voy a estudiar Gerencia.

Mi padre aprieta la mandíbula.

—Entonces, no estudiarás nada. —Su frialdad me sorprende—. De mi bolsillo no saldrá nada para tus estudios si no estudias lo que necesitamos. No voy a apoyar a un hijo que no apoya el bien de su familia.

Apolo habla por primera vez.

—Papá...

Un nudo se forma en mi garganta, pero no dejo que las lágrimas se formen en mis ojos. No quiero parecer más débil de lo que ya he mostrado.

—Papá, quiero ser feliz. —No me importa mi orgullo o que todos estén ahí viéndome. Sin su apoyo no podré lograrlo, sin dinero no hay nada que pueda hacer, las universidades son muy costosas—. Por favor, apóyame.

La expresión de mi padre no vacila.

—La respuesta es no, Ares.

«Papá, sabes que tú eres mi héroe...». Un niño pequeño corre a su alrededor para luego abrazarlo. Mi padre le sonríe al niño. «Siempre lo seré, te mantendré a salvo».

La traición de mi madre lo ha cambiado tanto, controlando el dolor en mi corazón, me levanto, y camino hacia la puerta. Puedo escuchar a Apolo hablando con mi padre al fondo, suplicándole, pero solo sigo caminando.

Cuando llego a mi habitación, Raquel se levanta de la cama, observándome con cautela y le doy gracias a la vida por tenerla a ella, quien me apoya incondicionalmente, quien no me da la espalda, con quien puedo derrumbarme sin avergonzarme.

Mis labios tiemblan, mi vista borrosa por las lágrimas, ya no tengo que aguantar más, o fingir más. Mierda, cómo me duele, ella tenía razón. Yo quiero estudiar Medicina con todo mi corazón y ahora ese sueño se ha desvanecido frente a mí.

Raquel camina hacia mí lentamente como si le preocupara que cualquier movimiento brusco me alejara. Su boca se abre, pero no dice nada.

Al llegar a mí me abraza, y entierro mi cara en su cuello, llorando, y no me avergüenza, no con ella, que conoce cada lado de mí, que ha creído en mí, aún más que mi propio padre.

—Shhhh —susurra, acariciando mi cabello—. Estarás bien, todo va a estar bien.

Escucho la puerta abrirse y de inmediato me separo de Raquel, limpiando mis lágrimas defensivamente. Apolo entra, sus ojos están rojos.

—Cuentas conmigo —me dice con determinación—. Quiero que sepas que no todos en esta familia te están dando la espalda, cuenta conmigo. —Me sonríe, pero la tristeza en sus ojos es obvia—. Buscaremos becas, trabajaremos medio tiempo estos meses, lo resolveremos... —Su voz se rompe—. Porque tú te mereces ser feliz, y no estás solo. ¿Entiendes?

Este idiota... Sonrío y asiento.

—Entiendo.

Él levanta su pulgar.

—Bien.

Raquel nos agarra de la mano a ambos, sonriéndonos.

—Lo resolveremos.

Sé que no va a ser fácil y las probabilidades están en contra, pero por alguna razón les creo a estos dos locos, así que sonrío.

—Lo resolveremos.

50

EL TRABAJO

RAQUEL

Apolo, Ares y yo estamos dando lo mejor de nosotros trabajando en el turno nocturno en McDonald's después de la preparatoria.

Sin embargo, ando odiando a mi novio en estos momentos. Lo sé. ¿Cómo podría? Cuando apenas puedo creerme que es de verdad mi novio, ¿por qué tiene que ser tan atractivo? ¿Por qué todo le tiene que quedar bien? El uniforme de McDonald's es la ropa más antisensual del mundo y, aun así, Ares se ve genial en él.

Gruño, observando que un grupo de tres chicas le sonríen y comparten miradas mientras él está tomando los pedidos detrás de la registradora. Las entiendo, de verdad, pero este McDonald's se ha tornado en un jodido circo desde que Ares comenzó a trabajar aquí hace una semana. Juro que hemos aumentado la clientela femenina solo por él. El gerente está fascinado con Ares y yo solo tengo que ver como la mitad del pueblo viene aquí todos los días a ver a mi novio.

Suspiro, dramáticamente, preparando un McCafé de uno de los pedidos. Gabo se ríe a mi lado.

—Ay, McNuggets. —Gabo aún no deja de llamarme así—. Te veo un poco molesta.

Bufo.

—Claro que no, estoy perfectamente bien.

Gabo se pone la mano en el corazón.

—He sido destronado. —Su tono es dramático—. Antes, yo era el rey de este McDonald's.

Me echo a reír y le golpeo el hombro.

—Idiota.

—Oh, mira. —Gabo señala detrás de mí al grupo de chicas que aún está pidiendo—. Hoy se atrevieron a darle sus números.

Las chicas les pasan unos papeles entre risitas y Ares los recibe amablemente, pero no les sonríe, su expresión se mantiene fría y cerrada como lo recuerdo cuando lo conocí.

Lo siento, pero tienen mucho trabajo para llegar a donde estoy yo ahora.

Gabo mete unas patatas fritas en una bolsa para llevar, completando un pedido.

—No sé por qué siguen viniendo —comenta—. Él ni siquiera les sonríe. ¿Te imaginas si les sonriera? Tendríamos una jodida explosión de ovarios aquí.

Apolo sale de la cocina, se ve tierno con el gorrito transparente sobre su pelo.

—O una inundación.

—No estás ayudando —le digo, preparando los pedidos para el Drive-Thru.

Apolo me da esa sonrisa inocente que tiene.

—Calma, solo unos minutos más para que se acabe el turno.

No ha sido fácil ignorar toda la atención que Ares ha recibido, pero he tratado de manejarlo lo mejor que puedo. A pesar de que no se gana mucho con el medio turno de McDonald's después de la escuela, algo es algo. Apolo decidió trabajar también para apoyar a su hermano. Hemos aplicado a varias becas y estamos esperando respuestas.

Disimuladamente, espero hasta que Ares termine de atender al grupo de chicas y ellas se alejen para pasar detrás de él y susurrar:

—Te estoy observando.

Ares se gira, con esa sonrisa torcida que amo tanto formándose en sus labios, y me siento como la reina del mundo, porque él sonríe para mí con tanta facilidad, mientras cruza sus brazos sobre el pecho.

—Observarme siempre ha sido tu pasatiempo, ¿no?

Sé que se refiere a cuando lo acosé.

—No sé de qué estás hablando.

—¿No? ¿Acaso no era tu clave de wifi AresYYoForever?

—No eres el único Ares en el mundo.

—Soy el único Ares en tu mundo.

Alzo una ceja.

—¿Por qué tan seguro?

Apolo aparece entre nosotros.

—Dejen de coquetear, tenemos clientes. —Señala a dos chicas, esperando por Ares para pedir.

Dios mío. ¿De dónde salen tantas chicas?

Dejo salir un suspiro de molestia y me pongo frente a la registradora.

—Bienvenidas. ¿Puedo tomar su pedido?

Las chicas no disimulan su descontento.

—Eh —comparten una mirada—, aún no sabemos lo que queremos, así que lo pensaremos. —Y dan unos pasos atrás, alejándose. ¿En serio?

Ares pone su mano en mi cintura, empujándome ligeramente fuera de la caja.

—Confía en mí, bruja.

Apenas, Ares toma el control de la caja, las dos chicas vuelven, sonriendo como si no hubiera un mañana.

Respira, Raquel.

—Es hora de tu descanso de quince minutos, ve —me dice el jefe y no lo dudo para salir de ahí; el aire fresco de primavera me recibe al salir, me siento a un lado del local en la acera, relajando mis piernas; necesito alejarme del ambiente de chicas persiguiendo a mi novio por un rato.

Escucho la puerta abrirse, y la chica veinteañera que siempre viene a pedir un café y escribir en este McDonald's sale, con una mochila en su espalda donde sé que tiene su computador portátil; es una cliente fija y aún no entiendo por qué siempre viene a este lugar, pues no tiene nada de especial.

Hacemos contacto visual y ella me sonríe amablemente.

—¿Estás bien?

Le sonrío.

—Sí, eso creo.

Ella parece vacilar por un segundo, pero finalmente se sienta a mi lado.

—No quiero sonar rara, pero lo he visto todo.

Arrugo mis cejas.

—¿A qué te refieres?

—¿El chico nuevo es tu novio?

—¿Cómo lo sabes?

Ella se ríe, con sus ojos azules iluminándose.

—Soy muy observadora, ventajas de ser escritora y, además, he pasado por eso.

Le doy una mirada de incredulidad.

—¿De verdad?

Ella observa el cielo.

—Oh, créeme, ser la novia del chico atractivo no es tan fácil como parece, muchas veces me encontré preguntándome si yo era suficiente para él, o qué rayos veía en mi para estar conmigo cuando tenía tantas opciones mucho más atractivas que yo.

—Exacto.

Ella se gira hacia a mí, mirándome.

—Es muy tentador menospreciarse en una situación así. —Ella pausa como si recordara algo—. Pero la realidad es que el amor no es algo que nace y crece a base de las apariencias, necesita mucha más sustancia para ser de verdad. Sí, la atracción física puede ser el comienzo de sentimientos, pero jamás será suficiente, siempre necesitará ese algo más, esa conexión que no se consigue con cualquiera.

No sé qué decir, así que ella continúa.

—Para él, tú eres ese algo más, esa conexión. Sí, hay personas más bonitas que tú, más inteligentes que tú, más talentosas que tú, pero nadie es mejor o peor que tú y nadie es igual a ti.

El silencio reina entre nosotras, pero no es incómodo, asiento y le sonrío.

—Gracias, me siento mucho mejor.

—Me alegra.

—Tengo curiosidad —comienzo—: ¿Sigues siendo novia de ese chico atractivo?

Ella menea la cabeza.

—No.

—Oh.

Ella levanta su mano, mostrándome su anillo.

—Soy su esposa ahora.

—Oh, guao. —La alegría que emana cuando lo dice es contagiosa—. Te ves muy feliz.

—Lo soy, aunque no fue nada fácil al principio.

—Quisiera ser más madura y no ponerme celosa, pero a veces no puedo evitarlo.

Ella se ríe.

—Los celos son completamente normales cuando se está enamorado, pero cómo actúes respecto a ellos es lo que dirá si son dañinos o naturales.

Bufo.

—Suenas demasiado sabia para ser tan joven.

—Ya te lo dije, la experiencia, he pasado por muchas cosas y creo que eso me ha ayudado.

Un auto pasa y se estaciona frente a nosotros a una distancia prudente. La joven se sacude la parte frontal de sus pantalones.

—Ya vinieron por mí.

Levanto una ceja.

—¿Tu esposo?

Asiente y se levanta.

—Espero haber sido de ayuda.

Me levanto.

—Lo fuiste, de verdad.

Capto movimiento con el rabillo del ojo y veo a un hombre salir del auto. ¡Virgencita de los Abdominales!

Es alto, de cabello negro desordenado alrededor de su cara y ojos oscuros, tiene puesto un traje azul oscuro, pero la corbata está medio suelta como si acabara de meter los dedos entre la misma, y tiene un tatuaje misterioso y semiescondido en su cuello. La joven suelta una risita a mi lado.

—Es atractivo, ¿no?

Avergonzada, me sonrojo sin decir nada, no fue mi intención mirar a su esposo de esa forma.

Él llega a nosotros y la mira con pura adoración en su rostro.

—Hola, fresita. —Le da un beso rápido y corto.

Ella gira la mirada.

—Evan, ella es Raquel, trabaja aquí.

Evan me sonríe amablemente, veo huequitos formándose en sus mejillas.

—Mucho gusto, Raquel, espero que mi esposa no te haya molestado mucho.

Meneo la cabeza.

—No, para nada, solo me ha dado muy buenos consejos.

Él pasa su mano alrededor de los hombros de ella.

—Sí, es buena en eso.

Ella se ríe, con su cara entera iluminándose.

—Debemos irnos, fue un placer, Raquel. —Comienzan a caminar, despidiéndose y ella de pronto se gira.

—Ah, por cierto, me llamo Jules, nos vemos por ahí.

Los veo juguetear y empujarse para después abrazarse de nuevo mientras caminan al auto. Qué bonita pareja, pienso, y decido volver a trabajar.

51

EL CUMPLEAÑOS

Te amo...

Es tan fácil de decir, y aun así tan difícil de expresar a través de acciones.

¿Por qué?

Porque solemos ser egoístas por naturaleza, unos más que otros, queremos lo que sea mejor para nosotros, lo que nos beneficie, nos han enseñado a ponernos a nosotros mismos primero que a los demás, que si no nos amamos no podemos amar a alguien más. Y en ese aspecto puede llegar a ser cierto, cuanto te ames a ti mismo puede reflejarse en tu capacidad de amar a los demás. Sin embargo, hay veces en las que tenemos que echar a un lado lo que sentimos por el bienestar de la otra persona, y eso para mí es amor verdadero.

Yo sé lo que Ares necesita, lo que él de verdad anhela para su futuro, y estoy apoyándolo al cien por ciento, aunque no puedo negar que me aterra la idea de separarnos, de perderlo. Solo imaginarlo hace que mi pecho me apriete y mi estómago se sienta raro, pero lo amo, y porque lo amo es que tengo que poner a un lado lo que yo siento por él para su felicidad.

Qué jodido es el amor.

Me quedo mirando la carta en mis manos. He sido aceptada exitosamente en la Universidad de Carolina del Norte con una beca parcial para estudiar Psicología.

Estoy muy feliz, no puedo negarlo, esto es lo que siempre he querido y no debería haber nada que lo opaque. El único problema es que quiero compartir mi felicidad con Ares, y sé que él estará feliz por mí, pero también sé que esto solo hace más real el hecho de que iremos por caminos diferentes cuando se termine este año escolar.

Es una sensación agridulce, pero supongo que así es la vida.

—Esa no es la reacción que esperaba. —Dani comenta, estirándose en mi cama—. ¡Te aceptaron, idiota!

Sonrío.

—No sé, aún no me lo puedo creer.

Ella se sienta, arrancando la carta de mi mano, y la lee.

—¿Y con una beca parcial? Esto es un milagro, si no tienes ningún talento.

Le doy una mirada asesina.

—Te dije que ganar los torneos de ajedrez interestatales serviría de algo.

Dani suspira.

—Aún no sé cómo eres tan buena en ajedrez, tu coeficiente intelectual es... —Yo levanto una ceja—. Es al parecer suficiente para tener una beca, ¡YEY!

Pongo la carta en la mesa de noche y me levanto mientras el sol colándose por la ventana cae sobre Rocky, que está dormido sobre su lomo con las patas en el aire y la lengua afuera. Él definitivamente es mi reencarnación perruna.

Dani le da un vistazo, preocupada.

—¿Está bien? Parece que estuviera muerto.

—Está bien, tiene poses raras para dormir.

Dani se echa a reír.

—Como la dueña.

Dani pasó la noche conmigo porque hoy es...

—¡Feliz cumpleaños a ti! —Mi madre entra con una bandeja de desayuno, sonriéndonos ampliamente—. Vuelve a la cama, Raquel, o si no lo del desayuno en la cama pierde sentido.

Le devuelvo la sonrisa.

—Sí, señora.

Vuelvo a un lado de Dani, quien sigue sentada con su cabello negro por todos los lados de su cara y su maquillaje chorreado. Anoche bebimos un poco en nuestra fiesta de pijamas precumpleaños, lo cual terminó en ambas llorando por los Hidalgos; yo, porque recibí la carta de aceptación y me alejaría de Ares, y ella, porque no sé qué mierda le pasa con Apolo, que si lo quiere, que si no, que quiere dejarlo atrás, que no puede.

Creo que todos hemos tenido esa amiga indecisa que no tiene ni puta idea de qué es lo que quiere con un chico.

Mamá pone la bandeja sobre mis piernas, hay suficiente comida para Dani y para mí y un pequeño muffin que tiene una vela encendida. Soplo la vela y ellas aplauden como focas que acaban de comer.

No puedo evitar la sonrisa que se expande sobre mi cara, mamá se inclina y me da un beso en la frente.

—Feliz cumpleaños, hermosa.

—Gracias, mamá.

Comienzo a comer y le ofrezco un pedazo de tortita a Dani, la cual hace una mueca de asco, y le da una mirada de disculpa a mamá.

—Sin ofender, Rosa, pero no me pasa la comida.

Mamá se burla.

—¿Mucha bebida anoche?

Dani parece sorprendida.

—¿Cómo lo supo?

Mamá suspira.

—Hija, este cuarto huele a una mezcla de cerveza y vodka con un toque de vino.

Los ojos de Dani se agrandan.

—¿Cómo supo exactamente lo que bebimos?

Mamá solo se encoge de hombros, y yo vuelvo los ojos, respondiéndole.

—¿Quién crees que compró el alcohol, tonta?

Mamá se dirige a la puerta.

—Coman y levántense, tus tías y tus primas están por llegar y tenemos mucho que preparar para la fiesta de esta noche.

La fiesta de cumpleaños...

Aunque no somos muy cercanas con la familia, las hermanas de mi mamá siempre vienen en mis cumpleaños y traen a mis primas. Yo me llevo bien con algunas, pero hay otras que no las soporto.

—¡Ah! —gruño cuando mamá sale del cuarto—. Espero que no vengan las hijas de mi tía Carmen, están insoportables.

Dani asiente.

—Sí, ellas siempre me escriben en Instagram, preguntándome qué necesitan para unas audiciones para la agencia de modelos de mamá, son muy molestas.

—Vamos, tenemos que prepararnos.

Dani se acuesta de nuevo, poniendo la sábana sobre su cabeza.

—No quiero.

—Vamos, Morticia. —Le quito la sábana.

—¿Morticia?

—Mírate en un espejo y entenderás.

—Muy graciosa. —Se levanta y, de mala gana, camina conmigo al baño.

No has pasado los límites de confianza en una amistad hasta que has estado cepillándote los dientes en el lavamanos mientras tu mejor amiga orina ahí en el mismo baño.

—¿Y... lo invitaste? —Sabía que esta pregunta llegaría tarde o temprano.

—Por supuesto, es mi amigo —le respondo después de enjuagarme la boca.

—Yo sé, solo quería...

—¿Prepararte psicológicamente para verlo?

—No, solo... —No termina su frase y yo me giro hacia ella, quien aún está sentada en el inodoro.

—¿Tú solo qué? Ya hemos tenido esta conversación miles de veces y no entiendo qué pasa por tu cabeza. Si te gusta tanto, ¿por qué no estás con él?

Ella se pasa la mano por la cara.

—Es complicado.

—No, no lo es, Dani. Yo lo veo muy simple: ustedes se gustan mucho y son felices juntos. ¿Por qué no pueden estar juntos?

Ella se pasa las manos por la cara.

—Tengo miedo, Raquel.

Eso me toma por sorpresa.

—¿Miedo?

—Lo que siento por él me da mucho miedo, nunca me he sentido tan vulnerable.

Oh, por Dios, Dani es la jodida versión femenina de Ares.

¿Qué he hecho para rodearme de gente así?

—¿Es en serio, Dani? —Cruzo los brazos sobre mi pecho—. ¿Te estás escuchando? ¿Miedo? A la mierda el miedo, nunca vas a vivir la vida al máximo si vives con miedo de salir lastimada.

—Yo no soy como tú —admite, lamiendo su labio inferior—. Tú eres tan fuerte, te levantas cuando algo malo pasa y siempre sonríes como si la vida no te hubiera golpeado tantas veces. Yo no soy así, Raquel, soy una persona débil detrás de esta imagen de fortaleza que intento mostrar y tú lo sabes. Yo no me levanto fácil, me cuesta sonreírle a la vida cuando algo malo me pasa, ese es el tipo de persona que soy.

—¿No eres fuerte? —Suelto una risa sarcástica—. ¿Quién golpeó a Rafa en segundo grado cuando me llamó retardada? ¿Quién se las arregló para seguir adelante cuando su padre las abandonó? ¿Quién estuvo ahí para su mamá cuando recurrió al alcohol, cuidándola, asegurándose de que no se ahogara en una de sus borracheras y luego en cada cita de alcohólicos anónimos? ¿Quién se mantuvo al lado de su madre y la ayudó a levantar una prestigiosa agencia de modelaje? —Meneo la cabeza—. No me vengas con esa mierda de que no eres fuerte, eres una de las personas más fuertes que conozco. Está bien que tengas miedo, es normal, pero no dejes que el miedo controle tu vida.

Ella me sonríe.

—Te abrazaría, pero... —Señala sus pantalones sobre sus tobillos.

—Abrazo imaginario —le digo, golpeando su frente y saliendo del baño—. Vamos, Morti, tenemos trabajo.

Ella gruñe y luego la escucho tirar de la cadena.

—Deja de llamarme así.

—Mírate en el espejo.

Cuando lo hace, me río al escucharla dar un chillido.

—¡Por los clavos de Cristo y las chanclas de Moisés!

Tengo el presentimiento de que esta noche será interesante.

***

—Entonces yo le dije: «Claro que no, tonto, eres demasiado feo para salir conmigo», y él se quedó como en shock, así que solo lo miré mal y me fui. Todo el colegio habló de eso por meses.

Dani y yo compartimos una mirada, escuchando a Cecilia, la prima que peor me cae, y creo que con su pequeño discurso de rechazo a un chico se pueden imaginar por qué. Ella solía caerme bien antes de que mi tío hiciera un buen negocio y comenzara a ganar buen dinero, lo cual hizo que ella, su hermana Camila y mi tía Carmen se volvieran insoportablemente arrogantes y que ahora se crean mejores que todos nosotros, ya que son los únicos adinerados de nuestra familia. Mi tío es el único que sigue siendo el mismo de siempre.

Los preparativos de la fiesta están listos, mamá ha decorado el patio de la casa con luces de navidad y globos de luces, que combinan con el vestido floreado de primavera que llevo puesto. Todo se ve mucho más lindo de lo que esperaba.

Cecilia está a punto de seguir hablando cuando veo a Joshua entrar.

—¡Yoshi! —Me alejo de mi parlanchina prima y camino hacia mi mejor amigo.

Él me da una de sus grandes sonrisas.

—Rochi, feliz cumpleaños. —Me abraza fuerte y cuando nos separamos me da una pequeña caja de regalo.

—Gracias. —Me giro para saludar a Joana, la chica con la que ha estado saliendo el pasado mes, y que se conocieron en el grupo de terapia.

—Hola, bienvenida a la casa de los locos.

Joana suelta una risita.

—Joshua dijo que dirías eso como bienvenida.

Meneo la cabeza.

—Me conoce demasiado bien.

Joshua echa un vistazo detrás de mí al grupo de mis primas.

—Oh, veo que vinieron todas.

Suspiro.

—Sí, esto será interesante.

El lugar se llena rápidamente y, la verdad, tampoco es tan difícil que eso pase con el tamaño del patio de la casa; unos cuantos amigos de la preparatoria, algunos vecinos y mis tías y primas son suficientes para llenarlo.

Le echo un vistazo a mi teléfono, no hay ningún mensaje de Ares, pero no me preocupa. Lo vi anoche unos minutos antes de que llegará Dani a la fiesta de pijamas y me dijo que me dejaría el día libre para que compartiera con mi familia y que después de la fiesta sería suya. Me dijo que vendría a la fiesta con Apolo. También les envié una invitación a Artemis y a Claudia por cortesía, pero no creo que vengan. Mamá aún no lo acepta al cien por ciento, pero creo que se ha dado cuenta de que, aunque no lo acepte, no me separaré de él.

Estoy a punto de responder una pregunta que me hizo una de mis primas cuando las miradas pasan de mí y se enfocan detrás de mí hacia la entrada, así que me giro lentamente.

¿Saben esos momentos de cámara lenta de las películas?

Es lo que estoy viviendo en estos momentos y estoy segura de que no soy la única, la fiesta entera parece haberse paralizado. Los hermanos Hidalgo caminan hacia nosotros, Artemis lleva puesto un traje negro sin corbata y los primeros botones de la camisa que lleva dentro están desabotonados, su cabello está peinado hacia atrás perfectamente, esa ligera barba adornando su varonil rostro.

Apolo sonríe ampliamente, su lindo rostro iluminándose, su cabello húmedo acariciando sus orejas y frente, lleva puesta una camisa azul oscuro con jeans.

Y Ares...

Ares viene en medio de ellos, caminando como si el mundo le perteneciera, como el puto dios griego que es, moviendo las mangas de su camisa negra hasta sus codos, revelando un hermoso reloj negro, para luego pasarse los dedos por su cabello desordenado. Ese rostro deslumbrador nos regala una sonrisa torcida, y sus ojos azules brillan, dejándome sin aliento.

Virgen de los Abdominales...

—Santa Madre de Dios. —Escucho a Cecilia exclamar detrás de mí. Mi tía tiene la boca abierta, literalmente.

—¿De dónde salieron esos chicos?

Todo el mundo los observa en absoluto silencio mientras se acercan a mí. Artemis es el primero en hablar amablemente, saludando con su mano a todos.

—Buenas noches.

Ares me da una sonrisa pícara, y se inclina hacia mí, dándome un beso corto.

—Feliz cumpleaños, bruja.

52

EL CUMPLEAÑOS II

¿Cómo dejar una fiesta en silencio absoluto?

Solo invita a tres dioses griegos, funciona perfectamente. Hasta la música se ha detenido, pero no crean que es algún truco de magia o algo, no, es que mi tía Helena es la encargada de cambiar las canciones y está deslumbrada por los tres chicos que están frente a mí.

La verdad, entiendo a mi familia, toma su tiempo acostumbrarte a ellos. Siento la necesidad de romper el silencio.

—Gracias por venir, chicos —les digo de corazón. No puedo negar que me sorprende ver a Artemis aquí, jamás me imaginé que vendría.

Apolo me da una sonrisa dulce y escucho a Camila suspirar detrás de mí.

—No tienes que agradecer nada, gracias a ti por invitarnos.

Mi tía Carmen, por supuesto, no se puede quedar callada.

—Raquel, nena, ¿dónde están tus modales?

Ese momento incómodo cuando tienes que presentar a tu hermoso novio y a sus hermanos a tu familia.

—Apolo, Ares y Artemis, están son mis tías Carmen y María, y mis primas: Cecilia, Camila, Yenny, Vanessa, Lilia y Esther.

Después de todo el protocolo, y el desmayo de mis primas, los Hidalgo se van a un grupo donde está Daniel (el hermano de Dani) y otros chicos a conversar. Mis primas sueltan un chillido.

—¡Oh, por Dios, Raquel! Tu novio es... No puedo explicarlo.

Cecilia está muda. Mi tía Carmen tampoco dice nada. Mis tías se van a conversar a otro lado, dejando el gran grupo de chicas a solas. Camila suspira.

—Apolo... Hasta su nombre es bonito. —Me agarra de los hombros—. ¿Tiene novia?

Mis ojos se encuentran con los de Dani, quien parece estar bastante molesta con el interés de Camila.

—Ah, creo que sí tiene novia.

Camila hace puchero.

—Ay, no, por supuesto que tiene novia. ¿Cómo esa cosa tan tierna y hermosa no va a tener novia?

Yenny toma un trago de la bebida de frutas con un poco de alcohol que preparamos.

—¿Novios? Que se joda el noviazgo, daría lo que fuera por tirarme al mayor.

Cecilia escupe su bebida.

—¡Yenny!

Yo no puedo evitar sonreír. Vanessa le da cinco a Yenny.

—Me leíste la mente, una sola noche es lo que le pido a cualquiera de esos chicos.

Levanto una ceja.

—¿Disculpa?

Vanessa se ríe.

—Tranquila, no el tuyo, los otros dos.

Dani interviene.

—Apolo también tiene novia. ¿Recuerdan?

Vanessa la mira.

—¿Y?

Dani no puede ocultar su molestia.

—¿Y? ¿Te meterías con un chico que tiene novia?

Vanessa bufa.

—No lo quiero para casarme con él, una noche, unas horas serán suficientes.

Todas silban y hacen bulla, haciéndole frente a lo directa que es mi prima. Admito que me recuerda a lo directo que es Ares. Al parecer, en cada familia hay alguien así. Dani le da una mirada incrédula.

—Tiene dieciséis años.

Yenny y Vanessa se encogen de hombros.

—¿Y?

Dani no puede creerlo.

—¿No les importa lo que dirán de ustedes?

Vanessa menea la cabeza, sonriendo.

—Necesitas actualizarte, nena, o es que aún crees en esa mierda machista de que sí está bien que los hombres salgan con chicas mucho menores que ellos, pero está mal si nosotras lo hacemos.

Yenny asiente.

—Exacto, no estamos hablando de pedofilia. Él es un adolescente consciente de lo que quiere. Si ambas partes se gustan, ¿cuál es el problema?

Camila gira la vista.

—Ambas cállense, Apolo es para mí.

Yenny se encoge de hombros.

—Como quieras, a mí me interesa el mayor, esa ligera barba es tan sexy.

Vanessa le golpea el hombro juguetonamente.

—Tendrás que vencerme porque ese es el que me gusta.

Cecilia habla por primera vez en un rato.

—Hablan como si tuvieran alguna oportunidad con esos chicos, por favor, aterricen.

Camila cruza sus brazos sobre su pecho.

—Si Raquel lo logró, que no tiene nada especial, nosotros también podemos.

—¡Ey! —protesto, tirándole del pelo.

Camila se suelta.

—Sin ofender.

Mis ojos se encuentran con los de Ares, quien tiene un vaso plástico rojo en sus manos y se da un trago. Hay una sonrisa pícara danzando en sus labios cuando baja el vaso.

—Ya vuelvo —les digo, acercándome a Ares.

No puedo apartar la mirada, me siento atrapada por ese azul de sus ojos como siempre. Cada paso que doy acelera mi corazón, aprieto mis manos a los costados y las siento ligeramente sudadas.

Una por una, desaparecen las personas a mi alrededor, solo somos él y yo.

El dios griego y la bruja.

El inestable y la acosadora.

Me detengo frente a él, sonriendo como una idiota.

—Ares.

Él me devuelve la sonrisa.

—Raquel.

—¿Qué sentiste al ser violado mentalmente por todas mis primas?

Él toma su mentón, como si pensara.

—Me siento un poco usado.

Bufo.

—Claro, como si no estuvieras acostumbrado a obtener esas reacciones.

Ares levanta una ceja.

—¿Estás celosa?

—Pffff, por favor.

Ares sonríe ampliamente, pasando su pulgar por mi mejilla.

—Te ves sexy cuando estás celosa.

—No estoy celosa.

Su pulgar baja y acaricia el borde de mis labios, yo dejo de respirar.

—Verte en ese vestido está matándome.

Trago grueso.

—¿Por qué?

Él retira su mano de mi cara.

—Tú sabes por qué.

Mi tía Carmen pasa por un lado.

—Raquel, tu mamá te está llamando, está en la cocina. —Y sigue su camino.

Suspiro.

—Debo ir a ayudar. —Me doy la vuelta, pero Ares me agarra del brazo y me gira hacia él.

Se acerca a mí lo suficiente para que pueda oler su deliciosa colonia, y se inclina para susurrar en mi oído.

—Tu familia te ve como una chica tan inocente, si supieran cómo gimes y me ruegas que te dé más cuando te penetro.

Mis ojos se abren exageradamente.

—¡Ares!

—O lo mucho que te mojas cuando te doy un simple beso.

Santa Virgen de los Abdominales, ruega por nosotros, amén.

Ares me suelta y yo me pongo la mano en el pecho, manteniendo la calma. Huyo de ahí tan rápido como puedo. Mierda. ¿Cómo puede excitarme con solo palabras? Ares tiene un don, definitivamente. Echándome aire con las manos, camino dentro de la casa. Mamá me espera en la cocina con unas bandejas.

—No quería ponerte a hacer nada, pero solo necesito ayuda repartiendo estos y prometo no molestarte de nuevo.

—Cálmate, mamá, no me molesta ayudar, son mis invitados después de todo.

Tomo la bandeja y estoy a punto de irme cuando mamá se aclara la garganta.

—Hija.

—¿Sí?

—Aunque aún no me siento completamente cómoda con ese muchacho, lo que he observado estos meses me ha servido para darme cuenta de que no es malo para ti. Así que ya no tienes que inventarte excusas para salir con él.

—Oh, mamá, yo...

Me interrumpe.

—Ve a llevar las bandejas, deben estar esperando.

Le sonrío.

—Gracias.

Salgo con la bandeja y una gran sonrisa en mi cara, y me encuentro con Claudia en la entrada.

—Ey, viniste.

Ella se ve muy linda en un vestido morado y su cabello suelto y brillante.

—Así es, feliz cumpleaños. —Me quiere pasar el regalo, pero ve que tengo las manos ocupadas.

—Puedes ponerlo en aquella mesa, los chicos están atrás.

Ella duda.

—¿Los tres?

Asiento.

—Sí, pasa, voy a repartir esto y te veo allá. ¿Ok?

Reparto los bocadillos en la bandeja y estoy a punto de llegar al grupo donde están Daniel, Apolo y Artemis cuando Camila me intercepta.

—Yo les llevaré estos. —Me quita la bandeja y se dirige hacia ellos, ni siquiera me da tiempo de procesarlo todo.

La observo sonreírle a Apolo descaradamente luego de ofrecerles la bandeja y se queda hablando ahí con él. Debo admitir que es valiente.

—Qué atrevida.

La voz de Dani me hace saltar porque no la noté llegar a mi lado, su expresión es sombría.

—Voy a matarla.

—Solo está hablando con él, no creo que a él le guste. —Trato de apaciguar sus inseguridades. Yenny y Vanessa aprovechan el atrevimiento de Camila y se le unen, usándola a ella para meterse en la conversación con sutileza.

—¿Quiénes son esas? —La voz de Claudia aparece a mi otro lado, haciéndome brincar ligeramente de nuevo. ¿Por qué la gente sigue apareciendo a mi lado de la nada?

—Son mis primas —explico, dejando salir un largo suspiro.

Claudia tuerce los labios.

—Necesito un trago.

Dani la apoya.

—Yo también, vamos, sé dónde está el vodka.

—Eh, vayan y diviértanse. —Les doy el pulgar arriba, pero ambas me agarran de cada brazo y me arrastran con ellas.

Esto va a ser divertido.

53

EL OBSERVADOR

ARES HIDALGO

Nunca he sido de asistir a fiestas de cumpleaños.

En la casa de los Hidalgo no se hacen fiestas de cumpleaños desde hace mucho tiempo, ahora solo son cenas de cumpleaños que terminan en silencios y sonrisas incómodas. De alguna forma, mi hogar no ha sido el mismo después de todo lo que pasó, la vibra no es igual. Y con mis amigos siempre salimos a algún club para celebrar esos días especiales, así que tampoco son fiestas de cumpleaños.

A pesar de que no ha sido algo constante en mi vida, me encuentro disfrutando de esta fiesta de cumpleaños, el ambiente es familiar, cómodo. No es una larga mesa con una cena, ni un club ruidoso, así que está bien. Las personas charlan cómodamente alrededor. Daniel y Apolo conversan frente a mí sobre algo de la escuela.

Para ser honesto, la razón de que ahora me gusten las fiestas de cumpleaños no solo es este ambiente, sino ella: Raquel. Mis ojos caen sobre esa chica de cabello alborotado y ojos expresivos que se ha infiltrado en mi alma por completo. Ella sonríe abiertamente ante algo que Daniela dice y todo su rostro se ilumina, se ve preciosa. Si esta fiesta la hace sonreír de esa forma, asistiré a todas y hasta organizaré las que sea con gusto.

Jamás pensé que ella sería la que me haría sentir todo esto. En los recuerdos de mi niñez la vi varias veces a través de la cerca de nuestras casas, pero no fue hasta hace más de un año que la vi realmente. Aún recuerdo ese día que la noté mirándome desde su ventana. Por supuesto, me hice el desentendido, el que no se daba cuenta. De alguna forma, sus ojos curiosos sobre mí comenzaron a interesarme y comencé a querer saber más de ella, qué le gustaba, qué hacía, a qué escuela iba.

Su curiosidad sobre mí despertó la mía sobre ella.

Y entonces un día nuestros caminos se cruzaron y, aunque ella no se dio cuenta, aún lo recuerdo claramente.

—*Salgamos de aquí.* —*Daniel bosteza mientras caminamos entre todas las exhibiciones y tiendas temporales de la feria escolar de la escuela de su hermana Daniela. Aún no entiendo porque ella dejó de asistir a la nuestra para venir a esta.*

La escuela de Daniela ha organizado una feria para recaudar fondos para los proyectos escolares y personales de los alumnos. Daniel me ha arrastrado con él para darle su apoyo a su hermana, pero Daniela vendió todo lo que trajo para recaudar fondos y se ha ido. Así que ya no tenemos que quedarnos por aquí.

Sin embargo, cuando vamos pasando entre la gente, en la distancia puedo ver varias mesas con cosas para vender de varios alumnos. Una mesa en específico captó mi atención: Raquel, esa chica que me observa desde su ventana todo el tiempo.

Ella está a un lado de su mesa, ofreciendo sus pulseras hechas a mano a todo el que pasa, pero nadie le hace caso. Su mesa está llena de pulseras ordenadas sin tocar, dudo que haya vendido algo. Un aviso de «Fondos para pagar mis clases de ajedrez» está detrás de su mesa.

¿Ajedrez, eh?

Me detengo porque por alguna razón no quiero que me vea. Daniel se para extrañado a mi lado.

—*¿Qué pasa?*

—*Puedes seguir sin mí al estacionamiento, ya te alcanzo.*

Él me da una mirada extrañada, pero sigue su camino. Al pasar frente a la mesa de Raquel, la saluda y ella le sonríe.

Ella tiene una sonrisa muy bonita.

Uso a las personas caminando como escudo para observarla, su rostro es tan expresivo, es como si pudiera saber exactamente lo que piensa con solo mirarla.

¿Qué estás haciendo, Ares?

Mi consciencia me reprocha, pero es solo curiosidad.

Ella suspira y se sienta detrás de su mesa, derrotada. Sus labios hacen una mueca de frustración y finalmente su rostro se llena de tristeza y no me gusta. Me incomoda verla triste, ni siquiera he hablado con ella y ya me afecta de esta forma.

¿No has vendido nada, ojos curiosos?

Busco entre la gente a alguien conocido y encuentro a un chico que a veces va a nuestra cancha de fútbol a practicar con nosotros, y le doy dinero para que le compre todas las pulseras que tiene sobre la mesa. Me quedo a ver en la distancia cómo la expresión de Raquel cambia de tristeza pura a incredibilidad y luego felicidad y emoción. Le agradece un montón de veces al chico, y le pasa la bolsa con las pulseras.

El chico me trae las pulseras y se va y yo me quedo ahí, con la bolsa en una mano, observando a la chica curiosa cuya sonrisa me gusta observar.

—¿Ares?

Vuelvo al momento, Apolo arruga sus cejas esperando una respuesta a algo que no escuché. Sus ojos van de mí a Raquel y todo parece hacer clic en su mente.

—Te tiene mal.

No me molesto en negarlo y Daniel menea su cabeza al poner su mano sobre el hombro de Apolo.

—Lo hemos perdido.

—Lo sé, y aún tienes que agradecerme, gracias a mí.

—¡Shhh! —Lo silencio porque no quiero que le cuente a Daniel el comienzo de todo. Mi mente ya nostálgica viaja con facilidad a otro recuerdo:

—*¿Que necesitas que yo qué?* —*Apolo arruga sus cejas, confundido.*

Suspiro, incómodo.

—*Ya te expliqué.*

—*Pero no entiendo para qué necesitas que haga eso.*

—*Solo hazlo.*

—*¿Y tú crees que ella va a creerme? Ares, ella sabe que somos adinerados. ¿Cómo va a creerse que no tenemos internet y que estamos robando el de ella?*

—*Sí, va a creerte.*

—*Si quieres hablarle, ¿por qué no lo haces y ya?*

—*No quiero hablarle.*

Apolo levanta una ceja.

—*¿En serio? ¿Y por qué no vas tú directamente y le dices que le estás robando el wifi?*

—*Porque quiero alargar esto lo más posible, que sufra un poco, se lo merece por acosarme.*

Claudia entra con una canasta de ropa recién lavada.

—*Oh, reunión de hermanos, esto es nuevo.*

Apolo no duda en meterla en la conversación a pesar de que le hago señas de que se calle.

—*Ares quiere utilizarme para hablarle a la chica de al lado.*

Claudia se ríe un poco.

—*¿Oh, de verdad? ¿Necesitas nuevas víctimas, Hidalgo?*

Les doy una mirada de pocos amigos a ambos.

—*No se trata de eso.*

Claudia pone la canasta sobre la cama.

—*¿Y entonces de qué se trata?*

La ignoro, mirando a Apolo.

—*¿Vas a ayudarme o no?*

Apolo se levanta.

—*Bien, lo haré esta noche.* —*Y sale de la habitación antes de que pueda decirle algo.*

Claudia acomoda mi ropa en mis estanterías en silencio, con una sonrisa danzando en sus labios.

—*¿Qué?* —*le pregunto*—. *Habla.*

Ella sigue sonriendo.

—*No tengo nada que decir.*

—*Di lo que tengas que decir.*

Ella termina de acomodar y se gira hacia mí, sosteniendo la canasta vacía contra su cadera.

—*Me alegra que por fin decidas hablarle.*

—*No sé de qué hablas.*

Claudia se lame los labios, sonriendo, no entiendo qué le parece tan gracioso.

—*Ambos sabemos que sí lo haces. Ha sido tan divertido verlos acosarse mutuamente, siempre pensé que sería ella la que te hablaría primero, pero al parecer no pudiste aguantar más.*

—*Estás diciendo puras tonterías. ¿Acoso mutuo? Como si yo necesitara acosar a alguien.*

Claudia asiente, esa expresión de burla molestándome un poco.

—*Lo que tú digas, Hidalgo, pero pedirle ayuda a Apolo ha demostrado lo mucho que te interesa esa chica.*

—*Estás loca, Claudia, no es lo que tú piensas, solo quiero darle una lección.*

—*¿Desde cuándo inviertes tu tiempo y energía en darle una lección a una chica? ¿Por qué planearlo tan cuidadosamente?*

Aprieto mis labios.

—*No voy a tener esta conversación contigo.*

Claudia hace una reverencia en burla.

—*Como diga, señor.* —*Y se va, aún sonriendo.*

Sonrío ante ese recuerdo, mis ojos volviendo a caer sobre Raquel. Tal vez desde un principio me tardé tanto en hablarle, en enfrentarla, porque sabía que ella sería la que me haría sentir de esta forma, la que tendría mi corazón en sus manos. Tal vez lo supe desde el comienzo y por eso luché contra ello con tanta fuerza, y aun manteniendo mi distancia, la bolsa con sus pulseras hechas a mano siempre estuvo bajo mi cama como un recordatorio físico de que la chica que me veía a través de su ventana había sonreído gracias a mí aquella noche, y que esa sonrisa estaría grabada en mi memoria por siempre.

54

EL BAILE

RAQUEL

Ares vuelve cuando se están preparando para cantarme el cumpleaños. Yo me pongo frente al pastel y él al otro lado de la mesa. Todos comienzan a cantar mientras yo solo me quedo mirando las velas sin saber adónde mirar.

Ese momento incómodo cuando te están cantando el cumpleaños y no sabes qué hacer o para dónde mirar.

Me enfoco en esos ojos azules que tanto amo, y las voces se desvanecen a mi alrededor. Se ve tan bello en la oscuridad, las luces de las velas de mi pastel iluminando su cara.

Te amo...

Quiero decirlo, pero sé que hay demasiadas miradas sobre mí.

Soplo las velas y todos aplauden felicitándome. Ares da un paso atrás, desapareciendo entre la gente. Recibo abrazos, besos y felicitaciones, pero mis ojos buscan al dios griego sin éxito. ¿A dónde se fue? La mayoría de mis tías sufren del mal del pastel, el que consiste en que, cuando se canta el cumpleaños y se tiene un pedazo de pastel, es su aviso para irse a dormir, que ya la fiesta se acaba para ellas.

Mis primas aprovechan esto para poner música diferente ahora que estamos solos y chiflando, animando, arman una especie de grupo de baile, que parece una improvisada pista de baile. Camila apaga las luces, dejándonos en semioscuridad, lo cual hace que sea más difícil encontrar a Ares.

Después de revisar este lado de la «pista de baile» sin encontrarlo, paso a través de los que están bailando, rozando hombros y espaldas. La vibra en este grupo de personas bailando se siente eléctrica, casi sexual. En medio de ellos me detengo, recordando aquella noche en el club, en la que Ares me miraba desde la zona VIP como un depredador. Recuerdo cómo lo busqué después de eso.

Siempre lo he perseguido, lo he buscado, y tal vez es hora de que él me busque a mí.

Comienzo a bailar entre el montón de adolescentes con las hormonas volando en el aire, sintiendo el ritmo de la música, que es suave pero tan sensual. La letra está llena de propuestas sexuales y normalmente no escucho este tipo de música, pero es jodidamente pegajosa y buena para bailar.

Lo siento antes de verlo.

Su calor corporal roza mi espalda mientras me sigo moviendo, con mis manos tomando el final de mi vestido y subiéndolo un poco meneándome lentamente. El olor característico de su colonia llegando a mí. Aunque sé que Ares está ahí detrás de mí, no me giro, solo sigo incitándolo. Su respiración acaricia la parte de atrás de mi cuello, haciéndome morder mi labio inferior.

Sus manos caen sobre las mías, subiendo mi vestido ligeramente para bajarlo de nuevo, acariciando mis muslos en el proceso, el roce de sus dedos con mi piel acelera mi respiración.

Él me presiona contra él, puedo sentir todo su cuerpo contra el mío. Él es quien siempre me tortura, y es hora de devolverle un poco de eso. Empujo mi trasero contra él, rozando, tentando, arriba y abajo, no me sorprende lo duro que está. Ares aprieta sus manos sobre las mías, gruñendo a un lado de mi cuello.

Él muerde mi oreja suavemente.

—Estás jugando con fuego, bruja.

Pues sí, y me quiero quemar.

Una de sus manos deja mi muslo para subir, acariciando mi abdomen, dejo de respirar cuando llega hasta mis pechos, pero no los toca, y muero porque lo haga. Él lo sabe.

Su respiración es pesada sobre mi oído, enviando una corriente de excitación por todo mi cuerpo. La mano que aún está sobre mi muslo se mueve hacia arriba, dentro de mi vestido, sus dedos rozan mi intimidad por encima de mi ropa interior y suelto un gemido.

—Ares...

El roce de nuestros cuerpos se ha vuelto más rudo y sexual, agradezco por el ruido y la oscuridad que nos rodea y que nos camufla del resto. Con su mano escondida dentro de mi vestido, Ares mueve mi ropa interior a un lado, y yo no respiro en anticipación, su dedo indaga, resbalando en mi humedad. Lo escucho gemir en el oído.

—Dios, estás matándome.

Su dedo me penetra, y siento mis piernas desmayar, pero él me presiona contra su erección.

Esto es demasiado.

Él lame mi cuello, sus dedos llevándome a la locura. Me quejo cuando él saca su mano de ahí, pero me agarra del cabello, llevándome hacia él, y me besa, nuestras bocas moviéndose agresivamente.

—Necesitamos salir de aquí —murmura en mis labios—. O juro que voy a follarte aquí mismo, delante de todos.

Me toma de la mano, y me arrastra a través de la gente. Entramos a la oscuridad de mi casa, ya que la mayoría de la gente adulta está dormida y agradezco a los cielos que Camila y Cecilia aún no se han ido a dormir porque dormirían en mi habitación. Llegamos a mi cuarto y a duras penas me las arreglo para cerrar la puerta con seguro. Ares me estampa contra la misma, besándome desesperadamente.

Sus manos viajan a mis pechos, y los acaricia, su pulgar rozando mis pezones por encima del vestido. Ahogo un quejido de placer en su boca. Sus labios dejan los míos para besar mi cuello, mis pechos. Sus manos se deslizan dentro de mi vestido para bajar mi ropa interior. Doy un paso fuera de la misma y, con la vista nublada por el deseo, observo a Ares arrodillarse frente a mí, levantando mi vestido.

—Ares... ¿Qué...? Ah... —Su boca encuentra mi intimidad y mi cabeza cae hacia atrás contra la puerta. Ares levanta una de mis piernas poniéndola sobre su hombro, continuando su ataque, chupando, lamiendo, y yo cubro mi boca para tratar de controlar mis gemidos.

No puedo aguantar mucho más.

—¡Ares! —gimo, a punto del orgasmo, y él continúa, implacable, llevándome al borde del abismo y caigo. Corrientes de placer desplazándose por todo mi cuerpo, haciéndome temblar, cerrar mis ojos y ahogar mis gemidos en la parte de atrás de mi mano. Las olas del orgasmo me dejan con el corazón acelerado y mi cuerpo sensible.

Ares se levanta y, antes de que pueda decirle algo, me lleva de la mano a la ventana, y me gira hacia ella, con él detrás de mí.

—Quítate el vestido.

Lo obedezco, me gusta cuando se pone mandón.

—Inclínate.

Descanso mis manos sobre el vidrio grueso de la ventana, ya que está cerrada, muerdo mi labio, inclinándome hacia delante, exponiéndome para él, lo cual me excita aún más.

Lo escucho descorchar sus pantalones y la anticipación me está volviendo loca.

—Por esta ventana empezó todo, ¿eh? —Le escucho decir, y mis ojos viajan a esa silla de plástico que está en el patio de su casa—. Desde aquí, discutiste conmigo esa noche y mírate ahora. —Su mano acaricia mi trasero—. Expuesta, mojada, esperando ansiosa que te folle. —Me da un azotito que me hace saltar porque no lo esperaba. Su mano agarra mi pelo, levantando mi cara, y veo mi reflejo en el vidrio de la ventana, desnuda, vulnerable.

Lo puedo ver detrás de mí, desnudo de la cintura para abajo, su camisa apenas cubriéndolo. Puedo ver su erección y me lamo los labios.

Ares se inclina sobre mí para murmurar en mi oído.

—Pídeme que te folle.

Estoy tan excitada que no me da vergüenza rogarle.

—Por favor, fóllame, Ares, quie... —No me deja terminar y me penetra de una sola estocada, robándome un pequeño grito.

Mis manos resbalan un poco por el vidrio mientras él me agarra de las caderas para darme más duro y llegar lo más profundo que puede.

—Oh, Dios, Ares.

Se siente tan bien que apenas puedo mantenerme de pie. Con una mano en mi cadera, usa la otra para acariciar mis senos, intensificando las sensaciones por todo mi cuerpo. Ser capaz de ver mi reflejo, y verlo ahí detrás de mí arremetiendo contra mí, es lo más sexy que he visto en mi vida, dentro, fuera, dentro, fuera. La sensación de piel con piel, de su miembro caliente dentro de mi humedad es maravillosa.

Sus dedos se clavan en mis caderas, sus movimientos volviéndose más desesperados y torpes. Y sé que está cerca de venirse, lo que alienta a mi segundo orgasmo.

Lo veo cerrar sus ojos, lo siento ponerse aún más duro dentro de mí y nos venimos juntos, gimiendo y temblando. Ahí donde comenzó todo, mi respiración fuera de control, mis ojos mirando a través de la ventana.

55

EL ABUELO

ARES HIDALGO

Observarla mientras duerme me relaja.

Me da una sensación de paz, de seguridad que nunca pensé alguien podría proveerme. Paso la parte de atrás de mis dedos por su mejilla con gentileza, no quiero despertarla, aunque sé que tomaría mucho más que un simple toque para eso. Raquel está agotada.

Yo la dejé exhausta. Una sonrisa arrogante se forma en mis labios y quisiera que ella pudiera verla para que bromeara o me molestara al respecto.

Sé que me diría algo como «arrogante dios griego».

Se ve tan vulnerable y hermosa dormida. Su transparencia, la facilidad con la que puedo leerla, es una de las cosas que me atrajo a ella. No tenía que preocuparme por motivos ocultos, mentiras o sentimientos falsos. Ella es de verdad, tan clara y obvia con todo lo que siente. Eso es exactamente lo que siempre he necesitado.

Claridad, honestidad.

Es la única forma en la que puedo confiar y exponerme de esta manera, la única forma en la que me podía permitir seguir mis sentimientos, liberarlos y abrirle mi corazón.

Me acerco a ella y beso su frente.

—Te amo.

Ella se mueve un poco, pero sigue dormida. Observarla dormir me hace sentir un poco acosador, recordándome nuestros inicios.

Mi pequeña bruja acosadora.

La que creía que yo no sabía que me acosaba, todas esas veces que actué como si no supiera que ella estaba mirando.

Un toque en la puerta me trae de vuelta a la realidad. Cubro a Raquel por completo con la sábana y me levanto, vistiéndome rápidamente, pero no encuentro mi camisa. Así que abro la puerta sin la misma.

Dos chicas, a quienes reconozco como primas de Raquel, pero de las que no recuerdo nombres, se quedan petrificadas cuando me ven. Sus ojos bajan y suben por mi torso desnudo descaradamente.

—Eh... —Una de ellas se sonroja, compartiendo una mirada con la otra—. Dios santo, cómo estás de bueno.

—¡Cecilia! —La otra chica la regaña.

Cecilia se muerde el labio.

—Solo estoy diciendo la verdad, Camila, él sabe que está bueno, así que para qué negar que estamos deslumbradas.

Ignoro su cumplido.

—Imagino que ustedes son las primas que dormirán en la habitación de Raquel.

Camila asiente.

—Sí, lamentamos interrumpir.

Le sonrío.

—Tranquilas, pasen. —Me hago a un lado—. Ya me iba, solo necesito encontrar mi camisa.

Cecilia me sigue dentro de la habitación.

—¿Para qué? Te ves perfecto sin camisa.

Camila la agarra.

—¡Cecilia! —Me da una mirada de disculpa—. Lo siento, Ceci ha bebido mucho.

—Tranquila.

Recojo mi camisa del suelo de la habitación y me inclino para darle un beso corto a Raquel en la mejilla, me pongo la camisa y las miro.

—No la despierten, está agotada y ha sido un día agitado para ella.

Camila asiente.

—Está bien.

—Buenas noches. —Salgo al pasillo, y me dirijo a las escaleras.

—Ares.

Me detengo y me giro para ver quién me llama.

Cecilia camina hacia mí lentamente, sonriendo.

—Yo...

Mi voz toma ese tono helado usual, defensivo.

—¿Qué?

—No lo entiendo... Tú y ella, no tiene sentido.

Esta chica no tiene idea de lo frío y brutalmente honesto que puedo llegar a ser, únicamente ha visto mi lado dulce, que solo sale con Raquel, con nadie más.

—No tienes que entenderlo, no tiene nada que ver contigo.

—Lo sé... —Da otro paso hacia mí—. Pero es que tú eres tan perfecto... y ella es tan...

—Para —la interrumpo—. Mucho cuidado con lo que vas a decir de ella.

—No iba a decir nada malo.

—La verdad, no me interesa en lo más mínimo lo que tengas que decir. Buenas noches.

La dejo con la palabra en la boca y me voy.

***

—¿Por qué no me lo dijiste? —Raquel tiene sus manos en la cintura, está molesta—. ¿Ares?

—No lo sé.

Las malas noticias habían llegado de varias formas: e-mails y cartas de rechazo. La razón principal que daban era que ya se había pasado el tiempo de aplicar para becas y que ya estaban ocupadas por otros estudiantes que hicieron el proceso a tiempo.

Raquel se había enterado por Apolo, porque yo no le había contado cuando empecé a recibir respuestas. No sabía cómo decírselo, yo ya había perdido la esperanza, pero ella no y no quería quitarle eso.

No puedo mentir, el rechazo me entristece enormemente, mi único consuelo es saber que por lo menos podré estar en la misma universidad que ella. Seré miserable estudiando algo que no quiero, pero por lo menos seré miserable a su lado.

—¿Estás molesta conmigo?

Raquel suspira y pone sus manos alrededor de mi cuello.

—No. —Me da un beso corto—. Lamento mucho que no haya funcionado, pero aún tenemos lo que hemos reunido estos meses, ya pensaremos en algo.

—Raquel...

Sus ojos encontraron los míos.

—No, ni siquiera pienses en darte por vencido.

—¿Crees que quiero darme por vencido? Pero tampoco podemos aferrarnos a esperanzas inexistentes.

—¿Intentaste hablar con tu abuelo?

—¿Para qué? Él ya me dijo que no se metería entre mi padre y yo.

—Vuelve a hablar con él.

Meneo la cabeza.

—No.

—Ares, él es tu último recurso, por favor, inténtalo de nuevo.

Suspiro.

—No quiero ser rechazado de nuevo —admito bajando la cabeza.

Raquel sostiene mi cara, forzándome a mirarla.

—Todo estará bien, un último intento.

La beso suavemente, con mis dedos trazando sus mejillas lentamente. Cuando me separo, le devuelvo una sonrisa.

—Un último intento.

Salgo de su casa y me dirijo a la mía.

***

El abuelo Hidalgo no parece para nada sorprendido de verme, está sentado en el estudio de mi padre, con un atuendo ligero pero clásico de él, pantalones y camisa bien planchada y abotonada.

Claudia está sentada a su lado, riéndose de algo que él dice.

—Hola —saludo un poco nervioso—. ¿Cómo estás, abuelo?

Él me sonríe.

—Unos días mejores que otros, así funciona la vejez.

Tomo asiento en la silla al otro lado de la mesa que divide la minisala del estudio, quedando frente a ellos.

—Claudia, hija. —El abuelo le habla dulcemente—. ¿Puedes decirles a mi hijo y a Artemis que vengan al estudio un momento?

¿Está llamando a mi padre y a Artemis? ¿Para qué? Esto no va a terminar bien.

Claudia sale, cerrando la puerta detrás de ella.

—Abuelo, yo...

Él levanta su mano.

—Sé por qué estás aquí.

Abro mi boca para hablar, pero mi padre entra, con su traje usual, probablemente acaba de llegar del trabajo, seguido de Artemis.

—¿Qué pasa, papá? Estamos ocupados. Tenemos una videoconferencia en diez minutos. —Mi padre me da una mirada rápida, pero no dice nada. Artemis parece confundido.

—Cancélala. —El abuelo ordena, sonriendo.

Mi padre protesta.

—Papá, es importante, estamos...

—¡Cancélala! —Mi abuelo levanta la voz, sorprendiéndonos.

Artemis y mi padre comparten una mirada y papá asiente, así que Artemis hace la llamada para cancelarla. Ambos se sientan a un lado, a la misma distancia del abuelo y de mí.

Mi padre suspira.

—¿Qué pasa ahora?

El abuelo recupera su compostura.

—¿Saben por qué Ares está aquí?

Mi padre me da una mirada fría.

—Imagino que para pedirte de nuevo ayuda.

El abuelo asiente.

—Así es.

Artemis habla.

—Lo cual imagino que te ha molestado porque ya le dijiste que no.

Me levanto.

—No hay necesidad de esto, abuelo, ya entendí.

—Siéntate. —No me atrevo a retarlo, y me siento.

Mi abuelo se gira ligeramente hacia mi padre y mi hermano.

—Esta conversación es mucho más importante que cualquier estúpido negocio que estén concluyendo, la familia es más importante que cualquier negocio, y ustedes parecen haberlo olvidado.

Nadie dice nada, el abuelo continúa.

—Pero no se preocupen, estoy aquí para recordárselo. Ares siempre lo ha tenido todo, nunca ha tenido que luchar por nada, nunca en su vida ha trabajado, vino a mí por ayuda, lo rechacé a ver si se daba por vencido a la primera, pero superó mis expectativas con creces. Este chico ha estado trabajando día y noche, rogando becas y aplicaciones por meses, luchando por lo que quiere.

Artemis y mi padre me miran, sorprendidos.

El abuelo vuelve a hablar.

—Ares no solo se ha ganado mi apoyo, se ha ganado mi respeto. —El abuelo me mira directamente a los ojos—. Estoy muy orgulloso de ti, Ares. —Mi pecho se aprieta—. Me siento orgulloso de que portes mi apellido y lleves mi sangre.

No sé qué decir, la sonrisa del abuelo se desvanece cuando su mirada cae sobre mi padre.

—Estoy muy decepcionado de ti, Juan. ¿Legado familiar? Que la muerte venga por mí si alguna vez he pensado que el legado familiar puede ser algo material. El legado familiar es lealtad, apoyo, cariño, pasar todas esas características positivas por todas las generaciones a venir. El legado familiar no es una maldita empresa.

El silencio es agonizante, pero mi abuelo no tiene problema para llenarlo.

—El hecho de que te hayas vuelto un adicto al trabajo para no lidiar con las infidelidades de tu esposa no te da derecho a hacer a tus hijos tan infelices como tú.

Mi padre aprieta sus puños.

—Papá.

El abuelo menea la cabeza.

—Qué vergüenza, Juan, que tu hijo te haya rogado por apoyo y aun así le hayas dado la espalda. Nunca pensé que me sentiría tan decepcionado de ti. —El abuelo mira a Artemis—. Hiciste que él estudiara algo que odiaba, has hecho todo lo posible para hacerlo como tú, y míralo. ¿Crees que es feliz?

Artemis abre la boca, pero el abuelo levanta la mano.

—Cállate, hijo, aunque solo eres el producto de la mala crianza de tu padre, también estoy molesto contigo por darle la espalda a tu hermano, por no pararte y apoyarlo. Me dan lástima los dos, y estos momentos son lo menos que quiero que alguien asocie con nuestro apellido.

Artemis y mi padre bajan la cabeza, la aceptación de mi abuelo es algo sumamente importante para ellos.

—Espero que puedan aprender algo de esto, y mejorar como personas, tengo fe en ustedes.

Me sorprende la tristeza en la expresión de mi padre y de Artemis, y no se atreven a levantar la mirada.

El abuelo vuelve a mirarme.

—Comencé tu proceso de inscripción para Medicina en la universidad que le comentaste a Apolo. —El abuelo me pasa un sobre blanco—. Es una cuenta bancaria a tu nombre, con los fondos suficientes para pagar tu carrera, gastos universitarios y dentro hay una llave del apartamento que compré cerca del campus para ti. Tienes todo mi apoyo, y lamento que hayas tenido que ver a tu propio padre darte la espalda. Lo bueno de todo esto es que pudiste experimentar no tenerlo todo, y trabajar por lo que quieres. Serás un gran doctor, Ares.

No puedo moverme, no sé qué decir. De todos los escenarios que me imaginé, este jamás se me había cruzado por la mente. El abuelo sacude sus manos y se levanta lentamente.

—Bueno, eso era todo, iré a descansar un poco.

Con la cabeza baja, mi padre sale detrás de él. Yo sigo ahí sentado con el sobre en mi mano, procesando todo.

Artemis se levanta.

—Lo siento.

Son contadas las veces que mi hermano mayor me ha dicho esas palabras.

Artemis se pasa la mano por la cara.

—De verdad lo siento y me alegra que por lo menos tú puedas alcanzar lo que quieres. —Una sonrisa triste llena su expresión—. Te lo mereces, Ares. Tienes una fortaleza que yo no tuve cuando se me impuso lo que debía hacer, el abuelo tiene mucha razón en admirarte.

—Nunca es tarde para cambiar tu vida, Artemis.

Su sonrisa triste es tan llena de melancolía.

—Es tarde para mí. Buena suerte, hermano.

Y con eso se va, dejándome solo.

No sé cómo sentirme, mis emociones están tan revueltas, pero reconozco la principal como felicidad pura.

Lo logré.

Voy a ser médico.

Voy a estudiar lo que quiero, salvaré vidas.

Lo único que opaca mi felicidad es pensar en la chica de ojos honestos que espera mi llamada para contarle qué pasó, la chica que amo, y la que estará a millas de distancia de mí una vez que empiece el semestre.

El abuelo está equivocado en una sola cosa, nunca lo he tenido todo y esta vez no parece ser la excepción.

56

EL BAILE DE GRADUACIÓN

RAQUEL

Agridulce...

Así se sienten las noticias cuando Ares me cuenta lo que pasó con su abuelo. Estoy feliz por él, a pesar de que mi parte egoísta, mi corazón, se entristece ligeramente porque ahora es real.

Nos vamos a separar de verdad.

No se había sentido real hasta ahora, y el solo hecho de imaginarme lejos de él me aprieta el pecho, cortando mi respiración. Sin embargo, sé que es su sueño, sé que es lo que quiere y jamás haría nada para impedírselo.

Pero vaya que duele.

La voz de Dani suena lejos de mí cuando en realidad está a mi lado.

—¿Raquel? ¿Me estás escuchando?

—Ah, lo siento, mi mente está en otro lado.

—Es nuestro último día de preparatoria, trata de estar presente. —Se toca su frente para enfatizar que mi mente necesita dejar de dar vueltas y disfrutar este día.

El último día de clases.

Una parte de mí no puede creer que mi último año de preparatoria haya llegado a su fin, que ya el verano esté aquí de nuevo, anunciando casi un año desde que hablé con Ares por primera vez.

—¡Amor mío! —Escucho detrás de mí y no tengo que darme la vuelta para saber quién es.

Dani desvía su mirada frente a mí.

—Aquí viene tu príncipe intenso.

Unos brazos fuertes me toman desde atrás.

—Mi Julieta, mi bella, mi todo.

Me quito sus brazos de encima y lo enfrento.

—Carlos, ¿qué te he dicho de andar abrazándome todo el tiempo?

Si Ares supiera...

Carlos hace puchero.

—Pero abrazarse es algo normal entre futuros esposos.

Dani lo agarra de la oreja como de costumbre.

—Futuros esposos... Cada día estás más loco.

—¡Au! —Carlos gime de dolor, pero le hace ojitos—. Más loco de amor. —Dani le aprieta la oreja de nuevo—. ¡Au! ¡Au!

—Eres tan empalagoso. —Dani lo suelta, haciendo falsas arcadas.

Carlos se soba su oreja.

—¿Qué tal están pasando el último día de escuela?

Yo recuesto mi espalda contra mi casillero.

—Se siente como cualquier otro día.

Dani suspira y me da una mirada triste.

Carlos toma nuestras manos.

—No se preocupen, aunque la distancia nos separe, siempre estaremos juntos.

Eso me hace sonreír.

Carlos es una persona muy dulce y contagiosamente alegre, definitivamente lo voy a extrañar.

La nostalgia me golpea de sorpresa, no más estos pasillos, ni mis compañeros de clases de toda la vida, ni las locuras de Carlos, no más de esas conversaciones locas en las clases antes de que llegara el profesor.

Se acabó.

No solo me iré de la preparatoria, sino también de este pueblo, viviré en las residencias del campus de la universidad. Dejaré todo esto atrás y una parte de mí está aterrorizada. Por suerte, Dani y Yoshi asistirán a mi universidad, no me separaré de ellos, solo tendré que separarme de él.

Dios griego...

Alejo esos pensamientos porque son muy dolorosos.

Carlos se aclara la garganta.

—Sé que es una pregunta tonta, pero ¿quieres ir conmigo al baile de graduación?

Le doy una sonrisa amable.

—Carlos...

Dani me pasa un brazo por el hombro, abrazándome de lado.

—Lo siento, Casanova, ya me tiene a mí.

Dani y yo lo decidimos cuando nos dimos cuenta de que no teníamos pareja. Ares tiene que asistir al baile de graduación de su preparatoria, no al de la nuestra.

Carlos gruñe.

—Ah, no me digan que harán esa cosa de ir con la mejor amiga, qué aburrido.

Dani le sonríe con malicia.

—Pues sí, no tenemos pareja con quién ir, así que ya está hecho.

Carlos me hace ojitos, yo le doy un beso a Dani en la mejilla y lo miro.

—Lo siento, le pertenezco, soy su perra esta noche.

—Sabía que ustedes tenían una relación lésbica oculta. —Se nos une Joshua, con su típica gorra, acomodando sus lentes para vernos mejor, supongo.

—Joshua. —Carlos lo agarra de los hombros dramáticamente—. Ellas están pensando en ir juntas al baile de graduación, diles que no, que Raquel vaya conmigo.

Yoshi suspira, poniendo sus manos sobre las de él.

—Carlos, no sé si recuerdas que ella tiene un novio, un chico alto, capitán de un equipo de fútbol que estoy seguro de que te pateará el trasero si vas con ella.

—No le tengo miedo. —Carlos se suelta de Yoshi—. El amor me hace aventurado.

Yoshi le da una palmada en el hombro.

—Bien golpeado es que vas a quedar si vas con ella.

Dani se despega de la pared donde estaba recostada.

—Es hora de irnos, tenemos que prepararnos para esta noche.

Carlos hace puchero.

—¿Para qué? No tiene un chico a quien impresionar.

Dani se le acerca.

—No necesitamos a uno —le dice con determinación—. Las chicas no tenemos que ponernos bonitas solo para impresionar a un chico, disfrutamos con mirarnos al espejo y admirar nuestra propia belleza.

—Oh, alguien se puso profunda. —Yoshi asiente de acuerdo.

Nos despedimos de los chicos y caminamos por el pasillo hacia la salida. Cuando llego a la puerta, me giro para darle una última mirada al largo pasillo donde pasé tantos años de mi vida.

Con un suspiro, salgo de la preparatoria.

***

—¡Ohhhhh! —cantamos a todo pulmón Dani y yo en medio de la pista de baile de graduación. Ese cóctel rojo definitivamente tiene alcohol. No sé cómo hicieron para escabullir el alcohol, pero no me quejo.

Es nuestro jodido baile de graduación.

Dani me canta, y me ofrece su vaso plástico rojo para brindar. Mi mejor amiga se ve maravillosa, con un vestido negro de escote, que hace juego con su cabello oscuro, y un maquillaje grandioso. Siempre he admirado sus pómulos, su estructura facial, es tan llamativa. Con razón ha modelado varias veces para la agencia de su mamá, Dani nació para eso.

Por mi parte, me puse un vestido rojo que me aprieta en la cintura, y se ajusta a mis caderas muy bien, pero es suelto de ahí para abajo.

Agarramos las orillas de nuestros vestidos para menearnos mejor.

Somos unas locas, pero unas locas que la están pasando espectacular.

Dani levanta su teléfono y graba un Snapchat o una historia de Instagram de nosotras bailando, mostrando nuestros vasos con un montón de hashtags, entre esos ***NoSeNecesitanChicos, ***AlcoholEnGraduación, ***UuupsWeDidItAgain.

Me río al verla bajar el celular para enviarlo; sin embargo, su expresión cambia cuando ve algo, sus cejas casi uniéndose.

Sus ojos encuentran los míos y no tenemos que hablar, le doy la mirada de «¿qué pasa?».

Ella me pasa su teléfono y le da clic a la historia de Instagram de alguien, lo primero que veo es la cara de Ares, su sonrisa torcida dándole esa expresión de picardía que tanto me gusta. Se ve perfecto en el traje que lleva puesto con una corbata de un color oscuro que no se distingue bien en la foto porque es oscuro donde está.

En otras circunstancias, habría disfrutado esta foto, pero tiene el efecto contrario, siento mi buen humor evaporarse.

Porque no está solo.

Nathaly está a su lado, y se los ve demasiado pegados para mi gusto, sus mejillas casi se tocan para poder aparecer en el selfie. Sus hashtags solo empeoran la situación: ***ConElHidalgo, ***FuturoDoctor, ***AsíOMasBello, ***LoQuePasaAquíHoyAquíSeQueda.

Siento el calor invadir mi cara de rabia y mi estómago apretarse con lo que reconozco como celos. Dani se acerca para gritar en mi oído a través de la música.

—Estoy segura de que ella lo hizo a propósito.

Oh, yo sé que lo hizo, pero aun así estoy hirviendo.

Los celos son tan desagradables, alimentan la imaginación y ya se han cruzado por mi mente diferentes escenas de ellos dos besándose, tocándose, bailando juntos, pero sacudo mi cabeza porque estoy segura de que eso no pasará, confío en él. Sin embargo, no puedo negar la molestia que siento porque sé que ellos tienen una historia juntos.

Salimos de la pista de baile y yo tomo mi teléfono, calmándome.

No actúes de forma inmadura, Raquel.

Le escribo un texto a mi novio:

¿Cómo la pasas?

Se tarda en responder y eso me molesta aún más, la está pasando tan bien que no me responde. ¿Eh? Dios, debo dejar de pensar así.

Mi teléfono vibra con una respuesta:

Normal, haces falta tú para que sea perfecto.

Yo: ¿Con quién estás?

Él: ¿Con toda la preparatoria?

Su sarcasmo no me da risa, pero no sé cómo preguntarle con quién está exactamente sin sonar intensa.

No le respondo y él me escribe de nuevo:

Ya casi salimos de aquí para ir al after.

El after será en la casa de Ares, por supuesto; de nuevo no le respondo porque sé que debo confiar en él y que si le hablo ahora mismo se me notará la molestia. Así que decido enviar la imagen de esa foto lejos de mi mente y me enfoco en pasarla bien con mis amigos. Nos ponemos a bailar en grupo, tomando turnos para pasar al medio y demostrar nuestras habilidades para bailar, que no son muy buenas, pero con las luces disco sobre nosotros nos vemos como expertos.

Debo decir que quien está echándole alcohol al supuesto cóctel de frutas del baile se está pasando un poco, cada vez está más fuerte. Me da un poco de miedo que alguno de los profesores que están de chaperones lo prueben y nos metamos en problemas. Esa preocupación desaparece con el cuarto vaso de cóctel.

Al pasar un rato, mi teléfono vibra en mi mano.

Llamada entrante

Dios griego <3

Me alejo de la música y salgo del gimnasio de la preparatoria a un pasillo solitario y silencioso. Ver su nombre en la pantalla me recuerda a esa foto con Nathaly de nuevo.

Tragando con dificultad, contesto.

—¿Aló?

—Ey, ¿todo bien?

—Eh, sí. —Mi voz suena forzada.

—Nunca has sido buena con las mentiras, bruja.

—Estoy bien.

—¿Sabes que tiendes a torcer los labios a un lado cuando algo te molesta?

Eso me hace arrugar mis cejas.

—Lo estás haciendo justo ahora —me dice y yo levanto la mirada para verlo ahí en el pasillo desolado y semioscuro de la preparatoria caminando hacia mí. Si de por sí él es hermoso en ropa simple, con traje y corbata parece de otro mundo.

Ares baja el celular de su oído y me da una sonrisa que no es con picardía o con arrogancia, es una sonrisa genuina que me desarma, él se ve tan feliz de verme que me olvido de Nathaly o de cualquier duda en mi cabeza.

Él me ama, está escrito por todo su rostro, en sus ojos, en su sonrisa. Y me siento tonta por dudar de eso por un segundo, por una simple foto cuando lo que él y yo sentimos es tan sincero, tan puro.

Él llega a mí y me da un beso corto para susurrar contra mis labios:

—Estás preciosa.

—Tú tampoco estás nada mal —admito.

—¿Qué pasó? —Su pulgar acaricia mi mejilla—. ¿Qué te ha molestado?

Honestamente, ya no me molesta nada, solo me importa él y este momento. Así que me pongo de puntillas, me agarro de su corbata y lo beso, tomándolo por sorpresa; no es un beso gentil, es un beso donde dejo salir todos mis sentimientos, todo este amor que me consume. No le toma mucho tiempo seguirme el ritmo, nuestras bocas moviéndose juntas, acelerando nuestras respiraciones.

Cuando nos separamos, lo llevo de la mano a una clase vacía a un lado del pasillo y cierro la puerta detrás de mí. Ares me observa divertido y hambriento de mis besos, de mí. Mordiendo mi labio inferior, lo enfrento, con el escritorio del profesor justo detrás de mí. Ares no disimula, sé que esto lo está poniendo tanto como a mí, sus ojos me recorren de una forma lujuriosa y descarada.

—Hoy es tu graduación. —Sus manos aterrizan en mis caderas, y las aprieta. Su rico olor me hace morderme el labio, me encanta cómo huele—. Y nunca has follado en este lugar. —Me levanta, sentándome en el escritorio, y se mete entre mis piernas, su pulgar acaricia mi boca—. Eso está a punto de cambiar, bruja.

Sus labios caen sobre los míos en un beso posesivo pero jodidamente abrumador y delicioso.

57

LA ÚLTIMA FIESTA

ARES HIDALGO

—Abre las piernas.

Gruño contra sus labios, no es una petición, es una orden; entre tantos besos, se las ha ingeniado para cerrarlas, manteniéndome alejado ligeramente, mi erección presionada contra sus rodillas.

Ella cree que eso puede detenerme. La agarro del cabello, mis ojos encontrando los de ella. Puedo ver la diversión en su mirada, me está retando.

—Abre las piernas, bruja —repito, apretando mi mano en su cabello.

Ella me sonríe.

—No.

La beso de nuevo, con mi boca incesante sobre la de ella, reclamándola, dejándola jadeante. A ella le gusta incitarme, retarme, le gusta cuando pierdo el control y le doy duro. Así que meto mi mano libre entre sus piernas mientras ella lucha, tratando de cerrarlas, apretando mi mano, pero llego a sus panties, con mi dedo rozando por encima de las mismas, robándole un gemido.

Dejo sus labios para bajar a sus pechos, chupándolos y mordiéndolos por encima del vestido.

Utilizo mi dedo para echar sus panties a un lado y tocarla ahí directamente con mi pulgar.

—Oh, Ares. —Ella deja caer la cabeza hacia atrás.

—¿Crees que puedes resistirte a mí? —le pregunto, aunque ya sé que no puede, lo mojada que está es toda la respuesta que necesito.

Entre jadeos, susurra.

—Sí..., puedo.

Alzo una ceja, liberando su cabello y usando ambas manos para quitarle su ropa interior.

—No, Ares, no —murmura, pero no pone resistencia en absoluto; a ella le gusta jugar esto, el intento de resistencia, que la tome con fuerza.

Bruscamente, la obligo a abrir las piernas, ella se estremece, sus manos empujando mi pecho en un intento fallido de alejarme. La agarro de la parte de atrás de sus rodillas y la agarro hasta que queda en la orilla de la mesa, abierta y expuesta para mí.

El aroma de su excitación es delicioso y casi me hace mandarlo todo a la mierda y penetrarla ahí mismo, pero me contengo, quiero que ella ruegue.

Me arrodillo frente a ella y suelta un chillido cuando mi boca hace contacto con su intimidad, la devoro sin contemplaciones, sin detenerme, sus gemidos hacen eco por todo el salón oscuro, excitándome aún más si es posible. Su gemido es mi sonido favorito después de su voz. Sus piernas tiemblan sobre mis hombros.

Gime, estremécete y ruega para mí, bruja.

Tu placer me llena de formas inexplicables. Tú lo eres todo para mí.

Puedo sentirla temblar y sé que su orgasmo está cerca, así que me detengo y me levanto, dejándola colgando sin nada. Nuestros ojos se encuentran y el ruego y la molestia están claras en ellos. Su cabello castaño parece negro en esta oscuridad. Me paso mi pulgar por el labio inferior limpiándome.

Ella no se mueve, no cierra las piernas, solo se queda ahí mirándome. Me tomo mi tiempo desabotonando mi camisa y ella observa cómo cada botón sale, exponiéndome. Al quitármela, sus manos pasan por mis pechos, bajando hasta mis abdominales.

—Eres tan sexy, Ares Hidalgo —murmura, rindiéndose.

Agarro su mano y la bajo hasta mis pantalones para que pueda sentir lo duro que estoy. Ella me aprieta ligeramente y me hace gemir un poco. Oh no, ella no va a tener poder sobre mí, no esta noche.

Me meto entre sus piernas, acercando nuestros rostros.

—Ruégame que te folle, bruja.

Ella me da una sonrisa pícara.

—¿Y si no lo hago?

—Volverás a esa fiesta mojada e insatisfecha.

Ella me muerde el labio inferior.

—Tú también sufrirás.

Me separo de ella y desabrocho mis pantalones.

—No.

Ella levanta una ceja.

—¿Te estás rindiendo?

Meneo la cabeza, dejando mis pantalones caer al suelo junto con mis bóxers, y comienzo a tocarme delante de ella, con sus ojos hambrientos mirándome con deseo. Rozo su mojada entrada, pero no la penetro y doy un paso atrás.

Ella abre la boca para protestar, pero la cierra, luchando con todo su ser, no quiere perder. Lo haré más difícil para ella entonces. Comienzo a tocar entre sus piernas, su humedad resbalando de mis dedos, y ella cierra sus ojos, gimiendo.

—Ruégame, bruja.

Ella menea su cabeza.

—Yo... Ah, Ares.

—Sé que quieres rogarme —murmuro, moviendo mis dedos más rápido—. Sé que quieres sentirme dentro de ti, penetrándote, duro, una y otra vez.

Sé que a ella le gusta que le hable así, la excita y a mí me vuelve loco su reacción a mis palabras. La beso de nuevo, usando mi lengua dentro de su boca para hacerle saber cuánto la deseo y que un solo ruego de su boca será suficiente para que me entierre en ella y se acabe esta tortura.

Cuando nos separamos por aire, ella quita mi mano de su entrepierna y con ojos entrecerrados lo dice.

—Por favor, fóllame, Ares.

Sus palabras envían una corriente de deseo que baja por todo mi cuerpo hasta mi miembro.

—Dilo de nuevo.

Ella pone sus manos alrededor de mi cuello y susurra a mi oído.

—Por favor, dame duro, Ares.

Ella no tiene que pedirlo de nuevo, la agarro de la cintura y la pego a mí, con sus piernas alrededor de mis caderas. La penetro de una sola estocada, un grito ahogado deja sus labios, está tan caliente y mojada que la sensación me deja inmóvil por un momento.

Ataco su cuello y me empiezo a mover rápidamente dentro y fuera de ella. Raquel se inclina hacia atrás, sosteniendo la parte posterior del cuerpo con sus brazos detrás de ella.

—Oh, Dios, sí, Ares, me encanta, más, por favor.

Yo me agarro de sus caderas para acelerar el ritmo, puedo verlo todo claramente y eso me pone a mil, soy un hombre visual, así que me encanta este tipo de posiciones donde puedo verlo todo.

Raquel gime sin control, el sonido del brusco contacto de nuestros cuerpos haciendo eco a nuestro alrededor.

—Así te gusta, ¿no? ¿Duro? —Ella sigue gimiendo en respuesta—. Eres mía, Raquel —le digo entre el descontrol—, y yo soy jodidamente tuyo.

—¡Sí! —Ella se vuelve a agarrar de mi cuello, sus manos bajan a mi espalda y siento sus uñas clavarse en mi piel—. ¡Más rápido! —ruega en mi oído y gruño en deseo, obedeciendo.

Mordisqueando su cuello, me sigo moviendo, sintiéndola por completo. Me entierro y me pierdo en ella. La aprieto tan fuerte de las caderas que ella hace una mueca de dolor, aunque sé que le gusta, le encanta hacerme perder el control.

Mi ritmo crece implacable y rápido, puedo sentirla ponerse aún más mojada, su orgasmo acercándose y eso solo me acerca al mío. Sus gemidos se vuelven aún más ruidosos, sus palabras más atrevidas y sexuales, y eso es todo lo que necesito para venirme dentro de ella, con ella. Nuestros orgasmos nos arrasan, dejándonos sin aire y en placer absoluto.

Descanso mi frente sobre la de ella, sus ojos están cerrados.

—Raquel. —Ella abre sus ojos y me mira y entonces pasa, esa gran diferencia, esa conexión que arde entre los dos—. Te amo tanto. —Las palabras dejan mi boca, ella siempre me hace ser tan cursi.

Ella sonríe.

—Yo también te amo, dios griego.

Después de vestirnos, salimos al pasillo solitario para volver al gimnasio de la escuela de Raquel, donde aún estaba el baile de graduación en su plenitud. Raquel camina de manera rara e incómoda, y una sonrisa burlona danza en mis labios.

Ella lo nota y arruga sus cejas.

—Disfrútalo, idiota.

Yo me hago el loco.

—¿Qué pasa? ¿No puedes caminar bien?

Ella me da un golpe ligero en el brazo.

—No empieces.

Le agarro la mano.

—Te lo merecías por provocarme.

Ella bufa.

Pasando mi pulgar por su mejilla, me acerco y la beso suavemente, disfrutando de cada pequeño roce de nuestros labios. Cuando me separo, beso su nariz.

—Vamos, bruja, hora de volver al baile y que todos sepan que tu novio te acaba de dar la follada de tu vida.

Ella me golpea el hombro.

—Sigues siendo un idiota, dios griego.

Le guiño el ojo.

—Un idiota al que le ruegas que te folle.

—¡Cállate!

Sonriendo, volvemos al gimnasio.

***

RAQUEL

Auch.

Duele caminar, nunca fui de las que creía en esas frases de «Te voy a follar hasta que te cueste caminar una semana», pero ahora lo sabía por experiencia, gracias a Ares, quien anda con una expresión arrogante por todo el baile.

Le doy una mirada asesina, a la que él responde con un guiño mientras sigue hablando con Joshua. Ares y Joshua se han llevado de maravilla últimamente, lo cual me alegra mucho, nada mejor que tu novio y tu mejor amigo se lleven bien.

Dani me está dando una mirada que conozco bien.

—¿Qué?

—Te dieron duro, ¿no?

Desvío la mirada.

—¡Dani!

Ella levanta su vaso y lo choca con el mío.

—Salud, eres una perra, me encanta.

Cualquiera se sentiría ofendida, pero Dani lo dice de cariño, lo sé, es extraño, pero ¿qué puedo decir? Mi mejor amiga es rara.

Ares se acerca a nosotros.

—Vamos al after a mi casa, ¿no?

Dani asiente.

—Sí, Daniel me envió un texto, al parecer ya están allá.

Apolo, Joshua, Dani, Ares y yo salimos del baile y nos dirigimos a la camioneta de Ares. Apenas son las nueve de la noche, no puedo creer que hayan pasado tantas cosas en tan poco tiempo.

El silencio incómodo entre Apolo y Dani es vibrante y notable, sobre todo del lado de Dani. Ha sido difícil para ellos actuar normal con todo lo que pasó, pero creo que estamos progresando. Apolo no volvió a buscarla de nuevo, y eso le rompió el corazón a Dani y la desconcertó. Ella siempre ha tenido el control sobre los chicos, pero con Apolo no ha sido así.

***

Al entrar a la casa, escucho a alguien llamar mi nombre.

—¡Raquel! —Gregory grita, extendiendo sus brazos, y yo lo abrazo con fuerza—. ¡Felicitaciones!

Gregory me cae muy bien, me llevo de maravilla con él, aún mucho mejor que con Marco. Marco es tan..., no sé cómo explicarlo, su personalidad es muy cerrada, parecido tanto a Ares cuando lo conocí, tal vez por eso son los mejores amigos.

Ares despega a Gregory de mí.

—Suficiente.

Gregory gira la mirada.

—Sí, señor aburrido.

Me permito admirar la sala y está adornada de manera muy linda. Hay unas cuantas personas, algunos son chicos de la escuela de Ares. También hay adultos, supongo que algunos padres. Mis ojos reconocen a Claudia con un vestido negro muy lindo y con otras dos chicas vestidas como ella. Me doy cuenta de que ellas pasan champán y snacks por todo el lugar. Oh, están atendiendo a las personas.

Busco a los padres de Ares, pero no los veo, y mis ojos caen sobre un señor mayor sentado en el sofá con un traje muy elegante. ¿El abuelo? Sí, es él. Ares me ha mostrado fotos de él, sin mencionar las que hay colgadas por toda la casa.

El abuelo Hidalgo tiene un porte de confianza increíble, no sé cómo explicarlo, es como si su sabiduría emanara en olas de él, y cuando Ares me contó la forma en la que le habló a su padre y a Artemis, el abuelo se ganó todo mi respeto. Una gran parte de mí quiere ir a abrazarlo y darle las gracias, pero sé que soy una desconocida. Artemis está a su lado, en un traje también, creo que nunca lo he visto con ropa casual. Definitivamente, la elegancia es algo que corre en esta familia.

Dejo a Ares hablando con sus amigos y me dirijo a Claudia, la cual me sonríe al verme.

—Hola, felicitaciones.

—Gracias, fue un año... muy interesante.

Ella asiente.

—Sí, lo sé. Pero lo lograste, estoy feliz por ti.

—Yo también. ¿Cómo estás tú?

Ella se encoge de hombros.

—Sobreviviendo, ya sabes.

—Me alegra verte. —Aunque ella y yo no somos cercanas, siento una conexión muy agradable con ella. Claudia es de ese tipo de personas que suelta una vibra noble y amable.

—¿Quieres algo? —Me ofrece una copa de champán y la tomo.

—Gracias, bueno, te dejo seguir en lo tuyo.

La dejo hacer su trabajo y me alejo de ella para sentarme en un sofá que encuentro a un lado de la sala, debieron haberlo movido para hacerle espacio a la gente. Le doy vueltas a la copa en mis manos, observando el líquido dentro de él, con mi mente distraída, pensando mil cosas a la vez. El sofá se hunde ligeramente a mi lado, alguien sentándose ahí en silencio. Reconozco el olor de esa sofisticada, costosa colonia.

—¿A qué debo el honor? —bromeo, girándome para mirarlo.

Artemis me sonríe.

—Curiosidad, tu mente no parece estar aquí.

—¿Es tan obvio, eh?

—Admiro tu habilidad de celebrar con él a pesar de lo que esto significa para su relación.

—No es fácil.

—No dije que lo fuera. —Él se afloja el nudo de su corbata un poco—. Por eso te admiro.

—Lo mismo dijo mi madre, algo de ser madura para mi edad.

—Ares es afortunado.

Levanto una ceja.

—¿Acaso es eso un cumplido indirecto?

Él no dice nada, tomando un sorbo de su vaso de champán, así que lo molesto un poco más.

—Artemis Hidalgo, el iceberg, acaba de darme un cumplido. ¿Estoy soñando?

—No actúes tan sorprendida. —Sus ojos mantienen ese aire de tristeza y melancolía—. Sé diferenciar entre buenas y malas personas muy bien. —Me señala con su copa—. Tú eres una de las buenas y por eso tienes mi respeto.

No sé qué decir.

Sus ojos caen sobre Ares, que está riéndose abiertamente de algo que Gregory dijo en el grupo.

—Nunca pensé que él tuviera la capacidad de superar lo que nos pasó, de que creyera en alguien de esta forma y cambiara para bien. No solo porque fue capaz de enamorarse, Ares no es el mismo chico caprichoso de hace un año que no valoraba nada ni a nadie. De alguna forma eso me da esperanza. Tal vez no todo esté perdido para mí. —Él se toma el resto de champán en su vaso de un solo trago —. Gracias, Raquel.

Me da una sonrisa honesta, es la primera vez que lo veo sonreír. Se levanta y se va, dejándome sin palabras.

58

EL VIAJE

RAQUEL

Corre...

Mierda.

Mierda.

Ladridos detrás de nosotros.

Recontramierda.

Debí hacer ejercicio.

¿Por qué estoy tan fuera de forma?

Porque no haces ejercicio, idiota, lo acabas de decir.

En la distancia puedo ver la silueta de Ares. Marco me pasa por un lado, como un puto flash. Una vez más, odio a los jugadores de fútbol.

El corazón se me va a salir del pecho, Dani también me alcanza.

—¡Corre, Raquel, corre!

—¡No soy... —me quedo sin aire— Forrest Gump!

Dani me sonríe.

—Lo sé, pero siempre quise decir eso. En serio, ¡corre!

Se aleja, apurada, yo le saco el dedo.

—¿Qué carajos crees que he estado haciendo?

Samy, Apolo y Joshua también me pasan. Oh, no, ellos también.

Soy oficialmente la última.

Estoy a punto de entrar en pánico cuando veo a Ares devolverse por mí, y tomarme de la mano para literalmente empujarme detrás de él. Los perros ladrando con fuerza detrás de mí, ni siquiera me atrevo a mirar.

¿Cómo terminamos siendo perseguidos por cuatro perros?

Solo digamos que por el alcohol y malas decisiones, énfasis en lo de malas decisiones.

Tuve la brillante idea de celebrar aún más cuando la fiesta en la casa de Ares terminó. MI idea era beber en mi casa todos, escuchar música, pero, claro, eso no fue suficiente. A Dani, aquella que llamo mi mejor amiga, se le ocurrió la maravillosa idea de mostrarnos un infame lago que ella encontró la semana pasada mientras corría o qué sé yo. Así que, obviamente, todos con alcohol en el cerebro funcionando como valentía la dejamos traernos al mismo. Pero lo que Dani no sabía es que el lago no ha sido descubierto al público porque básicamente NO es del público, sino que es propiedad privada, parte de un rancho resguardado por perros.

Y así fue como terminamos huyendo por nuestras vidas.

Con la ayuda de Ares, me salto la cerca (la cual, al principio, debió alertarnos del hecho de que no era público) y dejamos a los perros del otro lado. Caigo de rodillas dramáticamente, mi corazón palpitando en mis oídos, en mi cabeza, en todos lados.

—Voy... —respiración pesada— a morir.

Ares, Marco y Apolo se ven como si no acabaran de correr por sus vidas, ni siquiera están sudados. Para mi consuelo, Dani y Samy están a unos cuantos pasos de mí, gruñendo y respirando igual de pesado que yo. Y Joshua, pues, solo digamos que Joshua estás más allá que acá.

Samy apenas puede hablar.

—Voy a matarte, Daniela.

Dani alza su mano.

—Yo...

Joshua nos ilumina con su comentario.

—¡Eso fue... increíble!

Todos le damos una mirada de «pero qué mierda...».

Joshua se pasa la mano por la cara.

—Fue como un videojuego, en vivo, la adrenalina, guao.

Okay, existe la posibilidad de que algunos de nosotros sigamos muy borrachos. Dani se ríe de la nada, a carcajadas.

Tachemos lo de posibilidad, sí hay muchos muy borrachos. Los tiernos ojos de café de Joshua caen sobre mí.

—Y tengo que decirlo, si este fuera un videojuego, estarías muy muerta, Raquel. Nunca escogería tu personaje para jugar.

Por segunda vez esa noche le saco el dedo a alguien, el alcohol me pone grosera. Levanto mi mirada al cielo, sorprendida de lo claro que se está poniendo.

—Oh, mierda. ¿Ese es el sol?

Dani se ríe de nuevo y Joshua se le une. Apolo sigue mi mirada.

—Oh, amaneció.

¿En qué momento se nos pasó la noche?

—El alcohol nos hace perder la noción del tiempo. —Samy habla mientras toma bocanadas de aire.

Marco la observa y la adoración es obvia en sus ojos, oh, está tan enamorado. Él y Samy han estado saliendo por un tiempo, me alegra mucho. Samy se merece ser feliz, es una buena persona. Mis ojos caen sobre Apolo, quien está mirando a Daniela discretamente. Me pregunto si entre ellos habrá una posibilidad o nada de nada.

El delicioso recién llegado clima de verano se asienta contra mi piel, calentándola.

—Qué rico es poder estar así afuera, sin abrigos, sin chaquetas, extrañaba esto.

Dani asiente.

—Es un día perfecto para ir a la playa.

Samy hace puchero.

—Tienes razón, ojalá pudiéramos ir.

Joshua camina de un lado al otro, se pone muy hiperactivo cuando bebe.

—¿Y por qué no vamos?

Todos giramos la cabeza hacia él como la chica del exorcista, él continúa.

—Ares y Marco están sobrios, y en sus camionetas cabemos todos.

Dani le da con el codo.

—No andes tomando decisiones por los demás.

Ares sonríe.

—No, me parece una excelente idea.

Apolo lo apoya.

—Sí, esta es probablemente la última vez que estaremos reunidos así.

La mayoría se va a estudiar a la universidad y, aunque Dani, Joshua y yo vamos a asistir a la misma, no puedo decir lo mismo por los demás, en especial Ares. Me duele tanto cada vez que recuerdo eso que lo he empujado a la parte de atrás de mi cabeza, es como si no pensarlo lo hiciera menos real.

Joshua alza sus manos en el aire.

—¡A la playa todos!

No puedo evitar sonreír, su entusiasmo es contagioso y me alegra mucho verlo feliz sobre todo después de lo que le pasó. Me emocioné mucho cuando supe que va a asistir a mi universidad, quiero estar cerca de él, no solo porque quiera cuidarlo, sino porque quiero estar ahí si en algún momento recae o se siente solo. La depresión no es algo que se cura de la noche a la mañana, lleva tiempo, y puede haber situaciones que lleven a una recaída, y si eso en algún momento pasa, quiero estar ahí para él.

Samy entrecierra sus ojos, mirando detrás de mí.

—¿Ese es Gregory?

Me doy la vuelta para ver, efectivamente, a Gregory caminando hacia nosotros con una botella de lo que parece Jack Daniel's en su mano. ¿Pero qué...?

—¡Chicos! ¡Por fin, los encontré! —grita, acercándose a nosotros. Él nos dijo que nos alcanzaría, pero eso fue hace como una hora, y cuando no llegó asumimos que no vendría.

Marco se ríe.

—¿Cómo carajos llegaste aquí?

Gregory sacude su teléfono.

—Uber.

Marco le da una palmada en la espalda.

—Eres como una maldita cucaracha, es tan difícil deshacerse de ti.

Gregory actúa ofendido.

—¿Una cucaracha? ¿En serio?

Samy interviene por su novio.

—¿No has escuchado que las cucarachas resistirían la radiación de una explosión nuclear? Es un cumplido a tu resistencia.

Marco la mira, complacido, pero no dice nada. He notado que, a pesar de que él no es muy expresivo y cariñoso con ella, su mirada lo dice todo. Me parece tan tierno cuando chico frío se enamora.

Gregory se encoge de hombros.

—Me da igual, por lo menos llegué y creo que escuché a alguien decir *playa*. Cuenten conmigo.

Joshua observa a Ares, Apolo, Gregory y Marco y murmura.

—Guao, ustedes son increíblemente guapos.

Todos nos reímos, y Gregory le guiña el ojo.

—Soltero a tu orden.

Joshua le da una mirada cansada.

—No, quiero decir que ustedes son los primeros amigos hombres que tengo y son demasiado guapos, esto no va a funcionar.

Gregory finge quedarse sin aire.

—¿Estás rompiendo conmigo y ni siquiera hemos empezado?

Joshua lo ignora.

—Me refiero a que, si salgo con ustedes, no conseguiré chicas.

Giro la mirada, y le agarro los mofletes.

—Tú también eres muy lindo, Yoshi.

Puedo sentir la mirada pesada de Ares sobre mi cabeza y bajo mis manos lentamente. Marco hace una mueca.

—¿Yoshi?

Apolo se ríe un poco.

—¿Como la tortuga de Mario Kart?

Yo les doy una mirada asesina.

—No es una tortuga, es un dinosaurio.

Gregory se agarra el puente de la nariz.

—¿Podemos enfocarnos en irnos para la playa?

Samy asiente.

—La cucaracha tiene razón, son dos horas de viaje, así que vámonos.

Dani se preocupa por la logística del asunto y la admiro por pensar cuando hemos amanecido bebiendo.

—No tenemos traje de baño o comida.

Gregory se aclara la garganta.

—Como diría mi abuelo, «sin importar lo que carezcas, lo encontrarás en algún punto en el camino».

Marco levanta una ceja.

—¿Tu abuelo no dejó a tu abuela por una mujer que conoció en la carretera?

Gregory responde.

—Exacto, él carecía de amor y lo encontró en el camino. Ey, deja de arruinar mis momentos cool.

Con Marco y Gregory discutiendo, comenzamos a caminar hacia donde dejaron estacionadas las camionetas.

Hora de viajar.

***

Ya en camino, con la ventana de su lado abierta, Ares descansa su brazo sobre la misma, mientras que su otra mano está sobre el volante; no tiene camisa, con una gorra hacia atrás y unos lentes de sol. El sol se cuela por la ventana y se desliza sobre su piel, resaltando lo definido de cada músculo en su torso.

Virgen de los Abdominales, ¿por qué ensañarte con él? ¿Por qué traes a este mundo un ser así? Para que las pobres mortales como yo suframos cada vez que lo vemos.

Gregory aparece en medio de nuestros asientos.

—Me siento como el hijo aquí atrás —comenta—. Mamá, quiero teta.

Yo le doy un golpe en la frente con mis dedos.

—Muy gracioso.

Gregory vuelve.

—Abuso infantil. —Le agarra el hombro a Ares y lo sacude—. Papá, ¿no vas a hacer nada?

Ares suspira.

—Tranquilo, hijo, yo la castigaré más tarde. —Y el muy descarado me da esa sonrisa torcida que le queda tan bien.

Gregory hace una mueca.

—¡Iuuuuu!

Ares se ríe.

—¿Cómo crees que viniste al mundo, hijo?

—¡Me rindo! ¡Ya! —Gregory vuelve a su puesto con los brazos cruzados sobre su pecho como en berrinche.

Apolo, que está a su lado derecho, hace una mueca, y Dani, que está a su lado izquierdo, nos ignora, pensativa, mirando por la ventana. Joshua se fue en la camioneta de Marco. Paramos en un supermercado para comprar lo que necesitamos para nuestra aventura improvisada. Camino por donde están colgados los trajes de baño, tratando de escoger uno simple. Ares aparece frente a mí, con un traje de baño entero en sus manos.

—¿Qué te parece este?

Cruzo mis brazos sobre mi pecho.

—Me gustan los trajes de baño de dos piezas.

Ares me sonríe.

—Pero este te quedaría muy bien, además te lo puedes poner con estos shorts. —Me muestra uno en su otra mano—. Una buena combinación.

¡Ja! ¡Buen intento, dios griego!

—No, gracias, enfócate en escoger algo para ti.

Ares hace puchero. Dios, qué labios tan lindos, tan besables.

—¿Por favor?

—Buen intento —le digo, dándole la espalda.

Ares envuelve sus brazos alrededor de mí desde atrás, para susurrar en mi oído.

—Bien, pero si me dan celos, ya sabes cómo me pongo. —Trago grueso—. Así que, cuando termines follada en la arena de la playa, no te quejes.

—Sin importar lo que me ponga, igual vas a follarme —le digo, girando en sus brazos para darle un beso corto.

Él sonríe en mis labios.

—Me conoces tan bien.

—Así que escogeré lo que yo quiera. —Él abre la boca para protestar—. Y, si protestas —bajo mi mano por su abdomen hasta sus pantalones, apretando ligeramente—, no vas a conseguir nada de sexo esta noche.

Ares se muerde el labio inferior, alzando sus manos en el aire en derrota.

—Escoge lo que quieras.

—Gracias. —Le hago un gesto con la mano para que se aleje y él obedece.

¿Quién tiene el poder ahora, dios griego?

Escojo un traje de baño simple de color rojo, unos lentes y un sombrero playero. Dani aparece a mi lado con lo que ella ha escogido y salimos listos para irnos a la playa.

—¡Playa! ¡Allá vamos! —exclama Gregory con sus puños en el aire.

Creo que este viaje va a ser muy interesante.

59

LA FOGATA

Ares...
Ares...
Ares...

No puedo dejar de mirarlo, él está riéndose de una historia que Gregory está dramatizando con las manos en el aire. Ambos están sin camisa, con la playa de fondo. La brisa del mar mueve mi cabello hacia atrás, estoy sentada en un tronco, disfrutando la vista.

El atardecer está aquí, no sé cómo se nos fue el día entero en la carretera cuando la playa solo estaba a dos horas, bueno, en realidad sí lo sé: en cada parada, nos quedábamos bromeando y hablando de tonterías un buen rato.

Apolo, Marco y Yoshi están jugando con una pelota que compramos en una de esas dichas paradas, corriendo por la arena como niños. Dani está caminando por la orilla de la playa, disfrutando un momento de soledad y tranquilidad, supongo.

Samy se sienta a mi lado en el tronco.

—Hermosa vista, ¿no?

—Sí, valió la pena el viaje.

Ella me ofrece un vaso metálico.

—¿Quieres un trago?

Lo recibo y tomo un sorbo, el fuerte sabor de whisky quema mi garganta.

—¿Whisky? —Se lo devuelvo y la veo beber sin ni siquiera arrugar la cara.

—Supongo que andar con los chicos me ha afectado, sus gustos y mañas se me han pegado.

Me paso la parte de atrás de la mano por la boca, como si eso me quitara el sabor.

—¿No tienes amigas?

—No, siempre han sido ellos. —Sus ojos viajan a Gregory, Ares para luego ir a Marco y a Apolo—. Pero estoy bien, ellos han sido geniales conmigo.

—Debe haber sido emocionante conocerlos desde pequeños —le comento, curiosa.

Samy se ríe un poco.

—Oh, créeme, sé muchas historias vergonzosas, aunque Claudia me gana, se sabe muchas más que yo.

Le doy una mirada llena de preguntas y ella parece leerme la mente, y levanta su mano en señal de paz.

—No, tampoco sé qué es lo que pasa entre ella, Artemis y Apolo.

Eso me hace arrugar las cejas.

—¿Apolo?

Ella abre sus ojos en una expresión de que dijo algo que no debía.

—Eh. —Se acomoda el cabello detrás de la oreja—. Quiero decir... No es que pase algo, solo asumo... Solo olvídalo.

Mi mente viaja a aquella vez en el hospital cuando me di cuenta de que Artemis había golpeado a Apolo, y luego el momento en mi cumpleaños, en que Apolo había golpeado a Artemis. Mi mirada cae sobre Dani, mi necesidad de protegerla ganándole a todo.

—¿Apolo tiene algo con Claudia?

Samy no dice nada, así que la presiono.

—Samy, no me gusta presionar a la gente, pero Dani es mi mejor amiga y por ella haría cualquier cosa. Necesito saber si debo decirle que se olvide de Apolo.

—Si supiera lo que pasa, te lo diría, de verdad, Raquel. Pero no tengo ni idea. Artemis es un bloque de hielo indescifrable, Apolo es tan honorable que jamás hablaría de una chica y Ares, pues, es honesto con todo menos con las cosas de sus hermanos. Tienen un sentido de lealtad increíble.

La creo.

Las veces que he intentado sacarle información a Ares sobre esa situación han sido un fracaso, incluyendo una vez que intenté usar el sexo como arma de extracción informativa, y solo terminé follada e igual de curiosa. Ares se une a los demás chicos para jugar con la pelota mientras Gregory camina hacia nosotros.

—¡Bellezas tropicales!

Eso me saca una sonrisa, Gregory es tan energético y alegre, me recuerda a Carlos. Samy le ofrece trago.

—¿Cómo es que siempre tienes tanta energía?

Gregory bebe y exhala notoriamente.

—Es la fuerza de la juventud. —Se sienta en la arena, frente a nosotros—. ¿De qué hablaban? Tenían expresiones serias.

—Tonterías —le digo, sobándole la cabeza como si fuera un perrito—. ¿Quién es un buen chico?

Gregory ladra y saca la lengua, Samy gira su mirada.

—Por tu culpa es que no madura. —Gregory le da una mirada de cachorro herido—. No voy a sobarte. —Gregory sigue con sus ojos, solo puedo ver el espectáculo con una sonrisa en mi cara. Samy suspira—. Bien. —Y le acaricia la cabeza. Gregory saca la lengua y le lame la mano—. ¡Ah!

El sol está a punto de ocultarse.

—Deberíamos hacer una fogata antes de que perdamos la luz del sol.

¿Por qué siempre se me ocurren ideas como esta?

Ocho caminatas de búsqueda de leña después.

En las películas, encender una fogata no es tan complicado, se ve fácil y práctico, pues, bienvenidos a la realidad, es jodidamente difícil. Estamos todos sudados con la oscuridad ya sobre nosotros, pero finalmente la fogata ha encendido. Nos sentamos alrededor de la misma, el reflejo del fuego sobre nuestros rostros que se ven brillantes por el sudor.

Estoy al lado de Ares, apoyo mi cabeza sobre su hombro, con mis ojos observando las llamas del fuego, que como tiene destellos azules me tranquiliza y me da una sensación de paz. El viento de la playa, el sonido de las olas, el chico a mi lado, los amigos a mi alrededor, es un momento perfecto, y me fijo en cada detalle para guardar este instante en un lugar especial en mi corazón.

—Voy a extrañarlos. —Gregory rompe el silencio y creo que dice lo que todos estamos pensando.

Apolo lanza un pedazo de madera en el fuego.

—Por lo menos, tú también te vas a la universidad, Gregory. Yo me quedaré solo en la preparatoria.

Dani se le queda mirando, sus sentimientos claros en sus ojos. Me pregunto si me veré así de obvia cuando miro a Ares.

Por supuesto que sí, le gruño mentalmente a mi consciencia respondona.

Marco regresa de su búsqueda en el auto, las bolsas de malvaviscos en sus manos.

—Llegó la comida.

Samy le ayuda con las bolsas.

—¡Sí! Tengo tantas ganas de comer algo dulce.

Gregory tose.

—Marco puede darte algo dulce, ya sabes, para chupar.

Samy hace una mueca.

—Eres de lo peor.

A Dani se le ocurre la maravillosa idea de hablar.

—Además, eso no es dulce.

—¡Ohhhhhhh!

Solo puedo taparme la cara. Dani se sonroja al darse cuenta de que ha cometido un grave error. A eso es lo que me gusta llamar: suicidio verbal. La molestarán por los siglos de los siglos con eso.

Mientras molestan a Dani, Ares me susurra.

—¿Vamos a caminar por la orilla de la playa?

Dios, amo su voz.

Me enderezo, quitando mi cara de su hombro para mirarlo.

—Solo si prometes comportarte.

Él me sonríe abiertamente.

—No puedo hacer promesas que no puedo cumplir.

—Ares.

Él toma mi mano, con una sonrisa pícara danzando en sus labios.

—Bien, prometo no hacer nada que tú no quieras.

Entrecierro mis ojos.

—Buen intento, ya usaste esa estrategia una vez, no caeré.

Él aprieta sus labios con fingida frustración.

—No pensé que lo recordarías.

Le doy con el dedo en la frente.

—Lo recuerdo todo, dios griego.

Él se soba la frente.

—Eso es obvio. ¿Quién olvidaría la maravillosa follada que te di esa mañana? Gemiste tanto y... —Le tapo la boca.

—Bien, vamos a caminar. —Me levanto de golpe—. Ya venimos —digo rápidamente.

Ares me sigue en silencio, pero puedo sentir su estúpida sonrisa a pesar de que no lo veo. Llegamos a la orilla y me quito los zapatos para cargarlos en mi mano, dejando que las olas mojen mis pies cada vez que acechan la orilla. Ares hace lo mismo.

Caminamos juntos, nuestras manos libres entrelazándose, el silencio se siente muy bien. Ambos sabemos que nos quedan pocos días juntos, pero no hablamos al respecto. ¿Cuál es el punto de hablarlo? Ares se va a ir de todas formas, prefiero disfrutar cada segundo con él, sin tener conversaciones que solo nos llevarán a sufrir antes de tiempo.

Como diría mi mamá: «No sufras antes de tiempo. Cuando llegue la hora de cruzar ese puente, lo harás».

Sin embargo, por la expresión de Ares, puedo ver que quiere decir algo al respecto, así que decido hablar de algo antes de que abra la boca. Recordé mi conversación con Samy.

—¿Te puedo preguntar algo?

Él sube mi mano entrelazada con la suya y la besa.

—Claro.

—Claudia y Apolo, ¿tienen algo?

—Ya te he dicho...

—Bien, bien, solo dime una cosa. —Acomodo mis palabras—. Dani está muy enamorada de él, y no quiero que sufra, Ares. No tienes que decirme lo que pasa exactamente, solo dime si debo decirle a mi mejor amiga que se olvide de él o que mantenga sus esperanzas, por favor.

Ares me mira, torciendo sus labios, lo veo vacilar.

Finalmente, habla.

—Dile que se olvide de él.

Oh.

Eso me dolió, y ni siquiera soy Daniela. Supongo que esa es la cosa con las mejoras amigas, sientes por ellas, con ellas, compartes no solo historias, sino emociones también. Ares no dice nada más y sé que no obtendré nada más de él, así que dejo el tema. Solo lo observo caminar a mi lado y recuerdo tantas cosas que se me aprieta el corazón.

¿Crees que no sé de tu pequeña obsesión infantil conmigo?

Sí, te deseo, bruja.

Estamos a la orden, siempre, bruja.

Y tú eres hermosa.

Quédate conmigo, por favor.

Puedo ser tu Christian Grey cuando tú quieras, brujita pervertida.

Estoy enamorado, Raquel.

Solo puedo ver el perfil de su lindo rostro mientras mi mente me hace revivir todo de nuevo.

—Ah, soy masoquista —digo en un murmullo.

Ares me mira.

—¿Sexualmente? Porque sí he notado que te gusta que te dé algún azotito y...

—¡Cállate! —Lo callo de inmediato—. No, me refiero a emocionalmente, fuiste tan idiota conmigo al principio.

—Define «idiota».

Me suelto de su mano y le saco el dedo.

—Me ha quedado claro.

—Es que ¿cómo se te ocurrió darme el celular justo después de que tuvimos sexo por primera vez? Sentido común, Ares, sentido común.

Su expresión se apaga.

—Lo siento, no me cansaré de disculparme por todo eso, no tengo excusa. —Me extiende su mano de nuevo—. Gracias por no darte por vencida, he cambiado para mejor gracias a ti.

No le doy la mano, y me hago la dura.

Ares salta y señala a mi lado de la arena.

—¡Cangrejo!

—¡Ah! ¿Dónde? —Me pego a él instintivamente.

Él me abraza de lado.

—Ven, te protegeré.

Lo empujo al darme cuenta de su mentira para que lo abrace.

—Ah.

Ares se adelanta y se arrodilla frente a mí, ofreciéndome la espalda.

—Vamos, arriba.

El recuerdo de él haciendo eso aquella noche que me robaron llega a mí, cómo él me había hecho sentir a salvo, lo lindo que fue conmigo esa noche.

Sí, no me iré, no esta vez.

El desayuno al otro día, cómo había tomado mi mano gentilmente haciéndome saber que estaba segura, que no dejaría que nada me pasara. Fue la primera vez que vi el lado tierno de Ares. Me subo sobre su espalda y él se levanta, dejándome envolver mis piernas sobre sus caderas y mis manos alrededor de su cuello para sostenerme.

Ares me carga a través de la orilla de la playa, y me doy cuenta de que este día está lleno de momentos perfectos. Descanso mi cara en su hombro. El sonido de las olas llenando mis oídos, el calor del cuerpo de Ares mezclándose con el mío. ¿Cómo voy a sobrevivir sin ti, dios griego? Alejo esa pregunta de mi cabeza.

—Ares.

—¿Huh?

Despego mi cara de su hombro y el lado de su cara.

—Te amo.

Él se queda callado por un momento y eso me hace entrecerrar mis ojos, hasta que habla.

—Me quedaré.

—¿Qué?

—Sabes que, si me lo pides, me quedaré. ¿Cierto?

—Lo sé.

—Pero no vas a pedírmelo.

—No.

Él suspira, y no dice más nada por un rato.

Jamás podría pedirle que se quede, que abandone su sueño por mí. No puedo ser tan egoísta, no puedo quitarle eso. No sería justo que, mientras yo cumplo mi sueño y estudio en la universidad que siempre he querido, él tenga que estudiar algo que no quiere solo por estar conmigo.

Siempre pensé que, cuando la gente decía «el amor no es egoísta», se estaban engañando a sí mismos, guiándome por el principio de que siempre debemos ponernos a nosotros primero que a los demás, pero cuando es por el bienestar del otro, está bien hacer a un lado lo que sientes por la felicidad de alguien más. Creo que no hay mayor prueba de amor que esa.

Vuelvo a descansar mi cabeza sobre su hombro, lo escucho susurrar tan bajo que apenas lo oigo.

—Yo también te amo, bruja.

Con esas palabras, lo dejo cargarme por la orilla de la playa, saboreando cada segundo de este momento.

60

LA DESPEDIDA

Ha llegado el día...

El día en que él tiene que irse, que pasará de estar a unos metros de mí como mi vecino a estar a cientos de millas de distancia. El silencio reina entre nosotros, no es incómodo, pero sí es doloroso, porque ambos sabemos lo que estamos pensando: la inevitable realidad. El cielo está hermoso, las estrellas luciéndose en su máximo esplendor, tal vez sea un intento de iluminarnos esta tristeza desgarradora.

Hay cierto dolor inexplicable en lo inevitable, es mucho más fácil alejarse de alguien cuando te ha roto el corazón, cuando te ha hecho daño, pero se siente imposible hacerlo cuando no hay nada malo entre ustedes, cuando el amor sigue ahí, vivo, palpitando como el corazón de un recién nacido, lleno de vida, exhalando futuro y felicidad.

Mis ojos caen sobre él, mi Ares.

Mi dios griego.

Ahí está, con su cabello despeinado y los ojos rojos por la larga noche y aun así se le ve hermoso.

Mi pecho se aprieta, acortando mi respiración.

Duele...

—Ares...

Él no me mira.

—Ares, tienes que...

Él menea la cabeza.

—No.

Ay, mi inestable chico.

Lucho con las lágrimas llenando mis ojos, mis labios tiemblan. Mi amor por él me consume, me asfixia, me da vida y me la quita. Su vuelo sale dentro de media hora, ya él tiene que entrar al área donde espera subirse al avión, a donde no puedo entrar. Estamos en el área de espera del aeropuerto, donde podemos ver el cielo a través de los vidrios transparentes del lugar.

Su mano roza la mía suavemente antes de tomarla con fuerza, él aún no me mira, esos ojos azules enfocados en el cielo. En cambio, yo no puedo dejar de mirarlo, quiero recordar cada detalle de él cuando ya no esté, quiero recordar lo que se siente al estar a su lado, sentir su calor, su olor, su amor. Tal vez suene empalagosa, pero el amor de mi vida está a punto de montarse en un avión y separarse de mí por quién sabe cuánto tiempo, así que tengo derecho a ser cursi.

—¿Ares? —La voz de Apolo suena detrás de nosotros, tiene ese mismo sentido de urgencia y tristeza que tuvo mi voz cuando le recordé que era hora de irse.

Ares despega los ojos del cielo y baja la cabeza.

Cuando se gira para enfrentarme, me esfuerzo para sonreír a través de las lágrimas formándose en mis ojos, pero no alcanzo a llegar a una sonrisa triste. Él se lame los labios, pero no dice nada, sus ojos enrojecidos, y sé que no puede hablar, sé que en el momento que hable llorará, y él quiere ser fuerte por mí, lo conozco tan bien.

Él aprieta mi mano con fuerza y las lágrimas escapan de mis ojos.

—Yo sé.

Él limpia mis lágrimas, sosteniendo mi rostro como si fuera a desaparecer en cualquier momento.

—No llores.

Yo me río falsamente.

—Pídeme algo un poco más fácil.

Él me da un beso corto pero lleno de tanta emoción que lloro silenciosamente, lo salado de mis lágrimas mezclándose en nuestro beso.

—No te des por vencida, acósame, persígueme, pero no me olvides, por favor.

Sonrío en sus labios.

—Como si pudiera olvidarte.

—Prométeme que este no es el final, que vamos a intentarlo hasta que ya no podamos más, hasta que todos los recursos y medios se hayan agotado, hasta que podamos decir que lo hemos intentado todo y aun así intentarlo un poco más allá.

Envuelvo mis brazos alrededor de su cuello y lo abrazo.

—Lo prometo.

Él besa el lado de mi cabeza.

—Te amo tanto, bruja. —Su voz se quiebra ligeramente y eso me parte el alma.

—Yo también te amo, dios griego.

Cuando nos separamos, él se limpia las lágrimas rápidamente, y toma una respiración profunda.

—Debo irme.

Yo solo asiento, lágrimas resbalando por mis mejillas y cayendo desde mi mentón.

—Vas a ser un gran doctor.

—Y tú una psicóloga maravillosa.

Dios, esto duele tanto.

Puedo sentir mi rostro contraerse por el dolor mientras ahogo mis sollozos. Ares se despide de Apolo, de Artemis y de sus padres, camino con él a la puerta que debe cruzar para pasar por seguridad e ir a su puerta de embarque. Su familia se queda atrás mientras yo me detengo en la puerta con él, y me limpio las lágrimas.

—Avísame cuando llegues, ¿sí?

Él asiente y suelta mi mano para dirigirse a la puerta, se detiene en la mitad y se gira, se acerca en pasos rápidos y me abraza.

—Te amo, te amo, te amo, eres el amor de mi vida, Raquel, te amo.

Los sollozos escapan de mí, así que envuelvo mis manos alrededor de su cintura.

—Yo también te... —Mi voz se rompe—. Te amo.

—Por favor, luchemos por esto, sé que no será fácil, sé que habrá momentos difíciles, pero..., por favor, no dejes de amarme.

—No... No podrás... deshacerte de mí tan fácilmente —le digo con la voz rota, cuando nos separamos y veo lo rojo que está su rostro, y las lágrimas en sus mejillas—. Te lo prometo, siempre seré tu acosadora.

Me pasa su pulgar por la mejilla.

—Y yo el tuyo.

Le doy una mirada confundida.

—Yo también te acosaba, bruja tonta.

—¿Qué?

—Nunca nos quedamos sin internet, le pedí a Apolo que fingiera conmigo. Era mi excusa para hablarte, siempre has tenido mi atención, bruja.

No sé qué decir, idiota dios griego, cómo escoge este momento para decirme eso. Ares saca de su bolsillo unas pulseras que reconozco muy bien y me quedo sin aire, porque las hice yo hace mucho tiempo en una feria escolar, pero no lograba venderlas hasta que un chico las compró todas. ¿Ares había mandado a ese chico? ¿Había hecho eso por mí incluso cuando ni siquiera nos hablábamos?

Ares pone un par de pulseras en la palma de mi mano y la cierra.

—Siempre has tenido mi atención —repite con sentimiento y eso solo me hace llorar aún más.

—Ares...

—Debo irme. —Besa mi frente—. Te avisaré cuando aterrice, te amo. —Me da un beso corto, y desaparece por la puerta de seguridad antes de que pueda arrepentirme de dejarlo ir, y de rogarle que se quede.

Con mi mano sobre los ventanales transparentes del aeropuerto veo despegar su avión, lo veo desaparecer en el cielo y siento que el aire ha dejado mi cuerpo, que un agujero se ha abierto en el mismo y que no se cerrará nunca, tal vez sane, tal vez se cure, pero la cicatriz siempre estará ahí.

Una parte de mí se lo imagina devolviéndose como en las películas, diciéndome que me ama y que no me dejará, pero no es así. La vida real suele ser más cruel que las películas de romances. Cierro mi mano en un puño sobre la ventana.

Hasta luego, dios griego.

Los padres de Ares junto con Artemis ya se han ido. Apolo permanece a mi lado, llorando abiertamente mientras yo solo lloro en silencio. El camino de regreso a la casa se convierte en la hora más triste de mi vida. Apolo y yo compartimos un taxi, pero ninguno de los dos hablamos, no decimos nada, ambos estamos absorbidos en nuestra propia tristeza. Árboles, casas, personas y autos pasan por la ventana, pero no lo veo, es como si no estuviera aquí.

Ni siquiera me despido de Apolo cuando bajo del auto, entro a mi casa como un zombi. Mi habitación me recibe en silencio, mis ojos caen sobre la ventana y el dolor aprieta mi pecho con fuerza, mi mente jugando conmigo, imaginando a Ares atravesando la ventana, sonriendo, sus lindos ojos azules iluminándose al verme.

Miro al frente de mi cama y recuerdo aquella noche que le preparé chocolate caliente y me contó lo de su abuelo. Ares ha crecido tanto como persona, de un idiota que no valoraba nada pasó a ser un chico que lo valora todo, al que le es más fácil expresar sus sentimientos, que entiende que está bien ser débil, que está bien llorar. No quiero atribuirme ese cambio, nadie cambia si de verdad no quiere cambiar, yo solo fui ese empujón que necesitaba para empezar.

Me siento sobre mi cama sin mirar un punto en específico. Dani abre la puerta de golpe, su mirada encontrándose con la mía, y eso es todo lo que me toma perder el control.

—Dani, él se fue.

Ella me da una mirada triste, acercándose a mí.

—De verdad, se fue. —Empiezo a llorar desconsoladamente, dejándolo todo salir, siento como si una parte de mí se hubiera ido con él y tal vez fue así.

Dani se apresura, lanzando su bolso al suelo y me abraza.

—Se fue —sigo repitiendo una y otra vez.

En los brazos de mi mejor amiga, lloro toda la noche hasta quedarme dormida, solo despierto levemente para leer que Ares ya ha llegado, pero después de hablar con él solo lloro hasta dormirme de nuevo.

***

3 MESES DESPUÉS

—Y luego le dije que era un idiota —digo con el teléfono frente a mí, hablando de Joshua—. ¿Cómo se le ocurre meter un huevo en el microondas?

Ares se ríe, con su rostro encapsulado en la pantalla de mi teléfono. Estamos hablando por Skype mientras cocino en las residencias de la universidad.

—Y eso no fue lo peor —continúo—. Metió a lavar una camisa rosada con su ropa blanca. ¿Adivina quién usa solo rosado ahora?

—Y yo pensé que sería el que cometería más errores con esto de vivir solo.

Entrecierro los ojos.

—Quemaste todas las ollas de tu apartamento.

—Estaba aprendiendo.

—Ni siquiera sabes hacer café.

—No lo has probado.

—Gracias a Dios —digo entre dientes.

Ares me da una mirada asesina.

—Ayer hice pasta, me quedó un poco pegajosa pero comestible.

—Mira quién está aquí. —Le muestro a una bruja de peluche que me regaló cuando nos vimos en el descanso de Acción de Gracias hace unas semanas—. Es mi compañera de cuarto.

—Hablando de compañeras de cuarto. ¿Y Dani?

—En una fiesta de la fraternidad.

—¿Y Joshua?

—En lo mismo.

—Tus compañeros de fiesta y tú aquí hablando con tu novio, qué fiel.

Le miro cansada.

—Las fiestas nunca han sido lo mío. —Pruebo la sopa que estoy preparando, y me chupo el dedo—. Mmm, está delicioso.

—Quién fuera dedo.

—¡Ares!

—¿Qué? Te extraño, bruja. Voy a morir de falta de amor y sexo.

Giro la mirada.

—Solo tú puedes ser romántico y sexual a la vez.

—Necesito que llegue el descanso de Navidad. —Se pasa la mano por la cara—. ¿Sabes qué deberíamos intentar?

—No vamos a tener sexo por teléfono, olvídalo.

—Tenía que intentarlo.

—Pero si te portas bien puede ser que te pase una foto sexy.

Él me da esa sonrisa pícara que tanto me gusta.

—Oh, bien, me parece justo.

—Ya falta una semana para Navidad. Me pegaré a ti como un chicle. Lo sabes, ¿no?

—Me encanta el chicle entonces.

—¿Estás coqueteando conmigo?

Él se muerde el labio inferior.

—¿Está funcionando?

—Puede ser.

Seguimos hablando y me río ante sus intentos fallidos de coqueteo, hasta ahora hemos estado bien, extrañándonos mucho, pero viéndonos por lo menos una vez al mes. No digo que es fácil, pero es pasable, me hace pensar que sí podremos sobrevivir a esto.

***

Cuando llega el descanso de Navidad, llego a mi casa, le cuento a mi mamá cómo me va en los primeros meses de la universidad y me pongo a preparar chocolate caliente. Subo con dos tazas en ambas manos y al llegar a mi habitación me siento frente a la cama, poniendo las tazas a mi lado.

No pasa mucho tiempo cuando veo a Ares en la ventana, corro hacia él, brincando sobre él y dándole un beso desesperado que me deja sin aire. Esos labios que tanto amo me reciben con la misma desesperación. El beso es apasionado, y sabe a «te extrañé». Nuestras bocas moviéndose juntas como sabemos que nos gusta, en esa sincronía perfecta.

Cuando nos separamos, nuestras respiraciones están agitadas, sus hermosos ojos azules se pierden en los míos y paso mis dedos por su cara para enredarlos en su pelo y besarlo de nuevo.

Después de una sesión de besos, nos sentamos frente a la cama, cada uno con una taza de chocolate en la mano. Está comenzando a nevar, hay pequeños copos de nieve flotando afuera.

Chocamos nuestras tazas brindando, me doy cuenta de que se necesitará mucho más que distancia para romper lo que tenemos. Él y yo nos encontramos en un momento de cambios en nuestras vidas, pero eso no nos impedirá estar juntos y superarlo. Y sé que, cuando lleguen las dificultades, ambos daremos el cien por ciento para luchar; tal vez nos venza, o tal vez prevalezcamos, eso solo lo dirá el tiempo.

Y, aunque se acabe en algún momento, podré decir que luché hasta el último segundo, hasta que ya no pude más, porque sé que él también lo hará.

Somos el dios griego y la bruja después de todo.

La que sentía de todo y él que no sentía nada, ahora ambos sentimos de más.

Y ahí en el silencio de mi habitación, con una taza de chocolate caliente en una mano y con la otra entrelazada con la de él, nos quedamos en silencio, viendo la nieve caer *a través de mi ventana*.

FIN

Este libro se terminó de imprimir
en el mes de enero de 2022.